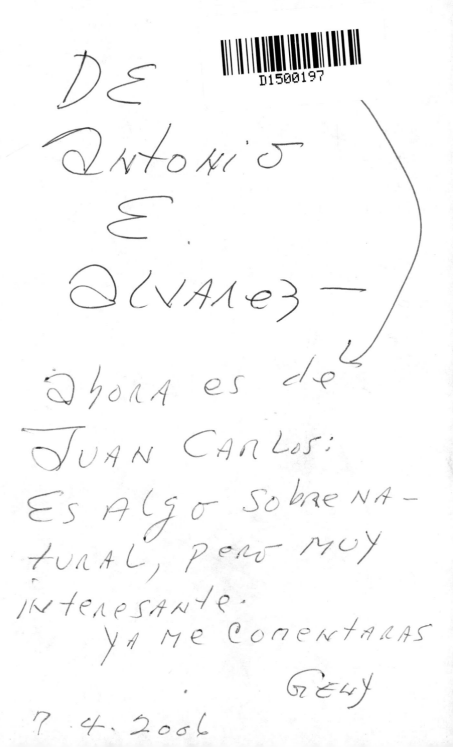

DE
Antonio
E.
Alvarez —

Ahora es de
Juan Carlos:
Es algo sobre na-
tural, pero muy
interesante.
        Ya me comentaras
                GEWY
    .
7. 4. 2006

Nota:

La traducción
del Portugues
al Español
está FATAL.
pero se entiende

Zibia Gasparetto

nadie
es de
nadie

Prólogo de:
Gustavo Nieto Roa

NADIE ES DE NADIE
Título original: Ninguém é de Ninguém
© ZIBIA GASPARETTO
Brasil. 2001

Bogotá, D.C. - Abril de 2003

ISBN: 958-8184-35-5

Editor	:	Gustavo Nieto Roa
Editora asistente	:	Zenaida Pineda R.
Traducción	:	Beatriz Miranda
		Natalia Quintero
Corrección y estilo	:	Myriam Suárez
		Zenaida Pineda
Arte y diagramación	:	Marlene B. Zamora C.
Impresión	:	Impresos J.C. Ltda.

Made in Colombia

Contenido

Prólogo

¿Hasta dónde la vida de las personas es predecible? Al leer esta historia de Zibia Gasparetto, la respuesta no es tan difícil. Basta con escuchar lo que habla una persona para darnos cuenta de sus intenciones, de sus aspiraciones, de sus miedos, de sus angustias, de sus fortalezas, y entonces podremos saber, casi a ciencia cierta, lo que será de ella con el paso del tiempo, pues cada quien crea su realidad en base a las imágenes que albergue en su mente y a la emoción con que las cobije.

¿Hasta dónde esas imágenes en la mente de las personas son generadas por su propio espíritu o más bien proceden de seres invisibles que buscan influenciarlo y hasta dominarlo totalmente?

Estamos tan distraídos con el diario sobrevivir en esta dimensión física en la que nos encontramos, que rara vez hacemos una pausa para escudriñar nuestra mente y saber qué tenemos tanto en el consciente como en el subconsciente. Descubriríamos que recuerdos de experiencias pasadas, así como anhelos y sueños, aún no resueltos, siguen siendo los que motivan nuestras acciones y determinan reacciones que afectan profundamente nuestra vida.

En esta historia de la escritora brasileña Zibia Gasparetto, veremos situaciones de la vida real que van desenvolviéndose como las manecillas del reloj que terminarán haciendo sonar el despertador a la hora señalada. Parecería que todo es producto del azar, de la suerte, pero veremos que no es así, pues con cada una de las apreciaciones, decisiones, acciones y emociones que viven los personajes, van tejiendo la malla de su propia existencia, con resultados positivos o negativos, según hayan sido sus intenciones originales.

Veremos que cada individuo es, dentro del engranaje familiar y de trabajo, una pieza que va labrando su propio destino, y a pesar de estar muy cerca de otra persona, vinculada ya sea por lazos de afecto o de intereses sociales y de negocios, siempre recibirá lo que en justicia le corresponde, aunque pase mucho tiempo. A la hora de la verdad estamos solos, y por lo mismo no podemos esperar que otros asuman la responsabilidad que no les corresponde, por más que quieran hacerlo.

En Brasil Zibia Gasparetto, con cerca de 75 años de edad, es una de las autoras más reconocidas, gracias a los 24 libros que ha escrito desde que descubrió, a los 20 años de edad, que tenía buena disposición para comunicarse con entidades sobrenaturales. Por ello se dedicó a investigar y a aprender todo lo relacionado con el espiritismo, ingresando a esta comunidad internacional, que sólo en su país cuenta con más de 9.000 centros.

Zibia confiesa que el crédito por la escritura de sus libros debe dárse a los espíritus que se los dictan, en especial a Lucius. Sin embargo, es muy poco lo que ella conoce de éste, excepto que en vidas pasadas fue miembro del Parlamento Inglés, y escritor en Francia. Ha dedicado su existencia a trabajar para el desenvolvimiento de la conciencia humana, preparando a la humanidad para los cambios que se aproximan en este tercer milenio. Todas sus historias, como la que publicamos en este libro, son tomadas de la vida real con el objeto de que el lector pueda encontrar en ellas una luz que pueda aplicar a su propia vida.

Sin lugar a dudas, quien lea NADIE ES DE NADIE, verá cómo muchas de las situaciones descritas son iguales o similares a las que le ha tocado vivir o han vivido familiares y amistades muy cercanos.

Sin pretensiones literarias, con un lenguaje común pero sumamente interesante, el lector encontrará este libro apasionante y no podrá dejar de leerlo hasta terminarlo. Por algo se mantuvo durante varios meses como "best seller" en Brasil. Su historia, aunque sucede entre Sao Paulo y Río de Janeiro, igual podría suceder en otras ciudades del mundo, pues se trata de situaciones por las que todos podemos pasar tarde o temprano en la vida y que tienen que ver con nuestras relaciones de familia, de pareja, de negocios, y amistades.

Hemos catalogado esta novela como esotérica, pues hace énfasis en la dimensión espiritual del ser humano, aquella que los ojos físicos no ven, pero que está ahí, dentro de nosotros, y que experimentamos a través de nuestros pensamientos, emociones y sentimientos. Dimensión que en alguno de sus planos da cabida a espíritus liberados de sus cuerpos de carne y hueso, pero que aún quieren permanecer en contacto con los humanos y utilizan un médium como Zibia Gaparetto, para comunicarse.

GUSTAVO NIETO ROA

Roberto quería ir al consultorio después del horario de consulta, pues no deseaba molestar al médico que, además, lo iba a atender gratis.

Cuando llegó, la sala de espera estaba vacía y el Dr. Aurelio atendía al último paciente. Roberto se presentó ante la recepcionista y dijo que deseaba hablar con el médico.

—¿Es una consulta?

—No sé. Él me dio la tarjeta y me pidió que viniera hoy.

—Ah, ya sé. Muy bien. Siéntese. Está en consulta.

—Gracias.

Roberto se sentó y recorrió con la mirada la sala amoblada con lujo y buen gusto.

—¿Cuál es el precio de la consulta?

—Ella le extendió un papel impreso.

Tragó en seco. En las circunstancias en que se encontraba le parecía toda una fortuna.

—¿Todo eso? —dijo sin querer.

—Es que él le dedica más de una hora a cada paciente. El Dr. Aurelio goza de prestigio, es de los mejores en su especialidad y es muy solicitado.

Se sintió avergonzado. No debería haber ido. Se levantó. Lo mejor era irse. Pero en ese mismo instante la puerta del consultorio del médico se abrió, y él apareció con una señora.

—Hasta el martes, doctor —dijo ella—. Gracias por todo.

—Hasta el martes —le contestó sonriendo.

Al ver a Roberto de pie, indeciso, se le acercó, mientras le decía:

—¡Hola! ¿Cómo estás? Estaba pensando en ti. Sigue.

Avergonzado, Roberto entró y el médico cerró la puerta.

—Menos mal que viniste. Siéntate. Vamos a conversar.

—Gracias. Vine porque me lo pidió. No me voy a demorar. No quiero quitarle su tiempo. Sé que vive muy ocupado.

Aurelio lo miró sin responderle de inmediato. Roberto estaba inhibido.

—¿No deseas mejorar? ¿No confías en que pueda ayudarte?

—¡No es eso! Al contrario. Sé que es muy buen profesional. Eso se nota por su manera de hablar y su postura. Lo que yo siento es no poder retribuir su atención. Ya hizo mucho por mí ayer.

—¿Estás avergonzado sólo porque no tienes dinero para pagar la consulta?

—Bueno, En realidad eso me incomoda. Usted es un profesional competente, estudió durante años y merece que le paguen por su trabajo.

Aurelio sonrió y dijo:

—¡Pero cómo eres de orgulloso! Si piensas así, jamás podrás mejorar tu vida.

—Digo la verdad. No es por orgullo.

—¿Piensas que tener dinero es tu mejor cualidad y que sin él no vales nada?

—Estoy habituado a pagar mis cosas.

—No te estoy cobrando.

—Lo que de cierta manera me deja con la sensación de que me aprovecho de su buena voluntad.

—Error tuyo. ¿Me crees tan ingenuo hasta el punto de ser usado por las personas sin darme cuenta?

Roberto se asustó:

—No... No quise decir eso.

—Pues fue lo que me pareció. Soy un estudioso de la vida, de nuestros comportamientos. Descubrí que somos nosotros, con nuestras actitudes, quienes atraemos todos los acontecimientos y situaciones que vivimos, y mientras continuemos aferrados a ellas, los hechos se irán repitiendo. Al descubrir la actitud que provoca una situación que no nos agrada, podremos reemplazarla por una mejor y obtener otros resultados. Cuando te invité a venir aquí, no fue porque sintiera lástima de ti, ni para intentar ayudarte a resolver tus problemas. Me interesa profesionalmente tu caso. Encontrar la causa de tus problemas es hallar el camino para ayudar a muchas otras personas y, con seguridad, eso aumentará mis conocimientos y me proporcionará éxito en mi carrera.

Roberto abrió la boca y volvió a cerrarla al no encontrar palabras para responderle. Aurelio continuó:

—Lo que deseo proponerte es un intercambio. Tú tienes lo que yo necesito para desarrollar mis conocimientos y yo puedo darte algunas sugerencias que pueden cambiar tu vida si las utilizas. Como ves, en nuestro caso, nadie abusa de nadie y los dos saldremos ganando.

—Su manera de pensar me sorprende.

—Me gusta ser sincero. Piensas que tu situación pudo haberme impresionado y que yo deseo ser caritativo al ayudarte.

—¿No me socorrió en la vía pública por caridad?

—No. Presté auxilio, algo natural en mi condición de médico, pero en ningún momento hice una caridad.

—No entiendo.

—Un acto de caridad te convertiría en una víctima, un pobre incapaz de resolver sus propios problemas.

—Pero en realidad yo me siento así, incapaz de solucionar mi vida.

—Pero no lo eres. En este momento estás presionado emocionalmente por algunas ideas equivocadas sobre ti que te desvalorizan; no utilizas tu fuerza interior, tu inteligencia, tus capacidades. Pero todo eso está ahí, dentro de tu ser, a la espera de que te des cuenta y lo utilices de manera adecuada. No me gusta la caridad. Nunca doy nada gratis. Prefiero intercambiar. Nadie está imposibilitado de dar alguna cosa.

—Yo por el momento no puedo dar nada.

—No me puedes dar dinero. Pero me puedes contar lo que pasa en tu corazón para que yo pueda aprender más sobre el alma humana.

—¿Cree que será suficiente?

—Para mí es bastante. ¿Crees que puedo entrar en tu intimidad para mostrarte algunos aspectos de tu personalidad que no puedes ver?

—Por todo lo que ha hecho conmigo desde que entré aquí, pienso que tuve mucha suerte al encontrarlo.

Aurelio sonrió contento.

—¿Por qué dices eso?

—Porque al entrar aquí me sentía avergonzado, miserable y ahora, por primera vez en varios meses, comienzo a sentirme digno. Se me había olvidado cómo es eso.

—Es un buen comienzo, ¿no crees?

Roberto estuvo de acuerdo e hicieron una cita para la noche siguiente. Cuando llegó a casa, Gabriela ya estaba allí. Ella lo miró, pero no tuvo el valor de preguntarle nada. Estaba seguro de que cuando consiguiera empleo, sería la primera persona a quien él le contaría todo.

Gabriela notó que él andaba callado y cabizbajo. A veces sentía que la miraba fijamente, con cierto rencor. Ella no tenía la culpa de que él no lograra conseguir un empleo. Gabriela hacía su parte con buena voluntad, pero él parecía cada día más cerrado y distante.

Los días siguientes Gabriela conversó poco con Roberto, no le preguntó cómo le había ido durante el día. Era difícil convivir así. Ellos estaban cada vez más distantes. Ella tenía ganas de separarse, pero no le parecía correcto hacerlo exactamente en ese momento en que él estaba desempleado.

Parecería como si fuera interesada y malvada. No quería que los hijos le reclamaran eso. En su interior, Gabriela ya comenzaba a hacerse a la idea de que cuando Roberto resolviera el problema financiero, ella le pediría la separación.

Roberto no le contó acerca de su relación con el médico. No quería hablar sobre el desmayo y que la había visto en aquel auto con un hombre. Cuando pensaba en eso le hervía la sangre y tenía que hacer un esfuerzo para controlarse. Había estado de acuerdo con Aurelio en investigar, y sólo hablar cuando estuviera seguro.

Algunas veces siguió a Gabriela a escondidas, pero sólo logró constatar que ella iba directo para el trabajo.

Roberto se escondió cerca de la oficina. Vigiló durante el horario de oficina para ver si ella salía con algún compañero. Pero tampoco ocurrió eso.

Por la noche se desahogó con Aurelio.

—No aguanto las ganas de hablarle sobre lo que ocurrió aquella tarde. Pero hasta ahora no he conseguido descubrir nada, ninguna prueba. He vigilado mucho y nada.

—Es muy posible que te hayas engañado. Tal vez no era ella quien estaba en aquel carro.

—Yo la vi. Estoy seguro. Tampoco puedo quedarme allá todo el tiempo. Debo preocuparme por mi vida, buscar trabajo.

—¿Cómo te ha ido?

—Está difícil. Yo no hice estudios universitarios, he trabajado por mi cuenta, lo que equivale a decir que no tengo una profesión definida. Estoy desesperado, dispuesto a hacer cualquier trabajo, pero a donde quiera que voy exigen experiencia mínima de dos años en el cargo. Cuando explico que he trabajado por mi cuenta, que perdí todo, me miran con desconfianza y no me llaman para las vacantes.

—Tú les estás contando la historia de un fracaso y esa actitud no permite que ellos confíen en ti.

Nervioso, Roberto se pasó la mano por la cabeza.

—Soy sincero. Tengo que decir la verdad. Si no les cuento, ellos pensarán que nunca he trabajado, pues jamás tuve un contrato de trabajo.

— No te digo que mientas. Te sientes fracasado por todo lo que te ocurrió. Si no confías en tus posibilidades, ¿cómo quieres que ellos confíen en ti y te ofrezcan trabajo?

—No entiendo. Claro que me siento un fracasado. Perdí todo. No puedo estar optimista. Pero soy trabajador y honesto. Tengo buena voluntad y necesito mantener a mi familia. ¿Cree que eso no basta?

—No. Eso no basta. Vas en busca de trabajo pero cargas con el desespero, la rabia, la culpa de haber sido tan ingenuo y haberte dejado robar por tu socio. Además, crees que tu esposa dejó de amarte porque fuiste perjudicado y no tienes cómo mantener a tu familia. Piensas que por eso ella ha dejado de amarte.

—Esa es mi verdad, doctor. He cargado con esa angustia veinticuatro horas al día desde que ocurrió la tragedia.

—A causa de un hecho que ya pasó, destruyes todas tus posibilidades de éxito en la vida y te perjudicas mucho más que tu socio, quien huyó con todo tu dinero.

Roberto miró al médico sin entender:

—¿Yo? ¿Cómo así?

—Sientes vergüenza de haber sido engañado. Crees que los otros te culpan y se ríen a costa tuya. Que te llaman tonto.

—Así es. Yo siento eso en los ojos de las personas. El abogado me obligó a hacer el denuncio en la comisaría y fue un vejamen. Nunca sufrí tanto en toda mi vida. Los policías me miraban con aire de burla. Fue un horror.

—¿Por qué te avergüenzas? No eres el ladrón, ¡tú fuiste robado!

—Fui torpe. Él me engañó. ¿Le parece eso bonito?

—¿Preferirías estar en su lugar?

Roberto le clavó los ojos admirado:

—Claro que no. Nunca sería capaz de hacer lo que él hizo.

—Porque tú eres un hombre honesto.

—Claro. Nunca le he quitado nada a nadie. Todo lo que he ganado ha sido fruto de mi trabajo.

—Por lo tanto, eres un hombre correcto, de bien.

—Claro que lo soy.

—Deberías sentirte digno.

Roberto se enderezó en la silla.

—Yo soy un hombre digno.

—¿Entonces por qué te agachas y te avergüenzas delante de los demás?

—Porque no me gusta pasar por tonto.

—La opinión que los demás tienen acerca de ti es muy importante, ¿verdad?

—Sí.

—¿Más que la tuya?

Roberto dudaba y no respondió. Aurelio continuó:

—¿Crees que las personas saben lo que hay en tu corazón, lo que sientes, lo que piensas, lo que quieres?

—No. Nadie puede saber el infierno que es mi vida ahora, la humillación que tengo que soportar.

—Cuanta más vanidad, más humillación.

—Está equivocado, doctor. Nunca he sido vanidoso.

—Preocuparte por la opinión que los otros tengan de ti, es pura vanidad. Crees que los demás perciben un lado tuyo menos inteligente, menos bonito, y te sientes inferior.

Roberto bajó la cabeza avergonzado. Las lágrimas brotaron de sus ojos y él se esforzó por reprimirlas. No lograba responder.

Aurelio permaneció silencioso por algunos instantes. Roberto, cabizbajo, luchaba por contener el llanto, pero, aunque lo intentaba, algunas lágrimas se obstinaban en rodar por su rostro. El médico le extendió una caja con pañuelos de papel. Roberto respiró profundo, tomó un pañuelo y se sonó la nariz varias veces. Tosió y dijo avergonzado:

—Disculpe, doctor. He estado muy sensible últimamente.

—Tú no mereces todo eso, ¿cierto?

Al sentir el tono amistoso del médico, Roberto no contuvo más el llanto y lloró profusamente. Aurelio esperó en silencio a que Roberto se calmara.

Cuando logró controlarse, Roberto se justificó:

—Eso nunca me había ocurrido. He estado muy tenso. La falta de dinero, la traición de Gabriela, todo eso me ha hecho perder el control.

—Tienes razón. Realmente estás acabado. Ya no sirves para nada. Creo que es mejor que desistas, que aceptes la miseria, que dejes correr el barco.

Roberto lo encaró sorprendido. No era eso lo que esperaba oír.

—Vine aquí pensando que me iba a animar. Por lo que veo, usted me quiere derrumbar. Mejor me voy.

—Eres tú quien estás haciendo todo lo posible por derrumbarte.

—Al contrario, he luchado, he buscado empleo en muchas partes.

—Es difícil, porque no confías en tu capacidad. Crees no tener experiencia. Ni siquiera sé cómo fue que lograste montar tu negocio. Dices que tuviste uno, ¿es cierto?

Roberto se irguió:

—¿Piensa que estoy mintiendo? ¿Sólo porque me ve sin dinero, no cree en mí?

—Yo no te conozco lo suficiente. Me baso en tus informaciones. Me dices que eres un fracasado, que ni siquiera logras mantener el amor de tu mujer, que no tienes condiciones de conseguir empleo. Estás desesperado porque no ves ninguna salida.

—No me conoce realmente. He trabajado mucho, primero como vendedor de un depósito de materiales de construcción, después compré un terreno y construí un galpón donde comencé a comprar y a revender algunos materiales. Progresé hasta que llegué a poseer un gran depósito, construí la casa donde vivo y compré otros inmuebles. Siempre fui muy bueno para negociar, vender y comprar. Mi papá decía que yo lograba vender hasta una lata vacía. Cuando conocí a Gabriela, ella era la muchacha más disputada del barrio. No le paraba bolas a nadie. Cuando yo llegué, le gusté de inmediato. Nos enamoramos de verdad. Fue una locura. He hecho muchas cosas buenas en la vida.

Roberto se había levantado, su postura era erguida, sus ojos brillantes y su fisonomía seria.

—Ese eres tú —dijo Aurelio con voz tranquila—. Un hombre fuerte, que sabe lo que quiere, que consiguió todo lo que quiso en la vida y que no puede ser derrotado por un ladrón sinvergüenza.

Roberto se sentó y miraba pensativo al médico. Aurelio continuó:

—Si quieres mejorar tu vida necesitas recuperar tu fuerza, creer en tus capacidades, poner tu dignidad por encima de lo que los otros puedan pensar. Sabes que eres un hombre inteligente, trabajador, honesto, capaz. Olvida lo que ocurrió. Vuelve a ser el hombre que eras antes y en seguida obtendrás de nuevo todo lo que perdiste, incluso más.

—Sé que soy capaz de trabajar, de ganar dinero. Es que me dejé llevar por las emociones.

—Te pusiste en posición de víctima, algo que no eres. Él se llevó tu dinero, pero en cambio, tú aprendiste algunas lecciones que nunca olvidarás. Por lo tanto están empatados. Déjalo ir, entrégalo a su propio destino, sin odios ni lamentaciones.

—Me gustaría poder hacer eso. Pero, por ahora, me parece imposible.

—Si no mejoras tu energía, difícilmente encontrarás trabajo.

—¿Cómo así?

—Nuestras actitudes crean un campo magnético propio que forma nuestra aura, la cual atrae energías afines. Las emanaciones de nuestra aura son percibidas por las personas y reaccionan a ellas. Es la verdad de cada uno. Tú puedes mentir, representar papeles, ser lo que no eres, pero las personas sienten tus emanaciones y reaccionan de acuerdo con ellas. Por eso algunas personas son siempre bien recibidas en cualquier lugar, mientras que otras son ignoradas, maltratadas y hasta rechazadas.

—Eso es cuestión de suerte.

—Te engañas. Eso es cuestión energética. Si te acercas a las personas sintiéndote equivocado, fracasado, incapaz, ellas no confiarán en ti. Para buscar empleo, es fundamental saber eso.

—Nunca oí hablar de eso.

—Hay muchos estudios al respecto. Es la mayor verdad. Si pones atención a lo que sientes cuando las personas se acercan, percibirás con claridad lo que te estoy diciendo. Vas a notar que las reacciones que las personas provocan en ti son muy diferentes unas de las otras. Todo, debido al magnetismo que emana de ellas.

—¿Será por eso que Gabriela nunca confió en Neumes? Ella siempre sospechó de él. Vivía diciéndome que debía cuidarme, abrir los ojos.

—Ella captaba las emanaciones de él y no le gustaban. Sentía que él no era de confianza.

—Caramba, si hubiera sabido eso antes, no habría caído en esto.

—No lamentes lo que pasó, ni te culpes. Tú hiciste lo mejor que pudiste. Como eres honesto, actuaste de buena fe.

—Así es. ¡Yo confiaba tanto en él! Nunca imaginé que fuera capaz de hacer lo que hizo.

—Lo admirabas. ¿Siempre tuviste ganas de ir a la universidad?

—Siempre. Pensaba que quien iba a la universidad era una persona inteligente, importante.

—¿Por qué nunca intentaste estudiar?

—Eso no era para mí, doctor.

—¿Por qué no? No creo que sea fundamental ir a la universidad. Sin embargo, es bueno porque abre la mente a muchas cosas. También hay muchas personas con diplomas universitarios que vegetan por la vida sin lograr el éxito. Hay otras cosas que son más importantes e imprescindibles para progresar.

—¿Cuáles?

—La inteligencia, la buena voluntad, la osadía, la confianza en sí mismo, la firmeza. Yo podría citar muchas otras que contribuyen a la conquista de la felicidad. Cuando tienes esas cualidades, el éxito es independiente de cualquier diploma. Tú te vanagloriaste con la amistad de Neumes.

—¡Claro! Él era un ingeniero graduado. Había planeado y construido un edificio bonito. Compraba materiales en mi depósito. Cuando me propuso el negocio, pensé que era lo mejor. Ni se me pasó por la cabeza que yo pudiera ser engañado por él.

—Es para que veas que un diploma, y el solo conocimiento, no bastan. Es necesario algo más. Me gustaría que pensaras en todo lo que hemos conversado y que tengas la certeza de una cosa: en ese negocio, Neumes perdió más que tú.

Roberto, sorprendido, miró a Aurelio:

—¿Cómo así?

—Tú sólo perdiste dinero. Así como conseguiste todo lo que tenías, puedes recomenzar y hacer todo de nuevo, ahora con más experiencia y madurez. Él no, la policía lo está buscando, y aunque haya salido del país, engañará a más personas, con toda certeza acabará mal. La deshonestidad tiene un precio muy alto y, tarde o temprano, la persona tendrá que pagar para recuperar su propia dignidad. Creo que por hoy es suficiente.

Roberto se levantó:

—Voy a pensar en todo eso, doctor.

—Hazlo. Te espero en la próxima cita para continuar esta conversación.

Roberto salió pensativo del consultorio. En realidad necesitaba reflexionar. Nunca había sido un ser débil. Ahora se sentía más fuerte. Le parecía haber recuperado algo de lo que era antes.

Respiró profundo, sentía que la brisa de la noche le sentaba bien. Miró el cielo y se dio cuenta de que estaba lleno de estrellas. ¿Cuánto tiempo hacía que no percibía cómo estaba la noche?

Roberto llegó a casa. Gabriela ayudaba a Guillermo a hacer la tarea en la mesa de la sala. Se acercó y besó a su hijo mientras María del Carmen, al verlo, se le aproximó con un papel en la mano.

—Mira, papá: Yo hice este dibujo solita.

Él se le acercó, miró el papel y dijo:

—¡Qué lindo!

—¡Es una casa! Pinté el cielo de verde y Memo dijo que estaba mal. Pero a mí me gusta el cielo verde y punto. El dibujo es mío y pinto mi cielo del color que yo quiera.

Roberto se rió al ver la actitud de la niña y respondió:

—El cielo es azul, pero puedes cambiar el color en tu dibujo para ver cómo queda. Todos tenemos derecho a experimentar.

Gabriela observó con admiración a su marido, pero no dijo nada. Él se sentó en una poltrona, llamó a la hija y la puso en su regazo.

—Papá, ¿sabes lo que pasó hoy en el colegio con Juliana?

—No.

—Ella fue con una media de un color y otra de otro.

Él rió divertido y dijo:

—Ella quiso experimentar para ver cómo quedaba.

—Todo el mundo se burló de ella. Pero Juliana no se preocupó. Dijo que así estaba lindo y ya. Mañana yo también quiero ir con una media de un color y otra de otro.

Gabriela miró de nuevo a su marido. Roberto estaba diferente. ¿Qué le habría pasado? ¿A dónde habría ido? Él nunca salía solo por la noche. ¿Tendría por ahí algún lío de faldas?

Roberto se sentía más relajado y tranquilo. Estuvo con los niños en la sala hasta que Guillermo terminó la tarea. Enseguida tomó un baño y se fue a acostar. Esa noche, después de mucho tiempo, logró dormir tranquilo.

Capítulo 4

Georgina timbró varias veces. ¿Habría salido Roberto? Había decidido visitar a Roberto el martes por la tarde porque sabía que ni Gabriela ni Nicete estarían en casa. Roberto debía estar ahí, pues la ventana del cuarto del frente estaba abierta. Insistió, hasta que finalmente apareció en la puerta.

—Pensé que habías salido y habías olvidado cerrar la ventana. Además, incluso durante el día, no deberías dejarla así. Es una invitación a los ladrones para que se entren.

—Sigue, mamá –respondió él.

Una vez en la sala, con la puerta cerrada, ella lo abrazó con tristeza diciendo:

—Por lo que veo, aún no has conseguido nada. En la casa a esta hora...

Él tuvo ganas de no responderle. Ya tenía demasiados problemas para tener que soportar sus comentarios. Se contuvo. Finalmente, ella era su mamá y no tenía la culpa de lo que a él le pasaba.

—Tengo algunas cosas a la vista —mintió él—. Estoy seguro de que algo resultará. Es sólo cuestión de tiempo.

Georgina movió la cabeza y lo miró con tristeza:

—¡Duele verte en esta situación! Tú, que siempre has conseguido todo lo que has querido. Tengo el corazón hecho un nudo al pensar cómo estará tu cabeza.

—No te preocupes tanto, mamá. Yo estoy muy bien. Ya te dije que esta situación es temporal. Pronto pasará.

—No sé. Con esa racha de mala suerte con que andas, todo puede pasar —se acercó más a él, bajando la voz— continuó: Creo que Dalva tiene razón. Te hicieron brujería. Estabas muy bien y, de repente, todo cambió. La envidia y la maldad consiguen derrumbar a una persona.

—No creo en esas cosas, mamá.

—Deberías buscar un centro espírita para deshacer ese mal. Dalva frecuenta uno y entiende de esas cosas. Ella me contó algunos casos impresionantes. Me advirtió que tú sólo no vas a poder hacerlo. Tu vida irá de mal en peor. A solicitud mía ella pidió una consulta para ti, dijo que si no haces nada, hasta tu mujer te va a dejar.

Roberto se sobresaltó. A excepción del médico, no le había contado a nadie sobre sus sospechas acerca de Gabriela.

Georgina continuó:

—Vine aquí sólo para darte ese mensaje. Quiero llevarte a ese lugar para que resuelvan todo esto. No aguanto más verte de esa manera. Necesitamos hacer algo.

Él respiró y dijo decidido:

—No iré. No me gusta tu amiga Dalva y menos esa idea de meterme en cosas de brujerías. Deja de preocuparte por mí. Puedo cuidar de mi vida.

—¡Tanto puedes que estás así! ¿No ves que nada te sale bien? ¿Hasta cuándo pretendes vivir a costa de tu mujer? ¿Hasta que ella se canse y te diga adiós?

Roberto, sin poder contenerse:

—¡Basta, mamá! No tengo ganas de conversar. Además, debo salir ahora. Tengo una entrevista importante.

—Dalva tenía razón cuando me dijo que no ibas a aceptar. Ella me garantizó que el hechizo había sido muy bien hecho y que cuando te invitara, te volverías contra mí. Y eso fue lo que ocurrió. Me estás echando. Nunca antes hiciste eso. Pero debes saber, hijo mío, que estás siendo muy ingrato. Lo que quiero es ayudarte. Te lo suplico: vamos al centro espírita.

—No creo en lo que dices. No quiero ir. Entiéndelo. No te estoy echando. Sólo dije que tengo un compromiso. Sé que quieres ayudarme.

—Difícilmente conseguirás algo si no deshaces ese trabajo. ¿Por qué eres tan terco?

—Deja mis problemas en paz que yo los resuelvo. No te preocupes.

—Me voy, pero, si cambias de idea, búscame. Para deshacer el trabajo vamos a necesitar algo de dinero. Tú no tienes, pero yo puedo hacer algo. Ellos aceptan una parte ahora y el resto cuando todo esté resuelto. Tengo algunos ahorros que alcanzarán para los primeros gastos.

Roberto se impacientó:

—Mamá, ¿cuántas veces tengo que decirte que no iré a ese lugar? Guarda tu dinero, puedes necesitarlo. No lo entregues a esos oportunistas.

—No digas eso, hijo. Son personas que lo hacen de corazón, pero necesitan comprar los materiales. Es justo pagar por eso.

—Espero que no les des el dinero. Lo que recibes apenas alcanza para tus gastos.

—Por salvar a mi hijo haría cualquier cosa.

—Eso no, por favor. Me basta con mis preocupaciones. No puedo cuidarte también a ti. Sé razonable.

—Ellos ya se metieron con el caso. ¿Qué le diré a Dalva?

—Hiciste eso sin consultarme. ¿Viste en lo que resultó? Agradece la ayuda y trata de no crear más confusión. Di que ya conseguí trabajo, que estoy de viaje, inventa alguna historia, pero sal de eso y no me involucres. Si continúas con eso, me disgustaré mucho contigo. ¿Entendido?

Georgina suspiró desanimada y después dijo:

—Estoy muy triste, pero haré lo que me pides. Sin embargo, si cambias de idea, avísame.

Georgina se despidió y Roberto suspiró aliviado al verla salir. Cerró la puerta y se dejó caer en una silla. ¡Era lo único que le faltaba! Pensó en Gabriela dentro de ese carro. ¿Y si en realidad fuera cierto? ¿Y si él estuviera siendo víctima de alguna brujería para hacer que perdiera todo, hasta la mujer? Ella estaba callada, indiferente, no se acercaba como antes. Roberto sentía deseos de abrazarla. ¿Y si Gabriela lo rechazaba? Estaba siempre cansada, se dormía enseguida, no lo besaba ni lo abrazaba en la cama como antes.

Se pasó la mano por el cabello en un gesto de impotencia. Si eso fuera verdad, él estaba vencido. ¿Cómo luchar contra cosas que no veía ni sabía cómo funcionaban? Se acordó de algunos casos conocidos donde sus amigos decían haber sido víctimas de hechicería. Ellos no habían logrado salir de eso.

No había lógica alguna. Él no podía creer que eso existiera. Sin embargo, una sensación de miedo lo invadió. ¿Estarían lo sobrenatural, y los rituales que había visto en las películas de magia, destruyendo su vida? ¿Cómo defenderse? Él no creía que Dalva y sus amigos tuvieran el poder para resolver su caso, si en realidad fuera víctima de los seres del mal.

¿Y si buscaba la ayuda de un sacerdote? No, no se sentía con valor suficiente para hablar con él de esos asuntos que son siempre tan combatidos por la Iglesia. ¿Y un pastor? La esposa de un conocido le aseguró que él necesitaba ir a una iglesia evangélica, y que todo se resolvería. Si les contara sus sospechas, ellos dirían que él estaba poseído por el demonio. Sólo que Roberto no creía en él.

Esos pensamientos tan angustiosos no lo abandonaron hasta la hora de ir al consultorio de Aurelio. Tan pronto entró, el médico notó su preocupación. Cuando lo vio acomodado en la poltrona, dijo:

—Cuéntame lo que pasó.

—Nada que valga la pena —dijo, temeroso de parecer ignorante.

—Tal vez no lo parezca, pero tú le diste importancia. ¿Prefieres no hablar del asunto?

—Es algo sin importancia. Mamá llegó esta tarde con una conversación loca. Dice que me hicieron un trabajo.

—¿Un hechizo?

—Sí.

—Podría ser.

Roberto se sorprendió:

—¿Usted cree en eso?

—¿Por qué no? El magnetismo, la manipulación de energías, la fuerza mental, pueden crear y alimentar situaciones muy dolorosas.

—Eso sería el colmo de la mala suerte. ¡Sólo me faltaba eso! Dios está de verdad en mi contra al permitir que yo sea castigado de esa forma sin poder defenderme.

—No hables así de cosas que desconoces.

—¿Cómo quiere que me sienta? Después de haber sido robado, de haber perdido todo, de estar desempleado y con mi mujer pensando en abandonarme y, además, con las fuerzas del mal en mi contra. Eso me desespera. Luchar contra seres invisibles que desean acabar conmigo es demasiado para un hombre como yo.

—Por la forma como estás viendo la situación, pareciera que no tienes cómo salir de ella.

—Pues realmente no la tengo. Todo cuanto he hecho hasta ahora no ha servido de nada. Mi vida está cada vez peor.

—Cálmate. Vamos a hacer un ejercicio de relajación. Acuéstate en la hamaca.

Roberto obedeció. Aurelio apagó la luz y dejó encendido tan sólo un pequeño bombillo azul. Después, puso una música suave, se aproximó a Roberto y le colocó la palma de su mano derecha sobre la frente y dijo:

—Relájate, deja que tu cuerpo se distensione. Imagina que estás en un parque, los árboles son muy frondosos, y los jardines llenos de flores exhalan un perfume agradable. Hay pájaros que cantan, y el sonido del agua al caer de la montaña, lava las piedras del camino y forma una espuma blanca que se deshace al llegar al lago. Estás descansando. Ahora es tu momento. No tienes que hacer nada, sólo intégrate con la armonía de la naturaleza. Respira profundo, aprovecha el ambiente tranquilo, sosegado y revitalizador. Vamos, respira.

Roberto empezó a respirar conforme se lo ordenaba Aurelio. Poco a poco sintió somnolencia y bostezó de seguido. El médico continuó:

—Vamos, continúa respirando el aire puro del parque, disfruta del gorjeo de los pájaros y de la brisa perfumada del lugar. Todo es perfecto en el universo. Tú eres naturaleza, eres perfecto. La naturaleza cuida de tu cuerpo, del aire que necesitas para respirar, del alimento que debes ingerir. Ella te provee de todo. Nada te falta. Tienes todo lo necesario para mejorar tu calidad de vida. Sólo debes entender cómo funciona la vida, hacer tu parte y confiar en que lo invisible hará el resto. La vida es luz, belleza, armonía, equilibrio y paz.

De repente, Roberto comenzó a sollozar. Las lágrimas resbalaban por su rostro, trató de contenerlas, pero Aurelio continuó:

—Llora. Limpia tu alma. Expulsa todos los sentimientos dolorosos que te incomodan. Tú eres luz, vida, bondad, belleza y paz.

Roberto sollozó por algunos minutos. Cuando se calmó, Aurelio le preguntó:

—¿Cómo te sientes ahora?
—Mejor.
—Ahora siéntate en la poltrona. Vamos a conversar. Hay algunas cosas que deseo explicarte.

Roberto obedeció. Después, al mirar el rostro del médico que se había sentado frente a él, intentó sonreír:

—Debo parecerle débil.
—Al contrario. Eres una persona muy fuerte.
—Incluso ahora, me quejé y lloré.
—Es natural. Estás sufriendo.
—Lo que me molesta es sentirme impotente. Por más que intento resolver mi vida, no consigo nada.
—Si lo intentas siempre de la misma manera, obtendrás el mismo resultado.
—No entiendo.
—Es necesario descubrir por qué atraes esta situación a tu vida. Cada uno es responsable por todo cuanto le sucede.
—Yo no. Fui víctima de la maldad de Neumes.
—No creas más en eso. Recogiste el resultado de tus actitudes.

Roberto iba a interrumpirlo, pero Aurelio hizo un gesto para que lo oyera y prosiguió:

—Sé lo que vas a decir. Que tu socio es deshonesto, ladrón y que tú fuiste siempre honesto. Pero, ¿por qué te buscó para proponerte el negocio? ¿Por qué te escogió a ti y no a otro para engañar?

—Soy una persona de buena fe.

—Sí, pero siempre te sentiste inferior a él, sólo porque tenía un diploma y tú no. Crees que para ser importante es necesario haber cursado la universidad. Nunca se te pasó por la cabeza cuestionar sus actos, pues lo veías más sabio y capaz.

—Yo no podría construir un edificio de esos.

—De acuerdo. Él poseía conocimientos técnicos que tú no tenías. Pero por otra parte, a pesar de todo su conocimiento, él no había logrado ascender en la vida. No tenía tu capital, dinero que habías logrado ganar a pesar de no tener su diploma. ¿Entiendes?

Roberto, admirado, se rascó la cabeza. Era verdad. Él siempre había sido capaz de ganarse la vida, conseguir lo que quería.

—Deseaba que percibieras que al ponerte por debajo de él, al considerarlo superior a ti, confiaste ciegamente en él, dejaste de lado tu talento comercial, tu sagacidad, te llenaste de vanidad porque él se había asociado contigo. En tu cabeza, él era mucho mejor que tú. No utilizaste tu buen sentido y tu intuición, como siempre lo habías hecho en la vida, y así fuiste engañado. No fuiste una víctima. Al contrario, tus actitudes lo atrajeron y le facilitaron el trabajo.

Roberto movió la cabeza, pensativo.

—¿Te acuerdas de cómo eras antes de hacer esa sociedad?

—¡Claro! Yo no escuchaba a nadie. Hacía lo que me parecía mejor.

—Y así prosperaste, te casaste con la mujer amada, hiciste lo que deseabas.

—Hasta que apareció aquel sinvergüenza… ¿Cómo pude ser tan tonto?

—No te reproches, así empeorarás las cosas. Necesitas dirigir tu fuerza hacia cosas buenas que mejoren tu vida. La culpa, además de dispersar tus energías, te empuja aún más hacia el pesimismo. Condenarte no ayuda, sólo confunde. Lo que ocurrió contigo fue para bien. Reconócelo.

—Eso no, doctor. Ha sido horrible.

—Pero, te impulsa a pensar, a buscar las causas de todo y a encontrar la mejor solución. Estás creciendo.

—Gané experiencia, eso es cierto. Nunca más voy a caer en otra trampa como esa.

—Todas las personas no son iguales. Si estás bien, vas a atraer personas buenas, positivas, que contribuirán a mejorar tu vida.

—Y para completar viene mi mamá con ese cuento de la brujería...

—Nosotros nunca logramos agradar a todo el mundo. Hay personas que se incomodan con tu éxito; otras ven la maldad en todo lo que haces. Entre esas personas están las que, con el pretexto de "salvarte" o de castigarte por tus errores, apelan a los espíritus descarnados más primitivos y realizan trabajos de hechicería.

—¿Entonces sí existe eso? ¿No es un engaño para quitarle el dinero a los incautos?

—Hay vivos en todas partes. Pero estoy hablando de los que realmente están involucrados con los espíritus y desean interferir en la vida de las personas, manipulándolas de acuerdo con sus intereses.

—¿Ellos consiguen hacer eso de verdad?

—Sólo con los que son dependientes y no cuidan de sí mismos.

—¿Cómo así?

—Ocurre con las personas muy dependientes, que no tienen opinión propia, que viven preguntando todo a los demás. Esas personas son muy vanidosas. Tienen miedo de equivocarse, prefieren no asumir responsabilidades por sí mismas. Siempre desean compartir la responsabilidad con los demás, quieren una opinión para después, si algo sale mal, culpar al otro. A una persona lúcida, que usa el buen sentido y no se deja llevar con facilidad por la opinión de los demás, el hechizo no le hace efecto. Quien es positivo ve la vida siempre por el lado bueno, nunca alimenta ni teme al mal, se hace inmune a todas las embestidas de la oscuridad. Ahora bien, conocer la espiritualidad, saber cómo funcionan las energías que están a nuestro alrededor, da seguridad. Dios habita dentro de cada alma y si te habitúas a buscar esa fuente espiritual y crees que ella está dentro de ti y actúas de acuerdo con ella, nunca tendrás problemas con los espíritus malvados. La fuerza de ellos es muy pequeña frente a la esencia divina.

—Entonces, ¿cómo logran ellos derrumbar a las personas?

—Atacando los puntos débiles que poseen: sus complejos, sus ilusiones, sus creencias, incluso, aunque no sean verdaderas, crean las actitudes de las personas.

—¿Dices entonces que puedo estar embrujado?

—Podrías, porque te dejaste dominar por el pesimismo y la falta de confianza en ti mismo, por los celos. De hecho, eres un plato apetitoso para cualquier brujo.

—En ese caso, ¿necesito ir a un centro espírita para deshacerlo?

—Si descubres las actitudes que te hacen vulnerable a ellos y las cambias por otras mejores, tu patrón energético subirá y habrá una desconexión natural. Pero para eso necesitas aprender cómo funcionan esas energías.

—¿Entiende de esas cosas?

—Debido a mi trabajo lo he estudiado. Al atender a mis pacientes descubrí muchas cosas, inclusive la mediumnidad, la continuidad de la vida después de la muerte. Han sido tantas las pruebas que he obtenido que hoy no sabría trabajar sin analizar esas variables. Te digo algo más: mi éxito profesional se debe a que cuido de los enfermos, integrando cuerpo, mente y espíritu.

—Oyéndolo, pienso que mi vida está muy enredada.

—Nada que no puedas cambiar.

—¿De qué manera? Me esfuerzo por encontrar trabajo, pero se hace cada día más difícil.

—Porque tu depresión aumenta. Cuanto más deprimido, más difícil.

Roberto se impacientó:

—¿Cómo sentirme optimista sin dinero, soportando las miradas de conmiseración de mi madre, de mi esposa, de los vecinos y hasta de la empleada? Me siento como si fuera un incapaz. Estoy viviendo a costa de mi mujer.

—No eres un incapaz, ni un vagabundo o aprovechado, sólo estás sin empleo. Esa es una situación temporal.

—Que ya ha durado algunos meses y estoy al límite de mis fuerzas.

—Mientras te quejes no conseguirás nada. La depresión, la queja, la falta de confianza en la vida, todo eso aleja las buenas oportunidades. Si quieres tener éxito, tienes que esforzarte por cambiar esa posición.

Roberto hizo un gesto de impotencia. Iba a hablar, pero Aurelio continuó:

—Sé lo que vas a decir. Justificarte no sirve de nada. Lo que necesitas es salir de ese estado. Ver las cosas buenas que posees y valorarlas, agradecer a Dios por lo que tienes. Posees una bella familia. Tu mujer ha sido una buena compañera en estos momentos de dificultad por los que atraviesas. ¿No crees que tienes mucho por agradecer?

—Visto así...

—Hay más. A pesar de lo que dices haber visto, no creo que tu esposa te esté traicionando. Es bueno valorar todo lo que ella ha hecho por la familia, para que no se sienta desanimada y alguien se aproveche e intente conquistarla. En ese momento, lo que tú más temes, ocurrirá de verdad.

—¿Cree que pude haberme engañado?

—Sí lo creo. Una mujer sólo traiciona a su marido cuando se enamora de otro, y entonces, hace todo lo posible por separarse.

Ella está diferente, no me consiente como antes, está siempre cansada. Hasta me da temor acercármele.

—¿No serías tú quien cambió? ¿Has observado cómo te has comportado dentro de la casa y con ella?

—Bueno, después de lo que ocurrió, claro que cambié. Me puse triste, sin ganas de conversar, temeroso. Parece como si todos me criticaran por haber confiado en aquel desgraciado. No me resigno a haberme equivocado y a perder todo el dinero.

—Te criticas y te juzgas incapaz por no haber decubierto la verdad a tiempo. Sientes ira por haber sido engañado y te castigas y piensas que no mereces el amor de tu familia.

—No lo merezco realmente. No supe cuidar del bienestar de ellos.

—Date cuenta de que estás poniendo toda la fuerza contra ti. Te estás acabando a propósito para castigarte.

—¿Cómo así?

—Tienes rabia por haber sido ingenuo. En el fondo, crees que mereces sufrir por tu error. Aunque un lado de ti desea surgir, mejorar, recomenzar, el otro lado se complace en sufrir, en verse derrotado, en "pagar" por sus errores. En el fondo, crees que así te depuras y te "limpias" frente a tu familia. ¿No aprendiste que "el sufrimiento redime"?

—Bueno, siempre he oído decir que quien sufre "está pagando por sus errores"...

—¿Crees en eso? Para ti, sufrir significa soportar las consecuencias de tus errores para volverte mejor.

—Dicho así, da la impresión de que yo no quiero conseguir empleo y eso no es verdad.

—Claro que quieres trabajar. Pero piensas que para volver a tener éxito y dinero necesitas merecerlo. Te preguntas si una persona que fracasó merece el éxito.

Roberto iba a contestar, pero se calló. Respiró profundo y se pasó la mano por los cabellos, como queriendo entender mejor.

—En verdad, Roberto, te complaces en sufrir y en ser la víctima de la maldad de los demás. Piensas que si actúas así, demuestras que las personas pueden ser falsas y perversas y justificas tu lamentable experiencia con Neumes.

—Por la manera como habla, parece que el único culpable soy yo...

—No se trata de encontrar un culpable, entiende eso, sino de comprender de qué manera estás manejando los hechos. Fuiste engañado por un vivo. Eso pasa todos los días con las personas de buena fe. Tú perpetúas ese hecho y agravas la situación. Date cuenta de esto: tú no eres el equivocado por haber confiado en tu socio, sino él por haberse aprovechado de tu confianza. Quien se equivocó fue él y un día tendrá que responder por ese acto frente a los valores eternos de la vida. En cuanto a ti, continúas siendo honesto, capaz y competente. Si hubieras mantenido esta opinión acerca de ti, hace mucho habrías encontrado la solución a tu problema.

—Siempre trabajé por cuenta propia. No tengo práctica para desempeñar cualquier empleo. Las empresas exigen dos años de experiencia.

—Tal vez la vida esté tratando de decirte que lo mejor será hacer aquello que siempre hiciste.

—Necesitaría de capital y no lo tengo. Además, un empleo es más seguro. Se tiene un salario cada mes, sin preocupaciones ni incertidumbres.

—Tienes miedo. Ya no confías en tu capacidad. Pensar que un empleo te da más estabilidad es una ilusión.

—Usted dice cosas que me perturban y me ponen a pensar.

—Eso es bueno, te ayudará a salir más rápido de esta situación.

—Por la forma en que me habla, pareciera como si todo dependiera de mí.

—Y así es, realmente. Cuando cambies tu posición y vuelvas a actuar como actuabas antes de conocer a Neumes, poco a poco todo se normalizará.

—¿Puede explicarlo mejor? Yo no he estado en esta situación antes. No tenía que soportar penurias ni dejar que mi mujer haga tantas horas extras para pagar las cuentas ni ver a mi mamá sufriendo por mí. Los hechos son otros ahora. No se puede actuar lo mismo que antes.

—Claro que la situación es otra, pero tú también eres otro. Tus pensamientos son angustiosos, depresivos, ansiosos. Estás lleno de miedo hacia el futuro. Sin embargo, necesitas reconocer que ese tipo de actitud, además de dificultar las cosas, crea aún más obstáculos para tu recuperación emocional y financiera. Tendrás que volverte más optimista.

—Ya dijo eso antes, pero no sé cómo hacerlo. ¿Cómo puedo fingir que estoy bien si todo va mal?

—No digo que debas fingir. Digo que, a pesar de estar pasando por dificultades, aún tienes muchas cosas buenas en tu vida. Perdiste dinero, pero todavía tienes lo más importante: tu familia, el amor de los tuyos. Ellos no te han abandonado. Al contrario, permanecen a tu lado y se esfuerzan, cada uno a su modo, por demostrar cuánto te aman y creen en tus capacidades.

—Mi mamá me critica porque ayudo en los quehaceres de la casa. Cree que un hombre no debe hacer eso.

—Es un prejuicio equivocado de ella. No es un trabajo de hombre o mujer. En una familia todos deben cooperar con el trabajo de la casa. Al fin y al cabo todos disfrutan y comparten el mismo espacio. Nada más justo, que quien tiene más tiempo, ayude más.

—Eso es lo que yo pienso. Si Gabriela trabaja mientras yo estoy en casa, ¿por qué no puedo hacer los pequeños oficios domésticos?

—Tienes mucha razón. Lo que piensa tu mamá no debe afectarte. Esa es la forma como ella fue educada. En el fondo, lo que ella desea es apoyarte, ayudarte a resolver tus problemas, y lo hace a su manera, sin darse cuenta de que te inhibe. Es su forma de amar. Cuando demuestra su preocupación, quiere decir que te ama y desea que seas feliz.

—Creo que tiene razón. Nunca lo había visto de ese modo.

—Y en cuanto a tu mujer, ella trabaja más horas para que a ustedes no les falte nada, y eso, en mi opinión, no es para que te sientas humillado, sino porque desea apoyarte hasta que puedas asumir tu parte en los gastos. Lo hace por amor.

—¿Cree eso de verdad?

—Claro. Así Gabriela demuestra que te comprende y te estimula para que reacciones.

—Ella se queja de que vivo quejumbroso y malhumorado.

—Gabriela siente, que a pesar de hacer todo lo que hace, tú no la entiendes. Percibe tu rebeldía y se siente incomprendida.

—Es verdad. Últimamente ya no conversa conmigo como antes. Eso me deprime aún más.

—Gabriela tiene razón. Ella se esfuerza al máximo y tú continúas en la cómoda posición de víctima. Si estuvieras en su lugar, también estarías irritado.

—Sí... puede ser... ¿Crees de verdad que el cambio de Gabriela es causado por eso?

—Pues lo creo. Puedes probar. Cambia de actitud. Demuestra confianza en el futuro. Pruébale que volviste a creer en la vida y en ti mismo. Te garantizo que ella también cambiará contigo.

—Bien... voy a intentarlo. Yo amo a esa mujer. Sólo con pensar en perderla se me nubla la vista y siento una sensación de pavor.

—Si realmente deseas eso, debes reaccionar antes de que Gabriela se canse de tu falta de comprensión y se acabe el amor.

—¡No quiero ni pensar en eso!

—Entonces haz algo. Tú sólo perdiste el dinero, pero lo más valioso que posees aún está dentro de ti. Valora lo bueno que tienes, si deseas conservarlo. Descubre tu felicidad. Eres un hombre feliz. Tienes una linda familia, una mamá amorosa y hasta una empleada dedicada, que incluso trabaja en otras casas para ayudarles. Eso es muy raro.

Roberto respiró profundo. De repente empezó a entender. Era verdad. Él había perdido su dinero pero la familia aún estaba de su lado.

—Creo que tiene razón. Perdí el dinero, pero no he perdido lo más valioso que poseo.

—Exactamente. El dinero se fue pero puede volver en cualquier momento. Los bienes del corazón, cuando se van, difícilmente vuelven.

Roberto se levantó, tomó la mano del médico y la apretó con entusiasmo.

—Gracias, doctor. Entré aquí derrumbado, destruido, y usted me ha transformado en un hombre feliz, lleno de alegría. Tiene razón: voy a esforzarme por cambiar mi comportamiento.

—Hazlo. No te dejes abatir por lo que ya pasó. Mañana será otro día y nuevas oportunidades surgirán en tu vida.

—No sé cómo agradecerle...

—Aún es muy pronto para eso. Continuaremos con el tratamiento. Regresa pasado mañana.

Roberto se despidió y se fue para la casa. Cuando entró, Gabriela estaba en la cocina y él se le acercó. Gabriela, con aire de cansancio, preparaba la mesa para el desayuno de la mañana siguiente. Al verlo entrar, lo miró sin decir palabra.

No sabía a dónde iba Roberto cuando salía por la noche, pero estaba tan desanimada que no quería preguntarle. A veces pensaba que él podría estar involucrado con otra mujer. Sin embargo, ella fingía ignorar sus salidas en determinados días. Las cosas estaban demasiado complicadas, como para provocar más discusiones. Roberto no decía nada y ella tampoco preguntaba.

—Déjame ayudarte —le dijo él mientras se dirigía a la alacena para tomar las tazas.

Ella lo miró un poco sorprendida, pero no dijo nada. Roberto continuó:

—Estas cansada. ¿Nicete no podría hacer esto?

—Está planchando la ropa. Mañana es el día que ella trabaja para Angélica.

Roberto puso las tazas en la mesa, la abrazó y dijo:

—Eres maravillosa. Soy un hombre afortunado por haberme casado contigo.

Gabriela lo miró sorprendida:

—¿Por qué me dices eso ahora?

—He reflexionado. Estoy actuando como un tonto, pero de ahora en adelante voy a cambiar. Confío en que todo volverá a ser como antes. Ten un poco más de paciencia.

Ella se soltó de sus brazos y dijo:

—¿Conseguiste empleo?

—Aún no. Tal vez ese no sea mi camino. Siempre he trabajado por mi propia cuenta y me ha ido bien. Quiero recomenzar.

—¿Cómo? No tienes capital.

—Ya encontraré una solución. Cuando comencé tampoco tenía nada.

Ella levantó los hombros y respondió:

—Es verdad.

—Tengo confianza. Así como gané dinero y construí nuestra vida, voy a hacer todo de nuevo. Puedes creerme, voy a hacerlo. Entonces, podrías dejar el empleo y dedicarte a cuidar de nuestros hijos.

—¡Dejar mi empleo! ¡Eso nunca! Deseo seguir ganando mi propio dinero.

—Ya veremos, cuando llegue el momento.

Gabriela lo miró y no le contestó. Reconocía que su marido estaba diferente. Ojalá cambiara y dejara esa cara de víctima. No aguantaba más su depresión.

—¿Quieres tomar un café con leche antes de dormirte? —Le preguntó Gabriela amablemente.

—Sí, pero hoy soy yo quién lo va a preparar y tú vas a sentarte a mi lado y lo tomaremos juntos.

—Estoy cansada, voy a acostarme.

—En ese caso, llevaré la bandeja al cuarto y lo tomaré contigo.

Ella esbozó una sonrisa y lo miró sorprendida. Roberto estaba diferente. ¿Qué lo habría hecho cambiar?

Gabriela se dirigió a su cuarto y se alistó para acostarse.

Capítulo 5

*G*abriela se levantó apurada. Estaba atrasada. El café con leche en la cama, y el cambio de actitud de su marido habían conseguido relajarla y durmió profundamente.

No quería pensar más en la situación financiera de Roberto. Al principio intentó ayudarlo de todas las formas posibles, le había sugerido varias opciones de trabajo, pero por falta de práctica, o de entusiasmo, nunca resultaron. Al final, ella siempre quedaba con una sensación de fracaso. En esos momentos sentía que él la miraba como si ella tuviera la culpa y por ese motivo decidió no intervenir más en el asunto.

De otro lado, Gabriela no lograba mantenerse serena frente a las cuentas por pagar, la falta de comprensión de Roberto, el aire de víctima de la suegra y hasta las pequeñas contrariedades domésticas del día a día. Se sentía agotada en cuerpo y alma.

Se alistó rápidamente, hizo algunas recomendaciones a Nicete, y después de decir "hasta luego" a su esposo, salió.

Llegó a la oficina con casi media hora de atraso. Un compañero le informó:

—El Dr. Renato preguntó por ti dos veces.

Preocupada, Gabriela guardó el bolso en el mueble, se arregló la ropa y de inmediato fue a la oficina de su jefe. Golpeó suavemente a la puerta y entró.

El doctor Renato leía unos documentos, cuando la vio entrar levantó la vista y dijo:

—¿Por dónde estabas, Gabriela?
—Perdón, doctor, no pude llegar a tiempo.

Él puso los papeles sobre la mesa y la miró detenidamente.

—Pareces cansada. ¿Estás enferma?
—No, señor. Estoy muy bien.
—Te he observado. Últimamente luces triste, decaída y has adelgazado.
—Tengo algunos problemas personales.

Él la miraba pensativo. El doctor Renato era un hombre bien educado, elegante y que a los cuarenta y cinco años ya podía considerarse rico. Tenía esposa, dos hijos y su empresa estaba muy bien.

—Si continúas así, te vas a enfermar —dijo—. Trabajas demasiado. Aun cuando no necesitamos de ti, has hecho horas extras en otros departamentos. ¿Qué ocurre?

Gabriela hizo un esfuerzo por controlarse. No quería demostrar su debilidad. Si ella perdiera el trabajo, su familia no tendría cómo mantenerse.

Intentó contener las lágrimas y dijo con firmeza:

—Por favor, doctor Renato, no me despida. Sé que he estado cansada, pero no puedo perder mi trabajo ahora.

Él se levantó, se acercó a ella y le dijo:

—No pienses en eso, Gabriela. Cálmate. Sólo quiero saber qué te pasa. Siempre he admirado tu alegría, tu buena disposición y tu buen humor. Ahora estás diferente. Ni siquiera se me ha pasado por la cabeza despedirte. Al contrario, deseo saber lo que te pasa para ayudarte.

Al escuchar sus palabras, Gabriela no pudo contener la emoción. Irrumpió en un llanto incontrolable. Todo cuanto había reprimido hasta ese momento afloró, y no podía dejar de llorar.

Conmovido, él la abrazó, tomó un pañuelo, se lo entregó y le dijo:

—Llora, Gabriela. Libera tus sentimientos. Desahógate.

Ella permaneció allí, abrazada a él, sintiéndose reconfortada mientras aspiraba el delicado perfume que emanaba de él. Cuando logró controlarse, se separaron.

—Discúlpeme. Usted no tiene nada que ver con mis asuntos personales. Lo siento mucho. No me he comportado como una profesional. No debería haber permitido que esto sucediera.

—No te preocupes. Estás exhausta, en el límite de tu resistencia. ¿Te sientes mejor ahora?

Gabriela intentó sonreír y secó sus ojos una vez más.

—Sí, gracias por el pañuelo. Me lo llevaré para lavarlo. ¿Usted me necesitaba?

—Eso puede esperar. Quiero que sepas que puedes confiar en mí. Trabajamos juntos desde hace más de tres años y somos amigos. Si hay algo que pueda hacer...

—Usted ya ha hecho mucho. Mi esposo continúa desempleado y las cosas están muy difíciles en mi casa.

—Ahora recuerdo. Él fue robado por su socio.

—Sí. Como nunca trabajó como empleado, le es difícil conseguir un trabajo. Todos le piden dos años de experiencia.

—¿Por qué no vuelve a trabajar por su cuenta?

—No tiene capital.

—Él tenía un depósito de materiales de construcción, ¿verdad?

—Sí.

—Podría buscar un socio y volver a empezar.

—¿Después de lo que le pasó? Esta vez él va a tener que hacer todo solo. Además, fue así como empezó.

—No te desanimes. Él lo va a lograr. Ahora, ve a lavarte el rostro, retócate el maquillaje y vamos a trabajar.

—Gracias por su comprensión. Me siento mejor. Puede estar seguro de que voy a trabajar como nunca.

Renato sonrió, era así como le gustaba verla: firme, bien dispuesta, capaz. Él sabía que ella era muy eficiente. Gabriela se retiró y Renato permaneció mirando la puerta, el lugar por donde ella había desaparecido. ¡Qué mujer! Muy diferente de la suya, que se quejaba siempre y para quien todo era difícil. Había momentos en que Renato no podía soportar la voz llorosa de su mujer, que se lamentaba por trivialidades. Que el tránsito estaba muy malo, que la peluquería estaba llena, que la vendedora de la tienda había sido indelicada, que una amiga se había olvidado de su cumpleaños, etc., etc.

Si ella tuviera la mitad de los problemas de Gabriela, tal vez le daría un ataque de nervios. Lo que más le molestaba de Gioconda era su actitud hacia los hijos, siempre les disculpaba sus caprichos, especialmente los de Ricardito, quien a los diez años ya había sido expulsado de dos colegios y difícilmente se mantenía en el tercero.

Cuando Renato le sugería que fuera más firme con su hijo, ella entraba en crisis depresiva, decía que era una incomprendida y lo calificaba de malvado.

Renato había intentado varias veces reprender a Ricardito, pero Gioconda siempre intervenía y lo desautorizaba. Había pensado, incluso, internarlo en un colegio, pero Gioconda estuvo postrada en cama durante dos días y no dejó de hacerle la vida imposible.

Celia era más cuerda, tranquila, delicada y hablaba poco. A sus ocho años de edad, hacía todo lo posible para complacer a su mamá, aunque percibiera que ella sólo tenía ojos para Ricardito.

A veces, Renato tenía ganas de intervenir y de cambiar todo. Pero ¿cómo? Trabajaba la mayor parte del tiempo; además, Gioconda era tan frágil que él tenía miedo de presionarla. ¿Y si ella cometiera alguna tontería? Renato llevaba la vida como podía. Gabriela era todo lo opuesto. Fuerte, decidida, bonita e indomable como un caballo de pura raza.

"Apuesto a que el marido es un "fresco" que no merece todo eso". Pensó.

Cuando Gabriela volvió, estaba renovada. Se había arreglado mejor, pues no podía desagradar al patrón. Sabía que él detestaba a la gente fea y mal arreglada. Quería estar siempre rodeado de obras de arte y en un ambiente agradable.

Al verla entrar, le dijo:

—Vamos a trabajar. Hay unas cartas que quiero dictarte acerca de ese contrato con la importadora.

—Sí, señor, estoy lista.

Gabriela se sentó con el cuaderno de notas en la mano y Renato comenzó a dictarle. Trabajaron durante una hora y después él ordenó:

—Prepara esas cartas rápido. Pienso firmarlas tan pronto vuelva de almorzar y envíalas cuanto antes.

—Sí, señor. No me tomará más de media hora tenerlas listas.

—¿Todas?

—Todas.

—¿ No sales a almorzar?

—No. Acostumbro traer un refrigerio y me lo como aquí mismo.

—Eso no es bueno para la salud. Deberías alimentarte mejor.

—Lo hago en la casa por la noche.

Él movió la cabeza en señal de desaprobación.

—No parece. Seguramente es por eso que has adelgazado y te siento cansada. Necesitas cuidarte.

—Sí, señor. Haré lo posible.

Gabriela salió y se dispuso a escribir las cartas. Había llevado un refrigerio pero no tenía hambre. Cuando acabara, intentaría comer un poco. No le gustaba la sensación que le producía el estómago vacío, se sentía un poco mareada.

Trabajó con dedicación. Todos salieron a almorzar y ella continuó con su trabajo. Media hora después, llegó un mensajero con un paquete. Ella lo recibió.

—Es para doña Gabriela. Vengo a entregárselo.

—¿Gabriela qué?

—La secretaria del doctor Renato.

—Soy yo, gracias.

Abrió la caja con curiosidad. Era un almuerzo completo con gaseosa, postre y demás. Ella se sonrojó. ¡Qué gentileza! Él almorzaba en un restaurante cercano y le había enviado aquella comida.

Se sintió reconfortada. Renato se había interesado por su bienestar. Estaba acostumbrada a ocuparse de los hijos, del marido, de la empleada y era agradable tener a alguien que se preocupara de ella. Era como si hubiera regresado a la infancia y estuviera con su mamá, de quien se había separado desde su matrimonio, pues ella vivía en otro estado.

Dispuso todo sobre la mesa. Renato no había olvidado los platos y cubiertos desechables. Al abrir las cajas y probar la comida, Gabriela se sintió como una niña. Su apetito volvió como por encanto, comió todo y se sintió muy bien. Después limpió la mesa y se tomó un café del termo que estaba en la oficina contigua. Encendió un cigarrillo, y mientras observaba los espirales de humo que hacían arabescos en el aire, pensaba que no tenía motivos para estar tan depresiva. Roberto encontraría algo que hacer y, mientras tanto, ella asumiría los gastos de la familia. También era bueno contar con la amistad de Nicete. Algún día, cuando la situación mejorara, tendría que recompensarla por su lealtad.

Volvió al trabajo, y cuando Renato llegó, las cartas ya estaban en su escritorio, listas para ser firmadas y despachadas.

Al verlo entrar, Gabriela lo siguió hasta la oficina.

—Gracias por el almuerzo, doctor Renato. No debió molestarse.

—¿Por lo menos comiste?

—Sí, comí todo, estaba delicioso. Muchas gracias por su apoyo.

—No fue nada, lo hice pensando en mí. No podía comer sabiendo que tú, mi secretaria, estabas aquí, apenas con un *sandwich*.

—Gracias una vez más.

—No me agradezcas, porque de ahora en adelante voy a estarte vigilando. Tendrás que cuidar mejor de tu salud.

—Haré lo posible.

—Está bien. Veamos las cartas.

Renato las leyó, las firmó y al entregárselas le dijo:

—Despáchalas y después regresa aquí.

Gabriela salió y volvió diez minutos después.

—Todo listo, doctor.

—Tengo algunos contratos que quiero que leas y me des tu opinión.

—¡¿Yo?!

—Tú. Necesito la opinión de alguien que esté fuera del negocio.

Tomó una carpeta, se la entregó y continuó:

—Léelos y haz las observaciones que creas necesarias. Entrégamelos tan pronto termines.

—¿Tiene urgencia?

—Sí, deja lo demás y da prioridad a estos contratos.

—Como son varios, y sobre diferentes asuntos, me gustaría que a medida que leas cada uno, me lo vayas devolviendo. De esta manera agilizaremos el trabajo.

Gabriela salió, fue a su escritorio y comenzó a leer. Al principio se sintió incómoda. Analizar un contrato era una actividad para una persona preparada, más calificada que ella.

El primer contrato despertó su interés por la forma como estaba expuesto el negocio. Hizo varias anotaciones en las que, además de cuestionar algunas propuestas, sugería modificaciones. Dos horas después entró a la oficina de Renato con un contrato en la mano.

—¿Y entonces? —preguntó él.

—Acabo de leer éste. Anoté algunas observaciones. Como no es mi área de trabajo, le pido que disculpe mi ignorancia.

Él tomó el contrato y leyó las anotaciones con atención.

—Creo que lo hiciste muy bien. Sólo hay algo que no entiendo. ¿Por qué sugeriste este cambio? Me parece mejor hacerlo como reza en la minuta.

—Si lo hace como está ahí, y el cliente entra en quiebra y deja herederos menores, la empresa quedará imposibilitada de continuar el proyecto. Si desvincula el proyecto del área personal y lo pone a nombre del banco y éste aparece como acreedor, en caso de morir el cliente, nuestra empresa quedará respaldada.

Renato la miró sorprendido.

—¡Tienes razón! ¿Cómo no pensé en eso antes? Voy a modificarlo. Nuestro negocio se hará a nombre del banco, y éste respaldará a la otra empresa.

—¿Usted cree que lo aceptarán?

—Sí. Ellos están muy interesados en este proyecto. Al fin y al cabo son ellos quienes llevan la mejor parte. Lee los otros y conversaremos después. Estoy pensando en algo nuevo.

—¿En qué?

—En darte la oportunidad de mejorar tus ingresos. Hablo de un ascenso.

Gabriela enrojeció entusiasmada.

—¿Ascenso?

—Sí. Tú eres perspicaz y observadora. Mereces una mejor oportunidad. Vamos a ver cómo te va con los otros contratos.

Gabriela se alegró. Mejorar su situación financiera sería como un milagro en las circunstancias actuales.

Aquella noche llegó a casa feliz. Por fin ocurría una cosa buena después de tanto tiempo. De ahí en adelante todo podría mejorar. Era sólo cuestión de tiempo.

Eran más de las siete cuando Renato salió de la oficina. Observó el movimiento de la calle y decidió caminar un poco antes de dirigirse al carro que estaba en el garaje. A pesar del viento frío, caminó de una vitrina a otra en busca de algo interesante. No tenía deseos de ir a casa a oír los últimos reclamos de Gioconda. Con sólo pensarlo le producía tedio.

Renato era un abogado exitoso, inclusive en el área internacional, donde había abierto su propia empresa de asesoría con especialidad en grandes negocios. Podía enorgullecerse de tener como clientes a grandes empresas, que aliadas a su capacidad, le garantizaban reconocimiento y éxito. Tenía una hermosa casa, un carro último modelo, buena ropa, poseía todo cuanto había deseado.

Al ver su figura reflejada en la vitrina iluminada, y con su rostro disgustado, se vio obligado a admitir que no era feliz. ¿Qué pasaba con él? Una mujer joven, elegante y bonita pasó a su lado. Ella lo miró y le sonrió. Renato se dio cuenta de que se había interesado por él, pero ni siquiera eso lo hizo sentirse mejor. Si hubiera sido en otro tiempo, por lo menos se habría entusiasmado.

Siguió caminando en busca del motivo de su insatisfacción, pero no lograba encontrarlo. No era depresivo, al contrario, se consideraba una persona optimista. Con su actitud entusiasta, y su empeño en resolver los problemas, se había ganado la confianza de los clientes.

Empezó a lloviznar y decidió ir por el carro y volver a casa. Eran más de las nueve cuando entró a la sala, donde Gioconda, cómodamente sentada en una poltrona, hojeaba una revista. Era elegante, de estatura media, de cabellos castaños bien peinados, piel clara y delicada y vestía con buen gusto. Era lo que se puede llamar, una mujer de clase.

Al verlo, se levantó.

—Por fin llegaste. Me quedé esperándote para comer.

—No era necesario. No tengo hambre.

—Le mandé servir a los niños. Ya sabes, ellos deben comer a horas.

—Te lo he dicho varias veces: no tengo horario de llegada. Ustedes no deben esperarme.

—Aun así, te esperé. Al fin y al cabo almorzamos solos todos los días. Tú nunca estás en casa. La oficina cierra a las cinco y media... ¿Qué hiciste hasta ahora?

Renato trató de no impacientarse. Decirle que se había quedado caminando en la calle porque no tenía ganas de regresar a la casa, era imposible.

—No siempre puedo salir junto con los empleados. Tengo asuntos muy serios que estudiar, contratos por resolver y proyectos de mucha responsabilidad. No puedo jugar con el trabajo, o hacerlo en función del reloj.

Gioconda se acercó y le dijo con voz quejumbrosa:

—¡Me haces mucha falta! ¿Por qué me abandonas de esa manera? Paso el día contando las horas que faltan para que llegues y me duele mucho ver que sólo yo siento esa necesidad. A ti no te importan ni tus hijos ni yo.

—Tú sabes que eso no es verdad. Ahora voy a bañarme. Ordena que retiren la cena.

—¿Ves? No me pones atención. Mi sufrimiento te tiene sin cuidado.

—Renato hizo un gesto de impaciencia.

—Estoy cansado, Gioconda. Tuve un día muy pesado. Me gustaría que esta noche me dejaras en paz.

—Nunca tienes tiempo para mí. Los Méndez llamaron, desean saber si vamos a comer con ellos el sábado.

—Ya dije que este fin de semana pienso ir al club, necesito hacer un poco de ejercicio. Iremos donde los Méndez otro día.

—Sabes que detesto ir al club los fines de semana.

—Sería bueno que fueras y llevaras a los niños. Ricardito debería practicar algún deporte para equilibrar su exceso de energía.

—Ya estás otra vez con esa idea. Ricardito es como yo, no le gusta nada de eso.

—Sí, como tú, se queda en casa sin hacer nada, pensando en tonterías.

—Eres un padre ausente. Nunca estás en casa, no conoces a tu propio hijo y todavía te quejas de las actitudes del niño.

—Voy a subir, Gioconda. Después conversaremos.

Subió las escaleras, casi corriendo, para evadirse de las quejas de su mujer. Tenía ganas de decirle unas cuantas verdades. Sin embargo, se contuvo. No le gustaba ser ofensivo, siempre había optado por la gentileza, heredada de la firmeza y autoridad de su madre, quien no toleraba la menor indelicadeza y lo había educado con cierta rigidez.

Mientras se bañaba, pensaba que no debía molestarse por el comportamiento de su mujer. Él sabía cómo era ella y se enorgullecía de saber manejar a las personas. Decidió que la mejor forma de convivir juntos era no hacerle caso, no dejarse afectar por su temperamento emocional.

Alguien en esa casa debía conservar el buen sentido. Él no podía contar con Gioconda para solucionar los problemas familiares. Por eso tenía que tomar todas las decisiones solo.

Cuando se sentó a la mesa del comedor, ya había logrado calmarse, y cuando Gioconda quiso retomar el asunto, él le sonrió con gentileza y le pidió:

—Dejemos los problemas domésticos para más tarde. No hay nada como una cena agradable. Me gustaría oír un poco de música. ¿Podrías colocar algo?

—¿Qué quieres escuchar?

—Música instrumental. Con tu buen gusto, estoy seguro de que escogerás con acierto.

Nada hacía más feliz a Gioconda que ser alabada. Sonrió y se dispuso a hacer lo que el marido le pedía.

Cuando volvió, él habló de trivialidades, cosas sobre las que a ella le gustaba hablar, pues estaba al tanto de todas las novedades de la sociedad y de la moda.

Mientras la oía hablar sobre los últimos chismes de Hollywood, Renato se acordó de Gabriela. ¡Ella sí que era una mujer! ¡Qué diferencia! Pensaba que la vida había sido injusta con él, al darle una mujer infantil y débil, muy diferente de lo que él había deseado.

Tan pronto terminaron de cenar, Renato le dijo que necesitaba analizar un nuevo proyecto y se encerró en su estudio a pesar de las protestas de Gioconda, quien indignada, no se resignaba a verlo trabajar tanto.

Una vez allí, Renato tomó un libro, se recostó cómodamente en una mullida poltrona y se sumergió plácidamente en la lectura. Ese era su momento de reflexión y de paz, y no quería compartirlo con nadie, mucho menos con Gioconda. Renato se fue a acostar cuando observó que su esposa ya se había dormido.

A la mañana siguiente, en la mesa del desayuno, Roberto notó que Gabriela tenía mejor semblante y se sintió más animado. Le dijo:

—Te ves mejor, más descansada. De ahora en adelante, mientras yo no esté trabajando, ayudaré con los oficios de la casa.

—No te preocupes por eso, Roberto. Nosotras lo haremos.

—Lo he pensado mucho y creo que podemos reconstruir nuestra vida. Voy a esforzarme por recuperar todo lo que perdí. No te arrepentirás de haberme apoyado. Cuando esté bien, podrás dejar de trabajar y quedarte en casa cuidando a nuestros hijos.

Gabriela lo miró seria y le respondió:

—Sé que eres capaz de recuperar lo que perdiste. Pero sería bueno que comprendieras que me gusta trabajar. Es cierto que estamos viviendo tiempos difíciles, pero no pretendo dejar mi trabajo. Aunque te vuelvas millonario, yo seguiré con mi trabajo.

Roberto hizo un gesto de impaciencia.

—¿Por qué? Mi sueño es verte en casa como una reina. Poner todo a tus pies. Así no necesitarás más de un empleo.

—Ese es tu sueño, pero no el mío. ¿Nunca se te ha ocurrido pensar que yo puedo desear otra cosa? Cada persona tiene derecho a escoger lo que desea hacer en la vida. Yo tengo muchos deseos de aprender cosas nuevas, de ampliar mis horizontes, de participar en la vida con cosas inteligentes y buenas, que me realicen.

Eres una mujer casada, una madre de familia. Tienes esa responsabilidad. Esa es tu realización.

—No pienso lo mismo. Puedo perfectamente ser una excelente mamá, una buena esposa y hacer las cosas que me producen felicidad.

—Es algo que no logro entender. Tú eres diferente de las demás mujeres que se contentan con cuidar a la familia. No valoras el hogar que tienes.

Gabriela lo miró furibunda.

—Si no lo valorara hace mucho que habría desistido de estar contigo. Me gustaría que entendieras, de una vez por todas, que estoy aquí sólo porque los amo a todos y porque aprecio mi responsabilidad familiar.

Roberto se mordió los labios. Estaba siendo injusto de nuevo. Intentó arreglar la situación:

—Gabriela, disculpa. A veces no sé expresarme.

—Lo haces muy bien. Ya hemos conversado antes sobre este tema y nunca estamos de acuerdo. Por eso es mejor dejarlo ahí. Estoy muy satisfecha con mi empleo y pienso continuar trabajando, incluso cuando vuelvas a ganar dinero. Voy a ser ascendida y mi salario va a aumentar.

—¿Ascendida? ¿Por qué?

—El doctor Renato piensa que puedo progresar y me dio un trabajo de más responsabilidad. Además del aumento de sueldo, que todavía no sé de cuánto será, está la oportunidad de mejorar mis conocimientos profesionales.

—¿Y por qué será que decidió hacer eso?

—Necesita una asistente en otra área y decidió ponerme a prueba. Me dijo que lo estoy haciendo bien y que va a mejorar mi salario.

—Roberto sintió un nudo en el pecho e intentó disimular. No quería que notara que estaba celoso. La imagen de Gabriela dentro del carro con otro hombre volvió a su mente, apretó la taza que tenía en la mano y dio un sorbo para ganar tiempo.

Cuando se sintió más tranquilo, respondió:

—¿Vas a aceptar la nueva responsabilidad?

—Claro. Además de aprender hay un aumento de sueldo. En este momento nos será de gran ayuda. Tenemos algunas cuentas por pagar. Ahora debo irme. Ayer llegué tarde y no quiero que vuelva a pasar.

Después de que ella se fue, Roberto tomó una decisión. No podía continuar en la misma situación. Debía encontrar un camino para abrirse paso en la vida.

Se arregló y salió. Estaba dispuesto a trabajar en lo que fuera. Tomaría lo que se le presentara, con tal de estar ocupado y disponer de algún dinero. No podía seguir tal como estaba.

Al pasar por un edificio en construcción, se detuvo. Sólo habían levantado algunos pisos. Vio al maestro de obra y al ingeniero supervisando el trabajo y se dirigió hacia ellos, pero estaban tan concentrados discutiendo los detalles de la obra, que ni siquiera se dieron cuenta de su presencia.

Roberto esperó en silencio hasta que el maestro, al verlo, le dijo:

—Si desea alguna información sobre los apartamentos, la sala de ventas está allí, al frente.

—Deseo hablar con usted.

—Ahora estoy ocupado.

—Mientras esperaba, oí su conversación. Puedo ofrecerles una solución barata y eficiente para el problema que tienen.

El ingeniero, que en ese momento examinaba algunas columnas, se volteó hacia Roberto y le preguntó:

—¿Trabajas en construcción?

—Desde que era pequeño. Siempre he trabajado en construcción. Hay un material especial y de gran resistencia que puede mejorar toda la estructura. Además es barato y fácil de trabajar.

—¿Eres vendedor? —indagó el maestro de obra, mirándolo con desconfianza.

—Sí, soy vendedor —respondió Roberto.

—Me interesa tener más información al respecto —dijo el ingeniero—. Ese problema ha atrasado mi cronograma de trabajo. Tengo urgencia de solucionarlo.

—Mi nombre es Roberto González. ¿Usted va a estar aquí hasta la hora del almuerzo?

—Sí.

—A mediodía regresaré con la información que necesita.

—El ingeniero lo miró y le respondió:

—Está bien.

—Roberto salió apresurado y se dirigió hacia una empresa que conocía y que producía el material. Buscó al jefe de ventas.

—¡Roberto! ¡Cuánto tiempo! Qué placer verte.

—Gracias. Voy a reiniciar mis negocios.

—Sabía que lo superarías. ¿Qué deseas?

—Empecé a trabajar con unos ingenieros. Les sugerí algunos materiales y ahora se los ayudo a comprar. Necesito recuperar mi capital.

—Estoy seguro de que lo lograrás.

—Me gustan los productos de esta empresa y quiero comprar en gran cantidad para mis clientes. Todo depende de la comisión que me ofrezcas.

El jefe de ventas se interesó de inmediato. Después de obtener toda la información técnica, e inclusive una muestra del producto para probarlo, regresó a la obra, donde lo esperaba el ingeniero.

Juntos probaron el producto, y al final el ingeniero decidió:

—Vamos a esperar veinticuatro horas para ver si resiste el peso. Vuelva mañana, si el resultado es positivo haré el pedido. ¿Tiene servicio de entrega inmediata?

—Sí. Tan pronto lo autorice, el material estará aquí. No trabajo sólo con este producto. Sé que la construcción de una obra requiere moverse rápido. Por eso me especialicé en agilizar las compras.

—Acostumbro a pedir tres cotizaciones —dijo el maestro de obras.

—Me imagino que por teléfono y siempre a las mismas empresas. En mi caso, busco materiales nuevos constantemente, alternativas que faciliten el trabajo, reducir el costo, pero sin descuidar la calidad. Si necesita otros productos, sólo debe pedírmelos.

Inmediatamente le traeré varias opciones para que no se atrase.

—Es interesante conocer las novedades. Algunas veces veo nuevas alternativas en las revistas especializadas, pero, al final, no tengo mucho tiempo para investigar.

—Puede contar conmigo. Voy a dejarle mi teléfono. Infortunadamente olvidé mis tarjetas. Este es el número de mi casa. Cerré mi depósito de construcción y por el momento trabajo en casa.

Roberto prometió volver a la mañana siguiente. Se sentía animado. ¿Por qué no había pensado en eso antes? Ese día visitó a los gerentes de ventas de otras dos empresas dónde él había comprado mucho material cuando tenía el depósito y negoció una comisión por las compras que haría para sus clientes.

Hizo planes para el día siguiente. Iría a visitar otras obras y propondría buenas soluciones a los constructores.

Capítulo 6

Aquella noche, Roberto llegó al consultorio de Aurelio muy animado. Al verlo entrar, el médico le dijo satisfecho:

—Mejoraste.

—Es cierto. Empecé a trabajar independiente. No sé por qué no lo hice antes.

—No lo hiciste porque estabas confundido.

—Usted tenía razón: un empleo no iba a funcionar para mí. Siempre he trabajado a mi manera. Además, sólo sé trabajar en construcción, y no tengo práctica en otros trabajos.

—Y es lo que te gusta hacer. ¿Cuándo llegaste a esa conclusión?

—Después de la conversación que tuvimos el otro día. Pensé mucho en todo lo que me ocurrió. Me di cuenta de que tenía más rabia conmigo mismo que con Neumes, por haber sido tan tonto.

—Es difícil reconocer que algunas de tus creencias estaban erradas.

—¿Cómo así?

—Neumes logró realizar un sueño tuyo, graduarse como ingeniero. Tú lo admirabas. Ahora, te has dado cuenta de que estabas equivocado. Un diploma no es suficiente para garantizar el comportamiento ético de una persona y te sentiste doblemente engañado, doblemente disminuido. Perdiste tu punto de referencia. Te deprimiste y desconfiaste de ti y de la vida.

—El desaliento me dominó. Además, está la infidelidad de Gabriela.

—Que no sabes si realmente ocurrió.

—Yo la vi. A veces creo estar equivocado, pero esa imagen reaparece en mi cabeza y me angustia.

—Te torturas sin razón. No estás seguro de nada.

—Ella va a ser ascendida. Eso me angustia.

—Lo que realmente sientes es inseguridad. Siempre has colocado a tu mujer muy arriba, como si el amor de ella representara un premio que no te mereces.

—Ella es muy bonita y más preparada que yo.

—En verdad, sólo tienes un problema: sientes envidia por no haber ido a la universidad. Dime: ¿quién en tu familia acostumbraba a decirte, que quien no estudia, difícilmente consigue algo en la vida?

—Mi papá. Cada vez que me iba mal en el estudio y no conseguía notas altas, él contaba la historia de Pinocho, quien huyó de la escuela para vagabundear y terminó convertido en un burro.

—Y te morías de miedo de volverte un burro.

—Fingía que no me importaba lo que él decía. Sabía que nunca me volvería un burro. Pero siempre que alguna cosa salía mal, pensaba que realmente era un burro, por no haber aprendido lo suficiente. Por eso siempre me esforcé, para que los otros pensaran que era inteligente, listo.

—Trabajaste mucho para progresar financieramente. Te valoraste por haberlo logrado.

—Así es. Mi familia cambió conmigo cuando construí mi casa, amplié el depósito, compré carro cero kilómetros, etc. Mi papá me elogiaba, mi mamá estaba orgullosa de mí. Cuando conquisté a Gabriela, quien era muy pretendida y bonita, fue la gloria. Ni siquiera yo lo podía creer.

—Claro. Tú nunca creíste en tu propio valor. Tan sólo representabas un papel.

—No. Yo amo a mi mujer y todo lo que he hecho ha sido para mantener a mi familia.

—No lo dudo. Pero allá, muy dentro de tu corazón, existía la vanidad de demostrarle a tu papá que eras capaz e inteligente.

—Cuando él murió, yo estaba en la cima del éxito. Todo iba muy bien.

—Él murió, pero sus palabras continúan dentro de ti, producen efecto y hacen que tú te exijas, te vigiles para nunca equivocarte. Reflexiona en cuánto te impresionó lo que él te decía.

—No me gusta pensar en eso. Me produce angustia.

—Necesitas liberarte de esa presión. Eres inteligente y no tienes que comprobárselo a él ni a nadie mas. Tienes capacidades, pero eres humano. Puedes equivocarte, como cualquiera, y no por eso eres un burro ni eres menos que los demás. ¿Sabías que nadie logra progresar sin cometer errores? Los errores enseñan más que los aciertos.

—No puedo negar que aprendí mucho con lo que pasó, pero ha sido muy duro.

—Debido a tu resistencia a aceptar que fuiste engañado en tu buena fe, sin embargo, eso es muy normal en nuestro mundo. Puede ocurrir, incluso, con los que engañan.

—Nunca he engañado a nadie. Siempre fui honesto.

—Te engañaste a ti mismo, lo que es peor.

—No te entiendo.

—Atrajiste a Neumes a tu vida porque necesitabas hacerte consciente de que te engañabas a ti mismo.

—Confié en él.

—Pero él te traicionó porque te traicionabas a ti mismo.

—No es verdad.

—¿Cómo que no? Te esforzabas en tu trabajo, no para realizarte interiormente, sino para probar a los otros, principalmente a tu papá y a tu familia, que eras capaz. Esa actitud revela que en el fondo no creías en ti, te juzgabas pequeño, sin preparación, disimulabas, siempre con el temor de que los otros notaran tus debilidades. Por eso escogiste a la mujer más deseada, luchaste para ascender en la vida, actuaste bien en ese papel. Los otros te veían como un vencedor, pero en tu interior, no te sentías victorioso. Por eso los celos te acosaban.

—Creo que eso es cierto, pero nunca traicioné a nadie.

—Traicionaste tu alma, tu realidad, tu espíritu. Penetraste en la ilusión, te juzgaste mal, creíste en la mentira que te dijeron sin consultar tu corazón. Roberto, nuestra mayor verdad está en el espíritu. Y en ese aspecto, a pesar de las diferencias de niveles evolutivos, somos todos iguales. Nuestro espíritu posee la esencia divina. Cuando la oímos, somos conducidos a la felicidad. Por eso, cuando nos ilusionamos, traicionamos nuestra realidad.

La vida intenta llamar nuestra atención, coloca personas a nuestro alrededor que nos sirven de espejo para que podamos despertar.

—¿Neumes fue ese espejo?

—Sí, claro. Si tú fueras sincero con tus sentimientos, valoraras lo que sientes, percibieras tus límites reales y tus posibilidades con naturalidad, Neumes no se habría interesado en trabajar contigo y habría engañado a otro.

—¿Quieres decir que es mi culpa?

—Cuidado con lo que dices. Tú no tienes la culpa de nada. Sólo ignorabas lo que ahora estás aprendiendo. Eres responsable de tus actitudes, y por ese motivo atrajiste esa experiencia a tu vida.

—¿Y Neumes?

—Las experiencias que va a atraer serán también acordes a sus actitudes, de la forma como sólo la vida sabe hacerlo.

—Entonces, Neumes también será castigado.

—La vida no castiga, sólo enseña. Dependiendo de tus actitudes, ella responde con desafíos que te despiertan la conciencia y te hacen madurar. La vida es muy sabia y siempre trabaja para que las personas evolucionen.

—Yo estaba bien y me volví peor después de todo lo que ocurrió.

—Estabas ilusionado, inseguro. Ahora empiezas a conocerte mejor, a hacer tus elecciones con más experiencia y capacidad. Estoy seguro de que, de ahora en adelante, será más difícil que te engañen en los negocios.

—Eso es verdad. Ahora no soy tan ingenuo.

—Conociste la dedicación de tu mujer, quien ha sido una buena compañera, te ha apoyado en los momentos de dificultad.

—Sí, tengo que reconocerlo.

—Quiero que pienses en todo lo que te dije. Intenta sentir lo que existe dentro de tu corazón y, a partir de ahora, nunca más traiciones tus verdaderos sentimientos. No temas la opinión de los demás. Ellos siempre están interesados en manipularte, en sacar provecho, en criticar. Son muy raras las personas sinceras.

—Lo he notado. Especialmente después de que perdí todo.

—No te ilusiones con la gente ni esperes demasiado de ella. Pero, al mismo tiempo que observas esto, convive con cordialidad, sin hacer juicios ni críticas, preserva tu intimidad, saca de esas relaciones sólo lo bueno que puedas lograr. Todos necesitamos aprender a relacionarnos bien con los demás.

—Últimamente me he vuelto desconfiado. Ya no confío en nadie.

—Sin embargo, alejarse de las personas tampoco es bueno. Somos seres sociales. Nos gusta participar, cooperar, ser tenidos en cuenta. Es necesario tener un buen sentido de las cosas, huir del paternalismo, de la cursilería, de las críticas y de las actitudes radicales. Mantener los pies sobre la tierra. No te debes afectar por lo que dicen las personas. Si lo haces, y actúas con sinceridad, obtendrás mejores resultados. Ese es el secreto de los que saben convivir sin herirse a sí mismos.

—Me gustaría aprender todo eso. Mi vida ha sido un tormento. Mi mamá, mi cuñada, todos quieren ayudarme, pero cuanto más lo hacen, más me siento fracasado. Sé que todos tienen buena intención y no quiero ser ingrato. Pero, preferiría que no se preocuparan demasiado por mis problemas.

—Preferirías, pero no logras dejar de impresionarte por lo que piensan o por lo que dicen.

—Cuando preguntan si conseguí trabajo, es como si me llamaran incapaz o vagabundo.

—Porque creen que mostrando preocupación por tus problemas, te demuestran afecto. Para muchas personas, preocuparse por otro, es una expresión de amor.

—No lo siento así. Al contrario. Aumenta mi incomodidad, porque además de cargar con el peso de mis problemas, me siento culpable por preocupar a las personas de mi familia. Mi mamá se siente afligida, quiere encontrar una solución.

—Cada persona es como es, y tú no puedes cambiarla. Debes aprender a aislarte de sus influencias.

—¿Cómo?

—No las tomes en serio. Óyelas sin darles importancia. Las personas hablan lo que quieren o piensan, pero eres tú quien da o no importancia a lo que dicen. En este sentido, es prudente que te intereses sólo por cosas que eleven tu autoestima, que te hagan sentir mejor. Las personas pueden darte el mejor consejo, pero si éste te deja deprimido, recházalo, bótalo, olvídalo.

—¿Sin analizarlo?

—Intenta sentirlo. Nuestra mente está repleta de ideas ilusorias, de reglas convencionales que nos aprisionan, de obligaciones que nos limitan y nos detienen. Pero el alma no. El alma tiene una sensibilidad espiritual natural que preserva nuestro equilibrio y nuestro bienestar. Si la sigues, encuentras el camino. Es ella quien siente y reacciona. Si pones cuidado, percibirás que existen cosas que abren tu corazón y lo dejan en paz con la vida. Pero existen otras que te provocan un nudo en el pecho y te molestan.

—Yo lo he sentido.

—Es de esa forma que tu alma habla contigo. Si deseas sentirte bien, sólo debes seguir esas señales. Valora y conserva todo lo te hace sentir mejor y no des importancia a lo que te deprime.

—Eso parece sencillo, pero no lo es.

—Es difícil porque nos acostumbramos a valorar lo racional, en lugar de valorar los sentimientos. La idea de que somos malos, de que necesitamos domar nuestra fiera interior y mantener el control para no hacer tantas tonterías, se ha generalizado. Tú temes que al seguir los impulsos de tu corazón, y al liberar tus sentimientos, termines por hacer cosas ruines.

—Mi mamá decía que "es de pequeño que se tuerce el pepino", es decir, que desde pequeñitos, los niños deben obedecer las reglas y portarse bien. Cuando decía eso, contaba historias de niños desobedientes que se volvían malos, y como nadie los quería, se convertían en criminales. Yo no quería ser malo. Lo que yo quería era que todos me admiraran.

—Querías ser un héroe. A todos nos gusta eso. Pero, para conquistar la admiración de otros y ser aceptados, asimilamos las reglas, sepultamos los sentimientos, enterramos nuestros talentos y nos convertimos en actores que representan papeles según la conveniencia. Eso genera infelicidad, vacío, depresión y tedio.

—Ya estoy tan acostumbrado a eso, que cuando me comporto diferente, vuelvo a oír la voz de mi mamá repitiendo las frases que siempre decía.

—Eso te impide oír tus verdaderos sentimientos, despertar tu intuición y valorar tu espíritu. Haz de cuenta que perdiste el control, que puedes hacer todo lo que quieras, sin censura. ¿Qué harías?

Roberto miró asustado al médico.

—No lo sé. Sentí un estremecimiento de miedo.

—Haz de cuenta que estás libre de cualquier peligro. Es sólo una suposición. Tú eres libre de hacer lo que quieras. ¿Qué te gustaría hacer ahora? Dime la primera idea que se te venga a la cabeza.

Roberto sonrió, y contestó:

—Va a reírse de mí. Pero se lo voy a decir. Me gustaría subir al escenario de un teatro lleno de gente y cantar a pulmón herido.

Aurelio hizo un gesto:

—Hazlo. Tú eres libre, puedes hacer todo lo que quieras.

—Roberto movió la cabeza:

—Sería ridículo. ¿Dónde se ha visto una cosa de esas?

—Serías tú, harías la voluntad de tu corazón y eso te dejaría muy contento.

—Cuando era niño, me gustaba cantar, soñaba que un día sería un cantante reconocido, famoso. ¡Qué absurdo!

—¿Por qué? Tal vez sea esa tu verdadera vocación. Cantar es una forma deliciosa de expresar los sentimientos.

—Eso no tiene lógica. Ni siquiera sé por qué me acordé de eso.

—¿Quién en tu familia acostumbraba a decir que cantar no es una profesión?

—Mi papá solía decirnos que el dinero sólo es digno cuando se gana con mucho trabajo y sudor. Cantar para mí es un placer, así que no podría ser una buena profesión.

—Eso es mentira y tú lo sabes. Hay muchas personas inteligentes que hacen un trabajo interesante, que les gusta y que les permite ganar mucho dinero.

—Así es. Los futbolistas, los actores y los pintores.

—A propósito, sólo los que trabajan por vocación, con placer y esmero, obtienen la fama y el éxito profesional. Esa es la verdad. Si hubieras intentado ser un cantante, no sé si habrías obtenido éxito, pero, por lo menos, lo habrías intentado. ¿Cuántas veces imaginamos que tener cierta profesión nos traerá la felicidad, pero cuando la realizamos descubrimos que nos hemos equivocado?

—Yo sé que tenía buena voz y que era afinado. Pero me sentía avergonzado. No tenía el valor para correr ese riesgo.

—No te atreviste y bloqueaste lo que sentías. No lo intentaste y no pudiste saber hasta dónde podrías haber llegado por el temor a equivocarte, a fracasar, a enfrentar la crítica de los demás. Pura vanidad. Ilusión. Miedo de echar a perder el sueño.

—Es verdad.

—¿Cuántas cosas hay todavía dentro de ti, bloqueadas, impidiendo tu crecimiento y progreso? Piensa en eso. Además, observa, que cuando te liberaste, no hiciste nada malo. Buscaste la alegría y el arte.

—Para mí cantar es un gran placer.

—Entonces canta, no importa en dónde, aunque sea sólo para ti. Deja que tu espíritu se manifieste. Confía en la vida. Tu alma es esencia divina y, cuando tiene libertad para expresarse, hace sólo el bien. No reprimas tu alegría, sé verdadero, sé realmente lo que eres. Esta es la fórmula para que seas aceptado y respetado por los demás.

—¡Caramba! Me siento muy bien.

—Es verdad. Te ves muy bien. Hasta pienso que podemos espaciar nuestras citas. ¿Qué opinas?

—¿Tan pronto? Han sido tan buenas, que creo que he abusado de su bondad durante todo este tiempo.

—He aprendido mucho con nuestras conversaciones. Estamos intercambiando experiencias. Vendrás sólo una vez a la semana.

—Menos mal.

Ambos sonrieron y Roberto se levantó. Se sentía renovado, alegre. Llegó a la casa y encontró a Gabriela ayudando a Guillermo con las tareas. Al verlo entrar, ella se levantó y le dijo:

—Ahora tu papá te va a ayudar. Tengo que lavar la loza.

—¿Qué pasa con Nicete? —preguntó Roberto.

—Está ocupada con la ropa. Te demoraste. Por lo menos ayuda a Guillermo con las matemáticas.

Roberto percibió la irritación de Gabriela, pero no le dio importancia. Nunca le había contado que iba al consultorio de Aurelio. No quería que ella supiera que era atendido por un psiquiatra. ¿Qué pensaría? Además, las cosas empezaban a mejorar y tenía esperanzas de conseguir algún dinero para ponerse al día.

Observó a Gabriela mientras ella lavaba la loza en el lavaplatos. Gabriela no era mujer para ese tipo de trabajo. Era preparada y elegante. Tan pronto la situación mejorara, la recompensaría por su esfuerzo en colaborar en este difícil momento. No le permitiría trabajar, le compraría buenas ropas, joyas y hasta un carro sólo para ella. Cuando él tenía carro, nunca le permitió que lo usara.

Se sentó al lado de su hijo, quien lo esperaba impaciente y con cara de sueño. Con buena voluntad intentó ayudarlo.

A la mañana siguiente, Gabriela se despertó temprano, preocupada por el futuro. Sentada en el bus durante el trayecto a la oficina, no lograba pensar en otra cosa.

Se sentía cansada, no por trabajar demasiado, sino por la sensación de fracaso que la embargaba en los últimos meses. Su relación con Roberto se había vuelto desagradable, extenuante. Cuando él la tocaba, ya no sentía el placer de antes.

Dependiendo del momento, era hasta doloroso relacionarse íntimamente con él. ¿Qué le pasaba? Se había casado por amor y habían disfrutado momentos preciosos juntos.

Ahora, cuando no podía conciliar el sueño y oía la respiración de Roberto, tenía ganas de sacarlo de la cama. Reconocía que estaba cansada, y quizás esa fuera la razón de su irritación, pero cada día que pasaba le era más difícil disimular sus sentimientos.

Él sufría, estaba desempleado, humillado. Ella no podía pisotearlo en una situación como esa, ni permitir que notara lo que había dentro de su corazón. No sería justo con él. Necesitaba controlarse.

Además de eso, estaban los niños. Ellos necesitaban de un hogar en donde hubiera un padre y una madre. No podía dejarse abatir por un momento de cansancio y desaliento.

Gabriela movió la cabeza con la intención de expulsar tan desagradables pensamientos, pero no podía dejar de percibir que sus sentimientos habían cambiado. Ya no sentía atracción por Roberto. Sólo había miedo, inseguridad, voluntad de conciliar para no herir a la familia.

"Eso va a pasar", se decía a sí misma, intentando sacar aquellos pensamientos desagradables. "Cuando su situación mejore, todo volverá a ser como antes".

Pero, a pesar de su buena voluntad, Gabriela no conseguía sentirse mejor. En su interior, muy dentro de su corazón, había una fuerte voluntad de romper las cadenas que la oprimían y le impedían liberarse.

¡Ah!, ¡poder vivir sin preocupaciones, como cuando era soltera! Sería muy bueno. Pero al pensar en los hijos que tanto amaba, se arrepentía.

"Dios puede castigarme", pensaba. "Soy muy feliz de tener a mis dos hijos".

Y así volvían las preocupaciones, las dudas y los miedos. Gabriela entró a la oficina y fue a buscar un remedio para el dolor de cabeza. Intentó concentrarse en el trabajo, tal vez de esa manera podría olvidarse de todo.

Cuando Renato llegó a la oficina, Gabriela le llevó los contratos que había elaborado para que los examinara.

Golpeó suavemente en la puerta de la oficina de Renato y entró. Él estaba sentado en su escritorio y apoyaba la cabeza entre las manos, pensativo.

Gabriela notó que él no estaba bien, y le dijo:

—Disculpe, doctor Renato, vuelvo más tarde.

Él movió la cabeza:

—No. Entra. Vamos a trabajar.

—Usted parece preocupado.

—Hay momentos en la vida en que las cosas se complican y exigen mucho de nosotros. Es necesario pensar con cuidado al tomar algunas decisiones.

Gabriela suspiró al pensar en sus problemas.

—Lo cual no siempre es fácil. Pero por lo que sé, la empresa está muy bien. Hay nuevos e interesantes contratos, crecimiento y productividad.

—No me refiero a la empresa. Por fortuna la empresa está mejor que yo.

—Disculpe. No quise ser indiscreta.

—No lo fuiste. ¿Tienes hijos? ¿Qué edad tienen?

—Guillermo tiene siete años y María del Carmen cinco.

—Son pequeños. Ricardito tiene once años y me ha dado mucho trabajo. Fue suspendido en el colegio y presiento que la próxima vez podría ser expulsado.

—Esa edad es muy difícil. Es necesario conversar con él, saber lo que ocurre en la escuela. Hay niños que hacen eso para llamar la atención, para conseguir afecto.

—No es el caso de Ricardito. Fue expulsado de dos escuelas y, al contrario, pienso que él tiene demasiado afecto. La mamá lo satisface en todo y eso lo está perjudicando. Si fuera por mí, lo matricularía interno en un colegio, pero Gioconda no quiere oír hablar de eso.

—Tal vez ella pueda conversar con él y hacerle entender las cosas. Es lo que he hecho con Guillermo cada vez que ha tenido un problema en el colegio. Primero me informo bien, con otras personas, cómo ocurrieron las cosas, y después, converso con él.

—Eso es bueno. Ricardito miente. Nunca cuenta lo que hizo, ni por qué está castigado. Según él, los profesores son siempre los culpables.

—¿Usted ya comprobó si eso es verdad?

—Claro que no. Los profesores saben lo que hacen. Son los niños quienes siempre quieren engañarlos.

—Disculpe, doctor Renato, pero yo no pienso igual. Le enseñé a mi hijo a decir la verdad, duélale a quien le duela, y siempre que lo hace, lo apoyo. Por eso, cuando él me dice algo, trato de saber quién tiene razón. Aunque creo que los profesores deben ser apoyados por los padres, hay algunos que no respetan a los niños, los humillan delante de sus compañeros, se valen de su posición jerárquica para imponerse de una manera injusta. Es lógico que eso despierte rebeldía e indisciplina. Es una forma de reaccionar frente a su situación de impotencia.

Renato la miró sorprendido y admirado. Nunca se le había ocurrido pensar que su hijo pudiera ser tratado injustamente. Cuando sucedía cualquier cosa, él siempre se ponía en contra de Ricardito. No lo dejaba hablar, lo condenaba y lo castigaba sin oír lo que él quería decirle, pues pensaba que Ricardito intentaría engañarlo de todas maneras.

¿Acaso no era eso lo que todos los niños hacían con sus padres? ¿No había sido lo mismo que él había hecho todo el tiempo cuando era niño para escapar de la disciplina rígida y autoritaria con la que fue educado?

—Educar a los hijos es un arte. Me gustaría saber cómo hacerlo.

—A mí también. Intento conversar mucho con ellos, saber lo que piensan, lo que les gusta, me intereso por lo que sienten e intento apoyarlos. Creo que eso es importante para que aprendan a vivir su propia vida y a confiar en su propia fuerza. Dejo que ellos hagan solos todo lo que pueden hacer. Es una buena manera de permitirles experimentar y un incentivo para que se hagan independientes. Los niños adoran participar y aprender a hacer cosas.

—Pues eso sólo pasa con los tuyos. Ricardito, en cambio, siempre hace lo contrario de lo que nosotros queremos, nunca tiene ganas de hacer nada. Eso comienza a preocuparme.

—Claro que las personas son diferentes y cada una reacciona de manera distinta, pero en general, he visto que los niños tienen muchas ganas de saber cómo hacer las cosas.

—Mi mujer cree que ellos son pequeños y que nunca hacen las cosas bien; entonces, prefiere hacerlas ella, o manda a que otros las hagan.

—Si no pueden experimentar, nunca van a aprender.

—Hay cosas que son peligrosas. Ellos quieren hacer lo que no pueden. Por ejemplo, meterse en la cocina no es aconsejable.

—Depende. Si se les enseña, hay muchas cosas que podrán hacer. Claro que eso da trabajo, requiere de apoyo y paciencia.

—Tú trabajas todo el día. ¿No te da miedo que ellos se lastimen cuando no estás en casa?

—Por eso mismo les enseñé cómo hacer las cosas y les mostré los peligros. Es peor que estén sobreprotegidos y no tengan autonomía. Si ocurre algún accidente, y no hay nadie cerca, no sabrán cómo resolverlo. Sin embargo, mis hijos son aún muy pequeños y no los dejo solos. Nicete los cuida desde cuando nacieron.

—En ese caso, ella hace todo por ellos.

—Todo lo que ellos no pueden hacer todavía. Esa es la cuestión. Hasta María del Carmen, que tiene cinco años, escoge la ropa que quiere ponerse, se baña sola, coloca su plato y sus cubiertos en la mesa y, además, siempre lava su vaso después de tomar agua.

—Eso en mi casa sería imposible. Gioconda los regaña cada vez que tienen un vaso en la mano. Dice que ellos dejan caer todo.

—La presión los pone nerviosos. Yo misma, cuando estoy en mi casa nunca rompo nada, y parece mentira, pero cuando estoy donde mi suegra, me pasa de todo. Riego el café, dejo caer los cubiertos, tropiezo con los adornos, ¡Qué horror!, ¿y sabe por qué?

Renato movió la cabeza en señal de negación.

—Porque no me quita los ojos de encima, espera a que cometa algún error para criticarme. Para ella, ninguna mujer es lo suficientemente buena como para ser su nuera. Va a mi casa durante mi ausencia para comprobar si todo está bien, o si está como debiera estar, según ella.

—¿Tú le pones atención?

—Ninguna. Por mí, ella puede hablar lo que quiera. Sin embargo, evito ir a su casa porque su manera de ser me disgusta e incomoda. Incluso, sin querer, siempre acabo provocando una situación desagradable.

—No debe ser fácil tener una suegra así.

—Por eso, doctor Renato, pienso en el problema de los niños. Ellos son inseguros, necesitan de nuestro apoyo. Si en lugar de ayudarlos a creer en sí mismos y a estimular sus capacidades, los criticamos y les decimos a todo momento que no están en condiciones de cuidar de sí mismos, aumentaremos su inseguridad, todo se hará más difícil y acabarán por cometer los errores que queremos evitar.

—Lo que dices tiene lógica. A Gioconda todo le da miedo. Es peor que tu suegra.

—Disculpe, doctor Renato, no quise decir eso.

—No quisiste, pero fue lo que dijiste. Por otro lado, comienzo a pensar que tal vez tengas razón. Me gustaría que ella hablara contigo. Quizás le podrías enseñar alguna cosa.

—Sería una pretensión de mi parte. En ese asunto, todos estamos aprendiendo.

—¿Crees que Ricardito tenga arreglo después de todo lo que hizo?

—Creo que sí. ¿Por qué no intenta conversar con él sin exigirle nada, sin castigarlo, sólo para conocerlo mejor?

—¿Crees que no conozco a mi propio hijo?

—Bueno... no sé. Nosotros vemos a las personas a través de nuestra propia óptica y a ellas les gusta parecer lo que no son. Nos desilusionamos los unos de los otros, y cuando aparece la verdad, nos toma desprevenidos. Es por eso que he intentado desde muy joven conocerme a mí misma y conocer a mis hijos, sentir cómo piensan, cómo ven la vida. Creo que podemos ayudarnos mutuamente, yo permitiendo que ellos crean que pueden vivir mejor, y ellos enseñándome cómo manejar mis ilusiones y aprendiendo a valorar lo que es verdadero.

Renato la miró con admiración:

—¡Eres una mujer maravillosa!

Gabriela se sonrojó. Intentó desviar la mirada e ignorar la emoción de él.

—Tan sólo soy una madre interesada en criar bien a sus hijos. Estoy segura de que doña Gioconda va a encontra la forma correcta de ayudar a que Ricardito se dé cuenta de que no necesita llamar la atención de esa manera para ser oído.

—Voy a pensar en lo que me dijiste. Tal vez aún podamos hacer algo por Ricardito.

—Eso espero.

—Gracias Gabriela. Tus palabras me han hecho mucho bien. Cuando entraste aquí, estaba en un callejón sin salida, al final de una línea que no llevaba a ninguna solución. Ahora me siento aliviado. Me gustaría conversar más. Tienes una forma de pensar muy diferente a la de las demás personas.

Ella no respondió de inmediato. Después de algunos segundos le extendió los papeles y dijo:

—Me gustaría que revisara y firmara estos contratos.

Él asintió. Al salir de la oficina, Gabriela pensaba que todo era más fácil cuando se conversaba con una persona inteligente y culta como Renato. Había conversado varias veces con Roberto para hacerle entender su manera de educar a los hijos. Él tenía buen temperamento y hacía todo lo que ella le pedía, pero notaba que pensaba diferente y, que a veces, quería educar a los hijos de la misma forma represiva como él había sido educado.

Gabriela sentía horror de la actitud fingida que doña Georgina adoptaba cuando hablaba con su hijo, pues parecía una madre amorosa, pero, detrás de eso, estaba la exigencia constante y la manipulación.

Cuando Gabriela le llamaba la atención a su marido sobre ese aspecto, él levantaba los hombros y respondía:

—Pobrecita, déjala. Siempre ha sido así. No tengo que hacer lo que ella dice, pero tampoco quiero entristecerla. ¡Ha sido siempre tan dedicada!

Con el tiempo, aprendió a no hablar de doña Georgina con su marido, pero él le reclamaba que ella evitaba visitar a la suegra, a lo que Gabriela respondía:

—Nosotros no nos llevamos bien y ella no siente placer alguno de verme. En Navidad, y en su cumpleaños, siempre voy. Es suficiente.

Sabía que cuando Gabriela decía una cosa no valía la pena insistir. Fue así como ella había consiguió la paz en la vida conyugal y no pensaba transigir. Roberto no le insistía, pues reconocía que su mamá se excedía, aunque era claro que ella lo hacía por amor, y porque quería que todo estuviera bien con él y con su familia.

Capítulo 7

Renato salió de la empresa al anochecer y se fue directo para la casa. Las palabras de Gabriela estaban en su mente. Él siempre se había considerado un buen padre y cumplidor de sus deberes. Al fin y al cabo, era a la mamá a quien le correspondía educar a los hijos. Su responsabilidad era sostener a la familia, y eso siempre lo había hecho muy bien, proporcionaba bienestar y comodidad a los suyos. Si sus hijos no estaban siendo educados como se debía, era responsabilidad de Gioconda. Ella no estaba haciendo bien su parte. Si fuera una mujer como Gabriela, todo estaría en orden.

Suspiró resignado. A veces se preguntaba por qué se había casado con ella. Era bonita, exuberante y alegre. Eso lo atraía. Sin embargo, había cambiado después del matrimonio. Se había transformado en una mujer quejumbrosa y las cosas más simples las volvía complicadas. Era muy sensible. A la menor contrariedad quedaba abatida. La convivencia, que en principio fue agradable, se había vuelto molesta y agotadora. A pesar de eso, las palabras de Gabriela lo habían impresionado y decidió tener una conversación con Gioconda para descubrir cómo veía las cosas.

Al entrar preguntó por ella y supo que estaba acostada. Eso no era ninguna novedad. Siempre que su hijo creaba algún problema, Gioconda se deprimía y se iba para la cama. Resignado, Renato subió al cuarto, entreabrió la puerta y se aproximó a la cama.

—Gioconda, ¡levántate!, quiero conversar contigo.

Ella se removió en la cama, abrió los ojos y respondió con voz quejumbrosa:

—¿Qué quieres? Tengo un dolor de cabeza terrible.

—Haz un esfuerzo. El asunto es importante.

Ella se sentó en la cama y dijo:

—¿Ocurrió algo malo? Una desgracia nunca viene sola. ¿Qué pasó? Tú nunca vienes tan temprano a casa.

—Cálmate. No ha pasado nada, todo está bien.

—En ese caso, ¿por qué tengo que levantarme?

—Porque no me gusta conversar con una persona que se siente derrotada antes de intentar resolver los problemas.

Lo miró nerviosa y le respondió:

—¿No te imaginas cómo me siento al ver que de nuevo suspendieron a mi hijo en el colegio? ¿Qué hice para merecer todo esto? ¿En dónde me equivoqué?

Renato reflexionó antes de responder. La actitud de Gioconda le molestaba. Tenía ganas de gritar, pero se contuvo y respondió en voz baja:

—Dónde te equivocaste es lo que yo quiero descubrir.

—¿Tú también me acusas? ¿No basta con mi propia condena?

—¿Dónde está Ricardito?

—Está en su cuarto. ¿Qué vas a hacer? Ya lo corregí. No necesitas decirle nada. Lo que había que hacer ya lo hice.

—¿Puedo saber qué hiciste? ¿Ya fuiste al colegio para saber cómo ocurrieron las cosas?

—¿Cómo así? Ya lo sé. La directora me llamó y me lo contó todo.

—¿Qué fue lo que te contó?

—No sirve de nada volver sobre este asunto. Es mejor olvidarlo. Ya le dije a Ricardito que con esa manera de actuar, va a acabar conmigo. Él sabe que es responsable de mi malestar.

Renato la miró sorprendido. ¿Era esa la manera como Gioconda actuaba? ¿Haciendo un chantaje emocional? Renato la miró con seriedad y le pidió:

—Quiero saber qué te contó la directora que había hecho Ricardito.

—Bueno... Ella me dijo que le desobedeció a la profesora de matemáticas. Fue maleducado con ella y no quiso dejar el salón de clase cuando ella se lo ordenó.

—¿Y Ricardito? ¿Qué dijo él?

—¿Cómo que qué dijo él?

—¿Él no te contó por qué hizo eso?

—Él quiso justificarse, pero yo no lo oí. ¿Dónde se ha visto eso? Él tiene que obedecer a los profesores, no puede ser un niño malcriado. ¿Qué van a decir de mí? ¿Que no he sabido enseñarle a respetar a los mayores?

—¿Estás preocupada por lo que van a decir de ti? Pensé que estarías más interesada en saber lo qué ocurrió realmente.

—Lo que ocurrió ya lo sé. La directora fue categórica. O Ricardito pide disculpas a la profesora, o la suspensión será doblada. Por lo que veo, ella quiere expulsarlo. Hasta creo que es una persecución.

—Escucha, Gioconda: no es ninguna persecución. Realmente Ricardito es muy malcriado. Seguramente desobedeció a la profesora; lo que necesitamos saber es cómo ocurrió todo.

—No te entiendo. La directora ya me dijo lo que sucedió.

—¿Estás segura de que las cosas sucedieron como ella dice?

—Claro. No me iba a mentir. Es la directora de una escuela.

—Sí. Lo más probable es que no te haya mentido, pero voy a escuchar lo que Ricardito tiene que decir.

—Mentirá y se defenderá.

—Aun así, voy a hablar con él.

Gioconda miró sorprendida a su marido, levantó los hombros y dijo:

—Es inútil. Pero ten cuidado, ya lo reprendí bastante por hoy. Basta de castigos. Ya sabes cómo es, puedes traumatizarlo.

Renato salió sin responder. Encontró a la criada con una bandeja en el corredor.

—¿Qué es eso, María?

—La bandeja del cuarto de Ricardito.

—¿Él ya comió?

—¡Y cuánto! El niño Ricardito tiene un apetito envidiable. Hasta quiso más helado de chocolate.

—¿Se ve triste?

—Qué va, doctor Renato. Está oyendo música, cantando y armando ese rompecabezas del avión que doña Gioconda le dio ayer.

Renato entró al cuarto de su hijo. Era evidente que Ricardito no se sentía nada mal por la "reprimenda" que le había dado la mamá. Tan pronto lo vio entrar, apagó el radio y bajó la cabeza.

—Ricardito, tenemos que conversar.

El niño levantó la cabeza y dijo en tono de queja:

—Ya sé papá. Fui suspendido del colegio y mi mamá está muy enferma; pero no fue mi culpa.

Renato sintió una impresión desagradable. El niño usaba el mismo tono quejumbroso de la mamá. Sabía que era falso. Se veía alegre, bien dispuesto y con buen apetito. ¿Por qué cambiaba frente a él?

Preocupado, se acercó a su hijo, le puso las manos sobre los hombros, lo miró directo a los ojos y le dijo con voz firme:

—Tú no estás triste por lo que sucedió. Estás fingiendo. ¿Por qué? ¿Piensas que voy a castigarte?

Tomado por sorpresa, Ricardito no encontraba las palabras para responderle. Renato continuó:

—Tu mamá es una mujer frágil, se deja afectar por todo. ¿Crees que es bueno ser igual a ella?

—No lo sé, papá... —musitó, tratando de entender a dónde quería llegar su papá.

—¡Eres un hombre! Tienes que ser fuerte. Vas a tener que enfrentar la vida afuera y las personas no van a tratarte con delicadeza. ¿Quieres volverte un débil?

—No, papá. Yo no soy un débil. Nunca me dejo de nadie.

—Depende. No siempre reaccionar con peleas es ser fuerte. A veces se necesita más fuerza para ser paciente que para pelear.

—Yo no lo creo así. En el colegio, si yo no los enfrento, ellos me ignoran. Tengo que hacerme respetar.

—¿Fue por eso que desobedeciste a la profesora de matemáticas?

Ricardito bajó la cabeza sin saber qué responder. Su papá nunca se había interesado en conversar con él sobre esos asuntos. Bien podría ser una trampa para castigarlo aún más.

—Responde, hijo, ¿fue por eso? ¿Para lucirte frente a tus compañeros?

El niño no respondió. Renato continuó:

—La directora le contó una historia a tu mamá de por qué te suspendió. Antes de creer en lo que ella dijo, me gustaría oír la verdad de ti. ¿Cómo ocurrieron las cosas?

—No quiero hablar de eso, papá. Mi mamá ya me reprendió. Prometo no volverlo a hacer.

—No es la primera vez que haces promesas que nunca cumples. Quiero que sepas una cosa: estoy preocupado por saber la verdad. Sin eso no podré formarme una opinión sobre el asunto. Es la palabra de ella contra la tuya. Me gustaría mucho poder creer en ti. Te digo algo: sea lo que sea que hayas hecho, prometo no castigarte si me dices la verdad.

—¡Uy, papá! ¡No va a funcionar!

—Sí va a funcionar. Tú eres mi hijo. Necesito saber cómo piensas. Quiero saber de cerca cuáles son los problemas y las dificultades que has encontrado en la escuela. No para castigarte, sino para ayudarte. ¿Cómo puedo ser tu amigo si no me cuentas la verdad? ¿Tú serías amigo de alguien así?

Ricardito suspiró y miró a su papá medio avergonzado.

—Nunca antes habías dicho eso.

—Pero lo digo ahora. Quiero que de ahora en adelante me digas la verdad, sin miedo. Soy tu papá. Haré todo lo posible por apoyarte.

—¿Sabes qué, papá? A doña Mercedes no le gusta repetir las explicaciones. Ella expuso un tema y yo le dije que no había entendido nada. Se puso brava y dijo que yo era un burro, que no era culpa de ella y que no iba a repetir. Entonces yo le dije que la burra era ella que no sabía dictar la clase. Ella me ordenó que me saliera, pero no me salí. Entonces llamó a la directora, y listo. Así fue.

Renato puso cara de serio para ocultar la risa. Tuvo ganas de decirle que había hecho muy bien, pero se contuvo. Al ver que el papá no le decía nada, el niño preguntó:

—Papá, ¿crees que hice mal, que le falté al respeto a la profesora? Mi mamá se enfermó por mi culpa, sé que hice mal, pero, papá, ¡ella tenía una cara tan presumida! sólo porque es grande y es profesora, creyó que podía insultarme delante de mis compañeros. ¡No me aguanté eso!

—Por lo que veo, no estás arrepentido.

—Lo estoy, porque veo a mi mamá angustiada.

—Yo sé que no querías lastimarla. Gracias por haberme dicho la verdad. Me gustaría que siempre fuera así. Mañana mismo iré al colegio a conversar con la directora.

—¿Qué vas a hacer allá?

—A decir que mi hijo está en la escuela para aprender y no para que lo llamen burro.

—¡Uy, papá, va a haber un problema! Ahora sí que ella va a expulsarme. Dirá que mentí.

—¿Me mentiste?

—No, papá. Te dije todo tal como ocurrió. Mis amigos lo vieron y pueden confirmarlo, pero en la escuela los alumnos nunca tienen la razón. Es la costumbre.

—Pues esta vez va a ser diferente. Si ellos no lo entienden, te saco del colegio. Estoy seguro de que encontraremos otro mejor, donde los profesores respeten a los alumnos. Hay muchos colegios por ahí.

Ricardito dio un salto y le brillaban los ojos al decir:

—¡Caramba, papá! ¿Vas a hacer eso de verdad?

—Sí. Tú tienes que respetar a los otros, pero también debes ser respetado.

Ricardito abrazó al papá. En sus ojos brillaba una lágrima al decir:

—¡Eres el mejor papá del mundo!

—Y tú el mejor hijo del mundo. Ahora ya sabes: entre nosotros no hay secretos. Di la verdad, aunque hayas hecho alguna cosa equivocada. Conversa conmigo.

Renato salió del cuarto alegre y emocionado. Ricardito era un niño muy diferente de lo que decían. De ahora en adelante, se iba a acercar más a él para ayudarlo a ver la vida de una manera diferente.

El problema mayor era Gioconda. Si él dejaba que ella continuara educando al niño, Ricardito terminaría por copiar todas las actitudes de ella. Hace mucho que Renato sospechaba que Gioconda se hacía la enferma y la débil para manipular a todo el mundo, especialmente a él. Esa misma había sido la actitud de Ricardito cuando él había entrado al cuarto. En el fondo, el niño estaba alegre y muy satisfecho por haber respondido con altura a la ofensa. Con toda certeza, los compañeros lo habían apoyado y elogiado. Ricardito se sentía en paz con su conciencia.

Por primera vez, Renato empezó a pensar en los abusos que cometen los adultos contra los niños. Se acordó de todas las injusticias que él había sufrido en la escuela y con sus padres. Nunca tenía la razón. Era verdad que abusaba y muchas veces se divertía molestando a los demás. ¿No serían esas actitudes una forma de reaccionar, una venganza frente a la impotencia y a las injusticias que sufría?

Gabriela tenía razón. ¡Qué mujer! Si ella fuera su esposa, seguramente todo habría sido diferente. Además, era muy atractiva. Cuando se le acercaba, Renato sentía un calor agradable. Tenía un perfume suave que lo electrizaba. Lástima que ambos fueran casados. Ella tampoco parecía ser muy feliz con el esposo. A pesar de todo, él se contenía; no estaba dispuesto a mezclar el afecto con el trabajo, pues sabía que eso nunca funcionaba. Lamentarse no serviría de nada. Tenía que resistir y mantener la amistad, pues Gabriela, además de mostrarse muy competente en el trabajo, tenía una visión clara de la vida. Su presencia le hacía mucho bien. Iba a mejorar aún más su salario. Estaba muy agradecido por la ayuda que ella le daba.

Al día siguiente, tan pronto llegó a la oficina, Gabriela le llevó unos papeles para firmar.

—Gracias —dijo Renato, al tiempo que la miraba satisfecho. Al ver que ella se retiraba, continuó: —Ayer seguí tu consejo y hablé con Ricardito. El resultado fue sorprendente.

—¿Qué descubrió?

—Que fue bueno acercarme a él para escucharlo. Y que lo que hizo no fue tan serio como decían. Ricardito reaccionó como cualquier persona ofendida hubiera reaccionado al sentirse irrespetada.

Al ver que Gabriela lo escuchaba con interés, le contó toda la conversación que tuvo con su hijo, y finalizó:

—Me hizo pensar en cómo los niños sufren la presión de los adultos, se sienten impotentes y reaccionan para defenderse, algunos se vuelven tímidos y débiles, otros rebeldes y provocadores. Eso estaba claro para mí. Para ser honesto, pienso que ellos tienen algunas ventajas sobre los adultos, pues consiguen fastidiar la vida de la familia.

—Es por eso que intento conversar con mis hijos. Les hago sentir que los apoyo. Deseo que ellos se sientan seguros a mi lado y que confíen más en mi amor que en el amor de los amigos.

Renato pensó en Gioconda y dijo sin poder contenerse:

—Eso nunca pasará con Gioconda. Ella está más preocupada por su desempeño como madre y por lo que los demás puedan decir de sus hijos, que por los sentimientos de Ricardito. Él se da cuenta de que su mamá es muy débil y prefiere confiar en sus compañeros.

—Hable con Gioconda. Estoy segura de que ella querrá hacer lo mejor.

Renato no pudo contener un gesto de desánimo al contestar:

—Creo que es difícil. Gioconda, por cualquier problema se deprime, irrumpe en llanto y se va a la cama.

Al ver que Gabriela se mantenía discreta, Renato agregó:

—Perdón, no debería hablar de Gioconda de esa forma. Pero, a veces, su fragilidad me preocupa. Me gustaría que fuera más fuerte. No me agrada verla sufrir.

Gabriela pensó en Roberto y contestó:

A veces deseamos darle un empujón a las personas que amamos, pero he visto que eso no resulta. Ellas sólo cambian cuando realmente lo desean.

Renato miró a Gabriela intentando descubrir lo que ella quería decir. Y pensó: ¿cómo sería su relación con el esposo desempleado? Quizás estuviera tan deprimido como Gioconda. Pero, al menos, él tenía motivos, mientras que Gioconda no.

—¿Tu marido no ha conseguido trabajo?

—No, a pesar de que ha buscado. Pero parece que está reaccionando. Lo veo más animado.

—Con una mujer como tú a su lado, de seguro él va a salir adelante en la vida.

—Ella se sonrojó. Tal vez Roberto no pensara lo mismo, y menos con la influencia de Georgina.

—¿Por qué dice eso? —Preguntó Gabriela.

—Porque tú eres trabajadora y tienes los pies sobre la tierra. A muchos hombres les gustaría estar en el lugar de tu esposo.

—Roberto piensa lo contrario. Le gusta que la mujer sea ama de casa, que se dedique a cuidar a los hijos. A él nunca le agradó que yo trabajara fuera de la casa. Cuando tenía una buena situación económica, peleaba conmigo para que renunciara a mi trabajo.

—Qué bueno que no lo logró.

—Cierto. Si yo no estuviera trabajando ahora, no sé lo que pasaría con nuestra familia. Pero es mi suegra la que le mete esas ideas en la cabeza. Ella odia que yo trabaje fuera de la casa. Insinúa que el lugar de una esposa es en la casa, junto a los hijos.

—¿Y él le hace caso?

—No sólo le hace caso, sino que está totalmente de acuerdo con ella. Roberto tiene celos. Piensa que yo puedo traicionarlo.

—Porque eres muy atractiva. En ese punto él tiene razón.

—¿Usted también, doctor Renato? Siempre me pareció un hombre moderno, de mente abierta.

—Lo soy. Entiendo que prefieras trabajar y ser independiente, porque yo mismo no soportaría vivir encerrado dentro de la casa. Esa es una razón importante para que nunca exija eso de mi mujer. Me gustaría que ella fuera como tú y se decidiera a hacer algo. Sin embargo, ella se queda en la casa y se queja todo el tiempo.

—Yo no tendría la paciencia para eso. Me gusta salir, hacer cosas, ver personas, hablar. Lo necesito para sentirme viva. Roberto no entiende eso.

Renato suspiró al decir:

—¿Por qué será que sólo percibimos esas cosas después de años de matrimonio?

—No lo sé. Aunque él vuelva a ganar dinero, no voy a dejar mi trabajo.

—¡Menos mal!

Al ver que Gabriela lo miraba un poco sorprendida, Renato intentó arreglar lo que había dicho:

—No quiero perder una buena funcionaria. Menos ahora que estás tan bien en tu nuevo puesto.

Cuando ella salió, él se quedó pensativo. Entendía los celos de Roberto. Ella tenía mucha vida. Cuando hablaba de sus sentimientos, sus ojos brillaban, su boca tenía un gesto voluptuoso, y él sentía un deseo inmenso de besarla. Sin embargo, se controlaba.

Renato estaba decidido a no mezclar el trabajo con otro tipo de relación, a pesar de haber tenido algunas aventuras después de su matrimonio.

¿Cómo podría soportar la convivencia con Gioconda sin esas escapadas? Hacía mucho tiempo que su esposa había perdido el placer de la aventura, del misterio. Renato necesitaba de esas aventuras para sentirse bien. El problema estaba en que mientras él perdía muy pronto el interés por sus amantes, ellas deseaban continuar con la relación.

Renato no creía que lo amaran realmente. Las dejaba sin pensarlo dos veces, pues estaba seguro de que insistían debido a su dinero y a su posición.

A veces se sentía muy triste. Le gustaría tener una compañera con la que pudiera conversar más íntimamente, lo cual nunca era posible con Gioconda.

Era increíble que después de muchos años de casados, Gioconda no lo conociera. Renato percibía que para ella, él era sólo el esposo, a quien le exigía con insistencia deberes y obligaciones sin intentar descubrir lo que él pensaba o sentía.

Con el pasar del tiempo, en lugar de verla como a una compañera para compartir su vida, la veía como a una hija, débil, dependiente e incapaz. Sentir eso lo angustiaba y lo llenaba de frustración. Hasta la atracción que había sentido durante los primeros años había desaparecido. Y cuanto más se alejaba físicamente de ella, más se deprimía y se hacía más dependiente.

Suspiró resignado. A pesar de todo no pensaba en una separación. Cuanto más débil se mostraba ella, Renato más sentía la necesidad de asumir la educación de sus hijos. Principalmente después de que se había acercado a Ricardito y había notado que necesitaba de ayuda y de disciplina.

Un cliente llamó y Renato lo atendió. El cliente tenía una duda sobre el contrato que le habían enviado y quería algunas explicaciones. Intentó aclararle, pero como el asunto era complejo, resolvió:

—No se preocupe, doctor D'Angelo. Alguien irá ahora mismo a su oficina para explicarle todo con detalles.
—Gracias. Lo esperaré.

Renato colgó el teléfono, llamó a Gabriela y le dijo:

—Necesito que vayas a la oficina del doctor D'Angelo y le aclares algunas cosas sobre el contrato. Él no ha entendido los cambios que hicimos.
—¿Ahora mismo?
—Sí. El chofer te llevará. Intenta convencerlo de que firme.

Gabriela dudó:

—Es demasiada responsabilidad. ¿Está seguro de que podré hacerlo?

—Sí, estoy seguro. Además, tú misma sugeriste esos cambios. Puedes explicarle mejor que yo.

—Está bien.

—Si tienes cualquier dificultad, llámame. Espero una llamada importante y no puedo ausentarme. Lleva los documentos.

Renato le entregó un portafolio de cuero para que guardara todo lo que necesitaba. Ella se arregló con rapidez.

Cuando bajó, el chofer ya estaba con el carro en la puerta.

Gabriela se sentó en el asiento de atrás y le dio la dirección al conductor. Se sentía muy cómoda en el mullido asiento de un carro lujoso. Su trabajo era valorado. Era una oportunidad que no podía perderse.

Se sentía contenta de saber que estaba progresando e imaginaba cómo debería resolver el asunto. Ese trabajo lo hacía siempre el doctor Renato. Era la primera vez que se lo confiaba a otra persona. Haría todo lo posible para justificar su confianza y regresar con el contrato firmado.

Roberto sonrió satisfecho al recibir los quinientos mil pesos de la comisión del material que le había vendido al ingeniero. Por fin ganaba dinero de nuevo. Sentía que podía hacerlo y que de ahora en adelante sólo sería una cuestión de tiempo. No buscaría más trabajo. Trabajaría por su cuenta, como siempre lo había hecho.

¡Qué bien se sentía al ganar su propio dinero y no tener que depender más de los otros para sus gastos! Roberto no sentía vergüenza con su mamá, pero se sentía humillado cada vez que Gabriela le pagaba una cuenta o le daba dinero para el bus.

Ya eran más de las dos, y todavía no había almorzado. Se había despertado temprano y había visitado algunos edificios en construcción para dejar su teléfono y para proponerles que adquirieran material bueno y barato.

Tenía la posibilidad de realizar algunos negocios, pero antes de ir a trabajar en busca de mejores precios, decidió comer algo rápido. Hacía mucho tiempo que no lo hacía. Entró a una cafetería, se sentó y ordenó un *sandwich* y una gaseosa. Mientras esperaba, se sentía alegre, bien dispuesto. Comió todo con placer. De postre, compró una chocolatina.

¿Hacía cuánto tiempo no se comía una?

Roberto pensó en sus hijos. Cuando tuvo dinero nunca les llevó chocolatinas. Era Gabriela quien compraba todo. Pero ahora, después de lo ocurrido, todo le parecía distinto. Deseaba que los niños compartieran su alegría, que sintieran que él estaba reasumiendo su lugar como cabeza de familia. Llevaría chocolatinas para la casa.

Salió alegre de la cafetería. Debía visitar un depósito de materiales cuyo dueño era conocido suyo desde hacía mucho tiempo. Tal vez allá pudiera encontrar lo que buscaba.

Tomó un bus y se sentó junto a la ventana. En cierta parte del trayecto el vehículo se detuvo en un semáforo y Roberto tembló de susto: en un carro lujoso que pasaba al lado de su ventana, iba Gabriela.

En esta ocasión pudo verla muy bien. Realmente era ella, con un vestido que él conocía y su actitud de mujer competente y elegante que la hacía parecer como una dama importante.

¿Quién estaría con ella? Hizo un esfuerzo por ver, pero el semáforo se puso en verde, el carro arrancó y otros carros avanzaron cubriéndole la vista, así que no pudo observar bien.

Roberto, quien se había levantado del asiento dispuesto a abordar el carro, se dejó caer de nuevo en la silla, mientras un ola de violentos celos lo atormentaba. Esta vez la había visto bien. No había posibilidad de error. ¿Por qué se quedó paralizado y no bajó a tiempo para ver de cerca al hombre que la acompañaba?

Un carro lujoso como aquél, con chofer, sólo podía pertenecer a un hombre muy rico. Gabriela se había cansado de vivir la vida miserable que él le ofrecía y había buscado otro camino. Tal vez estuviera pensando en dejarlo para quedarse con el otro. Roberto sudaba frío y se sentía perturbado. Olvidó por completo por qué estaba allí, y fue hasta el punto final del recorrido donde el cobrador le llamó la atención:

—¡Fin del recorrido, joven!

—¿Qué?

—Que ya es el final. ¿Va a bajar?

—No. Voy a regresar. Me distraje y me pasé de mi punto de parada. Está lejos.

El hombre levantó los hombros y bajó del bus. Roberto permaneció allí, perdido en sus pensamientos. La realidad era dura, pero tenía que enfrentarla. A pesar de creerse traicionado, no quería que Gabriela lo dejara. No sabría vivir sin ella. Además, estaban sus hijos. Si Gabriela se quedaba con el otro, él no podría permitir que los niños se fueran con ellos. Eso no. Roberto no soportaría ver a toda su familia viviendo con otra persona. Nunca lo permitiría. Si ella quisiera separarse, él no lo aceptaría.

La alegría que había sentido momentos antes fue sustituida por la tristeza y la depresión. Tanto que su mamá le había advertido que no la dejara trabajar fuera de la casa. El lugar de la mujer está en la casa, con los hijos. ¿Por qué había sido tan débil hasta el punto de estar de acuerdo con Gabriela? Angustiado pensaba, que si tuviese suficiente dinero, podría exigirle a Gabriela que dejara el empleo.

Aunque estaba recomenzando, ¿qué podía ofrecerle? Nada. Ni siquiera tenía todavía cómo pagar los gastos de la casa.

Roberto bajó del bus y empezó a caminar. Aunque estaba lejos de la casa, no tomó otro vehículo. Necesitaba pensar en lo que haría cuando regresara. Ni siquiera se acordó de comprar las chocolatinas para los niños. Sentía un sabor amargo en la boca, una opresión en el pecho y la cabeza le daba vueltas.

Al ser atendida por el cliente, Gabriela se presentó con sobriedad y firmeza. A pesar de estar nerviosa, supo controlarse muy bien. Actuó de tal manera, que no sólo esclareció las dudas del cliente, sino que también consiguió que firmara el contrato.

Regresó a la oficina con una gran alegría en el corazón. Había sido su primera victoria y sentía el placer de la realización, pues había sido ella quien había sugerido los cambios en el contrato y había logrado que el cliente los aprobara.

Gabriela estaba colorada y sus ojos brillaban de alegría cuando entró a la oficina de Renato, con la carpeta de cuero en las manos:

—¿Y entonces? —preguntó él.

—Lo logré. Aquí está el contrato firmado.

—Felicitaciones. Te lo pregunté, pero ya lo sabía. El doctor D'Angelo me llamó tan pronto saliste de allá. Estaba muy satisfecho y me pidió que te dijera que tú sí sabes aclarar dudas, mientras que yo no sé hacerlo. Me felicitó por tener una funcionaria tan eficiente.

Gabriela se sonrojó de placer. Renato prosiguió:

—¿Cómo no pensé en eso antes? De ahora en adelante tú irás en mi lugar a visitar a los clientes más importantes.

—Muchas gracias. Yo estaba muy nerviosa, pero pude controlarme. Cerrar un negocio como ese es muy valioso. Cuando él estuvo de acuerdo y firmó, ¡sentí un vacío en el estómago!

Renato rió satisfecho:

—Ahora estás contaminada por el virus del éxito y querrás más. Si continúas así, mejorarás cada día. Por cada contrato que redactes, estudies y hagas firmar por el cliente, voy a darte una comisión del dos por ciento.

Gabriela dijo sin poder controlarse:

—¿Del valor del contrato?

—Claro.

Respiró profundo. Se trataba de contratos grandes, en los que el dos por ciento representaba mucho dinero.

—¿No le parece que es mucho?

—No. La empresa tiene buenas ganancias y yo creo que es justo que recibas ese porcentaje.

—¡Caramba, doctor Renato! ¡No sé qué decirle!

—No es necesario que digas nada. Se trata de un negocio rentable para la empresa y tú te desempeñas muy bien.

Gabriela salió feliz de la oficina. Fue a su escritorio e hizo las cuentas en la calculadora. Sólo por ese contrato, recibiría dos veces más de lo que ganaba en un mes entero. Pensó en Roberto y sintió una fuerte opresión en el pecho. Él iba a sentirse más humillado. ¿Por qué él tenía que ser así? ¿Por qué no quería entender que esa etapa en la que ella ganaba dinero y él no, era temporal?

Gabriela estaba feliz y decidió no pensar más en eso. Su vida se abría hacia nuevas perspectivas y se sentía muy capaz. No tenía la culpa de que Roberto pensara así, y no iba a limitarse sólo porque él se sentía inferior. Pero no era ese el punto que la preocupaba. A ella le gustaría que Roberto entendiera su esfuerzo en favor del bienestar de la familia y, que a su vez, intentara reconocer y creer más en sus propias capacidades.

A pesar de la diferencia de formación académica entre Gabriela y su marido, ella siempre había admirado su capacidad para abrirse camino en la vida y ascender gracias a su propio esfuerzo. Ahora que Roberto se estaba mostrando como un débil, la admiración que sentía por él comenzaba a desaparecer. Se esforzaba por admirarlo, sin embargo, cada vez que se ponía en posición de víctima, se quejaba y prestaba oídos a las palabras de la mamá, Gabriela sentía que su amor por él moría un poco cada día. Ella intentaba calmarse y se repetía a sí misma que la actitud de Roberto era pasajera y que pronto él reaccionaría y volvería a ser como antes. Pero eso no ocurría, y Gabriela intentaba hacer caso omiso a sus sentimientos y continuar con su papel de esposa dedicada y amorosa.

Llegó a casa eufórica por la victoria que había logrado. Quería contarle todo a su marido, pero, al mismo tiempo, tenía miedo de incomodarlo aún más con su éxito. Gabriela era franca y no le gustaban las situaciones inciertas.

Al entrar a la sala, notó enseguida que Roberto no estaba bien. Él leía el periódico sentado en el sofá, y respondió al saludo de ella sin siquiera mirarla. Resignada, Gabriela fue hasta el cuarto, dejó el bolso, se cambió y fue a ver qué había para comer. Al ver a Nicete, le preguntó en voz baja:

—Roberto está con una cara... ¿sabes si le ocurrió algo?

—No. Llegó así de la calle. Casi no habló conmigo y tampoco le puso atención a los niños.

—Con seguridad, hoy no consiguió nada . Sirvamos ya la comida.

Cuando estuvieron sentados a la mesa, Gabriela decidió tocar el tema. Decir que iba a entrar más dinero a la casa era una buena noticia. Comenzó:

—Logré un ascenso en el trabajo.

Roberto se sobresaltó:

—¿Otra vez?

—Sí. Logré que fuera firmado un gran contrato y el doctor Renato me dijo que, por cada contrato que consiguiera aprobar, tendría una comisión del dos por ciento. Sólo por el de hoy, voy a ganar dos meses de salario. Y eso sin hablar de lo que podré ganar.

Roberto sintió que la sangre le hervía e hizo un gran esfuerzo por controlarse. ¿Sería esa la disculpa que ella iba a utilizar para explicar la procedencia del dinero sucio que conseguía con su amante?

Dijo con voz irritada:

—Preferiría que no hicieras ese trabajo. Hoy conseguí algo de dinero. Estoy trabajando de nuevo. Dentro de poco tiempo ni siquiera necesitarás volver a trabajar.

—Bien sabes que me gusta mi empleo y que no pienso abandonarlo. Especialmente ahora que he empezado a progresar y a descubrir que aún puedo escalar en la vida.

Roberto se levantó de la mesa alterado y dijo:

—Tú pretendes escalar en la vida y yo me hallo muy abajo para eso. Con el tiempo, estoy seguro de que podré darte todo lo que quieras. ¿Qué deseas? ¿Joyas, un carro lujoso, dinero, posición social?

Gabriela lo miró desanimada. Era inútil intentar conversar. Roberto tenía la virtud de echarle un balde de agua fría a su entusiasmo.

—Creo que lo mejor es sentarse y terminar de comer. No vamos a volver sobre ese tema porque terminaremos peleando. Hoy no tengo ganas de discutir. Mejor dejemos las cosas así.

Roberto intentó calmarse y se sentó a la mesa de nuevo, pero no tenía apetito. Se limitó a decir:

—No tengo hambre.

—¿Conseguiste trabajo?

—No, pero encontré una manera de trabajar por mi propia cuenta. Hoy recibí algo de dinero.

—En ese caso deberías estar contento. No te entiendo. Finalmente encuentras una solución, pero parece que eso no fue suficiente para quitarte la depresión.

La miró con tristeza y le dijo con voz dolida:

—No quiero perderte, Gabriela. Pero cada día siento que te distancias más y más de mí.

—Sería mejor que me comprendieras y me apoyaras. He intentado hacer lo mismo contigo desde que nos casamos, pero tú quieres que yo sea lo que no soy. No respetas mi forma de pensar y quieres que me limite y me quede en la casa a pesar de que sabes que me gusta trabajar, aprender cosas nuevas y descubrir que tengo capacidades.

Roberto hundió la cabeza entre las manos y no respondió. ¿Qué podía decirle? ¿Que sabía todo? ¿Que sabía que ella lo traicionaba?

Sintió ganas de gritar su rabia, su dolor, su desespero. Pero, ¿qué haría después? Tendría que tomar una determinación y él no se sentía con el valor de dejarla.

Gabriela miró desanimada a su marido. ¿Por qué él no entendería algo tan simple? Le disgustaba que Roberto asumiera esa actitud de víctima, como si ella fuera la última mujer que quedaba. Percibía en él la reprobación y la crítica velada. Prefería que hablara abiertamente en lugar de hacerle esa cara. ¿Acaso era un crimen querer progresar, ganar dinero y ascender en la vida? ¿Sería tan vanidoso hasta el punto de no soportar que ella tuviera éxito mientras él continuaba limitado?

Gabriela se levantó decidida. Estaba feliz y no iba a perder su alegría sólo porque él estaba celoso y no compartía sus sentimientos.

—Vamos a concluir este asunto —dijo Gabriela—. Tú nunca vas a entenderme.

Roberto no le respondió, intentó soportar su dolor. Gabriela fue a la cocina y le contó de sus éxitos a Nicete, quien aplaudió contenta. Las dos conversaron muy alegres, mientras Roberto, cabizbajo y triste, permanecía en la sala y hacía un gran esfuerzo para no llorar.

Capítulo 8

—Nicete, aquí está una parte de tus salarios atrasados. De ahora en adelante quiero que vuelvas a trabajar sólo para nosotros —le dijo Gabriela.

—¿No le va a hacer falta?

—No. El próximo mes te pagaré el resto.

—No quiero, doña Gabriela. Ni siquiera debería recibirle este dinero. He trabajado muy poco aquí, y usted no tiene la obligación de pagarme todo el salario.

—Lo que has hecho por nosotros no hay dinero que lo pague. Estoy feliz de poder compartir contigo este dinero. Te lo mereces. Es de corazón.

—Gracias. Menos mal que todo empezó a mejorar.

Roberto cerró el periódico que fingía leer, se acercó y dijo:

—Iba a decir lo mismo. Comencé a ganar dinero y de ahora en adelante voy a pagar los gastos. Aquí hay suficiente para la semana.

Le entregó a Gabriela un sobre con dinero.

—¿Conseguiste empleo? —preguntó ella.

—No. He decidido volver a trabajar por mi cuenta. Los empleadores siempre quieren pagarme poco porque no tengo diploma ni experiencia. Además, me gusta hacer las cosas a mi manera.

—Tal vez sea lo mejor. ¿Cómo conseguiste ganar ese dinero?

—Como no tengo capital para montar un negocio, sirvo de intermediario en la compra de materiales de construcción. Entiendo ese ramo.

—¡Excelente! —dijo Gabriela, sonriendo—. Estaba segura de que ibas a reaccionar. Siempre has hecho las cosas bien.

Viendo que él se sentaba y volvía a tomar el periódico, Gabriela continuó:

—A pesar de eso, no pareces satisfecho. Además, has estado callado, con aire de preocupación, no conversas y no has jugado con los niños. No entiendo. Deberías estar contento por haber encontrado una salida.

—Estoy contento. Siento que dentro de poco, no sólo podré volver a pagar todos los gastos de la casa, sino que podré, incluso, darles más comodidades y bienestar.

—Te siento diferente. Pensé que era por la situación económica, pero si no es por el dinero, ¿por qué es?

—Tu obstinación en querer seguir trabajando me entristece mucho.

Gabriela apretó los dientes y respiró profundo antes de responder:

—¿Por qué eres tan prejuicioso? En materia de terquedad, ¡tú me llevas ventaja! En vanidad también. ¿Cuándo entenderás que el hecho de que yo trabaje no significa que tú seas incapaz de mantener la casa? ¿Cuándo comprenderás que necesito mi espacio para hacer lo que me gusta?

— Yo no iba a decir nada. Tú preguntaste y respondí.

—Me gustaría que supieras cómo me siento con esa actitud. El matrimonio para mí es una sociedad, es cooperación, es igualdad. Cuando lo necesitaste, hice todo lo posible para ser tu compañera, para ayudarte, hice lo mejor que pude. Pero tú no reconoces ese esfuerzo. Al contrario, continúas sin valorar lo que hago, como si yo no sirviera para nada, a no ser otra cosa que quedarme en casa, como si no tuviera ambiciones. Quieres que yo me vuelva un objeto de adorno en la casa para que tus amigos digan: "!Miren lo capaz que es Roberto! ¡es un gran jefe de familia!" y para que tu mamá apruebe por fin nuestro matrimonio, lo que nunca ha hecho, y diga: "Roberto supo encontrar una mujer digna de él".

Él se levantó e intentó abrazarla mientras le decía:

—No es nada de eso Gabriela, estás equivocada.

Gabriela esquivó el abrazo con rabia:

—Si no es, ¿qué otro motivo hay para tu comportamiento?

—¡Es que te amo mucho! Estoy loco por ti. Me muero de los celos al verte pasar el día entero con otras personas mientras yo estoy lejos.

—¡Eso que sientes no es amor!, ¡no lo es!; es inseguridad y falta de confianza en ti y en mí. Tu manera de hablar me ofende. Es como si yo necesitara ser vigilada constantemente para no cometer una tontería... para no conseguir un amante... ¿Quién crees que soy? ¿Cómo has podido pasar nueve años a mi lado sin darte cuenta de cómo soy?

—No es lo que piensas... yo confío en ti, pero no en los otros. Eres muy atractiva y yo sé cómo actúan los hombres.

—Deberías saber como actúo yo. Eso es lo que debería interesarte. Quien quiere traicionar a alguien no necesita trabajar fuera de casa para hacerlo. Eres muy injusto. Pero no voy a hacer lo que quieres. No voy a hacerlo. Me gusta tener mi dinero, hacer lo que hago y encargarme de mi vida a mi manera. Estoy segura de que no cometo ningún error al hacer eso. Si quieres continuar conmigo, tendrás que respetar mi manera de ser.

Roberto palideció. Tenía ganas de gritarle que sabía todo y que la había visto otra vez en un carro en compañía de otro hombre. Sin embargo, se controló. Gabriela parecía decidida y tuvo miedo de perderla. ¿Qué sería de su vida si ella lo abandonara?

Roberto tomó aire y dijo en voz baja:

—Cambiemos de tema. No quiero pelear.

—Yo tampoco, pero es bueno que sepas lo que pienso y que reflexiones bien antes de volver a hablar de eso.

Roberto fingió de nuevo que leía el periódico y Gabriela se fue a departir con los niños. Estaba indignada. Le costaba controlarse. Él había dejado bien clara su inseguridad, y la debilidad de su marido la incomodaba y la ofendía.

Si Ella quisiera podría conseguir otro hombre con facilidad. Percibía la admiración masculina que despertaba a su alrededor, pero eso no la impresionaba. Sabía bien que ellos sólo querían una aventura y eso no le interesaba. Amaba a su familia y pensaba que siendo correcta y digna tenía el derecho a sentirse en paz. ¿Por qué que Roberto no veía eso? ¿Por qué se obstinaba en desconfiar de ella?

Una ola de desánimo la invadió. ¿Tendría que pasar el resto de su vida al lado de un hombre que no la comprendía? En ese momento se arrepintió de haberse casado con él.

"El amor es ciego", pensó con tristeza. Ella se había casado por amor y ahora comenzaba a dudar de sus sentimientos. Pensó en sus hijos e intentó reaccionar. Estaba cansada y nerviosa, pero debía ayudar a Guillermo con las tareas del colegio. Al niño le iba bien y le gustaba que su mamá mirara los cuadernos y viera su progreso en la lectura.

Después de que ella se fue, Roberto se pasó la mano por el cabello, nervioso. Esta situación no podía continuar. No aguantaba más. En cualquier momento podía perder el dominio de sí mismo y entonces todo estaría perdido. Roberto sabía que tenía que hacer algo, ¿pero qué?

Había un detalle que lo incomodaba. Las dos veces que vio a Gabriela fueron durante el horario de trabajo. ¿Cómo habría obtenido permiso para salir? Tuvo un estremecimiento. ¿Y si su amante fuera su propio patrón? El carro que había visto era lujoso, así que no podía ser de cualquier persona. Gabriela tenía más dinero. Había pagado los salarios atrasados de Nicete, había comprado ropa para los niños y para ella y había comprado un equipo de sonido. ¿Cómo habría conseguido tanto dinero?

Se movió inquieto en la silla. No quería separarse de ella, pero tampoco podía aceptar que lo traicionara. Sólo al pensar en eso, sentía el impulso de ir a exigirle que le contara toda la verdad. No tuvo el valor de hacerlo y permaneció allí, perdido en su dolor, sin dejar de pensar y sufrir.

Después de tomarle la lección a Guillermo, Gabriela mandó a los niños a la cama y cuando los vio acomodados, tomó un baño y se acostó. Le gustaría hablar con su marido y decirle que se sentía valorada al desempeñar sus nuevas funciones y que deseaba mucho que él también progresara y que ambos pudieran mejorar de vida.

Quería que sus hijos estudiaran y que tuvieran un mejor futuro, pero por encima de todo, quería que ellos lograran vivir bien y que fueran personas felices. Suspiró con tristeza, pues Roberto estaba diferente. Ya no era el muchacho alegre, lleno de planes y ganas de triunfar en la vida. Se había transformado en un hombre celoso, desconfiado, desagradable y callado. Si intentara conversar con él, seguramente no entendería nada.

Siempre pensó que Roberto era muy diferente de la mamá, pero ahora notaba que se parecía cada vez más a ella. ¿Por qué no se habría dado cuenta de eso antes del matrimonio? Para ella, casarse era como tener un socio, alguien para compartir las alegrías y las tristezas; alguien con quien desahogarse y ser ella misma, sin secretos.

Ella era reservada y no se abría a otras personas; pero consideraba a su marido como una extensión de sí misma, un compañero en quien podía confiar y que, a su vez, confiara en ella. Infortunadamente, Roberto no pensaba así. ¿Cómo iba a contarle detalles de su trabajo si él no aprobaba que ella trabajara? ¿Cómo hablarle de su realización al progresar por su propio esfuerzo si él se sentía menos que ella porque ganaba más dinero?

Antes, cuando ella iba a acostarse, Roberto la esperaba en la cama hasta que acomodaba a los niños para que pudieran conversar y estar juntos. Y ahora, ¿dónde estaba él? ¿Por qué no iba a acostarse? Se acomodó en la cama y decidió dormirse sin esperarlo. Estaba cansada y tenía que madrugar al otro día. Si su vida afectiva estaba mal, por lo menos su vida profesional estaba cada vez mejor.

"No siempre se puede tener todo", pensó. "Lo mejor que puedo hacer es capacitarme profesionalmente, porque si un día mi matrimonio se acaba, tendré cómo vivir con los niños sin tener que esperar nada de él". Se volteó hacia su lado y se adormeció. Cuando Roberto subió, era más de la una de la mañana. Al verla adormecida, pensó con rabia:

"¿Cómo puede dormir tranquila después de lo que hizo?".

Se acostó, pero sólo consiguió dormirse cuando comenzaba a clarear.

Cuando Roberto se despertó, eran más de las diez. Se levantó asustado. Había quedado de pasar por una obra a las diez y media. Miró preocupado el reloj. ¿Alcanzaría a llegar?

Al verlo afanado, Nicete lo llamó:

—Don Roberto, la mesa está aún puesta y hay café en el termo.

—Voy retrasado, no alcanzo a tomar nada.

—En cinco minutos estará alimentado y se sentirá mejor.

Cinco minutos más no harían la diferencia, así que Roberto se sentó, tomó el café y comió un pedazo de pan.

—Papá, ¡mira la muñeca que me compró ayer mi mamá!

María del Carmen corrió hacia su papá, mientras le mostraba la muñeca muy satisfecha. Roberto sintió una ola de rencor. Aquella muñeca había sido comprada con el dinero sucio de la traición.

Se levantó nervioso y empujó a su hija mientras le decía irritado:

—Tú no necesitas esas cosas. Bota eso a la basura.

La niña se asustó, abrazó a su muñeca y empezó a llorar.

—No la boto, es mía. ¡Mi mamá me la dio!

Nicete apareció asustada:

—¿Qué pasó María del Carmen?

—Mi papá quiere que bote mi muñeca a la basura y yo no quiero.

Nicete abrazó a la niña y le dijo:

—Tú no le entendiste, no quiso decir eso. No llores.

Roberto se mordió los labios nervioso e intentó arreglar las cosas. María del Carmen no tenía la culpa de nada.

—No quise decir eso. No llores. Tu muñeca es muy linda. Tengo que irme. Estoy retardado.

Salió afanado, bajo la mirada sorprendida de la empleada. Él nunca había gritado a la niña.

Aún abrazada a María del Carmen, Nicete preguntó:

—¿Qué dijiste para que tu papá se alterara tanto?

—Sólo le dije que mirara la muñeca que mi mamá me había comprado ayer... Él dijo que yo no necesitaba de esas cosas y que la botara a la basura. Yo no quiero... es mía... mi mamá me la dio...

—Él dijo que no había querido decir eso. Fue una broma. Tú le entendiste mal. Nadie te va a quitar tu muñeca, tranquila. Cuando acabe los oficios, vamos a hacer un vestido nuevo para tu muñeca. ¿Quieres?

—¡Síííí! ¿Le haces también unos interiores?

—Claro. Ella no puede tener uno solo. Si no, ¿cómo va a hacer cuando necesite cambiarse? Pero tú tienes que ayudar.

—¿Vamos a hacerlos ahora?

—No. Después de almuerzo. Hoy no tienes que ir al colegio. Tomaremos una bolsa de retazos y escogeremos una tela bien bonita.

—Biloca llevó al colegio una camita con sábana, almohada y funda. ¿Podemos hacer unas también?

—Sí. Pero ahora ve a jugar que tengo que lavar la loza del desayuno.

Mientras la niña se entretenía con sus juguetes, Nicete pensaba en la escena que había presenciado momentos antes. Su patrón estaba muy extraño últimamente. Le sorprendía su actitud, dado que ahora había logrado conseguir dinero. Ella se daba cuenta de que las cosas no andaban bien en el matrimonio y pensaba, incluso, que doña Gabriela era muy paciente. Reconocía que para un hombre era difícil aceptar que la mujer mantuviera la casa. ¿Cuándo sería que los hombres iban a aceptar que la mujer era tan capaz como ellos de ganar dinero? ¿Para qué ese orgullo tonto?

Percibía que Gabriela empezaba a cansarse del mal humor de Roberto; si él continuaba con esa actitud, las cosas iban a terminar mal. Ninguna mujer aguanta mucho tiempo una situación como esa.

Quería mucho a su patrona. Era una mujer decidida, sabía lo que quería de la vida y, al mismo tiempo, era dedicada a los hijos y al marido. No merecía la ingratitud de él.

Gabriela llegó a la oficina e intentó olvidar sus problemas familiares. Sentía un enorme placer al adentrarse en el mundo de los negocios, sobre todo ahora que podía participar más. Leía con atención los contratos, estudiaba nuevas posibilidades de negociación y encontraba algunas salidas inteligentes.

Renato admiraba su talento, su aguda inteligencia y su dedicación al trabajo. La verdad es que se interesaba mucho por lo que hacía. Encontraba placer en dedicarse por entero a sus tareas. Esos momentos eran para ella una opción de libertad, una posibilidad de hacer algo a su manera y de sentir que era valorada por su esfuerzo.

El trabajo era un aliciente contra la rutina familiar. En casa se sentía criticada, disminuida, vigilada. Roberto no hablaba abiertamente, pero ella percibía en sus ojos, en sus gestos y hasta en algunas de sus actitudes, la reprobación y la crítica. Parecía como si siempre hiciera algo mal. Y nunca había trabajado tanto ni apoyado a su marido como durante los últimos meses.

Cuando estaba en la oficina se sentía otra persona y se olvidaba del resto del mundo, pero cuando salía, desde el momento en que tomaba el bus, sentía una opresión en el pecho y la embargaba una sensación desagradable.

Al llegar a casa quería abrazar a los hijos y buscar así una compensación a su esfuerzo en el amor que sentía por ellos. Cada día le resultaba más difícil vivir al lado de Roberto.

Renato la llamó a su oficina:

—Necesito que me traigas el contrato de la empresa minera del doctor Silveira.

Gabriela salió, regresó con los papeles y se los entregó:

—Ellos cambiaron la razón social. Se fusionaron con otra empresa y ahora debemos rehacer el contrato.

—¿Se trata sólo de una actualización?

—No. El asunto va más allá. Quiero renegociar las condiciones. Voy a darle una mirada a los documentos y después te los doy para que hagas la minuta.

Gabriela ya salía cuando Renato le dijo:

—Pienso enviar a Ricardito a un curso de verano. Gioconda se opone. ¿Tú que piensas?

—Sería muy bueno para él. Aprenderá a socializarse.

—Es lo que pienso. He hablado mucho con él y ha mejorado bastante en el colegio, pero en la casa, al lado de la mamá, veo que cambia mucho. Cuando Gioconda no está cerca, Ricardito es más calmado, más equilibrado, menos exigente. Basta con que ella aparezca, y se pone rebelde, reclama por todo, es caprichoso e imposible de manejar.

Gabriela abrió la boca para decir algo, pero la cerró sin decir nada. Renato lo notó:

—¿Qué ibas a decir? Dilo. Tú tienes habilidad para tratar a los niños. Infortunadamente Gioconda es nula. Sólo echa a perder al niño.

—Ricardito está muy consentido, sabe que doña Gioconda cede a todos sus caprichos.

Renato hizo un gesto de desaliento.

—Es lo que yo le digo, pero ella no se da cuenta y continúa en la misma tónica. Por eso quiero que vaya al curso de verano.

—Será muy bueno si resiste estar allá.

—Algunos compañeros del colegio ya hicieron reservas y Ricardito tiene muchas ganas de ir. Estoy seguro de que irá con gusto, pero Gioconda no quiere oír hablar de eso. Dice que puede pasar algún accidente, que el niño se puede enfermar. En fin, se la pasa buscando excusas y haciendo drama.

—En ese caso tiene que convencerla.

—Sí, voy a intentarlo. Su actitud me asusta. No parece natural.

—Si ella tuviera una ocupación interesante, algún trabajo, así fuera algo voluntario, pero que le diera placer, tal vez se libraría de la fijación que tiene por los hijos.

—Sería excelente. Ya he pensado en eso y le he sugerido varias opciones, pero parece que nada le atrae. Se la pasa en la casa leyendo revistas, visita a algunas amigas, va de compras y nada más.

—¿Y a ella no le gustan las actividades relacionadas con el hogar, cosas de decoración o de organización de la casa?

—Nunca la he visto interesada por nada de eso. Es muy exigente, dice cómo quiere los oficios, pero no se ocupa personalmente en nada de la casa.

—No es de extrañar que se obsesione con los hijos —dudó un instante y enseguida concluyó—: y que también se obsesione con usted. Quiero decir, que seguramente le debe reclamar, le exige atención y se queja por todo.

—Acabas de describir a Gioconda a la perfección. ¿Cómo lo supiste?

—La vida de ella debe ser muy vacía y monótona. No hace nada por sí misma y espera todo de los demás. Esa fantasía cuesta muy caro. Termina en depresión y hasta en enfermedad.

—Eso ya empezó a ocurrirle. Está siempre enferma e indispuesta y nunca se muestra satisfecha con nada.

—¿Ella siempre ha sido así?

—No. Cuando nos casamos era una joven alegre, de buen humor y buena disposición. Los problemas aparecieron después de que Ricardito nació. Gioconda es una buena esposa, es honesta y dedicada. Me gustaría ayudarla, pero no sé como.

—Si yo tuviera problemas buscaría a un terapeuta —dijo Gabriela mientras pensaba en Roberto.

—¿Crees que podría ayudar?

—Si ella acepta, sí. Cualquier cambio de comportamiento sólo ocurre si la persona lo quiere.

—Ese es el punto. Voy a pensarlo; puede que sea un camino.

Gabriela salió de la oficina de su jefe. Pensaba en su marido. Sería muy bueno que Roberto buscara ayuda. Tal vez así lograría aceptar el cambio que había tenido en su vida profesional. Tan pronto surgiera una oportunidad, hablaría con él.

Roberto fue a visitar la obra y consiguió un buen pedido de materiales. Inmediatamente intentó concretar la compra para ese cliente. Eso lo mantuvo ocupado hasta las tres de la tarde. Mientras estaba en una cafetería a la espera de un *sandwich,* Roberto pensó con rabia en Gabriela. Aunque estuviera ocupado, no podía sacarse de la cabeza la escena del carro. Necesitaba hacer algo. Cuando salió de la cafetería empezó a andar sin rumbo fijo y a pensar. Entonces, Roberto se decidió: iría a buscar a Aurelio otra vez, cuando conversaba con él se sentía más tranquilo. Mientras estaba en la sala de espera del consultorio, una mujer se le acercó y se sentó a su lado.

—Hoy está demorado —dijo ella mientras miraba a Roberto.

—No sé. Acabé de llegar.

—Mi sobrina está adentro hace más de una hora. Conozco al doctor Aurelio, es muy bueno, pero en el caso de Neusa... creo que no le va a servir de nada. Neusa es mi sobrina. Ella tiene una obsesión y lo que necesita realmente es ayuda espiritual.

Se trataba de una señora de apariencia fuerte, de unos cuarenta años, de aire agradable y sonrisa amplia. Por educación, más que por otra razón, Roberto preguntó:

—¿Cuál es el problema de su sobrina?

—Tiene altibajos. Pasa de la euforia a la depresión sin más ni más. Está bien y de repente comienza a temblar, a sudar y a sentirse mal. La piel se le pone de gallina, se marea, siente náuseas y dolor de estómago. Le da frío y se le ponen heladas las manos y los pies. Yo sé que ese es un caso espiritual, pero ella no lo cree. Durante los últimos meses ha pasado de médico en médico, se ha hecho varios exámenes y en ninguno sale nada. Y eso sin hablar de que perdió el empleo y el marido huyó con otra. Si ella no busca ayuda con los que entienden de esas cosas, no va a resolver nada.

Roberto se interesó:

—¿Qué quiere decir con "espiritual"?

—A ella la perturban los espíritus de los muertos.

—¿Se refiere a cosas de espiritismo?

—Exactamente.

—¿Cómo lo sabe?

—Es muy fácil. Su vida transcurría normalmente y de pronto cambió. Empezó a sentirse mal, perdió el empleo, el marido, la salud, todo. Los médicos dicen que es algo del sistema nervioso, pero yo no lo creo. He visto muchas cosas en este mundo y sé que la vida continúa después de la muerte y que los espíritus interfieren en la vida de todos nosotros.

—Eso me hace pensar. A mí me pasó lo mismo. ¿Será que a mí también me están perjudicando los espíritus?

—Es posible. Sería bueno que fuera a algún centro espírita para hacer una consulta.

—No conozco ninguno. Nunca he ido y siento un poco de desconfianza.

—Busque un lugar serio, que tenga una mesa blanca y en el que hagan el trabajo de Allan Kardec. Es lo más seguro.

—¿Usted conoce alguno?

—Sí. ¿Tiene papel y un bolígrafo?

—Sí. Aquí está. Puede escribir.

La señora tomó el papel y el bolígrafo que Roberto le entregó y escribió el nombre y la dirección.

—Si quiere, puede ir ahora. Ellos empiezan a atender a las siete. Le puse mi teléfono también. Mi nombre es María. Si necesita algo más y puedo ayudarlo, llámeme. Espero que logre lo que desea. La cabeza dura de Neusa bien podía ser como usted. Va a sufrir por más tiempo, y al fin y al cabo, tendrá que ir.

Roberto se despidió y salió sin esperar al médico. Su mamá le hablaba de vez en cuando de una mujer que bendecía y leía las cartas. Después de que Neumes se llevara su dinero, doña Georgina le insistía que hiciera una consulta.

Roberto no creía en eso. Sin embargo esa señora le había descrito una situación parecida a la suya. Había perdido el dinero, no se sentía bien de salud y estaba por perder a Gabriela. ¿Y si él fuera víctima de un espíritu desencarnado? Roberto ya había oído muchas historias sobre eso. ¿Habría algo de cierto en todo aquello?

Sacó del bolsillo el papel y leyó la dirección: Villa Mariana, no estaba lejos. Decidió ir.

Se trataba de una casa antigua remodelada. La puerta estaba abierta y entró. En el *hall* una señora lo atendió y le preguntó qué deseaban.

—Vengo para una consulta.

—En este momento estamos en turno. Usted debe ir a esa sala y esperar a que una persona lo atienda. Siéntese y espere a que llamen su número.

La señora le entregó una ficha y Roberto se dirigió a la sala indicada. Había otras personas y de vez en cuando alguien salía de otra sala y un número era llamado. Mientras esperaba, Roberto empezó a angustiarse y se arrepintió de haber ido allí. Al final, ¿qué hacía en ese lugar? Se trataba de un sitio limpio y simple y las personas eran humildes. Entre tanto, Roberto pensaba que tenía la ayuda de un gran médico de quien había aprendido mucho, mientras que allí, con esas personas sin calificación profesional, sin grandes conocimientos, ¿qué podría esperar?

Nunca se había detenido mucho a pensar en Dios y no tenía certeza de nada. Había aprendido desde muy temprano, que si no cuidaba de su propia vida, nadie lo haría por él.

—¡Las cosas no caen del cielo! —acostumbraba a decir Roberto—. Es necesario luchar por ellas.

Por insistencia de su mamá, iba a misa de vez en cuando, se había casado por la Iglesia y había bautizado a sus hijos. Pero eso era para él apenas una ceremonia social, un pretexto para reunir a la familia y para oficializar costumbres.

La situación le parecía ridícula. Lo mejor era salir de allí. Intentó levantarse, pero la puerta se abrió y alguien llamó:

—Diecisiete.

Era su número. Hizo de cuenta que no había oído nada, pero una señora que estaba a su lado le puso la mano en el brazo y lo sacudió:
—Es su número. ¿No oyó?

Roberto se levantó y la muchacha de la puerta le dijo:

—Entre, por favor.

Roberto respiró profundo y entró. En la amplia sala había cuatro mesas pequeñas. Tres estaban ocupadas por personas que conversaban. En la otra, sólo había una mujer de mediana edad.

—Puede sentarse allá —le indicó la muchacha.

Roberto se acercó a la mesa, la mujer levantó la mirada y fijó la vista en él con interés.

—Siéntese, por favor. Me llamo Cilene. Es un placer conocerlo.
—Gracias.
—Su nombre y su dirección, por favor.

Él habló y la mujer anotó los datos en una lista que tenía sobre la mesa. Después le preguntó:

—¿Es la primera vez que viene aquí?

—Sí.

—¿Cuál es su problema?

—Bueno, mi vida ha cambiado mucho y alguien me sugirió que buscara ayuda espiritual.

Respondió avergonzado. Nunca pensó que fueran a preguntarle eso. Creía que no sería necesario decir nada. Finalmente un médium debería adivinar todo. Era claro que ellos no tenían ningún poder. No percibían lo que él tenía, jamás podrían ayudarlo a resolver sus problemas. Había sido una locura ir.

Cilene lo miró con gravedad y le respondió:

—Realmente la necesitas mucho. Te sientes perdido y no confías en nadie. Desconfías hasta de tu familia. Ese sentimiento te hace infeliz y dificulta tu prosperidad.

Roberto miró sorprendido a la mujer.

—¿Por qué dice eso?

—Porque cada uno es totalmente responsable de todo lo que le ocurre. Es hora de descubrir cómo atrajiste a tu vida un cambio tan drástico y por qué es tan difícil que te recuperes.

—Es verdad que mi vida ha cambiado mucho, pero yo no hice nada para que eso ocurriera. Siempre he sido trabajador y honesto. El culpable es mi socio, quien me robó todo mi dinero sin que yo pudiera hacer nada. Hasta hoy he intentado sobrevivir con dignidad.

—Hay personas honestas. Pero, ¿por qué atrajiste un socio deshonesto en lugar de uno honrado?

—No sé. Nunca he pensado en eso.

—Es hora de que comiences a pensar. También es indispensable que sepas que la vida es mucho más de lo que parece ser. Vivimos rodeados de energías sutiles que intercambiamos con las demás personas. Ese intercambio determina los hechos de nuestra vida. Nuestra actitud interior imprime en las energías que emitimos los sentimientos en los que creemos.

—No entiendo.

—Las energías cósmicas son como el aire que respiramos. Ellas nos mantienen vivos. Todos los seres absorben estas energías y las transmiten según sus necesidades. Cuando nuestro cuerpo físico sufre un accidente o una enfermedad, las energías trabajan en la recuperación de nuestro equilibrio, rehacen los puntos que han sido afectados y mejoran nuestra salud. Los médicos lo saben; ellos sólo hacen lo que les compete y esperan la reacción natural. ¿Cómo piensas que la naturaleza realiza ese trabajo de reconstrucción? Es a través de esas energías. Son ellas las que mantienen su cuerpo funcionando.

Roberto abrió la boca y la cerró de nuevo sin saber qué decir. Ella prosiguió:

—Para que comprendas mejor los hechos que te ocurren, es necesario que comiences a observar, a estudiar las energías que te rodean.

—Es una idea interesante. Mi médico ya me había dicho algo sobre eso.

—Lo que él no le debe haber dicho, con seguridad, es que eres tú quien transforma la energía que recibes, de acuerdo con tus actitudes.

—¿Cómo podría hacerlo si yo nunca había oído hablar al respecto?

—Ese cambio es natural. Tú lo haces sin notarlo. Pero, si permaneces atento, comenzarás a percibirlo. Por ejemplo: cuando te sientas mal, debes ver si esas energías negativas vienen de afuera, o si fuiste tú quien las transformó de esa manera.

—Creo que es difícil saber eso.

—No lo es. Si tú estabas muy bien y de repente, sin ningún motivo aparente comienzas a sentirte mal, enfermo, es porque te llenaste de energías negativas. Ellas vinieron de afuera, de otras personas, muertas o vivas. Si estás rebelde, negativo, disgustado con la vida, si te sientes víctima de la maldad ajena, triste e inconforme, fuiste tú quien transformó esas energías en malas energías. ¿Entendiste?

—Empiezo a darme cuenta.

—En ambos casos, es necesario transformar esas energías, convertirlas en buenas.

—¿Cómo?

—Debes ser positivo en tus pensamientos, tomar actitudes optimistas y esforzarte por cambiar tu modo de ver las cosas. Eso funciona en cualquier caso. Estamos rodeados por energías de todos los niveles; atraer esta o aquella energía es sólo cuestión de sintonía. Cuando estás mal, cuando nada te sale bien, cuando tienes problemas financieros o de salud, es porque has tenido actitudes, convicciones que te han sintonizado con patrones negativos que te han unido a esas dimensiones. Para salir de eso, basta desconectarse. A veces se necesita hacer lo opuesto de lo que se venía haciendo; pero en todo caso, eres tú quien debe prestar atención y descubrir eso.

—Me doy cuenta de que últimamente he estado muy preocupado, pero se debe a todo lo que me ha sucedido. Cuando todo estaba bien, no tenía malos pensamientos.

Cilene miró a Roberto con seriedad y le respondió:

—No tienes que justificarte. Posees la fuerza suficiente para salir del mal y permanecer en el bien.

—¡Yo no estoy en el mal! Nunca le he deseado el mal a nadie, ni siquiera a mi socio que me robó. Si él apareciera, lo único que quiero es que me devuelva el dinero que me gané con muchos años de trabajo honesto.

—Sé que eres una persona de buenos sentimientos y que no piensas en venganzas. Pero cuando te imaginas cosas malas te angustias, te deprimes, estás en el mal. No existe un término medio. Cuando no estás positivo, estás negativo. Cuando no estás optimista, estás en el mal. ¿Entendiste?

Roberto hizo un gesto de desaliento.

—En ese caso, es difícil permanecer en el bien. La vida está llena de sorpresas desagradables y nadie puede estar siempre optimista.

—Reconozco que en este mundo no es fácil conservar el optimismo. Incluso pienso que reencarnamos aquí justamente para hacer este entrenamiento. Este mundo está lleno de desafíos para que aprendamos a desarrollar nuestra fuerza interior. Somos espíritus eternos en evolución. Deseamos vivir en un mundo mejor, sin dolor, con alegría y con amor. La felicidad es nuestro mayor objetivo. ¿Cómo piensas que podremos alcanzar todo eso sin alcanzar la sabiduría? Y para conquistar la sabiduría, necesitamos desarrollar nuestra fuerza interior, aprender a manejar las leyes de la vida y actuar en armonía con ellas.

—Usted tiene fe. Me gustaría tener ese consuelo.

—La conquista de la fe depende del esfuerzo de cada uno. Si quieres desarrollar tu fe, comienza a poner a prueba tus creencias y verifica cuáles son verdaderas. No aceptes las cosas sólo porque alguien famoso las dijo o las escribió; tampoco las rechaces. Intenta descubrir hasta qué punto funcionan. Expulsa los prejuicios. Prueba, cuestiona, busca. Pídele a Dios que te ayude a descubrir la verdad.

—Voy a intentarlo. Llegué aquí angustiado y ya me siento mejor.

—Desde que entraste aquí, comenzaste a ser asistido por amigos del plano espiritual. Voy a encaminarte hacia un tratamiento de renovación energética. Te sentirás aliviado y podrás dormir mejor. La conquista del equilibrio sólo depende de ti. Me gustaría que no te olvides de observar tus pensamientos íntimos, las frases que acostumbras a decirte a ti mismo. Ahí está la clave de todo lo que ocurre.

Le entregó un papel y le dijo con simplicidad:

—Para este tratamiento tendrás que venir aquí dos veces por semana durante un mes. Regresa después para hablar conmigo y ver cómo estás.

Roberto tomó el papel, dudó un poco y después preguntó:

—Si llego a necesitarlo, quiero decir, si no puedo acordarme de todo lo que hablamos, ¿puedo venir a conversar contigo antes de ese tiempo?

—Puedes hacerlo, pero si haces todo lo que te dije, no va a ser necesario.

Roberto agradeció, se levantó y salió de la sala. La muchacha de la puerta lo llevó a una fila en otra sala. Se sentía sensibilizado. Parecía como si de un momento a otro las cosas hubieran adquirido otro significado. Cuando llegó su turno, Roberto entró a un salón iluminado por dos bombillos azules, detrás de cada silla había una persona en oración. Los que entraban se sentaban en las sillas. Cuando la sala se llenó, se cerró la puerta. Una música suave hacía el ambiente particularmente agradable.

Roberto no podía contener su emoción. Cuando la persona que estaba detrás de su silla quedó al frente suyo, él cerró los ojos para impedir que rodaran las lágrimas, pero fue inútil. Éstas resbalaron y él rompió en sollozos, sin conseguir controlarse.

Con los ojos cerrados, sentía que una suave brisa envolvía su cuerpo y perdió la noción del tiempo y del lugar. Sentía un enorme alivio en ese llanto, como si con él expulsara todo su dolor, toda su angustia y su desamparo.

Poco a poco se fue calmando. Unos segundos después, sintió un leve toque en el brazo. Abrió los ojos y el muchacho que estaba frente a él le ofreció un pequeño vaso con agua que bebió, un poco avergonzado por no haber podido contener las lágrimas.

Le devolvió el vaso y salió en compañía de los demás. Una vez fuera de la sala, se dirigió al baño. Quería lavarse el rostro y arreglarse un poco. Se miró en el espejo y con esfuerzo contuvo el llanto.

¿Qué pasaba con él? Necesitaba dominarse. No podía ser tan sensible. Pero cuanto más se esforzaba por controlarse, más lágrimas brotaban. Cuando se sintió mejor, se lavó el rostro y se peinó. Recordó que tenía sus gafas oscuras en el bolsillo y se las puso. Se sintió más cómodo después de eso.

Al salir a la calle sintió hambre. Miró el reloj. A esa hora Gabriela ya habría llegado a casa. Al pensar en ella sintió una opresión en el pecho. Las palabras de Cilene volvieron a sus oídos y él reaccionó:

"No voy a pensar en eso ahora. Llorar me hizo bien. Me siento muy aliviado. Sólo que llegar a casa con esta cara... Voy a comerme un *sandwich* por aquí y así me daré tiempo".

Entró a una cafetería, pidió un *sandwich* y se lo comió con gusto. Después se quitó las gafas y se miró al espejo. Estaba mejor. Sus ojos ya no estaban tan rojos. Podía ir a casa.

Capítulo 9

Gabriela llegó a la casa con un portafolios en la mano. Había llevado borradores de dos minutos de contratos que pretendía analizar después de la comida. Necesitaba encontrar una forma de cambiar las cláusulas con las que los clientes no estaban de acuerdo, sin afectar los intereses y las ganancias de la empresa.

Por lo general, no llevaba trabajo para la casa; se preocupaba por los hijos y el bienestar de la familia, ya que estaba fuera todo el día.

Se sentía satisfecha con su éxito, con el dinero que estaba comenzando a ganar y deseaba progresar cada vez más. Además, era muy placentero percibir, que al contrario de lo que decían su esposo y su suegra, ella tenía la capacidad para ganar dinero.

Cuanto más la criticaba Roberto por su trabajo fuera de la casa, ella más se sentía valorada por tener méritos suficientes para ascender en la vida.

Es obvio que consideraba decisiva su presencia al lado de sus hijos para orientarlos, ayudarlos y cumplir con su papel de mamá. A pesar del esfuerzo en esos días difíciles, cuando no pudo contar con Nicete durante todo el día, nada le había faltado a su familia. Incluso, cuando se sentía exhausta, intentaba volver el ambiente de la casa más alegre, a pesar del mal humor de su marido.

¿Si había sido capaz de sacar las cosas adelante cuando todo estaba mal, por qué debería desistir ahora que las cosas empezaban a mejorar?

Roberto no había llegado todavía. Como estaba demorado, los niños comieron y se fueron a jugar. Gabriela se sentó en el comedor, puso el portafolios sobre la mesa y empezó a leer el primer contrato, anotó algunos detalles en la libreta que tenía a su lado.

Cuando Roberto entró a la casa la encontró todavía en esa tarea. Gabriela se levantó de inmediato y le dijo:

—Voy a ordenar que te calienten la cena. Los niños ya comieron.

—No tengo hambre. Como me demoré, me comí un *sandwich*.

Nicete se asomó a la puerta de la sala y le preguntó:

—¿Alisto la mesa señora Gabriela?

—Yo tampoco tengo hambre. Cuando termine esto, comeré algo ligero. Puede acabar de arreglar la cocina.

Roberto se acercó curioso:

—¿Qué haces?

—Analizo estos contratos. No tuve tiempo durante el día y se necesitan con urgencia.

—¿Desde cuándo analizas los contratos de la empresa? Qué yo sepa esa no es tu función.

—Te dije que me ascendieron. ¿No te acuerdas?

—¿No es demasiada responsabilidad? Podrías cometer alguna brutalidad.

—Gabriela lo miró con aire de disgusto.

—No. No lo haré porque el dueño de la empresa confía en mí, sabe que tengo la capacidad para opinar y dar sugerencias que él puede usar si lo desea. Son sólo sugerencias. Quien decide es él. La responsabilidad es sólo suya.

Roberto sintió una opresión en el pecho. Sus sospechas eran justificadas. Él pensaba que Gabriela se había involucrado con su jefe. Estaba claro que ese cuento de Renato de que ella analizara los contratos, lo hacía para conquistarla. Roberto dijo sin poder controlarse:

—Ten cuidado. Ese hombre debe querer algo más. ¿Por qué su abogado o su contador no analizan esos contratos? Sería lo más adecuado.

Gabriela levantó los ojos, lo fusiló con la mirada y le contestó:

—Ya comenzaste con ese tema. A veces pienso que has tenido muchas amantes en la calle, porque no logras pensar en otra cosa. Al fin y al cabo, el que las hace las teme, ¿no?

—No necesitas irritarte. Conozco a los hombres, sé cómo actúan. Ese parece que tiene segundas intenciones. Es bueno tener cuidado para que no caigas en su juego.

El rostro de Gabriela se encendió. Estaba indignada. Se puso las manos en la cintura y le dijo con rabia:

—¿Me estás llamando ingenua o bruta? ¿Crees que no sé diferenciar una trampa de un trabajo profesional? Hay momentos en que me arrepiento de haberme casado contigo. No confías en mí, me ofendes al juzgarme como una aventurera y, para completar, me tildas de incapaz. Es bueno que sepas que mi trabajo ha sido muy elogiado, y cuando consigo que se firmen los contratos, gano una excelente comisión, además del sueldo mensual. Por lo tanto, ten cuidado con lo que dices, porque podría llegar el momento en que no soportaré más la tensión y resolveré mi vida de otra forma.

Ella tocó el punto crucial y Roberto se asustó. ¿Qué haría si ella lo abandonaba? Una ola de desesperación lo dominó, pero intentó controlarse.

—No quería decir eso. Tú malinterpretas mis palabras. No me gusta que trabajes tanto. Si te digo que renuncies a tu trabajo, es porque deseo que tengas una vida buena, sólo para cuidar de tu familia. Deseo protegerte.

—No me vengas con esa historia. Sé muy bien lo que piensas. Soy una mujer digna, que ha hecho todo por nuestra familia. Si con todo lo que hago no consigo agradarte, es tu problema. Estoy al límite de mis fuerzas. Te digo de una vez por todas: me gusta mi trabajo, me realizo profesionalmente, gano más y tengo frente a mí una gran oportunidad de progresar, como nunca antes la tuve. Por eso, si deseas seguir a mi lado, nunca más menciones ese tema. Ahora déjame en paz, voy a terminar este trabajo.

Roberto se mordió los labios y se fue para el cuarto. Nicete entró al comedor y le dijo a Gabriela:

—Señora Gabriela, venga a comer un poquito. Así se calma para volver a trabajar.

—Creo que es una buena idea. Estoy que tiemblo de la ira y no tengo serenidad para pensar. Me hierve la cabeza.

—Venga, le voy a contar lo que hizo María del Carmen hoy. Esa niña hace cada cosa...

Gabriela sonrió. Nicete tenía una manera muy especial de tranquilizarla y hablar de su hija era siempre placentero.

Gabriela se sentó, oyó lo que ella decía y comió un poco. Cuando terminó, Nicete, al verla pensativa, intentó reconfortarla:

—Un día él se va a dar cuenta de la mujer que tiene en casa.

—Sólo que ese día podría llegar muy tarde. Estoy cansada y no sé cuánto tiempo más logre aguantar. Voy a ver si puedo trabajar.

Se fue para la sala y se concentró en el trabajo. Ya era pasada la medianoche cuando terminó. Había hecho todas las anotaciones requeridas y se preparó para dormir. Respiró profundo y se acostó de espaldas a Roberto. Quería evitar que él retomara el asunto. Estaba cansada y necesitaba madrugar al día siguiente. Y por otro lado, ¿de qué le serviría hablar con él? Sus celos lo cegaban totalmente.

Roberto dio la vuelta, la abrazó y murmuró a su oído:

—Gabi, yo fui rudo hace un momento. Estoy arrepentido. ¿Me disculpas?

—Está bien, vamos a olvidar eso.

—Es que últimamente he sentido miedo de perderte. Eso me ha atormentado.

—Por ahora no corres ese riesgo. Pero, si me sigues criticando como lo hiciste hoy, no sé si pueda aguantar.

—Yo te amo demasiado.

—Si es así, respétame.

—Voy a hacer lo posible por cambiar. Lo que más deseo es verte feliz.

—Si eso es verdad, deja de molestarme con tus celos. Métete en la cabeza que, si yo no te amara y quisiera dejarte, lo habría hecho cuando te quedaste sin nada. Me quedé a tu lado por amor. Además de eso, están nuestros hijos.

Él la abrazó con fuerza, buscó sus labios y la besó largamente. Gabriela no sintió ningún placer en ese beso. Se sentía irritada con la inseguridad de Roberto. Aunque no lo alejó, tampoco le correspondió como en otros tiempos. Se dejó amar, en medio de la apatía, de la desilusión y el cansancio, mientras hacía un esfuerzo para no empujarlo lejos.

Él intentó motivarla de todas las formas, pero fue inútil. Cuando terminó, se separó de ella y le dijo triste:

—Estás molesta conmigo. Ya no me amas.

—Por favor, no vamos a empezar. No pienses así. Es que estoy cansada, eso es todo. Tú has tenido días así. Mira a ver si puedes entenderme.

— Está bien. No quiero discutir. Vamos a dormir.

Gabriela se volteó para el otro lado y en pocos minutos se adormeció. Sin embargo, Roberto se sentía agitado, con una horrible sensación de incomodidad y miedo. Él se quedó allí, en la oscuridad, intentando vencer su miedo. Pero el miedo seguía ahí, impávido, victorioso. Roberto sólo pudo conciliar el sueño cuando el día empezó a clarear.

Cuando se levantó ya eran más de las diez. Estaba atrasado. Procuró evitar el mal humor. Fue inútil. El recuerdo de la noche anterior aumentó su depresión.

Se duchó rápidamente, se tomó un café puro para alejar el desánimo y salió. Tenía una cita con un ingeniero a las ocho y eran casi las once. Intentó mejorar la expresión de su rostro y extendió los labios en una sonrisa.

—Disculpe la demora, doctor. Es que pasé la noche en claro; mi hijo lloró y no nos dejó dormir. Cuando conseguí conciliar el sueño estaba tan cansado, que no me acordé de la hora.

—Lo siento mucho, pero tenía urgencia del material. No podía dejar a los hombres sin trabajar. Ordené que buscaran el material con nuestro proveedor de costumbre y ya no demoran en llegar.

—Yo hubiera conseguido un precio mejor.

—Sí, es posible. Pero ¿si no hubieras venido?

—Soy un hombre de palabra. No iba a dejarlo plantado.

—Pero lo hiciste. Teníamos la cita a las ocho y son las once. Si tuvieras palabra, hubieras venido a la hora que era.

Roberto conversó un poco con la intención de que se le hiciera otro pedido, pero observó que el ingeniero no estaba interesado. Salió de allí contrariado.

—¡Hoy no es mi día! —pensó.

La obra era grande y estaba en su inicio. Él podría hacer grandes negocios con esa construcción. Pensó que sería mejor no insistir. Dejaría pasar unos días para que el ingeniero olvidara el episodio y volvería.

Aunque estaba ganando algún dinero, no conseguía guardar nada. Había acumulado algunas deudas y había comenzado a pagarlas. Tenía también las deudas con los proveedores, a quienes Roberto planeaba pagar todo para limpiar su nombre y poder reabrir su negocio. Ese era su objetivo y haría cualquier sacrificio para alcanzarlo.

Al pasar por una plaza, se sentó en un banco. Tenía que visitar otra obra, pero era la hora del almuerzo y pensó que sería mejor esperar, sabía que para ellos el horario del almuerzo era sagrado. No les gustaba hablar de negocios a esa hora y no quería arriesgarse a perder otro posible comprador.

Su pensamiento volvió a Gabriela. Su frialdad lo había dejado muy sentido. La había abrazado lleno de amor, pero ya era demasiado tarde. Su esposa ya no lo amaba. Con ese pensamiento, sintió el corazón oprimido y respiró, en un intento por calmarse. Recordó el centro espírita y el alivio que había sentido allá. Debía ir de nuevo por la noche para continuar con el tratamiento.

Iría más temprano para conversar con Cilene. Tal vez ella pudiera ayudarlo a liberarse de la ansiedad que sentía.

El día le resultó largo y Roberto visitó dos obras más sin conseguir nada. Además, con el ánimo que tenía, nada podría resultar.

Eran un poco más de las seis cuando entró al centro espírita. Aunque no estaban atendiendo todavía, vio a Cilene, quien conversaba con una mujer en el hall y se le acercó. Esperó a que ella terminara. Cuando la vio sola, le dijo:

—Necesito conversar. Tú dijiste que me atenderías.

Cilene pensó un poco y después le respondió:

—No es nuestra costumbre atender antes del horario de consulta, pero voy a hacer una excepción. Entremos.

Al verlo sentado frente a ella en la sala de recibo, Cilene le preguntó:

—Y entonces, ¿mejoraste?

—Esa noche salí aliviado, me sentí bien. Pero después todo volvió a ser como antes. La depresión ha vuelto, me siento triste y tengo la impresión de que algo muy malo me va a suceder.

—¿Percibiste si esos pensamientos llegan de afuera, o si eres tú quien los crea?

—Claro que no soy yo. No me gusta sentirme así, pero me llegan y no tengo cómo evitarlos.

—Sé que preferirías sentirte bien. Sin embargo, si estás mal, con toda seguridad es porque ves la vida por el lado equivocado. Es por eso que te dije que pusieras atención a las conversaciones que tienes contigo mismo. Ellas revelan tu manera de reaccionar ante los hechos cotidianos.

—Mi médico me dijo que somos responsables por todo lo que nos ocurre en la vida. Pienso que él está engañado. Me esfuerzo por hacer las cosas de la manera correcta. Soy un hombre honesto, amo a mi familia, a mis hijos y a mi esposa. Sin embargo, fui robado, mi esposa dejó de quererme y ahora me traiciona. Es muy difícil aguantar esta situación. ¿Cómo puedo cerrar los ojos y ser optimista con todo el mal que ocurre a mi alrededor?

Las lágrimas rodaron de los ojos de Roberto, quien no se preocupó por controlarlas. Necesitaba desahogarse, contarle a alguien su sufrimiento, sus dudas y sus miedos.

Las palabras brotaban de sus labios y él habló de su vida, contó todo lo que le había ocurrido y lo que le podría suceder.

Cilene lo dejó hablar sin interrumpirlo. Sabía que él necesitaba de su apoyo. Cuando finalizó, Roberto dijo:

—Ella ya no me ama. Le gusta otra persona. Yo la vi. Cualquier día de estos decide separarse y yo no voy a soportarlo. Sé que debería sentir vergüenza de querer a una mujer que me traiciona, pero no puedo vivir sin ella. Soportaré todo, menos que ella se vaya.

Cuando terminó, Cilene le dijo con simplicidad:

—Los celos son malos consejeros. Crean un infierno para quien los siente y alejan a las personas. Tú puedes destruir tu hogar con tus celos.

—Pero yo vi a Gabriela en un carro lujoso. ¿A dónde iría al lado de otro hombre?

—¿Estaban abrazados? Bien podría tratarse de un encuentro de trabajo.

—Pero ella nunca me mencionó nada de eso. ¿Por qué? Si fuera un trabajo, ella me habría contado.

—Debido a tus celos, ella jamás te lo contaría.

—Ha aparecido con dinero. Dice que fue ascendida, pero yo la vi en el carro de su jefe.

—Puede ser verdad. Ella puede ser sincera contigo, y si es así, piensa en cómo se siente si es inocente. Ella ha intensificado su trabajo para ayudarte a suplir las necesidades de la familia y siente que tú desconfías de ella. Debe sentirse desanimada y poco valorada. Todo eso puede hacer que la admiración que ella sentía por ti empiece a desaparecer.

—Me sentiría el hombre más feliz de la Tierra si lo que me dices fuera verdad. En ese caso ella debería odiarme. Pero no lo creo. Yo la vi en un carro. Además ha cambiado conmigo. No es la misma.

—Y va a cambiar más si tú mantienes tu actitud y no haces algo por controlar esos celos. Nadie es de nadie. Tú no eres el dueño de tu esposa. Ella sólo permanecerá a tu lado si lo desea, si aún te ama. Por eso, deja de actuar en contra de tu matrimonio. Empieza a valorar a tu esposa como persona, ahora que aún estás a tiempo de que ella te escuche.

Roberto bajó la cabeza confundido. Era difícil creer en las hipótesis que Cilene le planteaba. Al percibir su duda, Cilene continuó:

—¿Tu esposa ha demostrado alguna vez interés por otro hombre después del matrimonio?

Roberto se estremeció.

—¡Claro que no! Ella es inteligente y lista, nunca dejaría que yo lo notara. Además, pienso que después de todo, ella no tendría el coraje de enfrentarme de esa forma.

—¿Ella es tímida y pasiva?

—Al contrario. Siempre sabe lo que quiere y, además, es terca. Sólo hace lo que ella cree que debe hacer. Si me oyera, ya habría renunciado al trabajo y todo estaría bien.

—Tú perdiste todo, te quedaste sin trabajo. ¿Cómo sería la situación si ella tampoco trabajara?

Roberto se movió inquieto en la silla.

—Debo reconocer que Gabriela ha mantenido la casa desde que perdí mi negocio. Hasta ahora empecé a ganar dinero de nuevo, pero todavía no es suficiente.

Cilene, lo miró con seriedad y después le dijo:

—¿Crees que necesitas atención especial?

—¿Cómo así?

—Voy a darte una cita y vamos a ver lo que sucede.

—¿De qué se trata?

—Es una reunión a la que vas a asistir y te vas a sentar en una silla por algunos instantes. No es necesario que digas nada. Es suficiente tu nombre y dirección. Los espíritus van a investigar tu caso y te darán orientación.

—¿Ellos van a hablar conmigo?

—No. Hablarán con los médium videntes que hacen parte de esa reunión. Cada uno de ellos va a anotar todo lo que vea acerca de tu caso. Después tú volverás para que conversemos.

—¿Es posible saber si Gabriela me traiciona?

—Ellos pueden ver muchas cosas, pero sólo dirán lo que les sea permitido por el plano superior. Sin embargo, por la experiencia que he tenido, te aconsejaría seguir todas las orientaciones que te den.

—Pero me gustaría que me dijeran la verdad. Sea cual sea, es preferible la verdad a este tormento.

—Eres tú quien te atormentas al imaginar lo peor. ¿Por qué no intentas mirar para otro lado? ¿Por qué no piensas que tu mujer siempre ha sido fiel y se esfuerza por ayudarte a mantener a la familia? Estoy segura de que te sentirías mejor y muchos de tus problemas se acabarían.

Roberto suspiró profundo y le dijo:

—Si yo pudiera, lo haría. Pero cuando pienso de esa forma me siento como un tonto, engañado, ilusionado y fracasado.

—El orgullo es el obstáculo más grande para la felicidad. Crea ilusiones negativas, trae infelicidad y destruye. Cuidado con eso.

—Soy un hombre sencillo. Salí de abajo. Soy de origen humilde.

Cilene sonrió y le contestó:

—Ser pobre, sin preparación, llevar una vida modesta, no es prueba de humildad. Si fueras humilde, no te sentirías ofendido porque tu esposa sostuviera la casa mientras estuviste desempleado. Tú sentías vergüenza. La vergüenza es sinónimo de vanidad.

—Me sentía incapaz y eso duele. Además, mi mamá se preocupaba mucho por mí y vivía detrás mío con la intención de saber cómo iban las cosas. A ella tampoco le gusta que Gabriela trabaje fuera de la casa. Cree que ella debería quedarse en casa para cuidar de nuestros hijos. Como ya te conté, tenemos dos hijos.

—Las mamás se preocupan y no se dan cuenta de que a veces contribuyen a aumentar los problemas. Interfieren de manera indebida en la vida de la pareja.

—Mi mamá es muy dedicada a la familia. Nunca trabajó fuera de la casa.

—Pertenece a otra generación, tiene otras costumbres. Pero hoy la mujer es más independiente. Además, el matrimonio es una sociedad en la que todo debe ser compartido. Piensa en eso. Voy a darte una cita y debes volver aquí el próximo sábado, a las dos de la tarde.

Cilene llenó un papel, se lo entregó y le dijo:

—Ahora ve a que te atiendan. Piensa en todo lo que te dije. Sé sincero, analiza con cuidado todo lo que pienses. Es más, toma un papel y cada vez que tengas un pensamiento desagradable, escríbelo.

—¿Escribirlo? ¿No será peor?

—No, eso te va a mostrar cómo anda tu cabeza.

Roberto salió. En ese momento lo llamaron para el tratamiento. Entró de nuevo a la sala en penumbra y rezó. Le pidió a Dios que lo orientara y le aclarara las cosas. Salió más tranquilo y aliviado. De regreso a la casa, recordó todo lo que le había dicho Cilene. Sus palabras le habían hecho mucho bien, sin embargo, pensaba que ella era ingenua, como todas las personas que se dedican a la religión, y por eso no veía la maldad en nada.

Cuando daba fuerza a ese pensamiento, sentía que la depresión volvía. Se acordó de que Cilene le había pedido que tomara nota de sus malos pensamientos. Sacó un papel del bolsillo y se decidió a escribir sus dudas.

Sería muy bueno si lo que ella le había dicho fuera verdad; que Gabriela nunca lo había traicionado, que ella sólo estaba dedicada a su trabajo y a su familia. Ese pensamiento le proporcionaba cierto alivio, pero pronto reaparecía la duda y volvía a sentirse deprimido.

Se inquietaba al pensar que no podía ser ingenuo ni dejarse influenciar por Cilene. Ella le decía todo eso para calmarlo, pues esa era su función en el trabajo que realizaba. De nada le serviría engañarse ni intentar tapar una verdad que él no deseaba ver. Por más que lo intentara, no podría dejar de ver cuánto había cambiado Gabriela en su relación con él. Evitaba el contacto íntimo y eso no podía aceptarlo. Con seguridad estaba enamorada de otro y por eso no sentía placer con sus caricias.

Las mujeres son sensibles y diferentes a los hombres, ellos pueden relacionarse sólo por atracción sexual. Su mamá siempre le decía que cuando una mujer estaba enamorada, se negaba a tener relaciones sexuales con otro hombre. Al pensar en eso, Roberto se sentía inquieto y le faltaba el aire. Decidió olvidar los consejos de Cilene, pues pensaba que era una persona con buenas intenciones, pero distante de la realidad.

Decidió que volvería a la cita acordada y seguiría con el tratamiento porque se sentía aliviado cada vez que iba allá, pero continuaría con los pies sobre la tierra y viviría su triste realidad.

¡Si al menos pudiera tener la seguridad de que un día Gabriela cambiaría y volvería a amarlo como antes! Para lograrlo, haría cualquier sacrificio, incluso el de sufrir callado, sin decirle que lo sabía todo. Al mismo tiempo que decidía eso, Roberto se sentía abatido y triste. Se decía a sí mismo que no podía desanimarse.

Si lo que él necesitaba para restablecer el equilibrio de su familia era dinero, no escatimaría sacrificios para conseguirlo. Se fue a la casa dispuesto a elaborar un plan de acción que le permitiera ganar dinero rápidamente.

Cuando llegó, Gabriela ya estaba sentada a la mesa comiendo. Al verlo entrar le dijo:

—No te esperé porque no sabía si vendrías para la cena. Últimamente no tienes horario ni avisas a qué hora vas a llegar.

—No tiene importancia.

—Voy por un plato para ti.

Nicete apareció en la puerta.

—No se preocupe, doña Gabriela. Yo lo atiendo.

—Voy a lavarme las manos —dijo Roberto.

Mientras se lavaba las manos, pensó:

"Antes ella me esperaba, así yo llegara a la medianoche".

Se sentó a la mesa y se esforzó por relajarse y aparentar un aire amable. Gabriela comía en silencio. Él se sirvió y comenzó a comer; de vez en cuando miraba a Gabriela discretamente. Ella le pareció distante, perdida en sus propios pensamientos. Intentó conversar:

—Me gustaría haber llegado más temprano, pero hay clientes que no respetan los horarios. No tienen prisa, les gusta hablar y hay que dejarlos; es necesario tener paciencia, pues finalmente, puede aparecer algún negocio o por los menos la promesa de alguna cosa para el futuro.

—Está bien.

Él continuó:

—Tengo algunos planes y creo que darán buenos resultados. Estoy seguro de que dentro de poco tiempo ganaré más dinero.

Ella no le dijo nada. Él se irritó, pero se esforzó por controlar el mal humor. Gabriela no parecía interesada en mantener una conversación con él. La situación estaba peor de lo que se había imaginado. Sintió un nudo en el pecho. ¿Y si ella decidiera separarse? Ahora ganaba lo suficiente para mantener a la familia, no lo necesitaba para nada.

Se movió en la silla inquieto. Él no soportaría una separación. Tenía que agotar todos los recursos. Se tragó la rabia y la tristeza. Terminó de cenar y después del postre, antes del café, se levantó, fue hasta la silla de ella, puso las manos sobre sus hombros y le dijo:

—Te veo muy callada. ¿Pasó algo?

Gabriela fijó la mirada en él y le dijo:

—No, todo está bien.

—No parece. Tengo la impresión de que tienes algún problema. ¿Pasa algo con los niños?

—Estás equivocado. Los niños están bien.

—Es que te vi tan distante, ni siquiera te interesaste por mis planes de negocios como lo hacías antes.

—Todo cambia, Roberto. Nosotros también cambiamos. Hoy soy más madura. El hecho de ser más discreta, no significa que no esté interesada en tu progreso profesional. Me siento feliz de saber que estás encontrando de nuevo el camino de la prosperidad. Tú lo sabes.

Él no le contestó. Volvió a su lugar y se sirvió una taza de café. En verdad, estaba diferente. La Gabriela de antes ya no existía.

Trató de disimular su tristeza. Después se sentó en su escritorio e intentó trabajar.

Tomó un cuaderno que le servía de agenda y anotó: al día siguiente iría a la alcaldía para visitar a un empleado conocido suyo e intentaría conseguir con él una lista de todos los proyectos de construcción de inmuebles aprobados en los últimos meses. Sabía que con una buena propina podría conseguirlo. Después, analizaría esos proyectos y entraría en contacto con los propietarios de esos inmuebles.

Desde que volvió a trabajar y a visitar las obras con el propósito de conseguir mejor material y más barato para los encargados de realizar los proyectos, descubrió que muchos de ellos engañaban a los propietarios.

Sobrefacturaban los materiales, no sólo para recibir comisiones más grandes, ya que ganaban según el precio del material utilizado en la obra, sino que recibían enormes sumas de dinero extra que algunas empresas les pagaban por haberlos escogido a la hora de comprar. Debido a eso, esas personas no estaban interesadas en que Roberto consiguiera precios más bajos.

Pensó que, si les ofreciera a los propietarios sus servicios con el objeto de bajar el costo de la construcción y les llevara cotizaciones que comprobaran que al contratarlo a él ahorrarían mucho dinero, estaba seguro de que en poco tiempo volvería a incrementar sus ingresos. Estaba claro que debía conquistar la confianza de esos propietarios. Por lo tanto, pensaba trabajar con honestidad y dedicación. Estaba seguro de que conseguiría su objetivo.

De repente, tuvo una idea: al comienzo no exigiría un salario, sino apenas una comisión sobre el dinero que lograra ahorrarle al cliente. Sería un negocio excelente. Cualquier persona aceptaría de inmediato, ya que se trataba de pagar una comisión sobre algo que el cliente estaba ganando, pues gastaría menos dinero del que le habían pedido en principio. De esa manera, Roberto podría cobrar mejor. Por ejemplo, si alguien ahorraba diez millones de pesos, de seguro no le importaría darle el veinte por ciento de ese dinero. Anotó todas esas ideas, con la intención de empezar al día siguiente.

Cuando se fue a acostar, Gabriela ya estaba dormida. Eran más de las once de la noche. Notó que ella no lo esperaba para dormir, sin embargo, como estaba muy interesado en sus planes, no le prestó atención al asunto. A partir del día siguiente todo cambiaría y ella dejaría de verlo como a un incapaz, como al imbécil que había sido robado por su socio. Le demostraría que él era muy capaz. Ganaría más dinero que ese empresario por el cual Gabriela sentía tanta admiración.

Cerró los puños con fuerza y dijo para sí:

—¡Vas a ver con quién estás casada, Gabriela! ¡Te lo juro! Vas a arrepentirte de haberme traicionado y de botar a la basura nuestra felicidad. Te voy a probar que soy un hombre muy capaz.

Se sintió reconfortado con esos pensamientos, se dio la vuelta en la cama y logró dormirse sin ningún problema.

Capítulo 10

Renato llegó a la oficina nervioso y agitado. Había tenido una discusión con Gioconda y ella, como siempre, se había refugiado en la cama con el pretexto de sentirse indispuesta. Le era difícil sacar adelante su vida familiar, pues su mujer se mostraba cada día más débil e incapaz. Él percibía que, con la disculpa de sentirse mal, ella hacía todo lo que quería y perturbaba así la educación de los hijos y el funcionamiento de la casa.

Incluso los empleados abusaban, pero él no quería intervenir, a pesar de notarlo. Pensaba que mientras Gioconda estuviera ocupada con los problemas domésticos, desviaría la atención que tenía sobre los miembros de la familia, al menos un poco. No podía concebir que una mujer como la suya, saludable y fuerte, con una familia bonita, comodidades y bienestar, se comportara como una niña mimada y echara a perder su propia vida al acumular problemas inexistentes e imaginar dificultades que la volvían ajena a la realidad, como los niños.

Mientras se trató sólo de ella y de su manera equivocada de vivir, Renato no quiso intervenir, pero ahora ella había empezado a perjudicar a los niños, y eso, por supuesto, no lo iba a permitir.

Estaba cansado de los chantajes que ella hacía con los hijos por cualquier cosa, para obligarlo a hacer todo lo que ella quería. Ricardito, inteligente y listo, se daba cuenta del juego de su mamá. Renato, por su parte, notaba que el niño había perdido por completo el respeto hacia su mamá y no le obedecía en nada, a no ser que él interviniera.

Con él, el niño se mostraba completamente diferente. Desde que el papá se había acercado a Ricardito y había empezado a oírlo y a tomar en consideración sus opiniones, el niño había cambiado radicalmente su comportamiento en la escuela. Había empezado a ser querido por los compañeros, y los profesores, muy sorprendidos, contaban a un Renato satisfecho acerca de los progresos alcanzados por su hijo, quien ahora era más valiente a la hora de asumir sus errores y estaba muy interesado en aprender más.

Pero en casa, con la madre, Ricardito se ponía imposible. Cuando su papá no estaba, se divertía en atormentarla, le inventaba historias sobre sus compañeros y la asustaba.

Aquella mañana, Gioconda le dijo en la mesa del café:

—Estoy preocupada por Ricardito. Ando en la tarea de buscar otro colegio para él. No quiero que se quede donde está.

—¿Y por que se te ocurrió eso ahora? Va muy bien en sus estudios, incluso los profesores lo han elogiado.

—Eso es lo que ellos te dicen, pero Ricardito tiene unos compañeros peligrosos. Ayer, por ejemplo, me contó unas historias escalofriantes. Esos niños son unos verdaderos desadaptados. Yo no quiero que mi hijo permanezca en compañía de ellos. ¿Te imaginas lo que podría suceder?

—No creas todo lo que te dice. A los niños les gusta fantasear y el nuestro tiene una imaginación muy fértil. Creo que ha leído muchas revistas de caricaturas.

—Lo que no puedo creer es que oigas eso y no tomes ninguna medida. Si no vas, iré yo misma al colegio para pedir el traslado de Ricardito. Además, ya escogí otro colegio. Ellos quedaron de conseguirme un cupo.

Renato, contrariado, puso la taza de café sobre el plato.

—Gioconda, deja a Ricardito en mis manos. Estoy muy satisfecho con él y con el colegio. No veo ningún motivo para cambiarlo. Estamos en el segundo semestre y, con toda seguridad, un cambio a estas alturas lo perjudicará.

—No sé lo que te pasa. Antes dejabas que yo me encargara de nuestros hijos, pero desde que empezaste a interferir, las cosas están desastrosas. Ricardito no me obedece. Cuando le pregunto por las clases, me cambia el tema. Yo creo que esconde algo y tú sigues ahí, tan tranquilo, sin hacer nada. ¿Ya pensaste en lo que podría ocurrir si estuviera haciendo algo malo?

—Nuestro hijo no es ningún desadaptado, si es eso lo que te asusta. Es un niño inteligente y no se va a dejar influenciar por nadie.

—Pues yo siento que no es así; no quiero que estudie más en ese colegio y lo voy a retirar de ahí.

Renato se levantó, la miró e intentó controlar su ira:

—Te prohíbo que hagas eso. Ricardito continuará en su colegio y que no se hable más del asunto.

—¡Estás siendo grosero conmigo! Nunca pensé que llegaras a tanto. Sólo soy una madre preocupada por el futuro de nuestros hijos. ¿Será que existe mayor ingratitud?

—No te hagas la víctima. Eres una mujer privilegiada, tienes todo para ser feliz. ¿Por qué prefieres atraer problemas?

—Tengo todo, menos un marido que me apoye. Comienzo a pensar que ya no me amas. Has empezado a cambiar y ya no me tratas como antes. ¿Qué ocurre?

—Nada. No pasa nada. Quien ha cambiado eres tú. Ya no eres la muchacha alegre y agradable con quien me casé. Siempre que llego a casa, tienes un nuevo reclamo que hacer y vives quejumbrosa. A veces me miras como si yo fuera el culpable de algo.

—Es que la vida no es como yo quisiera. Mis hijos no me ponen atención y mi marido está cada día más distante. Yo no hice nada para que eso ocurriera. Al contrario, he desempeñado mi papel de madre y esposa con devoción.

Renato se sentía molesto. Detestaba discutir temprano, especialmente con Gioconda, cuyos argumentos infantiles lo indignaban. A pesar del esfuerzo que hizo por controlarse, no logró reprimir sus palabras:

—Eso es lo que tú dices; pero en realidad, lo único que haces todos los días es hojear revistas, hablar por teléfono con tus amigas y pasear por los almacenes. Estás aburrida, botas tu vida a la basura y pierdes el tiempo sin hacer nada útil. Pienso que si buscaras algún trabajo que hacer, si ocuparas tu tiempo en cosas interesantes, no le crearías problemas a tu familia. Hay muchas obras filantrópicas que necesitan de voluntarios. ¿Por qué no intentas ocuparte en una de ellas? Apuesto que te haría mucho bien.

El rostro de Gioconda se cubrió de rubor. Se levantó indignada.

—¡No se puede conversar contigo! No me voy a quedar a oírte. Me falta el aire. Voy a tomar mi remedio.

Salió disgustada. Renato meneó la cabeza contrariado y no terminó su café. En el carro, camino a la oficina, se sentía desanimado. Su mujer era un desastre. Inmadura, incapaz, vanidosa y llena de exigencias. Sentía que debía hacer algo, pero ¿qué?

Gabriela entró a la oficina de Renato y de inmediato sintió que él no se encontraba bien.

—Doctor Renato, le traje el contrato que me pidió. Hice algunas observaciones acerca del proyecto y me gustaría que usted lo viera.

—Ahora no. No tengo cabeza para resolver cualquier cosa.

—Disculpe, doctor, ¿ocurrió algo?

—Lo mismo de siempre, sólo que hoy Gioconda la hizo bien. Logró sacarme de casillas y terminamos discutiendo. Ella se fue a la cama, y si es verdad que la conozco bien, a esta hora ya debe haber fastidiado la vida de su médico y la de los empleados. Afortunadamente los niños están en el colegio.

—Lo podemos dejar para mañana. Aún hay plazo.

Se retiraba, cuando él le dijo:

—Espera, Gabriela. Estoy desolado. Soy un hombre educado; detesto discutir temprano, mucho menos con una persona tan conflictiva como Gioconda. Ella no actúa como lo haría cualquier persona. Se hace la víctima y me culpa a mí de todo.

—Si usted ya sabe que eso es así, no vale la pena que se moleste. Cada persona es como es y no podemos cambiarla.

—Cada vez se hace más difícil convivir con ella. Estoy cansado. Siento que debería hacer algo, pero no sé qué. Me gustaría que ella se diera cuenta de que con esas actitudes echa por la borda nuestra felicidad. Yo amo a mi familia.

Gabriela pensó en Roberto y suspiró. A ella también le gustaría hacer algo para que él volviera a ser como antes.

—Hay muchas personas que tienen problemas en sus relaciones. En ese caso, lo mejor es buscar a un terapeuta. Es lo que yo haría si tuviera dinero para eso.

—¿Tú también tienes problemas con tu marido?

—Los de siempre. Él es muy celoso, como usted sabe.

—En ese caso, quien debería buscar ayuda terapéutica es él.

—Sí. Pero Roberto nunca lo haría, es un hombre anticuado. ¿Su esposa estaría de acuerdo en buscar la ayuda de un psicólogo?

—No lo sé. Creo que no. Se la pasa donde los médicos con la intención de comprobar que tiene una enfermedad y así conmovernos a todos. Para ir a donde un terapeuta tendría que admitir que necesita ayuda y creo que no lo haría. Piensa que tiene la razón y que los demás están equivocados.

Gabriela sonrió:

—Mi marido es igual. Siempre cree que tiene la razón.

Después de que Gabriela se fue, Renato se quedó pensativo. La idea era buena. Si Gioconda aceptara buscar a un psicólogo, tal vez podría mejorar. Lo cierto es que las cosas no podían continuar así.

Cuando llegó a casa, al anochecer, Renato la encontró en la sala. En ese momento ella hojeaba una revista y no respondió a su saludo. Él suspiró e intentó contener el mal humor para no empeorar las cosas. Trató de arreglar la situación:

—Veo que estás mejor.

Ella lo miró seria y le contestó:

—Necesito ser fuerte, tengo dos hijos pequeños por educar.

Renato se sentó en la poltrona que estaba frente a ella.

—Gioconda, nuestra discusión de esta mañana me dejó de un pésimo humor. No me gusta discutir contigo.

—¿Y tú crees que a mí me gusta? Pasé todo el día indispuesta. Sabes que mi salud es muy delicada.

Él intentó ignorar sus palabras y siguió:

—Necesitamos hablar. Últimamente no nos entendemos. No quiero seguir así. Nuestros hijos necesitan vivir en un hogar armonioso, tranquilo y alegre.

—Tú has cambiado de algún tiempo para acá.

—No es verdad. Yo te amo, vivo para mi familia y mi trabajo.

—No parece. Me contradices todo el tiempo. ¿Puedes pensar en cómo me siento cuando me desautorizas delante de nuestros hijos?

—Es sobre eso que quiero hablar. Tenemos ideas diferentes respecto a la manera de educarlos. Debemos discutir y arreglar nuestras diferencias en este sentido para beneficio de ellos. No me gusta intervenir cuando decides alguna cosa. Estoy seguro de que deseas lo mejor para ellos. Pero a veces no te das cuenta de que algunas de tus actitudes no dan buen resultado.

—¿Quieres decir que no sé educarlos?

—Yo no diría eso; siempre has sido una madre amorosa e interesada, pero te has puesto en una posición demasiado frágil frente a ellos, y eso no es lo adecuado.

—Soy una mujer sensible. No puedo tolerar ciertas cosas…

—Respeto tu sensibilidad, pero ¿no has pensado en que Ricardito actúa exactamente como tú? Incluso Celia, que era mucho más alegre, ha empezado a imitar tu actitud.

—¿Y qué hay de malo en que los hijos imiten a la mamá? Eso es natural en los niños.

—Es que tú sólo te quejas, reclamas por todo, te muestras débil. Con esa actitud, los niños serán tan débiles como tú. Mientras sean niños estarán protegidos, pero cuando tengan que vivir sus propias vidas, no van a estar preparados. La gente sólo respeta al que es fuerte y pasa por encima del débil hasta aplastarlo.

Gioconda se levantó alterada:

—¿Es eso lo que piensas de mí? ¿Que soy una débil? He sido muy fuerte al aguantar todo lo que me ocurre. No tienes derecho a decir eso de mí.

Gioconda estaba a punto de llorar y salió de la sala para encerrarse en el cuarto. Renato se pasó las manos por el cabello. Cualquier conversación con ella sobre ese tema, era imposible. En ese momento tuvo la impresión de que era una desequilibrada. Antes no era así. ¿Qué tal si empeoraba con el tiempo?

Sabía que tenía que hacer algo, pero ¿qué? Aquella tentativa le iba a costar unos días más de mala cara, suspiros e idas al médico. Con toda seguridad sería eso lo que haría. Escuchó el ruido de alguien marcando por teléfono. Sin duda era ella pidiendo una cita médica, como lo hacía siempre.

Al día siguiente, muy desanimado, le contó a Gabriela lo que había ocurrido. Ella lo escuchó con atención y al final le sugirió:

—Si doña Gioconda no va al terapeuta, ¿por qué no va usted en lugar de ella?

—¿¡Yo!?

—¡Claro!. Él podrá darle algunas sugerencias sobre cómo tratar a su esposa. Es la persona indicada para hacerlo.

—Sí. ¿Sabes que tienes razón? Me siento perdido. Realmente necesito la orientación de un experto. Si continúo como hasta ahora, estoy seguro de que no voy a aguantar por mucho tiempo. Como ya dije, amo a mi familia y no deseo separarme, especialmente por los niños. En esos casos la ley siempre favorece a las madres. Creo que Gioconda no está preparada para educarlos como se debe. Tengo que quedarme con ellos para hacer mi parte, pero eso está cada día más difícil.

—Usted es un buen padre. Buscar ayuda especializada es un buen camino.

—Lo haré.

Gabriela salió pensativa de la oficina. ¿Por qué sería que las personas se equivocaban al escoger con quién casarse? Un hombre guapo, rico, culto y sincero, ¿por qué se habría casado con una mujer sin preparación, que ahora estaba haciendo infeliz el hogar?

Pensó en su matrimonio. Si pudiera volver atrás, no se casaría con Roberto. Recordó sus sueños de juventud y las ideas que tenía acerca de cómo debía ser un matrimonio feliz y armonioso.

La verdad es que nadie conoce a nadie íntimamente. Las ilusiones y los sueños son muy agradables, pero las personas nunca son como las vemos. Con el tiempo empieza a verse la verdad y entonces hay que olvidar los sueños, reunir los fragmentos de la realidad e intentar seguir adelante.

Renato habló de sus hijos. Si no fuera por ellos, seguramente ya se habría separado. ¿Y ella? ¿Habría hecho lo mismo? ¿Si no tuviera a Guillermo y a María del Carmen, también se habría separado?

Gabriela se acordó de sus primeros tiempos de casada. Ella amaba a su marido; se había casado por amor y juntos habían vivido momentos de felicidad. ¿Cuándo empezó a cambiar todo?

Percibió que, incluso cuando Roberto estaba bien, antes de que Neumes se hubiera llevado todo el dinero, las cosas ya habían comenzado a cambiar. Cuanto más él ganaba, más insistía en que ella abandonara su empleo, le pedía que cambiara de hábitos, que usara ropa más recatada y que no se maquillara. Cuando salían de paseo, Roberto prefería lugares con poca gente y si ella quería ir a alguna fiesta, él siempre se demoraba en recogerla, iba de mala gana, criticaba su ropa y la vigilaba todo el tiempo. Era insoportable.

Gabriela era joven y llena de vida. Entonces él y doña Georgina le daban a entender que ella era una aventurera. Eso la ofendía profundamente, pues siempre había sido sincera y respetaba a su marido. Nunca le daría motivos para que dudara de su dignidad. Gabriela sentía que, en cierta forma, Roberto disfrutaba de haber quedado sin dinero, pues así no podían ir a ningún lugar. A pesar de todo, ella no pensaba cambiar nada. Le gustaba vestirse a la moda, estar bonita, mirarse al espejo, sentirse viva, alegre y bien cuidada. No entendía por qué tenía que estar fea y descuidada, sólo porque era casada. Su marido debería sentirse orgulloso de haberse casado con una mujer bonita, encantadora y agradable.

Recordó que Renato reclamaba exactamente eso, que su esposa ya no se interesaba en estar bonita, en cuidar de su apariencia. Si Gabriela estuviera casada con un hombre como él, no lo decepcionaría. Estaría siempre elegantísima y él estaría orgulloso de ella. Suspiró resignada. Había escogido a Roberto como esposo y Renato había escogido a Gioconda. Nadie podría cambiar eso.

Renato llamó a un amigo médico y le pidió que le recomendara a un buen terapeuta. Tomó el nombre, la dirección y el teléfono y marcó para pedir una cita. Se sorprendió mucho al saber que sólo había citas hasta dentro de quince días. No se imaginaba que tantas personas buscaran ese servicio.

En todo caso apartó la cita, y la idea de que hacía algo en favor de su familia, le proporcionó alivio. Después se esforzó por olvidar el asunto. Tenía mucho trabajo por hacer, muchas decisiones importantes que tomar y necesitaba estar lúcido para hacer todo lo mejor posible.

Gioconda miró el reloj y pensó desanimada:

"Mi vida está cada día peor. ¿Qué será lo que nos pasa? Renato nunca me había tratado de esa manera. Ya no me busca como antes. ¿Habrá dejado de amarme?".

Se levantó de la poltrona y fue a mirarse en el espejo del *hall*. Sus ojos estaban sin brillo y unas profundas ojeras le daban un aspecto envejecido a su rostro. Ya no era la jovencita con la que él se había casado. Los años habían dejado su huella. ¿Y si él se hubiese enamorado de otra? Eso explicaría su falta de interés. ¿Y si se decidiera abandonarla?

Preocupada, Gioconda se pasó las manos por el rostro. Había oído decir que el matrimonio tenía momentos de crisis y que la rutina, los hijos y todo, contribuían a que la pasión de los primeros tiempos desapareciera.

Los síntomas eran claros. Su marido estaba aburrido y ni siquiera lo disimulaba. ¡Qué ingratitud! Ella siempre se había esforzado por ser una buena esposa y por cumplir con sus deberes; incluso, había hecho el sacrificio de dejar de lado sus intereses para poner en primer lugar a la familia.

Pero eso no valía nada. Los hombres son impulsivos y siempre están interesados en nuevas conquistas. Gioconda creía haber encontrado un hombre fiel y dedicado, pero, estaba engañada. Seguramente él era como los demás. Bastó con que ella envejeciera un poco para que se mostrara distante y desinteresado.

Renato había llegado al punto de criticar sus actitudes, como si ella fuera la culpable de la infelicidad que sentían. No servía de nada negarlo. Él se sentía infeliz en la casa, la evadía y prefería aislarse con los hijos o leer en el estudio. Mientras estaba en casa, nunca la buscaba para intercambiar ideas, como lo hacían al comienzo del matrimonio. Ella nunca sabía si él estaba triste o alegre, preocupado o relajado. La iniciativa de conversar siempre la tomaba ella y Renato la oía con aire distante, sin mucho interés, aunque se mostraba educado y amable.

Últimamente le ponía más atención a los niños y a los extraños que a ella. Intervenía en la educación de los hijos y mostraba claramente que no estaba de acuerdo con su forma de pensar. Cada día que pasaba, los niños eran más difíciles de manejar, no le obedecían y se hacían los desentendidos cuando les daba una orden. No podía quejarse con Renato, porque con el padre, los niños actuaban diferente.

Mientras tanto, Renato, con esa historia de oír lo que los niños pensaban, terminaba por facilitar que ellos lo engañaran. La opinión de ella era que los niños debían oír y obedecer. Darle importancia a lo que ellos pensaran era relajar la disciplina y permitir que mintieran. Estaba claro que sus hijos fingían ante Renato. ¿Por qué él no se daba cuenta de eso?

Gioconda sabía que debía reaccionar, hacer algo para salvar su matrimonio.

Se acordó de que su amiga Leocadia le contó que había ido donde una vidente maravillosa, que no sólo había adivinado detalles de su vida, sino que también había previsto muchas cosas de su futuro. Decidió pedir una cita. Por lo menos podría descubrir si había otra mujer en la vida de Renato.

Llamó a su amiga para pedirle la dirección.

—Ve, Gioconda —le contestó Leocadia con entusiasmo—. La vidente es realmente muy buena. Ella me dijo todo sobre Gerardo, incluso que tenía problemas en la empresa por envidia de un compañero que quería quitarle el puesto. Ella acertó.

—Voy a llamarla para pedirle una cita. Quiero ir allá hoy mismo.

—Dile que fui yo quien te la recomendó. Ya sabes cómo son las cosas. Sólo atiende bajo recomendación. Le teme a la policía porque a ellos nos les gustan esas cosas.

—Está bien.

—¿Tienes algún problema?

—No exactamente un problema. Pero he notado a Renato diferente en los últimos tiempos. Sospecho algo...

—Humm... Para eso ella es óptima. Ya verás. Si no hay nada, lo dice de una; pero, si lo hay, revela todo.

—Estoy ansiosa. Te llamo después de la consulta.

—Eso espero.

Gioconda colgó el teléfono y en seguida le marcó a la vidente. Después de decir quién se la había recomendado, insistió. Ella quería la cita inmediatamente.

—Madame Aurora está copada hoy, señora. No puedo hacer nada.

—Por favor, es urgente... Dile que yo pago lo que sea.

—Está atendiendo a una persona y no puedo interrumpirla. Deje su teléfono. Tan pronto salga la cliente hablaré con ella y la llamaré en seguida. Sin embargo, le digo que eso no va a ser fácil. Madame respeta el orden de las citas y no da prelación.

—Haz un esfuerzo. Ten la seguridad de que sabré reconocer tu buena voluntad. Necesito hablar con Madame Aurora hoy mismo.

—Está bien. Veré lo que puedo hacer.

Colgó el teléfono y empezó a arreglarse para salir. Sabía que la conseguiría. El dinero abre todas las puertas. Y estaba dispuesta a pagar muy bien por la consulta. Su tranquilidad valía mucho más.

Casi una hora después, sonó el teléfono: le había conseguido cita para esa tarde. Gioconda sonrió. Cuando quería alguna cosa, siempre la conseguía.

Cinco minutos antes de la cita, Gioconda timbró en la casa de Madame Aurora. Una joven la invitó a entrar y la condujo a una sala amoblada con lujo y buen gusto.

—Siéntese señora. Madame se prepara para atenderla.

Gioconda preguntó con curiosidad:

—¿Ella se prepara para atender a cada cliente?

—Claro. Hace un pequeño intervalo entre una consulta y otra para mantener la privacidad de los clientes y también para renovar las energías de la sala. Siéntase a gusto. Ella no demora.

Gioconda se sentó a esperar. Estaba emocionada. ¿Qué iría a saber?

La joven apareció en la sala y le pidió.

—Sígame, por favor.

Gioconda la acompañó por el corredor hasta otra sala.

—Puede entrar.

Gioconda abrió la puerta y entró. La sala estaba en penumbra y había en el aire un fuerte olor a incienso. Pesadas cortinas cerraban las ventanas. Detrás de una mesa una mujer de mediana edad la esperaba. Al verla entrar le fijó una mirada penetrante.

Gioconda se estremeció. Había algo extraño en esa mujer. Cabellos castaños, lisos y recogidos en la nuca, cara morena, labios gruesos y rasgos fuertes, a pesar de que era delgada.

—Siéntate, Gioconda —le dijo con voz suave.

Ella obedeció. Sobre el mantel bordado que cubría la mesa, había una baraja bastante usada y una lamparita prendida.

—Tú me buscaste porque no estás segura de tu vida. Ocurren cambios y no sabes cómo enfrentarlos.

—Sí, es un hecho. Mi esposo cambió mucho. Sospecho que hay otra mujer.

—Vamos a ver. Con la mano izquierda, divide la baraja en tres pilas.

Gioconda obedeció, y la mujer, con manos ágiles, separó las cartas, puso algunas sobre la mesa y le dijo:

—Tienes razón. Tu vida familiar corre peligro. Tu marido está muy distante de ti. Mira: te está dando la espalda.

—Lo he sentido. Dime, ¿él tiene otra?

Ella observó las cartas y le dijo:

—Todavía no. Pero está en vía de enamorarse de otra. Mira: es una mujer bonita y más joven que tú.

—¿Quién es ella?

—Ella es muy infeliz en su matrimonio. Está siempre al lado de tu marido.

—Si es así, tiene algo con él.

—No, todavía no. ¿A qué se dedica tu esposo?

—Él es empresario. ¿Por qué?

—Porque creo que esa muchacha trabaja con él. Está siempre con papeles. ¿Conoces a las personas que trabajan con él?

—No, nunca voy a la empresa. No me gusta meterme en sus negocios.

—Ten cuidado. Intenta verificar las cosas. Se trata de una mujer muy bonita y atractiva. Él la admira mucho. De la admiración a la pasión hay poco trecho. Parte de nuevo la baraja.

Ella obedeció y Aurora continuó:

—Mira... ¡Otra vez! ¡Confirmado! los dos aparecen siempre juntos y se miran uno al otro. Él le hace confidencias.

—¿Confidencias? ¿Sobre nuestra vida privada?

—Sí. Ella escucha y le aconseja. Él anda triste por ti. Está desanimado. Ustedes ya no se entienden bien.

—Sí. Él está interesado en otra mujer.

—Su distanciamiento aún no es por eso. Tú no sabes manejar las cosas con él. Debes cambiar si deseas conservar a tu marido.

—¿Cómo así?

—Eres tú quien debe observar qué lo pone descontento. Él se aleja de ti porque te quejas por todo. Le reclamas mucho.

—¿Yo?

—Sí. Si amas a tu marido, intenta cambiar tu forma de vida dentro de la casa. De lo contrario, él se va a distanciar cada día más.

—¿Él se enamora de otra y la culpa es mía? Creo que no ves las cosas con exactitud. Leocadia me dijo que lo sabías todo y que me ibas a decir la verdad. Yo le creí. Ahora veo que no es así.

—Veo que te resistes. No quieres conocer la verdad. Esa postura sólo va a agravar tu situación. Tu marido es un hombre bueno, dedicado, pero lo veo cansado de la relación contigo.

—¡Ah! Ahora hablas bien de él, y soy yo quien está equivocada. ¿Piensas que voy a creer en eso? Y pensar que prometí pagar mucho dinero por esta consulta. Creo que cometí un error al venir aquí. Tú no sabes nada. No me quedaré aquí ni un minuto más.

Gioconda se levantó. Aurora la miró imperturbable y le dijo con tranquilidad:

—Lo lamento. Tú me buscaste para que te dijera lo que deseabas oír. Pero prefiero decirte lo que veo. Si te lamentas por tu dinero, no tienes que pagar nada. Ve con Dios y piensa en lo que oíste aquí.

Gioconda le dio la espalda y se dirigió a la puerta de la calle sin prestar atención a la joven que la acompañaba silenciosa.

Después de que ella salió se dirigió donde madame Aurora y le dijo:

—Qué antipática esa mujer, madame.

—No digas eso María. Ella piensa que sabe, pero está equivocada. No desea conocer la verdad.

—En ese caso la vida le va a cobrar un precio. Toda ilusión debe ser arrancada.

—Es por eso que te pido que no juzgues. No vamos a agravar su estado. Ya es suficiente con el daño que ella misma se hace.

—Sólo la señora puede decir una cosa de esas.

—Es por eso que no me gusta hacer excepciones con las citas. Generalmente, los que se desesperan no tienen paciencia para esperar su turno, son personas mimadas, llenas de ilusiones. Atenderlas siempre nos causa problemas. Aprende. Nunca más insistas para que atienda a alguien antes de lo debido.

—Sí, señora.

Gioconda salió irritada. ¿Esa era la mujer que lo adivinaba todo? Leocadia estaba engañada. Era una embustera a la que le gustaba explotar al prójimo. Menos mal que no había pagado la consulta. No había ido allá para oír maltratos y tampoco para escuchar elogios sobre su esposo.

Pero a pesar de eso, un pensamiento la perturbaba. ¿Habría realmente una mujer al lado de Renato a quien él le hacía confidencias? Podría ser otra mentira de esa farsante, pero ante las circunstancias, no estaría por demás verificar.

En los próximos días haría una visita a la empresa de su esposo. Iría a ver las cosas con sus propios ojos.

Capítulo 11

$\mathcal{A}$ la tarde siguiente, Gioconda se arregló y fue a la oficina de Renato. Sin preocuparse por el aire de curiosidad de los empleados, se dirigió al piso de la dirección. Se acordaba muy vagamente del lugar donde quedaba la oficina de Renato. Gioconda entró.

Gabriela estaba al lado de Renato; le había llevado unos papeles para que los firmara. Al verla entrar, la miraron sorprendidos.

Renato se levantó asustado.

—¿Qué haces aquí? ¿Te pasó algo?

—No. ¿Por qué se asustaron con mi presencia? ¿Es que no soy bienvenida aquí?

Gabriela quiso retirarse. Renato la detuvo y le dijo:

—Un momento, Gabriela. Ella es Gioconda, mi esposa.

Gabriela se volteó hacia Gioconda y Renato continuó:

—Claro que eres bienvenida. Me sorprendí porque nunca vienes por aquí. Además, las personas acostumbran a golpear en la puerta antes de entrar. Ella es Gabriela, mi asesora.

Gioconda la miró de arriba a abajo con curiosidad. Claro que la vidente le había dicho la verdad. Se trataba de una mujer muy bonita, de una belleza exótica, como les gusta a los hombres.

—Veo que estás bien asesorado —dijo ella con una sonrisa y un dejo de ironía en la voz.

—Gabriela es muy eficiente —dijo Renato, esforzándose por contener su irritación.

—Es un placer conocerla, señora —dijo Gabriela, mirándola con naturalidad—. Con permiso.

Al salir, Gabriela aún la oyó decir:

—El ambiente de esta oficina es acogedor, no sabía que fuera tan agradable. Debería haber venido antes.

—No viniste porque no lo quisiste. ¿Por qué estás aquí?

—Por curiosidad. Finalmente pasas más tiempo aquí que en la casa conmigo.

—Necesito trabajar. Si quieres dar una vuelta por la empresa para quitarte la curiosidad, le pediré a Gabriela que te acompañe.

—Por lo visto le pides todo a ella...

—No me gusta tu tono. ¿Qué quieres insinuar?

—Nada. Ella me parece muy eficiente. Voy a aceptar tu invitación. Deseo conocer cada dependencia de esta empresa.

Renato oprimió un botón y Gabriela respondió:

—A la orden, doctor Renato.

—Gioconda desea visitar nuestra organización. Me gustaría que la acompañaras.

—Está bien, señor.

Gabriela abrió la puerta y la invitó a que la acompañara. Mientras hacían el recorrido por la empresa, Gabriela le explicaba qué se hacía en cada sección, pero Gioconda no le prestaba atención a sus palabras, sólo observaba su elegancia al caminar, la propiedad con la que describía todo, el suave perfume que emanaba de ella y sus delicados gestos.

Asustada, reconoció que aquella mujer era muy atractiva. Por eso su esposo andaba tan distante últimamente. Quizás tuvieran algo. Las secretarias quieren ascender a costa del dinero del patrón.

Trató de disimular, sonrió y le preguntó con naturalidad:

—¿Hace mucho que trabajas aquí?

—Cinco años.

—¿Eres casada? ¿Tienes hijos?

—Sí. Tengo dos hijos.

—Supongo que te gusta tu trabajo, ya que llevas mucho tiempo aquí.

—Me gusta. Es bueno trabajar aquí.

—Me imagino. Renato siempre ha sido un buen jefe. Tanto, que las personas abusan mucho de él.

Gabriela no contestó. Percibió que Gioconda estaba celosa. Roberto acostumbraba a utilizar el mismo tono cuando quería indagar sobre su vida. Aquella mujer era peor de lo que se había imaginado. Por lo que Renato decía de vez en cuando, se imaginaba que ella era una persona difícil, pero la verdad es que iba más allá, incluso lograba ser antipática. Se esforzó por no demostrar su desagrado. Era la esposa del jefe y necesitaba tratarla con consideración. No tenía nada que ver con sus peculiaridades.

Después de que hicieron el recorrido, Gabriela la llevó hasta la oficina de Renato. Golpeó suavemente la puerta, la abrió, esperó a que Gioconda pasara y después, aún en el umbral, preguntó:

—¿Desea algo más, doctor Renato?

—No, gracias.

Gabriela se dirigió a Gioconda y le preguntó:

—¿La señora quiere agua, té o café?

—No quiero nada, gracias.

Gabriela se alejó y Gioconda se sentó en una silla frente al escritorio de su marido.

—Entonces, ¿te gustó lo que viste?

—Sí. Parece que todo marcha bien. Lo único que no me cuadra es tu asesora. No parece una persona dedicada al trabajo.

—Te engañas, Gioconda. Gabriela es muy profesional, inteligente y dedicada. Me ha ayudado mucho.

Ella negó con un movimiento de cabeza:

—Puede ser una profesional, pero no de una empresa.

Renato se impacientó, Gioconda exageraba.

—Gabriela es mi mejor funcionaria. Además, en el campo personal, es una esposa dedicada. Cuando su marido perdió todo ella sostuvo a la familia y lo ayudó de tal manera, que ahora ha comenzado a recuperarse. Tú no deberías prejuzgar a las personas ni hablar de lo que no sabes.

—Ella es provocadora… ¿No has visto como se bambolea al caminar? ¿Crees que eso es adecuado para alguien que trabaja?

—Creo que es mejor dejar las cosas así. No puedo creer que hayas venido hasta aquí para interferir en mi trabajo y criticar a mis funcionarios.

—¡Ahora resulta que me maltratas por culpa de ella! Vine con las mejores intenciones. Has estado muy cambiado últimamente, me has dejado de lado. ¿Sabes cuánto tiempo hace que no hacemos el amor? Pensé que si me interesaba en tu trabajo, si me acercaba a ti, podríamos volver a ser como al comienzo de nuestro matrimonio. Pero llegué demasiado tarde… Prefieres defender a esa mujer, a oír lo que tu esposa tiene que decirte.

Renato intentó controlar su impaciencia. Lo último que deseaba era discutir allí con ella. Decidió llegar a un acuerdo:

—Salgamos un momento. Demos una vuelta y conversemos. Aquí cerca hay una buena cafetería. Podemos sentarnos y tomar algo.

—¿Quieres que me vaya? ¿Es eso lo que quieres? Estoy muy arrepentida de haber venido.

—No tergiverses mis palabras. Me reclamas porque estamos muy distantes el uno del otro, por eso te invité a dar una vuelta, para que intercambiemos algunas ideas. La oficina no es el mejor lugar para eso.

Gioconda cedió. No quería que Gabriela descubriera que ella sabía la verdad sobre los dos. Reconocía que se trataba de una mujer peligrosa. Gioconda quería reconquistar a su marido y para eso necesitaba de tiempo.

Lo acompañó e intentó disimular su mal humor. Una vez en la cafetería, Renato intentó conversar con naturalidad, pero Gioconda no estaba interesada en ninguno de los asuntos que él tocaba. Cuando Renato mencionó a los hijos, ella dijo:

—Últimamente has interferido demasiado en la educación de ellos. Me he sentido inútil e incapaz. Yo le digo una cosa a Ricardito y tú le dices otra. Antes no te involucrabas en nada de eso y yo tenía autonomía, pero ahora, el niño no me obedece.

—Los niños necesitan firmeza. Tú cedes a todo lo que él te pide. Ahora nuestro hijo estudia más y obtiene mejores notas. Además, el papá también debe ayudar en la educación de los hijos.

Gioconda, inquieta, se movió en la silla.

—¿Dices que haces eso porque yo no sé educar a mis hijos?

—Lo que quiero decir es que tienes buen corazón y cedes con facilidad. Los niños son tremendos, deben ser tratados con firmeza, y en ese punto es donde el papá debe intervenir.

—Le diste cuerda a Ricardito contra los profesores. Eso es un error.

—Yo no le di cuerda a nadie. Supe lo que ocurrió y actué de acuerdo con los hechos. Los profesores también se equivocan. Sólo traté de ser justo y de saber quién tenía la razón.

—Creíste en nuestro hijo. ¿No sabes que él miente para evadir su responsabilidad?

—Eso es lo que quiero evitar: que Ricardito mienta. Es necesario valorar la verdad y hacer que él no tenga miedo de asumir lo que hace. Eso sólo va a suceder cuando el niño confíe en nosotros.

—¿Quieres decir que los niños no confían en mí? ¿Que soy la culpable de las mentiras que ellos intentan hacernos creer? ¡Eso es absurdo!

—Definitivamente no sirve de nada intentar hablar contigo. Infortunadamente pensamos de manera distinta y nunca llegaremos a un acuerdo. Es mejor irnos. Tengo mucho que hacer en la oficina.

Gioconda se mordió los labios. ¿Por qué no lograba controlarse? Intentó reaccionar:

—Disculpa, estoy nerviosa. Siento que te alejas cada vez más de mí y eso me entristece mucho.

—Es que siempre estás malhumorada e insatisfecha. ¿Por qué no buscas alguna cosa en que ocuparte? El trabajo voluntario en una obra social puede ser gratificante.

Ella se irritó aún más, pero intentó no demostrarlo. Tan sólo dijo:

—Puede ser. Voy a pensarlo.

—Hazlo. Te hará bien.

Gioconda llegó a casa preocupada. A pesar de todo, la mujer de las cartas le había dicho la verdad. La mujer que estaba todo el tiempo al lado de Renato era peligrosa y debía alejarla de su camino. Tendría que actuar con cautela, pues Renato nunca la despediría.

Renato llegó a la oficina disgustado. Las insinuaciones de Gioconda lo habían incomodado. Era una injusticia, Gabriela era muy atractiva, pero él jamás se le había insinuado, a pesar de sentirse atraído. Por su parte, Gabriela siempre se había comportado dignamente y nunca le había dado espacio para entrar en intimidades. Su conducta impecable había hecho que él la admirara aún más. La respetaba, por eso, la actitud de Gioconda lo ofendía.

Tomó la tarjeta del médico y leyó: *Dr. Aurelio Dutra, médico psiquiatra.* A pesar de la prisa que tenía, debería esperar hasta la fecha de la consulta.

Gabriela fingió no haber notado la mirada rencorosa que Gioconda le había lanzado al salir con su marido. Respondió a su saludo con educación, pero se dio cuenta de lo que ella estaba pensando y se sintió triste. ¿Sería que además de los celos de su marido, tendría que tolerar la desconfianza de Gioconda? Había notado la malicia con la que la había interrogado acerca de su familia. Justo ahora que ella había empezado a progresar en la empresa, a aprender cosas importantes y a ganar mejor.

Si tuviera que dejar su empleo lo sentiría mucho, además, no era fácil ganar un salario como el que tenía. Roberto había reaccionado y estaba comenzado a ganar algo de dinero, pero lo que él recibía no era suficiente para pagar ni siquiera la mitad de los gastos de la casa.

Pensó en hablar con Renato, pero luego desistió. Sería humillante tocar un asunto tan delicado. Además, él podría pensar que ella estaba interesada en él. No, definitivamente no diría nada. Por otro lado, era probable que Gioconda no apareciera nunca más por la empresa y que todo se tratara de una simple impresión.

De hecho, durante los días siguientes, Gioconda no volvió por la empresa ni mencionó el asunto a su marido, aunque no lograba sacarla de su cabeza.

Si Renato se demoraba un poco en regresar por la noche, ella se lo imaginaba en brazos de Gabriela, intercambiando besos y cariño. Cuando él llegaba a casa, lo miraba con disimulo para ver si hallaba algún vestigio de su relación extramatrimonial. Cuando él se alejaba, Gioconda le revisaba los bolsillos, olía sus camisas y buscaba las evidencias de la traición.

Ese pensamiento se le volvió una obsesión. No podía pensar en otra cosa. En ningún momento logró reflexionar que no tenía prueba alguna de que eso fuera verdad. Para ella, estaba más que probado que ellos eran amantes.

Quince días después de la visita de Gioconda a la empresa, Renato fue al consultorio del médico para la consulta y se sentó en la sala de espera. La puerta del consultorio se abrió, Roberto salió y se sobresaltó al ver a Renato. ¿Qué podría hacer el patrón de Gabriela en el consultorio de Aurelio?

Roberto sabía que él no lo conocía, así que intentó disimular su malestar. Necesitaba saber por qué él había ido justamente a consultar a su médico. Entonces, se dirigió al corredor, tomó un vaso de agua y volvió a la sala de espera. Renato ya había entrado. Se acercó a la secretaria e intentó conversar.

—Tengo la impresión de que conozco a ese señor que acaba de entrar. ¿Hace tiempo que él viene aquí?

—No. Es la primera consulta.

Roberto salió con mil pensamientos en su cabeza e intentaba encontrar una explicación plausible. Pero era difícil. Gabriela no sabía que él estaba en tratamiento, pues nunca se lo había contado. Le daba vergüenza decir que necesitaba de terapia. Prefería que ella creyese que él había empezado a mejorar sin la ayuda de nadie.

Podría tratarse de una coincidencia, pero aún así le causaba mucha curiosidad. ¿Qué problemas podría tener Renato? Era un hombre exitoso. Ese pensamiento lo incomodaba. ¿Y si él se hubiera enamorado de Gabriela y estuviera en crisis con su esposa?

Sintió un nudo en el pecho, como un mal presagio. ¿Y si la relación de ellos no fuera pasajera? ¿Y si Renato pensara en separarse de su esposa para quedarse con Gabriela? En tal caso, seguramente necesitaría de un terapeuta.

Roberto se pasó la mano temblorosa por el cabello. Sintió una ola de rencor y pensó:

"¿Y si espero a que salga, me presento y le hablo francamente? Al fin de cuentas soy su marido y tengo todo el derecho a exigir una explicación".

Caminó por por la calzada de enfrente durante algún tiempo. Por fin, resolvió no decir nada, pues su actitud podría precipitar los acontecimientos. Tal vez, al verse descubiertos, ellos asumirían la relación y él perdería a Gabriela. No. Lo mejor era fingir que no lo sabía. Sintió que le faltaba el aire y respiró profundo. ¿Hasta cuándo soportaría esa situación? Entró a un bar y pidió un café. Necesitaba aguantar y pensar.

Renato entró al consultorio del médico y, después de los saludos, aclaró:

—Vine aquí porque necesito ayuda.

Aurelio lo miró con seriedad y le dijo:

—Puede continuar.

—El problema es mi mujer. Ella cambió mucho después de que nos casamos. Se tornó problemática y nuestra vida familiar se ha deteriorado mucho. Cada día tengo menos deseos de volver a la casa. Quiero a mi familia, tenemos dos hijos, hago lo que puedo para hacerlos felices. Pero cada día es más difícil, porque Gioconda vive deprimida, insatisfecha, los hijos no la respetan y debo intervenir a todo momento. El ambiente de la casa es pesado y no sé qué hacer.

—Vamos a ver qué podemos hacer. Hábleme de ella, cómo la conoció y en qué circunstancias se casaron.

Renato le contó todo al médico, incluso sobre la ayuda de Gabriela, quien le había llamado la atención sobre los problemas de Ricardito y le había aconsejado que buscara a un profesional.

Cuando Renato terminó, el médico le dijo:

—Su funcionaria es muy inteligente y observadora. Le dio sabios consejos. ¿Ella es bonita?

—Mucho.

—¿La indiferencia por su esposa no estará siendo provocada por un interés especial hacia esa funcionaria?

—No. Confieso que ella es extremadamente atractiva y muchas veces me he sentido atraído por ella. Sin embargo, se trata de una mujer muy honesta, dedicada a su marido y a sus dos hijos. Además, nunca se me ha insinuado. Es muy profesional. Su esposo fue robado por su socio, perdió todo y ella lo apoyó, le dio ánimo, mantuvo a la familia hasta que él reaccionó y tuvo el valor de recomenzar. Yo la estimo y la respeto. Quizás, si fuéramos libres, yo intentaría algún tipo de acercamiento. Sin embargo, no me gusta mezclar los negocios con las relaciones afectivas. Eso no funciona. Por eso nunca hubo ni habrá entre nosotros cualquier relación íntima. Gabriela es una excelente funcionaria y no quiero perderla. Estoy seguro de que si intentara algo, ella se iría.

—Entiendo... ¿Usted se lo dijo a Gabriela?

—Sí. ¿Por qué?

—Por nada.

El médico, después de informarse de que Gioconda no iría al tratamiento de forma voluntaria, le sugirió:

—Si lo desea, podrá venir a algunas sesiones. Para lograr algo necesito conocerlo mejor.

Renato estuvo de acuerdo. Después de que él se fue, Aurelio se quedó pensativo. Gabriela no era un nombre común. Además, la historia que Renato le contó, era una historia que él ya conocía. ¿Sería su funcionaria la esposa de Roberto? El empresario le había parecido una persona sincera. En ese caso, Roberto estaba equivocado al afirmar que Gabriela era la amante de su jefe.

Incluso, él había sospechado que los celos de Roberto eran exagerados y sus suposiciones fantasiosas. Ahora estaba seguro de eso. Gabriela era inocente. Cuando él volviera a buscarlo, intentaría ayudarlo a entender cuán equivocado estaba.

Renato recogió el carro y se fue. Roberto, quien estaba en la puerta del bar, vio cuando él salió, pero no tuvo coraje para abordarlo. Después se arrepintió. ¿Por qué lo había dejado ir sin decirle que sabía la verdad? ¿Por que no le había pedido explicaciones sobre la odiosa traición que estaba destruyendo a su familia?

Pensó en regresar donde el psiquiatra, pero al llegar a la puerta del consultorio, decidió irse. Caminó por las calles sin destino, rumiando su dolor; se acordó de su romance con Gabriela, de los momentos de intimidad que vivieron juntos y del nacimiento de sus hijos.

Ya oscurecía cuando decidió ir al centro espírita. Allá no precisaba decir nada. Recibiría ayuda y consuelo, si es que alguien o algo podía reconfortarlo ante semejante tragedia. Al llegar al centro, vio que la fila para el tratamiento espiritual era grande, pero esperó con paciencia. Cuando llegó su turno, entró y se sentó frente a los médium y le pidió ayuda a Dios.

El médium que estaba frente a Roberto se inclinó y le dijo en voz baja:

—Ten cuidado con tus pensamientos. Ellos son la causa de tu perturbación. Si tú mismo no te ayudas, nosotros no podremos hacer nada para solucionar tus problemas.

—He hecho un gran esfuerzo, ¡pero no depende de mí!

—Depende exclusivamente de ti. Pídele a Dios que te ayude a aclarar las cosas. La maledicencia atrae a los espíritus de la oscuridad y agrava cualquier situación. Confía en Dios y sé sensato. No te dejes llevar por las apariencias. Ahora, puedes irte.

Roberto salió de allí contrariado. Él no era maledicente. Sin duda alguna, aquel médium fantaseaba. Con toda seguridad no era un espíritu desencarnado. Se arrepintió de haber ido al centro espírita. Todo eso eran tonterías, lo mejor sería no involucrarse con esas personas. Sentía la cabeza pesada y le dolía. Tenía escalofrío y dolor en el cuerpo. ¿Se habría resfriado? No vio que un bulto oscuro lo esperaba en el andén, y cómo éste se había pegado a él con satisfacción, al lograr su objetivo. Ahora podría dominar a Roberto con facilidad.

Renato llegó a casa dispuesto a convencer a Gioconda de que fuera a hacerse un tratamiento con Aurelio. El médico le había inspirado confianza, no sólo por su actitud tan profesional, sino también por su simpatía, su mirada segura y el interés que demostraba en hacer un buen trabajo. Encontró a Gioconda viendo una revista. Al verlo entrar, ella se levantó:

—Estaba preocupada. Te demoraste.

—Llegué a la hora de siempre.

—Es que necesitaba hablar contigo, así que te llamé a la oficina pero no estabas. Lo curioso es que tu secretaria también había salido. ¿Fueron juntos a visitar a algún cliente?

—No. Gabriela fue a discutir algunos puntos sobre un contrato y yo fui a otro lugar. ¿Por que lo preguntas?

—Por nada. Pura curiosidad.

—¿Y sobre qué querías hablar conmigo?

—Nada importante. Un pequeño problema aquí en casa, pero ya lo resolví. Pero si no estabas donde un cliente, ¿a dónde fuiste?

A pesar de sentirse molesto con su tono, que intentaba parecer amable e indiferente, pero sin lograr encubrir una insinuación malvada, Renato intentó aprovechar el momento:

—Fui a consultar a un médico.

—¿Estás enfermo?

—No. Siéntate. Tenemos que conversar seriamente.

Cuando ella estuvo acomodada en el sofá, se sentó a su lado y continuó:

—He estado preocupado por nuestro matrimonio. Nuestra relación ya no es como antes. Por eso fui a consultar a un psiquiatra en busca de ayuda. Mi mayor deseo es que nos comprendamos mejor.

Gioconda miró sorprendida a su marido:

—¿Y qué fue lo que él te dijo?

—Que desea conocernos mejor y estudiar nuestro comportamiento. Sólo así podrá ayudarnos con eficiencia. Ya le pedí algunas sesiones para hacer terapia con él, me gustaría que hicieras lo mismo.

Gioconda se levantó disgustada:

—¿Y por qué habría de hacer eso? No necesito de un psiquiatra. Yo no estoy loca.

—Un psiquiatra estudia el comportamiento de las personas, no atiende sólo a los locos. Además, al doctor Aurelio me lo recomendó un amigo que estaba a punto de separarse de su esposa y, con su ayuda, logró solucionar sus problemas. En este momento ellos viven bien y muy felices.

—Pues no necesito que nadie me diga lo que me hace falta para ser feliz. Pero si eres sincero al decirme que deseas vivir mejor con tu familia, podemos resolverlo solos. Yo sé muy bien qué es lo que anda mal contigo, y si me oyes, todo se resolvería. No necesitamos que un extraño nos diga cómo proceder. Además, no me gusta para nada que le hagas confidencias a todo el mundo ni que andes por ahí hablando de nuestros problemas. Yo sé, por ejemplo, que esa secretaria que tienes se mete en todo, te da consejos sobre nuestros hijos y también sobre nosotros. Eso es indignante. Pero la culpa es tuya. Si no le dieras alas a esa mujer, con toda seguridad no tendría esa libertad.

—Estás muy equivocada, Gioconda. Yo no le hago confidencias a todo el mundo, mucho menos a Gabriela. Ella es muy discreta y nunca se ha tomado libertad alguna. Te excedes con tus insinuaciones.

—Pues si deseas mejorar nuestra vida, despide a esa mujer. Ella no me gusta y no quiero que continúe a tu lado todo el día. Estoy segura de que trama algo contra mí y quiere tomar mi lugar. Al fin y al cabo tu dinero debe ser un buen motivo para esa ambiciosa.

Renato se puso pálido pero intentó controlarse, a pesar de que Gioconda ya había rebasado los límites. Respiró profundo y le dijo:

—Cada día eres más malvada. Así no se puede conversar. Ten cuidado. Cuando la situación se vuelva insoportable, acuérdate de que intenté ayudarte, pero fuiste tú quien escogió ese camino.

Renato se levantó y salió. Gioconda se cubrió el rostro con las manos y rompió en sollozos. Ella era muy infeliz. Pensaba que su marido estaba tan enamorado de esa mujer, que no hacía caso a su petición de despedirla. Pero eso no se iba a quedar así. Tenía que hacer algo pronto para quitar a esa mujer de su camino.

Gioconda no vio que una sombra siniestra y oscura se le acercó, la abrazó y le dijo al oído:

—Así es. No seas boba. No te dejes engañar por esa mujer. Reacciona. Nosotros vamos a ayudarte.

Ella no vio ni oyó nada, pero sintió aumentar su ira y se hizo el propósito de alejar a Gabriela de su marido. Ellos no iban a quedar impunes; ella era la esposa y tenía todos los derechos. Dios estaba de su lado y debía defender a su familia. Gioconda, muy disgustada, se secó los ojos. Sentía un fuerte dolor en la nuca y náuseas. Sabía que no podía dejarse alterar, pues su salud era delicada. Intentó controlarse, necesitaba estar calmada para decidir lo que haría.

Capítulo 12

Roberto llegó a casa radiante. Había cerrado un gran negocio y, si todo salía bien, ganaría mucho dinero. Como aún tenía algunas deudas, pensó en convencer a sus acreedores de retirar los cargos de la notaría. Todos sabían que él fue víctima de un estafador y que se esforzaba por pagar todo. Había sido contratado por un gran empresario para asumir el control de la construcción de varios predios. De esta manera esperaba poder reabrir el depósito de materiales de construcción en el futuro. Era la oportunidad que tanto anhelaba, no sólo para recuperar todo lo perdido, sino para conseguir algo más grande de lo que había obtenido. Tenía más experiencia y sin un socio para repartir las ganancias, o que lo pudiera perjudicar.

Recordó que la semana anterior, al llegar su turno en el centro espírita, fue llamado para conversar con el mentor espiritual, quien le dijo:

—Ya terminamos tu tratamiento espiritual. No es necesario que regreses.

—Me gustaría continuar. Mis problemas aún no han sido resueltos.

—Nosotros ya hicimos lo que nos fue permitido. Ahora depende de ti.

—Me siento bien cuando vengo aquí.

—Puedes frecuentarnos. Tu vida va tener una mejoría, pero no olvides que quien vive en el mundo, es bombardeado constantemente por todo tipo de energías y aprender a manejarlas es fundamental para vivir bien y protegerse de los peligros. Por eso, procura estudiar las leyes espirituales. Será la forma de protegerte. No lo olvides.

—Está bien. Pero, si me siento mal, ¿puedo volver al tratamiento?

—Nuestra casa está abierta para todos. Sin embargo, la Fuente Divina sólo ayuda a quien está dispuesto a recibirla.

Roberto salió preocupado. No se sentía muy seguro de que su vida pudiera mejorar. Por eso se hizo el firme propósito de estudiar la vida espiritual, tal como se lo habían aconsejado.

Ahora, en medio de la euforia por lo que le había sucedido, recordó las palabras de su amigo espiritual. Él tenía razón, su vida mejoraría, y esta vez, nadie lo derrumbaría.

Muy satisfecho, compró unas golosinas para el postre y una botella del mejor vino. Tenía que celebrar. Le entregó todo a Nicete y esperó ansioso la llegada de Gabriela. Cuando ella entró la recibió con flores y enseguida le contó la novedad. Ella sonrió feliz. Por fin terminaría esa pesadilla. Cuando Roberto reabriera su negocio estaría de buen humor y, tal vez, ellos podrían volver a ser felices como antes.

Durante los días siguientes, él se esforzó al máximo por hacer un buen trabajo y satisfacer al dueño de la empresa. Salía de casa muy temprano y sólo regresaba bien entrada la noche. Además, aprovechaba el tiempo para buscar a sus acreedores y resolver algunas deudas.

A pesar de no tocar el asunto, Roberto acariciaba la idea de convencer a Gabriela de que dejara su empleo. Para eso él trabajaba día y noche sin ahorrar esfuerzos y con el pensamiento puesto en ganar mucho dinero. Al mismo tiempo se ponía muy nervioso al saber que ella progresaba cada día más en su trabajo y ganaba más dinero. Sospechaba que eso debía tener un precio y, con sólo pensarlo, se sentía enloquecer. Su mujer estaba cada día más bonita. Siempre había sido elegante, pero como si no bastara, ahora se compraba ropa de calidad, lo que le daba más clase.

Al ver progresar a su marido de nuevo, Gabriela se veía alegre y de buen humor; incluso, en algunas ocasiones, cantaba mientras hacía algún oficio en la casa. Roberto la observaba con preocupación, pero no se atrevía a tocar el tema. Esperaba el momento indicado.

—Este fin de semana tendré que trabajar —dijo Gabriela una noche. Roberto se molestó:

—¿No basta con que trabajes toda la semana?

—Es muy importante. Se trata de un evento especial para grandes empresarios. Nuestra empresa está participando. Debo estar presente.

—No estoy de acuerdo. Vas a dejar a tu familia. ¿No has pensado en eso?

—Lo sé, Roberto, pero estoy interesada en participar. Tenemos un proyecto muy importante y fui encargada de presentarlo.

—Hablas como si fueras la dueña de la empresa. Esa es una tarea de tu jefe. ¿Por qué no lo hace él?

—Porque esa es mi función. Yo me encargué de todos los detalles técnicos, así que estoy en condiciones de aclarar cualquier duda. Además, yo quiero hacerlo. Estoy muy entusiasmada con ese trabajo.

Roberto, sin poder controlarse:

—Es mejor que no te entusiasmes tanto; ya comencé a progresar y no necesitas trabajar. Quiero que renuncies a esa empresa.

Gabriela lo miró incrédula:

—¡No es posible que todavía pienses en eso!

—¡Pues es en lo único que pienso! ¿Crees que me gusta ver a mi mujer en medio de todos esos empresarios? ¿Qué piensas que soy?

—¡No veo por qué te incomoda mi trabajo!

—No lo ves porque no quieres. No te imaginas lo que pasa por la cabeza de los hombres cuando ven que una mujer se les insinúa en los negocios.

Gabriela se puso pálida.

—Si hay hombres que tienen malos pensamientos, yo no tengo nada que ver con eso. Lo que me sorprende es que tú, que me conoces desde hace tanto tiempo, que has convivido conmigo todos estos años, me vengas con ese tipo de comentarios. Francamente, Roberto, pensé que ya te habías curado de esos celos enfermizos.

—Pues no me he curado y tengo mis motivos para ello. Tú sabes bien de qué te hablo.

—Pues no lo sé. ¿Podrías hablar claro?

Roberto titubeó. Sabía que si le decía que estaba al tanto de todo, tendría que tomar una decisión y eso lo asustaba. Entonces, intentó enmendar la situación.

—Son cosas que se me pasan por la cabeza cuando te veo salir a trabajar toda elegante, perfumada y bien vestida.

—Tu mente está enferma. Pero no voy a caer en tu odioso juego. Me gusta perfumarme y vestirme bien. Siempre he sido así. Es algo que hago por mí y no para atraer las miradas masculinas. Además, me gusta ser creativa y usar mi inteligencia, así como producir y ganar mi propio dinero. A veces pienso que me tienes envidia. Cuando estabas mal, pensé que actuabas de ese modo porque no podías aceptar que tu mujer ganara más dinero que tú, pero ahora que comenzaste a ganar bien de nuevo, no veo motivos para eso.

—Yo puedo sostener a la familia. ¿Por qué no entiendes eso? Cualquier mujer estaría feliz de poder quedarse en casa y disfrutar de la compañía de sus hijos. Yo tengo dinero y puedo darte lo que quieras: joyas, ropa bonita, todo. ¿Por qué no quieres atender mi deseo? ¿Por qué te encaprichas en arriesgar nuestra vida familiar? ¿Qué te cuesta hacer lo que te pido?

—Me cuesta mi dignidad. Soy una persona y tengo el derecho de escoger lo que hago con mi vida.

—Serás más digna si te dedicas de lleno a tu familia.

—No, Roberto. Si lo hago traicionaría mis verdaderos sentimientos. Desde que nos casamos he hecho mi parte con toda dedicación y cariño. No puedes acusarme de haber sido negligente en mi papel de madre y esposa. Yo te respeto y jamás haría algo que pueda perjudicar a nuestra familia. Lo que no acepto es que te atribuyas el derecho de interferir en mis más íntimos sentimientos y de decirme qué debo hacer.

—Tú ya no me amas. Si me pidieras algo, fuera lo que fuera, yo lo haría de todo corazón.

—Pues entonces déjame en paz. No pretendas mandar en mis sentimientos. Esa es una tarea exclusivamente mía y no pienso cederle el lugar a nadie.

—Lo que me pides no depende de mí. Es mucho más fuerte que yo.

—En ese caso, eres tú quien debe aprender a vencer sus debilidades. Yo no puedo hacerlo por ti.

Roberto no le respondió. Tuvo ganas de gritarle que la había visto en un carro con un hombre, y también en el lujoso carro de su patrón. Sin embargo, se controló. ¿De qué le serviría decir todo eso?

Tenía miedo de que ella aprovechara esa oportunidad para romper el matrimonio. Pensó, incluso, que tal vez ella sólo esperaba algún motivo para hacerlo. Debía tener paciencia, y con el tiempo, conseguiría lo que quería.

Gabriela se acostó e intentó dormir. Sin embargo, no podía conciliar el sueño. Se sentía muy decepcionada, pues había hecho todo por ayudarlo mientras estuvo sin dinero. Había llegado a pensar que podrían retomar el curso de sus vidas, pensar en el futuro y en la educación de sus hijos. Pero no. Roberto nunca cambiaría. Al contrario: era cada día más mezquino y malvado. A pesar de su naturaleza generosa, no lograba sentir admiración por su marido, ya que lo veía tan injusto.

¿Cómo sería su vida de ahí en adelante? ¿Hasta cuándo tendría que soportar su desconfianza? Ella siempre había sido fiel y sus indirectas la ofendían y desanimaban. A pesar de eso, no pensaba renunciar a lo que había conquistado con tanto trabajo y estudio. Le era grato saber que tenía capacidad para los grandes negocios. ¿Por qué Roberto no podía entender eso?

Al día siguiente se levantó indispuesta y algo abatida. Cuando llegó al trabajo, entró a la oficina de Renato y él enseguida lo notó:

—¿Qué te pasa? ¿Estás enferma?

—No, señor. Sólo estoy un poco cansada. Me costó trabajo dormir.

—¿Tienes algún problema?

Gabriela levantó los hombros:

—Lo mismo de siempre. La desconfianza de mi marido.

Renato suspiró:

—Conozco bien ese problema. Gioconda me hizo lo mismo. Vive lanzando indirectas y diciendo frases de doble sentido.

—Eso es desgastante. Le confieso que empiezo a cansarme.

—Yo también. Si no fuera por mis hijos, ya me habría separado. Hago de cuenta que no entiendo nada y así sobrellevo las cosas. Mi mujer es inmadura y mimada. Con ella no se puede sostener una conversación franca y poner las cosas en su lugar.

—Yo he conversado mucho con Roberto, he sido sincera, le he abierto mi corazón, le he hablado de mis sentimientos y de mi amor por nuestra familia, pero todo ha sido inútil. Él finge que acepta las cosas, pero al poco tiempo, vuelve sobre lo mismo.

—Últimamente he reflexionado mucho sobre las relaciones afectivas. He consultado algunas veces al psiquiatra en busca de ayuda. Él me ha asegurado que el problema está en ella, que debe buscar ayuda, pero nunca lo hará.

—¿No habrá una manera de que lo entienda?

—No. Cuando intento conversar, ella no me escucha, entonces, desisto en mis intentos.

—¡Es una lástima!

—Estoy resignado. Alguien dijo que la felicidad no es de este mundo, y yo lo creo.

—En cambio yo no me resigno. Soy una persona buena, honesta y dedicada. No pienso aceptar esa situación.

—A veces los hijos pequeños merecen nuestro sacrificio. Por lo menos hasta que sean adultos.

—Tal vez una separación sea menos dolorosa para ellos que una convivencia agitada, llena de conflictos, incomprensión y desconfianza. ¿Cómo podrían confiar en la vida si descubren que sus padres son inmaduros?

—Eso también me preocupa. Por ahora, he podido sobrellevarlo.

—Yo también.

Cambiaron de tema y pasaron a hablar de trabajo.

Roberto tampoco había dormido esa noche. Gabriela nunca haría lo que él deseaba. Necesitaba hacer algo. ¿Y si fuera despedida de la empresa? Si eso ocurriera, ella no sospecharía de él.

Ese día casi no logró trabajar. Aquella idea no lo dejaba en paz. ¿Por qué no se le habría ocurrido antes? Sin embargo, Gabriela era muy competente y él no tenía acceso a los documentos que ella manejaba para alterarlos y perjudicar a la empresa. Si lo hacía, Gabriela sería despedida.

Ese pensamiento lo dominó por completo durante los días siguientes. Tenía que encontrar una manera de ponerlo en práctica. Finalmente llegó a la conclusión de que, si no podía afectarla en el trabajo, tendría que hacerlo en el aspecto moral. Renato tenía mujer e hijos. ¿Qué sucedería si le enviaba una carta anónima a la esposa de Renato, en la que le sugiriera el romance entre él y Gabriela?

Al comienzo se asustó con la idea, pero poco a poco ese pensamiento comenzó a ganar fuerza en su cabeza. Si la esposa sospechara de la relación de los dos, exigiría que ella fuera despedida.

Gabriela no debía sospechar de él. Tendría que escribir la carta a máquina, en un lugar que ella jamás descubriera. Al día siguiente le pidió permiso a uno de sus clientes para escribir un contrato, con el pretexto de que tenía que entregarlo de inmediato y que no había tenido tiempo de hacerlo en casa.

Tan pronto pudo, escribió una carta en la que contaba que, mientras Gioconda estaba en casa encargada de los hijos, su marido se divertía con la secretaria. Él le informaba todo eso por el bien de la familia. La colocó en un sobre blanco, escribió la dirección y la puso en el correo. Listo. Estaba cumplido el cometido. Ahora sólo tendría que esperar el resultado.

Al día siguiente, Gioconda se levantó particularmente indispuesta. Renato la había llamado en la noche para decirle que no iría a cenar y que llegaría después de la medianoche. ¿A dónde habría ido? Seguramente no estaría haciendo nada bueno. Recordó que su mamá siempre decía: "Hombre que sale solo por la noche, es porque tiene malas intenciones". Suspiró con tristeza y pensó, que mientras esa secretaria estuviera en la empresa, ella no tendría tranquilidad.

Para Gioconda estaba claro que Renato tenía un romance con Gabriela. La adivina de cartas se lo había dicho con toda claridad. ¿Por qué él no le había hecho caso a su petición de despedirla? Si se tratara de una funcionaria común, lo habría hecho. Él decía que se esforzaba por la armonía familiar y, al mismo tiempo, se había negado a cumplir una petición tan simple. ¿Por qué, si había docenas de buenas secretarias en busca de empleo? No sería difícil sustituirla por otra mejor. Pero no, él sólo la quería a ella. ¿Por qué?

La respuesta estaba muy clara. Estaba enamorado de ella. ¿Desde cuándo estaría siendo traicionada? Hacía mucho que él había empezado a distanciar sus relaciones íntimas con ella, seguramente porque estaría con otra.

Gioconda se compró ropa nueva, se arregló con esmero e intentó llamar la atención de Renato, haciéndole comentarios sobre los niños, pero nada había resultado. Él continuaba esquivo, se encerraba en el cuarto, jugaba con los niños y después se iba a dormir. Tenía que hacer algo. Las cosas no podían seguir así.

A la hora del almuerzo, Gioconda a duras penas tocó la comida. Le dolía la cabeza y se tomó un par de pastillas para ver si se le pasaba el dolor. Tomó una revista y se fue a leerla en la sala, pero no lograba pensar en otra cosa.

La empleada entró y puso la correspondencia sobre la mesa. Gioconda no se interesó, y la muchacha comentó:

—Hay una carta para la señora.

Le extendió la mano y la empleada le entregó la carta. La abrió y, a medida que la leía, su rostro se ponía más pálido y comenzó a sentirse mal. María se asustó:

—¿Qué le pasa? Se siente mal, señora?

Gioconda se puso la mano en el pecho y le dijo en voz baja:

—Sí. Creo que me voy a desmayar.
—Respire profundo, señora. Voy a traerle un vaso de agua.

La empleada salió corriendo y, mientras tanto, Gioconda tomó de nuevo el papel y lo leyó. Ya no había dudas. Ahí estaba la prueba de la traición. Ella tenía razón: Gabriela y su marido eran amantes.

María le trajo el agua y bebió un poco. Tenía que controlarse y no dejarse dominar por el rencor. Respiró profundo en un intento por calmarse. María preguntó:

—¿Fue esa carta lo que la dejó tan mal?

Hizo el intento de tomar la carta, pero Gioconda le respondió con rapidez:

—No fue eso —tomó la carta y la metió en el sobre—. Sabes que soy una persona muy enferma. Voy a subir a descansar un poco.

Se levantó y se dirigió al cuarto. La cabeza le dolía cada vez más. Los remedios no le habían hecho el menor efecto. Se tendió sobre la cama y lloró de la ira. Lo que siempre había temido, sucedió finalmente.

Sintió ganas de ir a la empresa de su marido a pelear, gritar toda su indignación y tirarles la carta a los dos en la cara. Sin embargo, lo pensó mejor y concluyó que no le serviría de nada hacer un escándalo. Renato se disgustaría aún más con ella y, con toda seguridad, defendería a esa provocadora, que, por supuesto, se haría la víctima.

No. Eso no resultaría bien. Tenía que pensar en otra cosa. Algo que resolviera de manera definitiva la situación. Gabriela era casada. ¿Y si buscara al marido de esa mujer para conversar? Seguramente él la obligaría a dejar el trabajo y Renato nunca sabría que ella había sido la responsable. Era una buena idea. Pero antes tenía que descubrir dónde vivía. Tomó el teléfono y llamó a la empresa:

—Habla la secretaria del doctor Guedes. Él está muy agradecido por la atención que recibió de Gabriela y desea enviarle unas flores, pero no a la empresa. ¿Podría darme la dirección de su residencia?

Anotó todo con una sonrisa de satisfacción. Encontró el teléfono y llamó. Nicete contestó:

—¿Se encuentra doña Gabriela?

—No, señora. Ella está trabajando.

—¿Podría hablar con el esposo de ella? El señor...

—Roberto. Él tampoco está. ¿Quién habla?

—Es la secretaria del doctor Guedes. Se trata de un asunto de trabajo. ¿Podría darme el número de la oficina de él?

—El señor Roberto no tiene un teléfono comercial en este momento. ¿Quiere dejarle algún mensaje?

—No, muchas gracias. Llamaré por la noche.

Gioconda quedó pensativa. Tenía que encontrar una manera de hablar con él sin que Gabriela lo supiera. No podía dejar el teléfono de su casa, pues Gabriela podría descubrirla. Pensó y pensó, y finalmente decidió que buscaría un detective particular. Había visto la dirección de uno en una revista. Llamó e hizo una cita con él en una cafetería. Mientras tomaban un refresco, fue directamente al asunto:

—Mi marido y su secretaria son amantes. Decidí buscar al marido de ella para sacarla del trabajo. Quiero que entre en contacto con él y acuerde una cita conmigo. Este es mi teléfono y aquí están los datos de él.

—¿Para cuándo quiere que haga la cita?

—Hoy, mañana, lo antes posible.

—Está bien, señora. Los pondré en contacto.

Gioconda regresó a casa, pero no conseguía calmarse. Le parecía que el tiempo no pasaba. Por fin, en la tarde, llamó el detective:

—Ya me comuniqué con él y dijo que está a su disposición.

—¿Dónde?

—Está aquí, conmigo. Usted decide el lugar.

—Está bien. Llévelo a la cafetería donde nos encontramos, yo iré de inmediato para allá.

Colgó temblorosa. Por fin lograría lo que tanto deseaba. Le pintaría las cosas de tal manera, que él no tendría más alternativa que sacarla del empleo. Así se libraría de ella.

Una vez en la cafetería, el detective los presentó. Gioconda despidió al detective diciendo:

—Puede irse, llámeme mañana.

Cuando él se fue, Roberto le dijo con amabilidad:

—¿Desea hablar conmigo aquí mismo?

—Preferiría un lugar más discreto.

—Voy a ver si hay una mesa más reserada.

Enseguida regresó y dijo:

—Puede venir, señora.

Se acomodaron en una mesa cubierta por un biombo. Roberto pidió dos refrescos y se justificó:

—Tenemos que pedir algo. ¿Desea algo más?

—No. Lo que quiero es conversar con usted sobre un asunto de nuestro interés.

—Puede hablar, señora.

—Debe haberle extrañado mi llamada, pero le aseguro que si no fuera tan importante, yo no lo habría molestado.

Roberto fingió no saber nada y preguntó:

—¿De qué se trata?

—De mi marido y de su mujer.

A pesar de saberlo, Roberto se estremeció. Ese asunto lo sacaba de casillas.

—¿Podría ser más clara?

—Infortunadamente lo que tengo que decirle no es nada bueno. Mi marido y su mujer son amantes.

—¿Está segura?

—Sí. Hace mucho lo sospechaba. Mi marido siempre habla de ella con admiración y, de un tiempo para acá empezó a cambiar conmigo. Ya no me ama. Yo he sido una esposa dedicada y una madre amorosa, pero él está cada día más distante. Incluso regresa tarde a casa.

—Yo también lo había sospechado. Ahora mi mujer gana más, se arregla cada día mejor y la he visto dos veces en el carro de su marido.

Gioconda se puso pálida.

—Ellos no me pueden hacer eso. Tengo dos hijos que debo defender. Haré lo que sea por ellos. ¡Lo que sea!

—Yo también tengo dos hijos.

—Le pedí a mi marido que la despidiera, pero como era de esperarse, se negó. Vine a buscarlo para que usted obligue a su esposa a que deje el empleo. Así todo quedara resuelto. A pesar de ser traicionada, quiero proteger a mis hijos y no quiero que se destruya mi familia.

Roberto movió la cabeza negativamente:

—No he hecho otra cosa, pero ella se niega a dejar el empleo.

—Usted es el marido. ¡Debe saber cómo obligarla!

—Ella es demasiado terca. No me quiere obedecer.

—En ese caso, ha sido inútil buscarlo. Tendré que pensar en otra cosa. Pero le aseguro que ella no se va a quedar con él, ¡aunque tenga que matarla!

Roberto se estremeció:

—Eso tampoco. La violencia no resuelve nada. Tenemos que encontrar otro medio.

—No sé hasta cuándo puedo soportar, que mientras yo estoy en casa al cuidado de nuestros hijos, ellos dos se rían y se diviertan a costa nuestra.

Roberto intentó hacer un acuerdo:

—Voy a pensar en algo. Déjelo por mi cuenta.

—¡Mi deseo es ir hasta allá y acabar con todo de una vez!

—Espere. No haga nada. Hoy hablaré otra vez con ella. Quién sabe si decide hacerme caso.

—Está bien, no haré nada. Esperaré hasta mañana. Pero ella va a dejar a mi marido a las buenas o a las malas. ¡Se lo juro!

Gioconda dijo eso con tanto odio, que Roberto se arrepintió de haber escrito la carta. Se dio cuenta de que esa mujer era capaz de hacer una locura. Él quería acabar con la relación de ellos, pero con inteligencia, para no quedar mal ante Gabriela. No quería perderla.

—No podemos perder la cabeza. A pesar de todo amo a mi mujer y no deseo que se vaya. Usted tampoco quiere que se deshaga su hogar. Debemos actuar con inteligencia. Si su marido descubre que usted hizo algo contra Gabriela, él se pondrá del lado de ella. Lo mismo ocurrirá conmigo. Lo que nos interesa es que ellos se separen definitivamente.

—Sé que tiene razón, pero no sé si tendré la paciencia de soportarlo. ¡Hay momentos en que pienso en acabar con todo de una buena vez!

—Cálmese, señora. Nadie desea eso más que yo.

Gioconda suspiró pensativa y dijo:

—Entonces, ¿qué sugiere?

—Esperaré una semana. Aquí tiene mi tarjeta. Llámeme y volveremos a encontrarnos.

Se despidieron y Roberto sonrió satisfecho. Ya no estaba solo. Con una aliada como Gioconda, seguramente conseguiría lo que quería.

Sintió una sensación desagradable en el pecho y pensó: ¿por qué cambiaría tanto Gabriela?

Ya oscurecía cuando Roberto recordó que era el día del tratamiento en el centro espírita. Hacía más de un mes que no iba por allá. Se sentía aliviado cuando salía de aquel lugar, pero por un motivo u otro, había dejado de ir últimamente. Sintió el deseo de ir, pero durante el trayecto cambió de idea. Estaba cansado de tantos paliativos. Cada vez que conversaba con Cilene, ella le decía que él tenía que hacer su parte si quería ser ayudado por los espíritus. En tal caso, ¿de qué le servía ir allá? Él haría su parte con toda seguridad, pero a su manera. Estaba convencido de que las cosas saldrían bien así.

Se dirigió a casa, y mientras tanto pensaba en cómo hacer que Gioconda presionara a su marido para que éste despidiera a Gabriela. Distraído como estaba, no observó que dos bultos oscuros lo abrazaban con satisfacción. De repente sintió una gran indignación. Gabriela no tenía el derecho de hacerle eso a él y a sus hijos. Él la amaba mucho y siempre le fue fiel. Recordó que ella era más culta y bonita y sintió que su angustia aumentaba. ¿Por qué se habría enamorado de ella? Tanto que su mamá le advirtió que ella no era de su mismo nivel.

A pesar de no pertenecer a una familia rica, Gabriela había estudiado en la universidad y tenía clase, mientras que él venía de una familia de obreros, había dejado los estudios muy temprano para dedicarse a trabajar. Además, Gabriela era linda, cualquier hombre se sentiría atraído por ella. Roberto apretó los dientes con rabia. Gabriela era suya y no la perdería. La vida sin ella no tenía ningún sentido.

Durante los días siguientes, Roberto no pensaba en otra cosa. Comenzó a elaborar un plan, y cuánto más pensaba, más le parecía que daría un buen resultado. Decidió llamar a Gioconda y acordar un nuevo encuentro.

Capítulo 13

A la mañana siguiente, Gabriela llegó disgustada a la oficina. Su relación con Roberto estaba cada día peor. Aunque no lo dijera claramente, Gabriela percibía que su marido la vigilaba, controlaba sus horarios, sus palabras, incluso su dinero. Eso era insoportable e injusto. Ella nunca le había dado motivos para eso. Siempre fue una esposa dedicada y fiel. Lo amaba. Si no fuera por los niños, pensaría en la separación. Estaba cansada de su desconfianza.

Él insistía en que dejara el trabajo, pero nunca lo haría. El trabajo la ayudaba a olvidar y a soportar los problemas de la casa. Además, le gustaba sentirse útil, inteligente, respetada y tener su propio dinero. Se sentía realizada al participar de la vida y no soportaría quedarse sin hacer nada.

Gabriela sacudió la cabeza en un intento por expulsar esos pensamientos tan desagradables. En seguida se concentró en el trabajo.

Eran más de las once cuando un hombre llegó en busca de Renato. Después de hablar con su jefe, Gabriela lo hizo pasar y se retiró. Sentía el corazón oprimido y un cierto malestar, pero reaccionó. No podía dejar que los asuntos personales afectaran su trabajo. Quince minutos después Renato la llamó y ella lo atendió enseguida. Por su rostro serio, supo que él estaba contrariado.

—Doña Gabriela, me puede explicar ¿qué significan estos retiros de las cuentas de nuestra empresa?

—¿Retiros? ¿Cómo así?

—El gerente del banco me trajo estos cheques firmados por usted. ¿Por qué hizo estos cheques?

Atónita, tomó los cheques que él le extendía y los examinó. Las firmas eran idénticas a la suya, pero ella nunca los había firmado.

—No comprendo, doctor Renato. Yo nunca firmé esos cheques. Debe haber algún engaño en todo esto.

—¿Niega haber sacado ese dinero?

—Por supuesto que sí. ¿Por qué haría eso? Es usted quien firma todos los cheques...

—Pero usted tiene mi autorización para firmarlos cuando estoy de viaje.

—Pero yo nunca firmo nada sin su autorización.

—Pues esto no lo autoricé.

—Estas firmas son falsas. Nunca vi esos cheques.

Renato se dirigió al gerente del banco y le dijo:

—Muchas gracias por su interés. Tranquilo. Yo aclararé esto.

—Sería bueno hacer el denuncio a la policía.

—No se preocupe.

El gerente se despidió y Gabriela, muy pálida, miraba sin comprender lo que estaba ocurriendo.

—Siéntate, Gabriela. Vamos a conversar. ¿Tienes algún problema financiero?

—No, señor. Mi marido volvió a trabajar y con lo que gano aquí, tenemos más que suficiente para nuestros gastos. ¿Usted piensa que fui yo quien sacó ese dinero?

—Me cuesta creerlo, Gabriela. Eres la persona en quien más confiaba en esta empresa. Pero conozco tu firma. Puedo entender tu desesperación. ¿No me quieres decir la verdad?

Las lágrimas rodaron por el rostro de Gabriela, quien respondió temblorosa:

—¿Cómo puede pensar eso de mí? ¡Usted me conoce hace tanto tiempo!

—¿Niegas haber sacado ese dinero?

—Lo niego. Sería bueno que investigara para saber quién lo hizo. Le aseguro que no fui yo.

Renato la interrogó durante un tiempo más, pero ella negó todo. Finalmente él le dijo:

—Lo que ocurrió es muy serio. El gerente del banco me dijo que recibió una llamada en la que le dijeron que alguien de la empresa estaba realizando un desfalco. Entonces hizo una investigación y descubrió estos tres cheques con tu firma y sin ningún comprobante de pago. Sospechó algo y vino hasta aquí.

—Pues le aseguro que no fui yo quien los firmó.

Renato suspiró disgustado. Gabriela parecía sincera, pero las pruebas eran irrefutables. Él no podía descuidarse. Respiró y decidió:

—Debo pensar mejor las cosas. Vete para la casa y tómate una semana de vacaciones. Voy a investigar. Me gustaría mucho creerte.

—Yo no hice nada. ¡Se lo juro! ¡Usted va a descubrir la verdad!

—Haré todo lo posible para eso.

Gabriela salió de allí arrasada y, sin decirle nada a nadie, se fue para la casa. Renato se dejó caer en una poltrona, se pasó las manos por el cabello, preocupado. Pensó y pensó, y después tomo una decisión. Abrió su agenda, buscó un teléfono y llamó:

—¿Egberto? Te necesito. ¿Podrías venir ahora hasta mi oficina?

—Iré ahora mismo, doctor Renato.

Media hora después, Egberto entró a la oficina de Renato. Después de los saludos, Renato lo puso al tanto de los acontecimientos. Finalmente le dijo:

—Quiero que investigues este caso. Gabriela está aquí hace años y siempre ha sido excelente.

—Las personas cambian, doctor.

—Lo sé, pero ella negó todo, con tal vehemencia, que me parece que dice la verdad. Realmente puede haber sido otra persona.

—¿A usted le gustaría que fuera así?

—Sí. Para ser honesto, sí. Ella es mi secretaria de confianza.

—Bien, voy a investigar. Averiguaré si ella tenía deudas, si compró alguna cosa valiosa o si abrió una cuenta en otro banco.

—Haz eso lo más rápido posible. Le di una semana de vacaciones. El mismo plazo que tienes.

—Hay un detalle que me llama la atención: la llamada al gerente del banco. ¿Cómo es la relación de ella con sus compañeros?

—Bueno, en realidad no me consta que tenga algún enemigo en la empresa.

—Tal vez no un enemigo, sino alguien que quiere decir la verdad.

—Sí, es posible.

—Necesito los datos de ella para comenzar a trabajar.

Después de que él salió, Renato colocó la cabeza entre las manos, disgustado. Aquello le parecía una pesadilla. Nunca lo habían engañado y no descansaría hasta descubrir la verdad.

Gabriela llegó a casa abatida. Al verla, Nicete se preocupó:

—¿Qué pasó, doña Gabriela? ¿Está enferma?

—No. ¡Ocurrió algo terrible! Alguien falsificó mi firma y sacó dinero de la empresa. Ellos piensan que fui yo...

—¡Qué horror! ¿Quién habrá hecho eso?

—No tengo idea. Debe ser alguien que conoce bien mi firma. La hizo muy parecida. ¡Ya te imaginarás cómo me sentí!

—¿La despidieron?

—No. El doctor Renato me dio una semana de vacaciones. Espero que él pueda descubrir quién fue, de lo contrario no sé qué será de mi vida. El valor que retiraron es muy grande y no tengo ese dinero. Si él piensa que fui yo, no tendré cómo pagarle.

Gabriela se cubrió el rostro con las manos y empezó a llorar. Estaba muy asustada. Si la empresa hacía el denuncio ante la policía, podrían ponerla presa.

Nicete intentó consolarla:

—No llore, doña Gabriela, Dios es muy grande. Usted no hizo nada, no tiene por qué temer. Va a ver que dentro de poco tiempo el doctor Renato descubre al culpable y todo estará bien.

—Me siento muy mal. Ser tachada de ladrona, yo, que siempre he sido honesta. Es como si alguien me hubiera golpeado con un palo en la cabeza. Me siento desorientada y sin rumbo.

—Vamos a rezar, doña Gabriela. Dios nos va a ayudar.

—No tengo cabeza para eso.

—Voy a hacerle un agua de cidrón. Mientras tanto, usted debe darse un baño y descansar. Yo le llevo el agua al cuarto.

—Gracias, Nicete, pero no quiero nada.

Nicete no ocultó su preocupación. Por años convivió con Gabriela y nunca la había visto en tal estado de depresión, ni siquiera cuando Roberto perdió todo.

Nicete era una persona de fe. Después de la cena iría a una consulta al centro espírita. Estaba segura de que Gabriela era víctima de una injusticia. La situación se podía complicar, así que era mejor pedir ayuda espiritual.

Cuando Roberto llegó y preguntó por su esposa, ella le dijo con tristeza:

—Está en el cuarto. Se fue a acostar.

—¿Está enferma? Hoy vino más temprano. ¿Ocurrió algo?

El corazón de Roberto latió con fuerza y tuvo que esforzarse para disimular su satisfacción. ¿Habría sido despedida?

De inmediato subió las escaleras y entró al cuarto. Gabriela estaba acostada con las ventanas cerradas. Él encendió la luz. Gabriela protestó:

—Apaga, por favor. Tengo dolor de cabeza.

Él apagó la luz, se acercó a la cama y le dijo:

—¿Qué pasó?

—Nada. No me siento bien. Por eso pedí una semana de vacaciones para descansar.

—¿Estás enferma? Es mejor llamar a un médico.

—No es necesario. Sólo quiero descansar. No me siento con ánimo de conversar. No es nada serio.

Roberto le acarició la cabeza con cariño:

—No me gusta verte así. Se nota que estás abatida y que has llorado. Debió pasar algo. ¿No me lo vas a contar?

—Tomé una pastilla para el dolor de cabeza y quiero dormir un poco a ver si se me pasa. Después conversaremos.

—Debe haber sido alguna cosa en el trabajo. Ellos abusan de ti. Trabajas demasiado.

Gabriela suspiró triste. No estaba dispuesta a contarle lo que le había pasado. Sabía bien lo que él pensaba acerca de su empleo. Con seguridad se disgustaría por haber sido humillada de esa manera; tal vez fuera hasta la empresa a pedir explicaciones, causaría más confusión y ella no deseaba eso.

Renato había prometido investigar y lo mejor sería esperar. Le pediría a Nicete que no dijera nada.

—Déjame descansar. Nicete me hizo un agua de hierbas. Pídele que me traiga una taza.

Roberto salió, y tan pronto entró Nicete, Gabriela le preguntó:

—¿Dónde está Roberto?

—Está con los niños en el comedor auxiliar.

—Cierra la puerta. Mira, no le cuentes nada de lo que sucedió. Ya sabes cómo es él. Va a querer meterse en el asunto y pedir explicaciones. Prefiero que esté fuera de todo esto. Sólo se lo contaré si es necesario, ¿está bien?

—Claro que sí. Esté tranquila, doña Gabriela. Sólo le dije que usted estaba indispuesta.

—Hiciste bien.

—No va a bajar a cenar?

—No.

—Le traeré la comida.

—No quiero nada, gracias. Parece que tuviera un balón en el estómago. Se me hinchó de repente.

—Pero no puede quedarse sin comer. Voy a hacer una sopa y se la dejo sobre la estufa, le traeré algunas frutas. Pienso salir un momento. Iré al centro espírita para pedir ayuda. Lavaré la loza al regreso. ¿Puedo ir?

—Sí, ve. Reza por mí.

Después de que salió, Gabriela cerró los ojos e intentó rezar, pero no lo consiguió. No podía sacarse de la cabeza la imagen de Renato mostrándole los cheques con su firma.

Roberto quería saber cómo habían sucedido las cosas, pero tenía que esperar. No quería llamar a Gioconda desde la casa, prefería conversar con ella personalmente al día siguiente. Ella le aseguró que había hecho todo bien. Él le había llevado algunos documentos firmados por Gabriela y Gioconda había conseguido a alguien para que falsificara las firmas. Él había visto los cheques. Habían quedado perfectos. Si él no supiera la verdad, diría que las firmas eran de Gabriela. Después, Gioconda había retirado el dinero y lo había guardado en casa. Mientras tanto, Roberto se encargó de llamar al gerente del banco, no sin antes tomar la precaución de poner un pañuelo en la bocina para hablar y hacer la denuncia.

Con toda seguridad el gerente había ido a buscar a Renato. Roberto imaginaba que Gabriela ya había sido despedida, pues aunque Renato la amara, no soportaría verse robado por ella.

Estaba radiante. Gabriela permanecería en casa y, con el tiempo, olvidaría aquel desagradable incidente. Gioconda, por su parte, había prometido interceder ante su marido para que no hiciera el denuncio. Eso hacía parte del trato. Así, todo quedaría resuelto.

No podía expresar abiertamente su alegría. Se encargó de que los niños no molestaran a la mamá y se esforzó por aparentar preocupación delante de Nicete. A la mañana siguiente, Roberto se levantó de muy buen ánimo, aunque fingió estar preocupado. Gabriela sólo logró adormecerse cuando empezó a amanecer. Roberto le pidió a Nicete:

—No dejes que los niños hagan ruido. Gabriela no durmió bien y está descansando. No la despiertes. Me tengo que ir a trabajar. Yo llamo más tarde.

A pesar de haberse dormido muy tarde, Gabriela se levantó a las nueve. Al verla, Nicete le dijo:

—Voy a servirle un café bien cargado. Usted no puede enfermarse. ¡Está tan abatida!

—No tengo hambre, Nicete, sólo voy a tomar un poco de café.

Nicete le preparó un *sandwich* y se lo puso en un plato. Luego se sentó frente a ella y le dijo:

—Coma. No me voy a ir de aquí hasta que no vea que se comió todo.

Gabriela esbozó una sonrisa:

—Me tratas como si fuera una niña.

—Tiene que reaccionar, señora. No se puede dejar abatir de esa manera. Fui al centro espírita y le traje un mensaje. Es un lugar que frecuento hace más de cinco años. Siempre había querido conversar con el doctor Becerra de Meneses, él es el mentor espiritual, pero nunca lo había conseguido. Ayer escribí su nombre en el libro de oraciones y, cuando menos lo esperaba, me llamaron porque querían conversar conmigo. Me emocioné mucho. Entré a la oficina del doctor Becerra, quien hablaba con algunas personas. Después me llamó y me dijo:

—Sé por qué viniste. Dile a ella que tenga fe. Nosotros la protegeremos. Todo se aclarará.

—¿De verdad dijo eso?

—Sí. Y me emocioné mucho. Sentí un aire diferente cuando él habló conmigo, una brisa suave, como si yo estuviera en el aire. No pude hablar nada. No veía la hora de venir a contarle. Sería bueno que usted fuera hasta allá.

Gabriela dudó:

—No lo sé… Nunca he ido a un centro espírita. Me dan miedo esas cosas.

—Puede ir sin miedo, doña Gabriela. Es sólo una casa de oración donde todos hacen el bien. La gente es muy agradable y hay mucho respeto. Le aseguro que se va a sentir mucho mejor.

—Está bien, Nicete. Voy a pensarlo.

—Eso, doña Gabriela. Tengo fe en que todo se aclarará.

—Eso espero.

Roberto utilizó el teléfono de una de las obras, mientras esperaba al ingeniero llamó a Gioconda:

—¿Y entonces? Creo que estalló la bomba.

—Creo que sí. Renato llegó a casa abatido y con cara de pocos amigos. Por más que le insistí no quiso contarme por qué estaba preocupado. Estoy muerta de curiosidad.

—Yo también. Pensé que sabrías algo. Gabriela regresó a casa más temprano y se fue a acostar. Se veía muy mal, llorosa, dijo que se sentía indispuesta y que por eso había tomado una semana de vacaciones. No le creí nada y ella tampoco quiso contarme, pero creo que ya la despidieron.

—¡No me digas! ¡Qué maravilla!

—Necesitamos saber cómo están realmente las cosas.

—Hoy por la tarde iré a la empresa a investigar.

—Ten mucho cuidado.

—No te preocupes. Inventaré un pretexto e intentaré descubrir lo que ocurrió.

—Yo te llamaré por la tarde para saber qué pasó.

—Mejor no. Llama mañana temprano, a esta misma hora.

—Está bien. Me será difícil esperar tanto.

—Si ella está en casa de vacaciones, es porque fue despedida.

—No quiero que tu marido haga el denuncio ante la policía. Si lo hace, las cosas se pueden complicar.

—Él la aprecia mucho. Sé que no lo hará. Sólo la va a despedir y ya.

—Espero que así sea.

Esa misma tarde, Gioconda fue a la oficina de su marido con el pretexto de matar el tiempo antes de la consulta con el odontólogo que quedaba cerca de allí. Después de saludar a su esposo, le dijo:

—No quiero interrumpirte. Sé que estás muy ocupado.

—Sí. Hay una persona importante que está por llegar para una reunión.

—Sólo voy a estar un rato. No me gusta estar en la sala de espera del consultorio. Me pongo nerviosa.

Renato fue informado de que la persona que esperaba había llegado. Gioconda se levantó de inmediato y le dijo:

—Atiéndelo. Sólo quedan quince minutos para mi consulta. Voy a dar una vuelta por la empresa y me iré.

Gioconda se despidió de su marido y se dirigió a la cafetería de la empresa. Le pidió a la encargada que le sirviera un café. Mientras lo tomaba, Gioconda dio una vuelta por las oficinas y saludó a los empleados. Se detuvo cerca de una conocida con quien simpatizaba y le preguntó:

—¿Gabriela no vino hoy a trabajar?

—No, señora. Ella está de vacaciones.

—¿Vacaciones? Que yo sepa ella siempre toma las vacaciones por la misma época en que salen de vacaciones sus hijos. ¿Estás segura?

—Bueno, eso fue lo que oí decir...

—¡Qué extraño!. ¿Le habrá pasado algo?

—No sé. Me pareció que estaba enferma. La vi muy pálida y nerviosa. Recogió sus cosas y se fue antes de que se terminara el horario de trabajo.

—¿Por qué sería?

—No tengo idea. También me gustaría saberlo. En realidad le debe haber pasado algo. Después de que ella se fue, el doctor Renato estaba muy alterado. ¡Si usted lo hubiera visto! Cuando Ana le preguntó qué le había ocurrido a Gabriela, le dijo que estaba indispuesta y que estaría de vacaciones por una semana.

No era exactamente lo que Gioconda quería oír, pero fue lo único que logró saber. Salió pensativa. Era claro que había estallado la bomba. Seguramente Renato se enteró del desfalco y tuvo una pelea con ella. Ese cuento de la semana de vacaciones era sólo para encubrir la verdad.

Con ese pensamiento, Gioconda se estremeció de la ira. A pesar de todo, él la protegía y era evidente que no la denunciaría ante la policía. De repente una idea empezó a incomodarla. Tal vez él la había despedido porque no quería ser robado, pero a pesar de todo estaba muy enamorado de ella. ¿Y si continuara la relación con ella después de haberla despedido? Era probable que eso sucediera. En ese caso, no habría servido de nada involucrarla en ese asunto. Necesitaba asegurarse de que después de que ella saliera de la empresa no se encontraría más con Renato. Tenía que hablar con Roberto para que la vigilara. En realidad, ella prefería que la policía la capturara, pero como Roberto se oponía, él debía vigilarla para que ellos no se encontraran más. Era lo mínimo que podía hacer.

A la mañana siguiente, cuando Roberto llamó por teléfono a Gioconda, tal como lo habían acordado, ella fue tajante:

—No hablaremos por teléfono. Prefiero hacerlo personalmente.

—¿Ya sabes qué sucedió?

—Una parte. Encontrémonos a los dos de la tarde en el mismo lugar de la otra vez. ¿Está bien?

—Te esperaré allí.

Ella colgó pensando en lo quería decirle. Conforme pasaba el tiempo, más se preocupaba con la idea de que ellos se encontraran de nuevo. Quería evitarlo a cualquier precio.

Cuando llegó al lugar del encuentro, Roberto la esperaba con cierta impaciencia. Buscaron una mesa en un lugar reservado y se sentaron a conversar. Gioconda fue directo al asunto:

—Renato debe haber descubierto el desfalco y despedido a Gabriela.

Roberto se regocijó:

—¡Al fin lo logramos!

—Él le dijo al personal de la oficina que Gabriela estaba indispuesta y se había tomado una semana de vacaciones, pero estoy segura de que ella no regresará a trabajar. Renato no lo permitirá. Sé lo riguroso que es en ese aspecto.

—Entonces podemos celebrar.

—No lo creo. Él ni siquiera intentó llamar a la policía, lo que indica que está muy enamorado. En ese caso, Gabriela no trabajará más en la empresa, pero tengo miedo de que continúen su romance.

—¿Cómo así?

—Es posible que ellos continúen sus encuentros, a pesar de todo.

Roberto se puso pálido. Era muy probable que eso ocurriera. Preocupado, se pasó la mano por la cabeza y le preguntó:

—¿Qué podemos hacer?

—Yo ya hice mi parte, ahora tú debes hacer la tuya. Tendrás que vigilarla hasta que estemos seguros de que terminaron su relación.

—Eso no va a ser fácil. Tengo que trabajar, y a veces ni siquiera puedo almorzar en casa.

—¿No puedes dejar un poco el trabajo, al menos hasta que estemos seguros de que ellos rompieron su romance?

—En este momento estoy en una etapa de mucho trabajo, necesito reconstruir todo lo que perdí. Si dejara de trabajar ahora, perdería lo que ya conquisté.

—¿No hay una persona de confianza que pueda encargarse de vigilarla en tu lugar? La empleada, por ejemplo. Tú le pagarías algún dinero.

—Ella siempre está del lado de Gabriela. Nunca lo aceptaría.

—Pues piensa, busca alguna solución. Por lo menos durante los primeros días necesitamos estar seguros de que ellos no se vean.

—En realidad me gustaría tener esa certeza.

—Sólo la tendrás, si haces lo que te digo.

Después de que Roberto dejó a Gioconda, ese pensamiento no salía de su cabeza. Por un lado no quería nada con la policía, pero, de otro, sabía bien que cualquier patrón en una circunstancia como aquella, habría hecho el denuncio. ¿Por qué Renato no lo había hecho? Por amor, seguramente. Gabriela era muy atractiva, y si él estaba muy enamorado, continuaría unido a ella aunque dejara el empleo. Necesitaba estar seguro de que eso no iba a ocurrir. Después de pensarlo mucho decidió: le pediría ayuda a su mamá. Claro que no le diría todo lo que había ocurrido. Le contaría que Gabriela estaba enferma y entonces le pediría que se quedara al lado de ella todo el tiempo para que no hiciera nada que pudiera perjudicar su salud.

Gabriela se levantó ese día abatida y triste. Al verla en el comedor auxiliar, Nicete le dijo:

—¿Está mejor, señora?

—Un poco. Me siento más tranquila. Soy inocente. Hoy me levanté con la impresión de que todo se aclarará. Sin embargo, me siento triste.

—Las personas del centro espírita me pidieron que fuera ayer de nuevo. Hicieron un trabajo especial a distancia y me pidieron que le dijera que tenga fe y coraje, que ellos la protegen.

—Te creo. Anoche logré dormir. Fue una gran ayuda.

—Sólo debe confiar y hacer su parte. Aliméntese bien y deje todo en manos de Dios.

—Sí. Yo en realidad no puedo hacer nada. Ni siquiera sé quién falsificó mi firma.

—Acuérdese que cuando uno no puede, Dios sí. Tengamos confianza.

—Me gustaría tener tu fe.

—Sería bueno que fuera conmigo esta noche al centro espírita para que haga una consulta. Estoy segura de que le hará mucho bien.

—Vamos a ver. Ahora voy a coser un rato. No me gusta estar sin hacer nada. Necesito ocupar mi cabeza para no pensar. Hay una ropa de los niños que necesita arreglo.

—Es buena idea, pero antes tómese su café.

Eran más de las cuatro cuando llegó Georgina. Roberto había ido a su casa a pedirle que ayudara a Gabriela y ella no podía negarse. Se sentía halagada de que él hubiera ido a buscarla y se había hecho el propósito de mostrarle su dedicación. Encontró a Gabriela ocupada en la costura y comentó:

—¡Roberto me dijo que estabas enferma! ¡Estás tan pálida y abatida! ¿Por qué no le dejas ese trabajo a Nicete? Es mejor que te acuestes.

Aunque Gabriela se sentía contrariada con la presencia de su suegra, no lo dejó notar, se limitó a responder:

—Estoy bien. No hay de qué preocuparse.

—¿Y qué dijo el médico?

—No he ido al médico, doña Georgina. No hace falta.

—¿Cómo que no? Tienes un pésimo aspecto. Voy a llamar al doctor Miranda. Es un excelente médico.

—No es necesario. Estoy muy bien. Ya pasó todo.

—Pero las personas no se sienten mal sin una causa. Es por eso que debemos llamar al médico.

Gabriela sintió que estaba al límite de su paciencia y dijo con firmeza:

—No voy a llamar al médico. Muchas gracias por su preocupación. Estoy bien.

—Vine para ayudarte y me quedaré hasta que Roberto llegue. Vendré todos los días hasta que estés bien. Mi hijo está muy preocupado por tu salud.

—No hacía falta que él la preocupara. No es necesario que se quede aquí. Nicete hace todo y yo he empezado a coser porque no soporto estar desocupada.

—Sé que lo dices por tranquilizarme, pero de todas maneras me quedaré.

Gabriela suspiró y no respondió. Tener que soportar a doña Georgina en el estado en que se encontraba, era realmente difícil. ¿Por qué Roberto le habría contado que ella no se sentía bien? Tuvo ganas de pedirle que se fuera, pero se controló. No estaba dispuesta a enfrentarla, y mucho menos a enfrentar a Roberto. Para calmarse, intentó pensar que él estaba preocupado por su bienestar y que ella no podía ser grosera.

Gabriela suspiró resignada y dijo:

—En ese caso, voy a pedirle a Nicete que le sirva un café.

Se sintió aliviada cuando la vio dirigirse a la cocina para tomar un refrigerio. Sabía que a ella le gustaba observar los más mínimos detalles de cómo era dirigido el hogar, y con el pretexto de ayudar a Nicete, se quedaría allá la mayor parte del tiempo, lo que le ahorraría a Gabriela el tener que soportar la presencia de su suegra.

Mientras cosía, Gabriela pensaba y buscaba una explicación a lo que le había sucedido. ¿Quién habría hecho aquello? Con toda seguridad, tenía que ser alguien que la conocía. Por su mente desfilaron uno por uno todos sus compañeros de trabajo, sin que pudiera sospechar de ninguno. Todos eran buenos amigos y conformaban un equipo armonioso en el que se ayudaban mutuamente. Renato, por su parte, era un jefe firme, pero justo, y había logrado organizar un grupo interesado en progresar con la empresa. Algunas personas estaban en la empresa hacía varios años y cuando alguien nuevo entraba, si no se adaptaba, salía rápidamente. Por eso Gabriela no podía entender lo que le había sucedido. Lo único que podía hacer era pedirle ayuda a Dios y esperar.

Renato llegó a la oficina muy puntual a las ocho. Gabriela le hacía mucha falta. Sin embargo, no pensaba sustituirla hasta cuando Egberto terminara las investigaciones. La semana que le había dado a Gabriela estaba por terminar y él todavía no tenía ninguna información. Ya era el sexto día. ¿Qué iba a hacer si Egberto no descubría algo que la absolviera? Cuanto más pasaba el tiempo, más dudaba que ella hubiera hecho ese desfalco. En realidad, ella le parecía una mujer de principios, honesta, con verdaderos valores éticos.

La secretaria lo llamó para avisarle que Egberto lo esperaba en la recepción.

—Mándelo entrar —ordenó Renato ansioso.

Después de los saludos correspondientes, y cuando el detective se había sentado frente a él, Renato le dijo preocupado:

—Y entonces, ¿descubriste algo?

—Sí. Pero las noticias que traigo no son muy buenas. Es una situación muy embarazosa para mí.

—¿Gabriela sacó el dinero?

—No, doctor. No fue ella.

Renato respiró aliviado.

—No sabes el peso que me quitas de encima.

Egberto vaciló:

—El asunto es más grave de lo que parece a primera vista. Funcionarios que hagan un desfalco es una cosa muy común hoy en día, pero este caso, involucra tanto a personas de su familia como a la de ella.

Renato lo miró sorprendido:

—¿Cómo así? No entiendo.

Egberto le entregó unas hojas mecanografiadas.

—Lo leeré después. Cuéntamelo tú. Quiero saberlo todo.

—Ese día fui al banco pero no logré saber nada diferente a lo que usted me había contado. Intenté descubrir si ella tenía algún vicio o deudas que la hubieran podido conducir a realizar el desfalco. Una persona que siempre ha sido honesta sólo haría algo así en un estado de desesperación. Intenté descubrir el motivo y lo único que encontré fue que el marido de ella lo había perdido todo, que aún tenía deudas y que estaba pagándolas. Pensé entonces que tal vez él fuera cómplice del desfalco. Si fuera así, el dinero debía ser para él, así que decidí seguirlo.

Egeberto hizo una pausa y Renato le pidió que continuara:

—Continúa, por favor.

—Él se encontró con doña Gioconda en un restaurante. Buscaron una mesa en un lugar reservado. Me acerqué todo lo que pude para oír lo que decían. Algunas palabras se me escaparon, pero oí lo suficiente como para saber que ellos planearon el desfalco.

Renato se levantó de un salto y dijo:

—¡No es posible! Ellos no se conocen.

—Yo conozco bien a doña Gioconda. Ellos querían saber qué determinación había tomado usted en relación con Gabriela. Por lo que oí, ambos querían que ella fuera despedida.

Renato se dejó caer en la silla sin saber qué decir. Egberto prosiguió:

—No pude saber ciertos detalles, pero, según lo que oí, creo que fue por celos. Ellos piensan que usted tiene un romance con ella.

—¡Eso es absurdo! Gabriela es una muchacha muy correcta. De hecho, Gioconda es muy antipática con ella. Me ha pedido varias veces que la despida, pero como se trata de una excelente empleada, me he negado a hacerlo. Por otro lado, Gabriela siempre me dijo que su marido quería que ella dejara el empleo. Pero, de ahí a pensar que ellos cometieran ese crimen, es difícil de creer.

—Puede creerlo, doctor Renato. Es verdad. Tomé unas fotografías de ellos juntos. Puede verificarlo.

Renato, con las manos temblorosas, abrió el sobre que Egberto había puesto sobre la mesa y sacó las fotos. No había duda: era Gioconda junto a un hombre.

—Aún hay algo más, doctor.

—¿Algo más? ¿Y qué más puede ser peor que esto?

—Hice que un perito examinara los cheques. Dijo que las firmas son falsas, pero que era un trabajo profesional. Ellos contrataron a alguien para que lo hiciera. Por otra parte, doña Gioconda fue quien sacó el dinero. Regresé al banco y conversé con los cajeros. Describí a doña Gioconda y una joven recordaba haberla atendido. Dijo que ella tenía mucha prisa, pero, como era mucho dinero, tuvo que esperar a que se lo entregaran. Fue ella quien hizo el retiro.

—¡Parece imposible!

—Así es. Yo también lo dudé al principio. Aunque sé que una mujer celosa se vuelve el diablo en persona. ¡Ya he visto muchas cosas! Yo oí cuando él le dijo a doña Gioconda que interviniera para que usted no hiciera el denuncio.

—Ellos saben que estimo y admiro a Gabriela.

—Bueno, ahora ya sabe lo que ocurrió.

—Estuviste maravilloso, como siempre.

—¿Qué va a hacer?

—Aún no lo sé. Es claro que debo tomar algunas medidas. Ellos fueron demasiado lejos.

—Me voy, doctor. Si necesita algo, avíseme.

Después de que se fue, Renato leyó el informe y se enteró de todos los detalles de la investigación. Cuando acabó, pensó en Gabriela. ¡Pobre muchacha! ¡Cuánto debe estar sufriendo!

Renato sintió que el estómago se le revolvía. Llamó a una secretaria y le pidió que le trajera una sal de frutas. Pensó en Gioconda y sintió repulsión. Después de lo que había hecho, no había manera de continuar con el matrimonio. Hacía mucho que la relación se había vuelto desagradable, pero él, preocupado por los hijos, había intentado posponer la separación. Ahora ya no podría convivir más con Gioconda. Una persona que hace lo que ella hizo es capaz de cualquier cosa. Le pediría la separación y la custodia de los niños. La intervención de Gioconda en la educación de los hijos siempre fue perjudicial, pero Renato había tenido en cuenta su falta de capacidad y su inexperiencia. Sin embargo, lo que había hecho probaba que ella era malvada, deshonesta y falsa. Esa fue la razón por la que estuvo en la oficina, con el pretexto de pasar el tiempo mientras era hora de la consulta. Sólo fue para descubrir si él había despedido a Gabriela. Con razón se había mostrado amable y sensata, muy diferente de lo que acostumbraba a ser.

Un escalofrío de ira recorrió el cuerpo de Renato. ¿Cómo habría conocido a Roberto? ¿Lo habría ido a buscar?

Renato sentía la cabeza pesada, y cuánto más pensaba, más indignado se sentía. Entonces tomó la decisión de separarse. Consultaría con su abogado para saber cómo obtener la custodia de los hijos; sabía que Gioconda jamás lo permitiría y que las leyes favorecían a las madres. Pero él demostraría ante el juez que ella no tenía suficiente equilibrio para encargarse de los niños.

Renato estaba muy angustiado. Sabía que tenía por delante una etapa difícil, sin embargo, estaba decidido. No volvería atrás. Al hacer ese acto deplorable, Gioconda había firmado, sin saberlo, su separación.

Capítulo 14

La primera cosa que Renato hizo fue llamar a Gabriela. Nicete contestó y le avisó:

—El doctor Renato quiere hablar con usted.

Gabriela se estremeció. Tenía que volver a la empresa al día siguiente. ¿Por qué la llamaría? Nerviosa, fue a contestar la llamada:

—¿Aló? Sí, habla Gabriela.

—Debo hablar contigo, pero no puede ser por teléfono.

—Usted me había dicho que regresara mañana.

—No puedo esperar. Es un asunto delicado y urgente. Ya descubrí quién lo hizo.

Gabriela se sentía ligeramente mareada y con las piernas flojas. Fue tanta la emoción, que no podía responder.

—¿Me oyes?

—Sí –murmuró ella.

—¿Estás bien? Tu voz se oye muy débil.

—No he logrado comer ni dormir después de lo que ocurrió. Si todo se aclara, estaré bien.

—Tenemos que conversar sin que nadie lo sepa. No se lo digas a nadie. ¿Puedes venir a encontrarte conmigo ahora?

—¿En la empresa?

—No. Nuestra conversación debe ser sigilosa. Pasaré a recogerte cerca de tu casa.

—Aquí no. Roberto es muy celoso y puede disgustarse.

—Entonces, ¿dónde?

—En la plaza que está a cuatro cuadras de aquí. ¿Sabe dónde es?

—Sí. Saldré ahora mismo. Espérame.

Gabriela sintió el estómago vacío y recordó que la noche anterior no había cenado y que ese día tampoco había desayunado. Buscó a Nicete y le dijo:

—Tengo que salir. Mientras me visto, ¿podrías prepararme una taza de café con leche?

—Claro. ¿Qué ocurrió? Se ve mucho mejor. ¡Hasta tiene colores!

—Por ahora no te lo puedo contar. Recibí una muy buena noticia. Cuando regrese te lo explicaré. Si Roberto llega, dile que fui a dar una vuelta y hacer unas compras. No le digas nada de la llamada del doctor Renato.

Se arregló con rapidez y se tomó el café con leche acompañado de una buena porción de torta que Nicete le había servido y salió. Caminó a pasos rápidos hasta la plaza. Todavía era muy pronto para que Renato hubiera llegado, así que Gabriela se sentó a esperar en un banco. Aun sin saber lo que había ocurrido, se sentía aliviada, pues al fin sabría quién había hecho aquella maldad y podría regresar al trabajo. Cuando vio que el carro de Renato se acercaba, se levantó y fue hacia él. Renato se detuvo, abrió la puerta y ella entró.

—Espero que estés mejor —le dijo él.
—Me sentí aliviada después de que hablé con usted.
—Vamos a buscar un lugar tranquilo para conversar.

Renato dio unas cuantas vueltas y se detuvo bajo un árbol, en una calle tranquila y residencial. Gabriela lo miró ansiosa. Renato comenzó:

—Lo que voy a decirte es muy grave. Tiene que ver con los dos.
—¿Cómo así? Usted me dijo que había descubierto quién falsificó los cheques.
—Con eso resolvimos un problema, pero descubrimos otro.
—¡Me asusta, doctor Renato!
—No quiero eso. Te dije que iba a investigar. Por eso contraté a un detective. Él vino hoy por la tarde y me trajo este informe.

Renato sacó algunos papeles de la guantera y se los entregó a Gabriela. A medida que ella leía su rostro palidecía y su cuerpo empezó a temblar.

—¡No puedo creerlo! ¡Esto no puede ser verdad! ¡Roberto no puede haber hecho eso!
—Lo hizo. Él y Gioconda, movidos por los celos. Lo que me aterra es que ellos no se conocían. ¿Cómo se habrán unido para tramar todo esto?

Ya fuera por la tensión de los últimos días, o por la emoción del descubrimiento, Gabriela rompió en llanto. Entristecido, Renato tomo un pañuelo y se lo ofreció.

—Lo siento mucho. Sé que amas a tu marido y me imagino cómo te sientes.

Gabriela sollozaba sin poder controlarse. Renato tomó su mano para darle valor y le dijo:

—Cálmate, Gabriela. Sé que es una situación muy triste, pero es la verdad. Debemos aceptar los hechos y decidir qué medidas vamos a tomar. Pienso que las cosas no se pueden quedar así. Hoy hicieron esto y mañana harán algo peor. Debemos tener el valor para tomar una decisión.

Poco a poco Gabriela dejó de llorar, se secó los ojos y dijo por fin:

—Creo que tiene razón, pero le confieso que no sé qué hacer. Me duele mucho saber que Roberto fue capaz de hacer algo así conmigo. Él se dio cuenta de lo mal que me sentía y sabía cuánto me lastimaría esa sospecha, pero aun así, no dudó en hacerme pasar esa vergüenza. Pense que él me amaba, pero ahora veo que no es así. Quien ama no actúa de esa manera. Yo sería incapaz de hacerle eso a alguien y mucho menos a él.

—Estoy seguro de eso. En cuanto a mí, he decidido separarme de Gioconda. Nunca se lo he dicho abiertamente a nadie, pero nuestra vida en común se ha vuelto desagradable. Me arrepiento de haberme casado con ella. Hace años mantengo esa unión sólo por nuestros hijos, pero ahora, ya no se puede continuar. No soportaré más la convivencia con ella. Voy a buscar a un abogado para resolver lo de la separación.

Gabriela lo miró mientras pensaba en cómo se había transformado su matrimonio en los últimos tiempos.

—Roberto siempre ha sido celoso —comentó Gabriela—, pero se enloqueció desde que perdió su dinero. Me pedía todo el tiempo que dejara mi trabajo, mas nunca imaginé que llegara a tanto.

—Pensé hacer el denuncio a la policía. Ellos utilizaron a un falsificador profesional y eso es un delito. Por otro lado, se trata de la mamá de mis hijos y de tu marido. No sé cómo proceder.

—Sólo sé una cosa, doctor Renato: dejaré a Roberto. Para ser sincera, el amor que sentía por él ya no era el mismo. Hice todo lo que pude por salvar nuestro matrimonio, pero ya no se puede continuar así.

—En ese caso, es urgente consultar a un buen abogado. Pretendo conseguir la custodia de mis hijos. Gioconda no reúne las condiciones para hacerse cargo de ellos. ¿Puedes regresar a trabajar mañana, como lo habíamos acordado?

—Sí. Ahora más que nunca necesito de mi trabajo.

—Será tuyo, mientras así lo desees. Llamaré a un buen abogado y mañana mismo nos reuniremos con él, le expondremos los casos y le pediremos orientación. Mientras tanto, será mejor fingir que no sabemos nada.

—No sé si voy a lograrlo. Con sólo pensar en eso, siento unas ganas enormes de pelear.

—Si queremos actuar de manera adecuada, es mejor cuidar nuestros impulsos y tomar las medidas pertinentes. Nuestros hijos merecen que actuemos con cuidado. Ellos deben ser los menos afectados en esta triste historia.

—Tiene razón. Le agradezco la confianza que me tiene. Si no fuera por eso, nunca habríamos descubierto la verdad.

—Siempre he seguido mi intuición y ella me decía que tú serías incapaz de hacer una cosa de esas.

Gabriela suspiró aliviada. A pesar de eso, le dolía la cabeza. Entonces observó:

—Me voy a casa, tomaré una pastilla e intentaré descansar.

—¿No quieres comer algo?

—No, gracias. Tomé un café y me dejó el estómago revuelto.

—Lo comprendo. Me gustaría recompensarte de alguna manera. ¿Hay algo que pueda hacer por ti?

—Me gustaría regresar a trabajar ahora mismo. No quiero quedarme en casa sin hacer nada y con la cabeza llena de esos pensamientos.

—¿No sería mejor que descansaras?

—¿Usted cree que puedo hacerlo? El trabajo me ayudará a soportar este triste descubrimiento.

—Si es así, hazlo. Voy a ver si consigo que el abogado vaya hoy mismo a la oficina. Te llevaré a casa.

—Si tenemos que guardar el secreto por ahora, será mejor que me deje en la plaza en donde nos encontramos.

Renato estuvo de acuerdo y la llevó hasta allá. Después de dejarla se sintió triste. La irresponsabilidad de Gioconda los había arrastrado a esta situación tan lamentable. Claro que Roberto también era culpable, pero si ella no hubiera aceptado, nada de eso habría ocurrido. ¿Qué otras cosas haría Gioconda sin que él lo supiera? ¿De quién habría sido la idea del desfalco? ¿Quién conocería al falsificador profesional? Tal vez sería mejor pedirle a Egberto que continuara la investigación para obtener más información.

Cuando Gabriela llegó a la oficina, Renato le dijo que el abogado vendría enseguida. Tan pronto llegó, según lo convenido, Gabriela lo hizo pasar a la oficina de Renato. Cuando iba a salir, él se lo impidió:

—Quédate, Gabriela. El asunto también te concierne. Siéntate.

Una vez sentados, Renato le contó todo al doctor Altino, quien escuchó en silencio. Renato finalizó:

—El asunto es delicado. Confío en su profesionalismo y me gustaría que se encargara de todo. Tanto Gabriela como yo deseamos la separación. Por mi parte, quiero obtener la custodia de mis hijos. ¿Cómo puedo hacerlo?

—Para encargarme del caso, tengo que saber toda la verdad. ¿Puedo hacer una pregunta indiscreta?

—Claro.

—¿Nunca ha habido un romance entre usted y doña Gabriela?

—No, nunca. Le aseguro que nuestra relación ha sido muy buena, pero exclusivamente de trabajo.

—Muy bien. Si usted desea la custodia de sus hijos, ese punto tiene que quedar muy claro. Supongo que doña Gabriela también quiere quedarse con los suyos.

—Sí, doctor —respondió ella.

—Generalmente la custodia de los hijos menores es asignada a la madre, excepto en caso de mal comportamiento.

—Si depende de eso, nadie me quitará a mis hijos —dijo ella.

—Muy bien. En ese caso, cada uno tendrá que conversar con su cónyuge e intentar una separación amistosa. Es lo mejor para evitar un escándalo. Creo que eso es lo que ambos desean.

—Sí. Especialmente por los niños.

Gabriela se quedó pensativa un instante y después dijo:

—Voy a hablar con Roberto. No sé si él va a estar de acuerdo. Siempre ha sido muy apegado. Pedirá perdón, querrá otra oportunidad. Sé que no va a ser fácil.

—Gioconda también me va a dar trabajo. Fingirá que está enferma y atormentará a los niños, llorará y se hará la víctima. Sólo con pensarlo me pongo nervioso.

—Tendrán que enfrentar esa situación. Hay otro medio: hacer la denuncia ante la policía y justificar la separación con pruebas. El falsificador sería culpado y tal vez el juez les dé una sentencia favorable a ustedes dos.

—Mi primer impulso fue ese. Pero a pesar de todo me resulta repugnante llevar a la madre de mis hijos ante la policía. Prefiero resolver el asunto de manera amistosa.

—En ese caso, cada uno debe conversar con su cónyuge, decirle que sabe la verdad y pedirle la separación. Esperaré sus decisiones para tomar las medidas del caso.

Después de que el abogado se fue, Gabriela dijo:

—No va a ser fácil.

—Tenemos que intentarlo. Hoy mismo hablaré con Gioconda. Quiero resolver todo cuanto antes.

—Yo también. No soportaría estar callada. Cuanto más lo pienso, más indignada me siento.

—Me voy para la casa a hablar con ella. Son las tres de la tarde. Si lo deseas, también puedes salir.

—No. Roberto sólo estará en casa por la noche. Me quedaré aquí hasta que finalice este expediente.

Renato salió. Los niños estaban en el colegio, así que él y su mujer podrían conversar tranquilamente. Lo que más temía era que Gioconda hiciera una escena delante de los niños. Cuando llegó a casa, Gioconda leía en la sala. Al verlo, se levantó sorprendida:

—¿Tú en casa a esta hora? ¿Pasó algo?

—Tenemos que hablar. Vamos al cuarto.

—¿Qué pasó? Tienes una cara... ¿Ocurrió algo con los niños?

Él no respondió. Subió al cuarto y Gioconda lo acompañó. Una vez dentro, Renato cerró la puerta con llave. Le indicó una silla para que se sentara y se sentó a su vez.

—Sé todo, Gioconda. No sirve de nada que finjas.

Ella se puso pálida y murmuró:

—Todo, ¿qué?

—Lo que hicieron tú y el marido de Gabriela. El desfalco, la falsificación de los cheques, todo.

Gioconda sintió que se le nublaba la vista, se habría caído si Renato no la hubiera sostenido. Asustada, intentó recuperarse. Tenía que saber lo que había pasado. Levantó los ojos hacia él y le dijo indignada:

—¿Qué dices? ¿Qué calumnia es esa? ¿Quién te contó semejante mentira? ¿Fue esa mujer que quiere destruirnos?

—No sirve de nada que finjas. Un detective me dio todas las pruebas. Aquí está el informe con todo lo que hicieron, las citas y las conversaciones. Mira las fotos. Están Roberto y tú juntos. ¿Cómo se conocieron? ¿Cuál de los dos tramó esta trampa?

Gioconda no encontró palabras para responder. Se dio cuenta de que habían sido descubiertos y de que estaban perdidos. Intentó conmoverlo.

—Fue él quien me buscó y me dijo que Gabriela y tú eran amantes. Fue él quien hizo todo. Yo estuve de acuerdo, pero estoy arrepentida. Incluso pensaba contártelo.

—Nunca lo harías. No creo en nada de lo que me dices. Eres tan perversa que no tuviste escrúpulos en involucrar a una muchacha honesta, que trabaja para vivir, una madre de familia como tú, pero con dignidad.

Gioconda se enfureció:

—¡Tú la defiendes y me acusas! A mí, que soy tu propia mujer. Estás ciego de amor por ella. Pero ese amor va a destruirte.

—¡Estás loca! Si te interesa saberlo, admiro a Gabriela, pero nunca hemos sido amantes. Lo que nos destruye son tus celos.

—Soy una mujer traicionada, ¿cómo quieres que soporte eso?

—No vale la pena hablar más. Hace mucho que nuestra vida en común se había deteriorado. A pesar de eso intentaba convivir contigo sólo por nuestros hijos, pero esta vez llegaste muy lejos. No estoy dispuesto a soportar tus infundados celos. Debemos separarnos.

—Gioconda se levantó nerviosa, agarró al marido por el brazo.

—No, eso no. ¡Por el amor de Dios! ¡No hagas eso! Tal vez yo haya exagerado por lo mucho que te amo. Por favor, el divorcio no.

—Estoy decidido. Es mejor que lo aceptes de una vez. Haremos todo de manera amistosa, repartiré todo lo que tengo contigo y nada te faltará. Si quieres, puedes quedarte con esta casa y con todo lo que hay dentro. Yo me mudaré, pero los niños irán conmigo.

—No. ¿Quién piensas que soy? ¿Quieres quitarme a mis hijos? ¿Te parece justo? ¿Nunca aceptaré una separación.

—Si no quieres, me veré obligado a hacer el denuncio ante la policía. El falsificador será encarcelado y Roberto y tú tendrán que responder por lo que hicieron. No pienso vivir más contigo. Se acabó, Gioconda. Piensa y escoge. Tienes hasta mañana para decidir.

Renato salió del cuarto, y Gioconda, agonizante, se tiró sobre la cama y lloró desesperada. Tenía que hacer algo, pero ¿qué? Tomó el teléfono y llamó a Roberto. Tan pronto le contestó, le dijo sin poder controlar el llanto:

—Roberto, ellos descubrieron todo. ¡Estamos perdidos!

—¿¡Cómo!? ¿Quién descubrió qué?

—Renato contrató a un detective quien descubrió lo que hicimos. Quiere separarse de mí y quitarme a mis hijos.

Roberto sintió que las piernas se le aflojaban. Intentó reaccionar:

—Cálmate. Cuéntame todo. ¿Gabriela lo sabe?

—Sí. Él la defiende y a mí me acusa. ¿Crees que pueda ser debido a eso? ¡Ah! Pero te aseguro que eso no se va a quedar así. Gabriela es la culpable de todo. Ella me las va a pagar. ¡Ya verás!

—Cálmate. No hay que empeorar las cosas.

—No voy a soportar una separación. Antes acabo con tu mujer. Es lo que debería haber hecho desde el principio.

—No seas loca. Conversa con tu marido. Él está furioso, pero reflexionará y terminará por perdonarte. No te precipites...

—¡Voy a resolver las cosas a mi manera!

Gioconda colgó y Roberto, muy nervioso, llamó inmediatamente a su casa. Gabriela volvería a trabajar al día siguiente. Nicete contestó y le explicó:

—Doña Gabriela está en la oficina. Empezó a trabajar hoy después del almuerzo.

Colgó nervioso. Miró el reloj. Gabriela saldría de la oficina en media hora. Gioconda podría intentar algo contra ella. Tomó un taxi, fue hasta allá y la esperó en el *hall*, cerca al ascensor. Gabriela salió y él la tomó por el brazo.

—¿Qué haces aquí? —le preguntó ella.

—Vamos a casa. Tenemos que conversar.

Cuando estaban llegando a la puerta, él vio a Gioconda parada a un lado. Todo ocurrió muy rápido. Ella sacó un revólver del bolso y lo apuntó hacia Gabriela. Roberto rápidamente se puso frente a su esposa y gritó desesperado:

—¡No dispares, Gioconda!, ¡arroja esa arma!

Pero era demasiado tarde. Gioconda disparó cuatro tiros que hirieron a Roberto, quien cayó enseguida. Gabriela sintió que se le nublaba la vista y perdió el sentido. Gioconda aprovechó la confusión y huyó. Una de las compañeras de Gabriela corrió a asistirla mientras Roberto gemía tendido en el andén.

De Inmediato apareció un vigilante. Éste solicitó una ambulancia y pidió refuerzo policial. Gabriela volvió en sí, miró asustada a las personas que estaban a su alrededor, preocupadas, y recordando lo que había sucedido, le preguntó a la compañera que estaba a su lado:

—¿Y Roberto? Él necesita ayuda. Por el amor de Dios, ¡no lo dejen morir! ¿Dónde está Roberto?

—Cálmate, Gabriela, está aquí, a tu lado. La ambulancia debe estar por llegar.

Gabriela miró alrededor y vio a Roberto que gemía tendido en el suelo.

—¿Nadie va a hacer nada? Él está herido. Por favor, ayúdenme a socorrerlo.

Un policía se le acercó:

—Calma. Estamos a cargo de todo. Ya intenté detener la hemorragia, pero es mejor no tocarlo. La ayuda ya viene en camino.

Alguien trajo un vaso de agua para Gabriela, quien, muy nerviosa, bebió unos sorbos. Entonces se agachó sobre Roberto y le dijo afligida:

—Roberto, ¡háblame, por favor! Abre los ojos.

Roberto perdió el sentido. Asustada, Gabriela lloraba desconsolada. Cuando llegó la ambulancia, ambos fueron puestos dentro de ésta y partieron rumbo al hospital, mientras dos policías investigaban lo que había ocurrido y buscaban testigos. La compañera de Gabriela que había salido con ella en el mismo ascensor había observado todo. Después de relatarle al policía lo que había visto, subió de nuevo a la oficina y llamó a Renato.

—Doctor Renato, ¡ocurrió una desgracia! Doña Gioconda intentó matar a Gabriela, pero hirió al marido de ella que vino a esperarla y se puso en frente de ella.

Renato se puso pálido:

—¿Dónde están ellos?

—Una ambulancia se los llevó al hospital. Los disparos no hirieron a Gabriela, pero su marido está malherido. La policía continúa en busca de testigos.

—Voy para allá ahora mismo. Gracias por avisarme.

Cuando Renato llegó al lugar, la policía lo esperaba. Los testigos dijeron que había sido Gioconda quien había disparado. Marisa, por su parte, informó que su patrón venía en camino.

Al oír el informe de los policías, Renato creía estar en medio de una pesadilla. Se sentía culpable. Sabía lo descontrolada que era Gioconda y pensó que debería haber sido más cuidadoso. No obstante, nunca pensó que ella fuera capaz de una locura semejante.

—¿Usted sabe si la herida de Roberto es grave?

—Él recibió cuatro disparos y está muy mal. ¿Dónde está su esposa?

—Yo estaba en casa pero no la vi salir. Hasta ese momento, ella no había regresado.

—Vamos a su casa.

—Deseo ir al hospital para ver cómo están ellos.

—Ahora están bajo cuidado médico. Necesitamos encontrar a su esposa.

Renato no tuvo otro remedio que obedecer. Marisa intentó reconfortarlo.

—Yo sé el nombre del hospital a donde los llevaron. Voy para allá ahora mismo y después lo llamaré para contarle todo.

Renato le agradeció. Las manos le temblaban mientras conducía el carro, acompañado por la policía. Estaba muy preocupado por los niños. Tenía que sacarlos de la casa para evitarles un mal rato. Sin embargo, no logró hacerlo.

Cuando entraron, Renato encontró a María muy alterada:

—Doctor Renato, estoy muy preocupada. Doña Gioconda llegó descontrolada, me mandó arreglar las maletas de los niños, arregló las de ella, reunió todas las joyas, puso todo en un carro y salió con ellos.

—¿Salió? ¿Por qué no intentaste impedírselo?

—Intenté comunicarme con usted, pero la línea de la oficina estaba siempre ocupada. Ella no se veía bien.

La policía entró y Renato aclaró:

—Gioconda enloqueció, María. Tengo miedo por los niños.

Un policía pidió fotos de ella y de los niños y, mientras uno de ellos se quedó en la casa, los otros se dirigieron a la comisaría. Renato no sabía qué hacer. Llamó inmediatamente a su abogado y le explicó lo ocurrido. Le pidió que fuera a la policía para que lo mantuviera informado.

—Voy a ir al hospital. Necesito saber cómo están ellos.

—Es mejor que se quede aquí. Podemos necesitarlo.

—No me puedo quedar aquí sin saber nada.

—Voy a averiguar, —dijo el policía.

El policía llamó al hospital, mientras Renato esperaba angustiado. Después, dijo:

—La muchacha no está herida. Él se puso frente a ella y la salvó. Él, en cambio, se encuentra en cirugía y está muy mal.

—Debo ir hasta allá.

—Tiene que esperar. Mi jefe quiere que usted vaya a la comisaría a declarar. Renato llamó a María y le pidió:

—Si Gioconda se comunica, llama a este teléfono. Es de la comisaría de la policía. Este otro es el del hospital. Estaré en uno de esos dos lugares. Cuando pueda te llamaré.

Después de que salieron, María, muy nerviosa, decidió rezar. Fue a su cuarto, se arrodilló ante su pequeño oratorio y pidió ayuda para la familia. Llevaba con ellos varios años, amaba a los niños y no quería que les pasara nada malo.

Ya era de madrugada cuando Renato por fin logró ir hasta el hospital donde Gabriela, recostada en una poltrona, esperaba. Al verlo se levantó y le dijo afligida:

—Por favor, doctor Renato, ¡Haga algo! ¡Nunca pensé que pudiera suceder algo así!

—Ni yo. Es una tragedia. Me siento culpable. Debería saber que Gioconda está enferma. Tenía que haber sido más cuidadoso. Nunca pensé que llegara a ese extremo.

—Roberto está muy mal. Por ahora sólo me resta esperar. Está en la unidad de cuidados intensivos y por el momento no puede recibir visitas.

—Me dijeron que estaba en la sala de cirugía.

—Sí. Parece que la intervención terminó hace poco, pero es todo lo que sé. Deseo verlo.

—Me encargaré de que nada le falte. Tú también necesitas descansar. No puedes pasar la noche en esa silla.

—Me quedaré aquí hasta que pueda verlo. ¡Él me salvó la vida! Si no hubiera sido así, tal vez estaría muerta...

—¡No digas eso!

En ese momento llegó Georgina, se veía muy afligida. Se acercó a Gabriela y le gritó alterada:

—¿Viste lo que has hecho? ¿Ahora sí estás satisfecha?

Gabriela miró a su suegra muy sorprendida.

—¿Qué es lo que dice?

—Lo que oíste. Siempre sospeché de ti. Sabía que le traerías la desgracia a Roberto. Si él me hubiera oído, no se habría casado contigo.

Renato intervino:

—Cálmese, señora, no agrave la situación.

—Mi hijo está mal y usted quiere que me calme. Mi único hijo, mi tesoro. ¿Cómo cree que me siento al saber que la mujer del amante de ella intentó matarlo? ¡Ah! Pero yo le conté todo al policía que fue a mi casa.

Gabriela temblaba y Renato se dio cuenta de que estaba a punto de desmayarse.

—Ven Gabriela, necesitas aire fresco.

Al ver que ella casi no podía sostenerse en pie, le dijo:

—Apóyate en mí.

Volviéndose hacia Georgina, Renato observó:

—Le pido que respete este momento de dolor. Es hora de rezar. Si teme por la vida de su hijo, eso es lo que debería hacer.

Georgina se mordió los labios y no respondió. Enfurecida, los siguió con la mirada por el corredor hasta que ellos desaparecieron en el jardín.

—Es el colmo. Ellos perdieron la sensatez y la vergüenza. ¿Dónde se ha visto una cosa de estas? Pobre Roberto, sin poder defenderse de esta traición. Pero ellos lo van a pagar caro, lo van a pagar.

No dudaba de que Gabriela traicionaba a Roberto. Pensaba que por eso su hijo se había mostrado tan nervioso últimamente. ¿Por qué se habría puesto al frente de Gabriela cuando la mujer de Renato le había disparado? ¿Por qué a pesar de todo él intentó salvarle la vida? Ella no se resignaba. Mientras su hijo se debatía entre la vida y la muerte, los dos estaban juntos y tal vez celebraban la victoria.

Georgina no se dio cuenta de que dos sombras oscuras la abrazaron satisfechas. Sintió que un odio profundo por Renato y Gabriela la envolvía hasta producirle náuseas y dolor de cabeza. Luego se sentó en una poltrona a rumiar su odio y pensó en hacer todo lo posible para que ellos pagaran por el mal que le habían hecho a su hijo.

Capítulo 15

Cuando llegó al jardín, Gabriela suspiró en un intento por desahogarse. Renato la llevó hasta un banco para que se sentara.

—Voy a buscar un café y algo de comer.

—No, por favor. Tengo náuseas y no quiero nada.

—No puedes estar sin comer.

—Ahora no. Tengo miedo. Si Roberto muere no sé qué voy a hacer.

—Vamos a hablar con calma. Él es fuerte, saludable, va a superarlo.

—Pienso en los niños. ¿Cómo se sentirán cuando lo sepan? Además con la señora Georgina inventando historias…

—Espero que la policía ubique a Gioconda. Ella está fuera de sí, alterada, los niños deben estar asustados. No sé lo que les habrá dicho. Temo que les ocurra algo grave.

—¡Dios mío! ¡Qué desgracia! Me arrepiento de no haber dejado mi trabajo.

—Eso no cambiaría nada. Él seguiría sintiendo celos en cualquier lugar dónde fueras a trabajar. Con Gioconda sería lo mismo. Los celos son una enfermedad grave, capaz de llevar a la desgracia a los que se dejan dominar por ellos.

—Me siento culpable.

—No digas eso. Nosotros no hicimos nada malo. Siempre respetamos nuestros compromisos conyugales. Ellos no tenían ningún motivo para hacer lo que hicieron. No podemos responsabilizarnos de su locura.

—Tiene razón. No debemos culparnos. Ellos hicieron todo. Me injuriaron, me calumniaron, me ofendieron. Las palabras de la señora Georgina me hirieron. Como siempre, ella intenta responsabilizarme por todo lo malo que le ocurre a su hijo. No sabe que quién erró fue él y que soy yo quien tiene que perdonarlo por lo que hizo.

—Infortunadamente se volvió cómplice de Gioconda sin darse cuenta de lo desequilibrada que ella es. Si él te esperó a la salida de la oficina, fue porque se dio cuenta de que ella tenía la intención de hacer alguna cosa en contra tuya. Fue allá para impedírselo. Tanto es así, que te salvó la vida.

—¡Él fue herido en mi lugar! ¡Dios mío, esto parece una pesadilla!

—¿Te sientes mejor?

—Sí, entremos. Quiero saber cómo está Roberto.

—Sí, vamos.

Gabriela se levantó y se dirigieron despacio por el pasillo donde quedaba la unidad de cuidados intensivos. Renato la condujo hasta un banco y le dijo:

—Quédate aquí. Voy a averiguar cómo está.

Gabriela aceptó y él fue a hablar con el médico que había operado a Roberto. Esperó hasta que el doctor pudiera atenderlo.

Conversaron, se enteró de que el estado de Roberto era muy grave. Aunque sólo dos balas habían acertado, una de ellas se había alojado en el pulmón izquierdo y casi le alcanza el corazón. Si esto hubiera pasado, habría muerto de manera instantánea. La otra le perforó los intestinos y se alojó en la cadera. Le habían sacado un pulmón y las balas, pero él se encontraba inconsciente. El médico dijo que Roberto podría reaccionar bien o entrar en coma. Habían hecho todo lo posible, era preciso esperar para saber cómo reaccionaba su organismo.

Renato buscó a Gabriela y le informó:

—Hablé con el médico que lo operó. Me dijo que ha hecho todo lo posible para salvarlo y ahora sólo nos resta esperar.

—¿Su estado es muy grave?

—No voy a engañarte. Es grave, pero no desesperanzador. El médico no sabe cómo va a reaccionar su organismo. Tenemos que esperar.

Gabriela suspiró angustiada.

—Esperar, en este caso, es un tormento.

—Tenemos que pensar lo mejor. Él lo va a superar. Necesitamos tener fe.

—Tiene razón. Necesitamos creer que él va a estar bien.

—De nada sirve que permanezcamos aquí, ellos no van a permitir que lo veas. Es mejor irnos para la casa y regresaremos mañana temprano.

—No. Quiero quedarme. No puedo abandonarlo ahora.

—Necesitas cuidarte. Él va a mejorar y requiere de tu ayuda para ponerse bien. Además, tienes que pensar en los niños. Si te quedas, vas a agotar tus energías y mañana, si él se mejora, no estarás en condiciones de ayudarlo.

—Si me voy, no lograré dormir. Si me quedo, siento que estoy haciendo algo por él.

—Si es así, también me quedo. La policía sabe que estoy aquí y me avisará tan pronto encuentre a Gioconda.

—No es necesario que lo haga. Yo estaré bien. La enfermera ya me ofreció un sofá para que pueda reposar.

—Es que yo tampoco resisto permanecer en la casa pensando que los niños están acompañando a Gioconda en su fuga. No quiero pensar en lo que les pueda ocurrir.

Gabriela suspiró. Georgina apareció en el pasillo y la miró iracunda. Gabriela cerró los ojos e intentó ignorarla.

—Ya se fue —le informó Renato tras un momento.

—Lo peor es estar aquí con ella cerca.

—No vas a liberarte de ella muy rápido.

—Reconozco que debe estar desesperada. Ella quiere mucho a su hijo. Me imagino su dolor. Por eso no le contesto cuando me agrede. Pero estoy al límite de mi paciencia. Pido a Dios que no se me acerque otra vez.

—Hablé con la administración, me dijeron que van a desocupar un cuarto. Está reservado para ti a pesar de que el hospital está lleno. Sólo lo necesitarán si ocurre alguna emergencia. Así no tendrás que pasar la noche en el sofá.

—No era necesario que se molestara.

—Es lo mínimo que puedo hacer después de lo que hizo mi esposa. Hay teléfono y baño y estarás más cómoda. Además, cuando Roberto se mejore, va a necesitar un cuarto.

—Gracias. Lo acepto. De este modo la señora Georgina no me molestará.

—Así es. Cuando la habitación esté lista, nos avisarán.

A pesar de los esfuerzos de Renato, sólo desocuparon el cuarto a las siete de la mañana, y ya eran las ocho pasadas cuando Gabriela pudo acomodarse. Luego llamó a Nicete, la enteró de todo y se informó acerca de los niños. Le pidió que después de que ellos salieran para la escuela, le llevara alguna ropa.

Renato llamó a la comisaría varias veces, pero ellos no tenían noticia de Gioconda. Después de la última llamada se dirigió al cuarto de Gabriela para despedirse. Quería ir a su casa a tomar un baño y a cambiarse de ropa. En el pasillo Georgina lo detuvo, le entregó un periódico y le dijo:

—Vea lo que ustedes lograron hacer con mi familia. Dios es justo y les va a dar el castigo que merecen.

Georgina salió antes de que Renato pudiera contestarle. Él abrió el periódico y vio en la primera plana el retrato de Gioconda con el titular: "Mujer traicionada intenta matar a la amante del marido, pero la víctima fue el marido de ella". Abajo estaba la explicación de los hechos: "Al descubrir la relación de su marido con la secretaria, la esposa intentó darle un tiro. Pero el marido, a pesar de ser traicionado, se puso al frente y está en el hospital al borde de la muerte".

Irritado, Renato arrugó el periódico. Volvió al cuarto, y Gabriela, al verlo, le preguntó:

—¿Qué pasó? Está pálido. ¿Roberto empeoró?

—No pasa nada.

—Renato dobló el periódico y fingió indiferencia, pero Gabriela sospechó algo.

—¿Qué hay en ese periódico? ¿Por qué lo dobló de esa forma?

—No es nada que valga la pena. Esos reporteros no saben nada.

Gabriela tomó el periódico, lo abrió y leyó la noticia. Con voz trémula dijo:

—Me había olvidado de esa posibilidad. Ellos nos juzgan. Necesito impedir que mis hijos vean eso.

—Las personas siempre están listas a condenar. Así como ese periodista, muchos de nuestros conocidos van a pensar lo mismo. Debemos estar preparados. Es un gran escándalo. No hay cómo escapar de la malicia popular.

—Tengo que hablar con los niños. Ellos necesitan saber que soy inocente. Quizás sea mejor que no vayan a la escuela hoy. Voy a llamar a Nicete otra vez.

—Hazlo.

Renato se recostó en una silla, desanimado se pasó las manos por la cabeza. ¿Por qué Gioconda cometió esa locura?

Gabriela llamó a la casa, pero nadie contestó. Miró el reloj y le dijo angustiada:

—A esta hora ya deben estar en la escuela. Nicete salió y debe estar camino al hospital.

Renato levantó la cabeza y le contestó:

—Ten calma. Tal vez no les cuenten nada.

—Es lo que le pido a Dios. Ellos tendrán que saberlo, pero a mí me gustaría que lo supieran por mí y no por la maldad de otros.

—Tú por lo menos puedes hablar con ellos. Yo no puedo. ¡Eso me enloquece!

Gabriela lo miró compadecida:

—Estoy tan sumergida en mi dolor que ni siquiera he tenido tiempo de imaginar lo que siente.

—Estoy acabado, perdido, angustiado.

—Necesitamos ser fuertes para enfrentar esta tragedia, todavía no sabemos cómo va a acabar.

—Espero en Dios que Roberto se mejore. Sea como sea, no hay otro consuelo.

— Mejor voy a casa a tomar un baño y a descansar un poco. Si tengo alguna noticia, te llamaré.

—Después de que Renato se fue, Gabriela se dejó caer en la cama desanimada. A pesar de todo no se sentía culpable. Ella nunca traicionó a su marido y siempre respetó a su familia. Un día podría aclarar toda esa locura. Temía que sus hijos sufrieran. Sabía que necesitaba reaccionar, ser fuerte, pero al mismo tiempo se sentía impotente. Después de todo lo ocurrido, ¿quién creería que nunca había pasado algo entre ellos?

Las lágrimas rodaron libremente por su rostro. Después se adormeció exhausta. Se despertó al oír unos golpes en la puerta. Saltó asustada y vio el rostro de Nicete.

—Pasa.

—¡Qué horror, doña Gabriela! Me niego a creer que eso haya ocurrido!

—¡Fue horrible! ¿Los niños fueron al colegio?

—Vi el periódico y pensé que sería mejor llevarlos a jugar en casa de Alcina.

—Hiciste bien. Llamé varias veces, pero ustedes ya habían salido. ¿No incomodarán a tu prima?

—No. Ella los adora. Además está Claudete, para que jueguen juntos.

—Gracias, Nicete.

—¿Cómo está don Roberto?

—Mal, pero tengo la esperanza de que se mejore.

—Ojalá así sea. Le traje alguna ropa.

—Voy a bañarme a ver si se me quita el cansancio. Estoy exhausta. Parece que me hubieran dado una paliza. Mi cuerpo está todo adolorido.

—Son los nervios. Me imagino cómo se siente.

—Después vamos a averiguar por Roberto. Lo operaron, pero aún no me han dejado verlo. Está en la unidad de cuidados intensivos. ¿Qué les dijiste a los niños?

—Nada. Sólo que ustedes no iban a dormir en la casa.

—Pienso contarles la verdad tan pronto pueda. Necesitan saber que soy inocente. Juro que nunca tuve nada con el doctor Renato ni con otro hombre. Soy una mujer honesta.

—Yo lo sé. Pero también sé que los celos son un monstruo que ciega y que puede causar mucho daño.

Después de bañarse y arreglarse, Gabriela salió con Nicete a indagar sobre la salud de Roberto. En el corredor de cuidados intensivos le preguntó a una enfermera acerca de su marido:

—Por favor, soy la esposa de Roberto González, él fue operado anoche. Deseo verlo, saber cómo está.

—Infortunadamente sigue igual. Aún no ha despertado de la anestesia.

—Quiero verlo.

—Es mejor hablar con el médico. Él llegará pronto y podrá informarle todo. Sólo él puede darle permiso para que lo vea.

—¡Por favor, déjeme verlo!, quiero saber cómo está.

—No puedo hacer eso, señora. ¿Quiere que pierda mi trabajo?

Gabriela se resignó y decidió esperar al médico.

—Es mejor que trate de comer algo —le aconsejó Nicete—. Usted está muy abatida.

—No quiero nada.

—Intente por lo menos tomar un café con leche y pan con mantequilla. Si usted se enferma, ¿quién va a encargarse de todo?

Gabriela se dejó conducir hasta la cafetería, a pesar de que no sentía hambre. Tomó un café con leche acompañado de un pan y se sintió mejor. Comprendió que Nicete tenía razón. Ella necesitaba preservar sus fuerzas. No sabía lo que podría ocurrir.

Renato llegó a la casa y encontró a María inconforme. Había leído los periódicos, pero no le dijo nada. A ella no le agradaba Gioconda. Sólo seguía en la casa por los niños, a quienes quería mucho, y por la generosidad del patrón, quien le pagaba un buen salario.

—¿Alguna noticia de Gioconda o de los niños?

—No señor. Justamente le iba a preguntar lo mismo.

—Hasta ahora nada. La policía continúa en su búsqueda.

—¡Dios mío! ¡Los niños deben estar asustados! Celia es tan sensible. Además, doña Gioconda debe estar fuera de sí, para hacer lo que hizo…

—No quiero ni pensar en eso, María.

—Voy a encender una vela a Nuestra Señora de los Afligidos. Cuando la policía los encuentre, ¿qué va a pasar con doña Gioconda?

—Tendrá que responder por su locura. Infortunadamente no podré evitar ese disgusto. Estoy muy cansado, María. Voy a bañarme y después iré a la comisaría.

—Voy a prepararle un café bien cargado. Usted no ha dormido en toda la noche. Necesita recuperar sus energías.

Después de afeitarse, bañarse y cambiarse, Renato se sintió menos cansado. María tenía razón. Sentía el estómago vacío y le dolía. Necesitaba comer algo.

Se sentó a la mesa y comió todo lo que María le había servido. El teléfono timbró. María iba a contestar, pero Renato se le adelantó. Era el delegado.

—Le tengo noticias. Encontraron a su mujer y la detuvieron en la carretera Fernão Días, cerca de Belo Horizonte. Los niños están bien. Nuestros hombres vienen con ellos.

—Salgo para allá inmediatamente. ¿Está seguro de que los niños están bien?

—Sí, quédese tranquilo. No hace falta que se dé prisa. Ellos van a demorarse por lo menos tres o cuatro horas.

Renato decidió llamar a su abogado para contarle las nuevas. Le pidió que se encargara del caso. A pesar del rechazo que sentía por la actitud de Gioconda, no podía abandonarla a su suerte. Era su esposa, la madre de sus hijos.

Como tenía tiempo, pasó por el hospital para saber cómo estaba Gabriela. La encontró desanimada y triste. Había hablado con el médico, pero éste no le permitió entrar al cuarto de Roberto.

Renato le contó que habían encontrado a Gioconda y finalizó:

—Pedí al Doctor Altino que se encargue del caso. Así estaremos informados de todo.

Cuando Renato salió para la comisaría, Nicete se fue con él. Gabriela quería que ella llevara a Guillermo y a María del Carmen a la casa.

Una vez en la calle, le dijo:

—El señor Roberto está muy mal. La enfermera dijo que él no había reaccionado después de la anestesia. Eso no es bueno, se demora demasiado. El médico no nos dejó entrar a su cuarto.

En un gesto por contener su nerviosismo, Renato se pasó la mano por el cabello.

—Vamos a pedirle a Dios que se recupere. Él no puede morirse ahora. ¿Hasta dónde llega la locura?

Al verlo alejarse angustiado, Nicete movió la cabeza con tristeza. ¿Qué sería de las dos familias si ocurriera lo peor?

Renato fue hasta la comisaría y el delegado le informó que ellos ya estaban por llegar. La policía había encontrado el auto en la carretera e intentó detenerlo, pero Gioconda no obedeció y aceleró. Al darse cuenta de que estaba muy alterada, la policía, preocupada por los niños, pidió un refuerzo por radio. Pronto apareció otro carro de la policía en sentido contrario, y ella al fin paró.

Después de pedirle los documentos, la detuvieron. Los niños estaban pálidos y asustados, pero los policías hablaron con naturalidad e intentaron tranquilizarlos.

Ricardito quería saber lo que estaba ocurriendo y por qué habían viajado sin su papá. El policía le prometió que cuando llegaran a casa ellos se enterarían de todo y le contó que su papá los esperaba.

—Montaron a Ricardito y a Celia en el carro de la policía y les preguntaron:

—¿Ustedes han viajado en una patrulla?

—No, contestó Ricardito.

—¿Mi mamá no viene con nosotros? –preguntó Celia, afligida.

—Ella viene, pero no en este carro. Un policía llevará el carro de ella de vuelta. Su mamá está muy cansada. Es peligroso manejar así.

Los niños estuvieron de acuerdo e iniciaron el viaje de regreso. Hacia las cinco de la tarde llegaron a la comisaría.

—Ya vienen —avisó el delegado.

Renato salió a esperarlos. Había concertado con el delegado que los niños no entrarían a la comisaría. Como los policías confirmaron que ellos estaban bien, fue suficiente. Renato los llevaría para la casa en el carro de Gioconda. Ella se quedaría detenida. El doctor Altino la esperaba. Tan pronto los niños bajaron del auto, corrieron hacia el papá y lo abrazaron. Al verlos, Gioconda gritó furiosa:

—Cuéntales lo que hiciste. Diles todo el mal que me causaste.
Renato no contestó, y los policías la llevaron de inmediato a la comisaría.

—Papá, ¿qué ocurre? ¿Por qué mamá fue encarcelada? —Indagó Ricardito, esforzándose por contener las lágrimas.

—Papá, haz algo. No quiero que mi mamá sea encarcelada. —Dijo Celia, mientras lloraba y se aferraba a él.

Renato sintió un nudo en la garganta, pero reaccionó. Él no podía dejarse afectar.

—El doctor Altino va a cuidarla. Vámonos. En la casa hablaremos.

Ricardito le contó que su mamá había llegado a la casa angustiada. Le había ordenado a María que arreglara sus maletas, mientras ella hacía la suya. Después les dijo que necesitaban viajar porque estaban en peligro. Los subió al carro y se fueron por la carretera. Estaba nerviosa y no hablaba. Bien entrada la noche pararon en un pequeño hotel y tomaron un cuarto.

Les compró un *sandwich* y ellos se lo comieron. Estuvieron ahí hasta que amaneció. Después reiniciaron el viaje.

Cuando llegaron a la casa, Renato les pidió que se bañaran.

—Está bien papá —dijo Ricardito—, pero antes necesitamos saber qué ocurre.

—De acuerdo, hijo. Siéntense aquí, vamos a hablar.

Cuando los vio acomodados, Renato continuó:

—Ustedes saben lo celosa que es su mamá. Los celos hacen que las personas imaginen cosas que nunca ocurrieron.

—Yo sé como es eso —dijo Ricardito—. Mi mamá tiene un modo distinto de ver las cosas. Ella distorsiona todo lo que uno dice.

—Así es. Ella sentía celos de Gabriela, mi funcionaria. Yo les juro que nunca tuve nada con ella. Gabriela es una mujer casada, honesta, tiene dos hijos y ama mucho a su marido. Pero como Gioconda, su esposo también sentía celos de mí. Entonces, los dos se conocieron y pensaron que yo estaba enamorando a Gabriela. Ayer su mamá tomó un revólver y fue a esperar a Gabriela a la salida de la oficina. Pero Roberto, el marido de ella, también fue. Él vio cuando Gioconda iba a dispararle a Gabriela e intentó impedírselo. Se puso en frente de ella y recibió dos disparos. Ahora está en el hospital.

Celia lloraba y Ricardito abrazaba al papá asustado.

—¿Ella va a estar encarcelada de por vida? —preguntó Celia.

—No. El tiempo que ella vaya a permanecer en la cárcel depende de lo que defina la justicia. Por eso, necesitamos ser fuertes. Su mamá actuó sin pensar en las consecuencias. Además, es bueno que sepan toda la verdad: yo había decidido separarme de su mamá.

—¿Ya no la quieres? —preguntó Celia.

—No se trata de eso. Lo que pasa es que nosotros no vivíamos en paz. Tenemos distintas formas de pensar y no somos felices.

—Lo sabía y tenía miedo de que un día ocurriera eso. Yo tampoco puedo hablar seriamente con mamá. Aprendí a no caer en sus juegos. Celia, en cambio, cae redondita.

—Yo la quiero. No quería que estuviera triste o enferma. Cuando yo hacía algo malo, ella se sentía mal. Entonces, yo actuaba de la forma en que a ella le gustaba.

—Su mamá es como una niña que nunca creció. Y como una niña, va a tener que responder por lo que hizo para poder crecer.

—Y ahora papá, ¿qué va a ser de nosotros si ella sigue en la cárcel y se demora en regresar? —indagó Celia con voz temblorosa, sin poder contener las lágrimas.

Renato la abrazó con ternura, hizo que Ricardito se acercara y les prometió:

—Estoy aquí y haré todo para que estén bien. Nunca los dejaré.

—Yo quiero que mi mamá vuelva... —contestó Celia llorosa.

Renato los alejó un poco, y tomando a la niña por los hombros, la miró a los ojos y le dijo con voz firme:

—En la vida, hijita, necesitamos ser fuertes, estar preparados para superar todos los desafíos. Tú eres inteligente y sé que vas a cooperar. A pesar de lo que pasó, nosotros somos una familia. Cada uno debe apoyar al otro.

—Pero sin mi mamá no será lo mismo.

—No digas eso. Tú mamá actuó sin medir las consecuencias, agredió a una persona, no tenemos cómo impedir que responda por lo que hizo. Pero sigue siendo la mamá de ustedes. Lo mejor que pueden hacer es rezar por ella para que se recupere. A esta hora ya debe estar arrepentida y debe lamentar lo que hizo.

Ricardito movió la cabeza y le dijo con tristeza:

—Cuando ella fingía que estaba enferma o quería obligarnos a hacer las cosas, varias veces quise que ella entendiera que eso no era bueno. Pero se enojaba, no me oía y seguía igual.

—Ahora no vale la pena criticarla.

—Pero yo era como ella. Cuando hablaste conmigo, me enseñaste las ventajas de decir la verdad sin miedo, y yo aprendí. Nunca más te mentí.

—Pero seguiste mintiéndole a ella —repuso Celia.

—Es que ella sólo entendía de esa forma.

—De nada sirve discutir. De ahora en adelante, seré al mismo tiempo papá y mamá. Siempre estaré listo y muy cerca para ayudarlos. Ahora váyanse a bañar. La cena estará lista pronto.

Ellos le obedecieron y Renato se dejó caer exhausto en una poltrona. A pesar de sentirse deshecho y de estar temeroso de que la situación de Roberto empeorara, lo que agravaría el problema, intentó reaccionar. De ahora en adelante sabía que tendría que soportar muchos problemas, por eso no podía entregarse a la depresión.

Gabriela iba cada media hora a la unidad de cuidados intensivos en busca de noticias, pero Roberto seguía igual. Esperó al médico y, tan pronto llegó, le preguntó sobre el estado de salud de su esposo.

Su respuesta fue evasiva.

—Por ahora sigue estable. Vamos a esperar cómo reacciona.

—Me dijeron que todavía no ha despertado después de la anestesia. Eso no es normal.

—Su marido está en precoma. No voy a engañarla. Estamos en un momento decisivo. El estado en que se encuentra puede evolucionar en un coma profundo, o hacerlo que recupere la conciencia y vuelva a estar bien.

Gabriela tomó el brazo del médico con angustia.

—¿Hay algo que podamos hacer para salvarlo?

—Tranquilícese. Estamos haciendo todo lo posible para que se recupere. Su esposo es joven, fuerte y saludable. Tiene muchas probabilidades de lograrlo. Debemos mantener la calma y esperar con fe.

Después de agradecerle al médico, Gabriela se disponía a volver al cuarto cuando fue abordada por una recepcionista:

—Doña Gabriela, hay un médico que desea verla.

—Acabo de hablar con el médico que operó a mi esposo.

—Él no es del hospital. Me pidió que le entregara esta tarjeta.

Gabriela la leyó: *Doctor Aurelio Dutra, médico psiquiatra.*

Sorprendida, preguntó:

—¿Dónde está ese médico?

—En el *hall*, a la izquierda.

Gabriela, con la tarjeta en la mano, se dirigió al *hall*. Aurelio la esperaba, se levantó del asiento y se presentó:

—Yo soy Aurelio, amigo de Roberto. ¿Podemos hablar?

—Claro –dijo ella, sorprendida.

En el pasillo próximo al cuarto de Gabriela había un pequeño *hall* con algunas poltronas. Fueron hasta allá y se sentaron.

—¿Usted es amigo de Roberto?

—¿Él nunca le habló de mí?

—No.

Aurelio sonrió levemente y dijo:

—Fue lo que pensé. Ayer mismo me enteré de lo que había ocurrido y vine a informarme de su estado. Ya hablé con su médico.

Gabriela se acordó del artículo del periódico y se movió en la silla algo inhibida. Él prosiguió tranquilo:

—Su esposo fue mi paciente y nos hicimos amigos.

—No sabía que él había buscado a un...

—Médico del alma —completó Aurelio.

Gabriela suspiró y respondió:

—Hay momentos en la vida en que todos necesitamos de uno.

—Por eso vine a buscarla. Deseo ofrecerle mi apoyo en este momento tan difícil por el que está pasando.

—Gracias doctor. A decir verdad, me siento perdida. No sé que será de mi vida y de la de mis hijos de ahora en adelante. Si él muere, será una gran pérdida; si él vive, nuestra relación no será fácil.

Aurelio la miró serio y dijo:

—Los celos son malos consejeros y dañan cualquier relación.

—¿Usted lo sabe?

—Sí. Una tarde yo me dirigía al parqueadero a recoger mi carro cuando vi a un grupo de personas y a un hombre caído. De inmediato fui a socorrerlo. Era Roberto. Había pasado todo el día en busca de trabajo, no había comido nada y se había desmayado. Le presté los primeros auxilios y el volvió en sí. Aún mareado, me dijo que necesitaba recoger a sus hijos en la escuela. Era distante de allí y me ofrecí a llevarlo. Hablamos por el camino. Pasaba por una situación muy difícil y lo invité a ir a mi consultorio.

—Él nunca me dijo nada...

—Su marido es muy orgulloso. Sentía vergüenza.

—No debe haber sido nada fácil para él someterse a un tratamiento psiquiátrico por la manera como fue educado.

—Al principio estaba inhibido, pero después nos hicimos amigos. Su marido es un buen hombre, pero tiene serios problemas de formación. Al sobreproteger a sus hijos, muchas madres les transmiten sus propios prejuicios.

—Ya que es amigo de Roberto, me gustaría que sepa la verdad: nunca he traicionado a mi marido.

—Vine aquí para ofrecerle mi apoyo tanto a usted como a Roberto. No tiene que decirme nada.

—Gracias. Pero, necesito hablar. Lo que sucedió fue una terrible equivocación y una injusticia, no sólo conmigo, sino también con el doctor Renato, mi jefe, quien siempre me ha respetado y nunca ha traspasado los límites de la relación de trabajo. Cuando él supo que Roberto había perdido todo y que no conseguía empleo, me ofreció nuevas oportunidades de trabajo. Progresé en la empresa gracias a mi esfuerzo y logré ganar más dinero. En lugar de sentirse agradecido, Roberto se irritó debido a mi éxito, hasta tal punto que yo no podía comentar los detalles de lo que hacía.

—Roberto se sentía incapaz, primero, por tener un nivel académico menor que el suyo, y segundo, por haber sido engañado por su socio y no tener una formación profesional que le permitiera conseguir empleo. Su éxito en el trabajo lo hacía creer aún más en su incapacidad.

—Eso es algo que no logro entender. Lo que me disgusta y me deprime es que Roberto llegara a pensar que yo me vendía por dinero, hasta el punto de perder la dignidad y manchar a mi familia, sólo para ascender en la vida. Eso no puedo aceptarlo.

—Su indignación es justa. Sin embargo, estoy seguro de que cuando él se restablezca, todo se aclarará.

—¿Y mi foto en los periódicos, y el escándalo? El adulterio es más criticado en las mujeres. Después de lo que ocurrió, ¿quién va creer en mi inocencia? Mis hijos tendrán que enfrentar las habladurías de la gente.

—¿Qué edad tienen?

—Guillermo tiene ocho años y María del Carmen seis.

—Tiene que conversar con ellos y decirles la verdad. Hay que prepararlos para lo que pueda suceder.

—Cuando vi el periódico no los dejé ir a la escuela, pero ellos tienen que volver.

Gabriela suspiró y se pasó la mano por la cabeza, como si quisiera alejar los pensamientos dolorosos. Aurelio intervino:

—Los niños son más perceptivos de lo que piensan los adultos. Con seguridad ellos ya han notado los celos de su padre y seguramente comprenderán y le ayudarán a superar este momento difícil. Además, el tiempo pasa y las personas olvidan con facilidad. Dentro de poco, nadie se acordará de nada.

—Lo peor es que no sabemos lo que está por suceder. ¿Y si Roberto muere? Me quedaré sola con los niños. Doña Gioconda presa, y aunque el doctor Renato no me despedirá, ¿estaré en condiciones de continuar en mi empleo después de todo esto? La malicia de los demás y las calumnias continuarán. Dirán que me aprovecho de la ausencia de Gioconda. Pero, ¿cómo voy a mantener a mi familia si pierdo mi empleo?

Gabriela sintió que las lágrimas resbalaban por su rostro y las dejó correr libremente. Aurelio le ofreció un pañuelo y le dijo con voz calmada:

—Llore, Gabriela. Está dolida y debe expulsar ese dolor.

Ella sollozó durante unos minutos más, se calmó, se secó los ojos y después continuó:

—Discúlpe, doctor. Soy una mujer fuerte. No lloro por cualquier cosa, pero esta vez, no pude controlarme.

—Lo sé. Lo importante es que Roberto está vivo y debemos esperar lo mejor. Él se recuperará.

—No dejo de rezar para que así sea. Ojalá sea pronto. Sin embargo, no seguiré soportando su desconfianza. Pienso separarme de él.

—¿Puedo hacerle una pregunta?

—Sí, dígame.

—¿Usted dejó de amar a su marido?

Gabriela se quedó pensativa por un instante y después dijo:

—No lo sé. Nos casamos por amor y siempre lo he amado mucho. Pero últimamente él se ha mostrado diferente, desconfiado; dejó de ser el joven bueno, alegre y lleno de esperanzas del que me enamoré. Además, después de todo lo que hizo, siento tanta indignación, tanta rabia, que a veces pienso que mi amor se acabó.

—Según me dijeron, él se puso frente a usted cuando ella disparó. La protegió y le salvó su vida.

—Lo reconozco. Pero también sé que él ayudó a provocar lo sucedido.

Gabriela le contó al médico lo del desfalco y finalizó:

—Ellos consiguieron a un falsificador profesional. No fui a parar a la cárcel porque el doctor Renato me conocía bien y sabía que yo era incapaz de una cosa semejante. Entonces ordenó una investigación, pero aún hay muchas cosas por esclarecer. No sabemos cómo se conocieron mi marido y doña Gioconda y cómo planearon todo. El hecho es que él sabía que ella quería matarme y por eso fue a esperarme a la salida del trabajo. Él no acostumbraba a hacer eso. Entonces, ¿por qué fue justamente esa tarde?

Aurelio la miró con gravedad. Roberto había ido demasiado lejos. En la ansiedad de conservar el amor de su mujer, tal vez lo había perdido para siempre.

—Sea como sea, Gabriela, no sirve de nada atormentarse por el futuro. Lo mejor es cuidar de su salud y mantener el equilibrio emocional. Hay que prepararse para enfrentar lo que venga y seguir adelante. Sus hijos necesitan de su fuerza y Roberto aún más. Estoy seguro de que usted no se negará a ayudarlo a superar esta etapa. Cuando él sea consciente del mal que provocó, entrará en crisis y necesitará apoyo. El arrepentimiento duele y el remordimiento destruye las ganas de vivir.

—Tiene razón, doctor. Voy a tranquilizarme. No tomaré ninguna decisión antes de que Roberto recupere la salud.

—Veo que me ha entendido. Guarde mi tarjeta. Si necesita desahogarse y conversar, búsqueme. En mí tiene a un amigo.

—Muchas gracias doctor. Le estoy muy agradecida por todo su interés. Sus palabras me han servido de consuelo.

Aurelio salió y Gabriela fue una vez más a informarse sobre el estado de Roberto. Él continuaba igual.

Capítulo 16

$\mathcal{G}$abriela se despertó asustada y miró el reloj. Eran las seis y ya había amanecido. Se levantó rápidamente. Había dormido más de ocho horas. Vencida por el cansancio, se había acostado vestida con la intención de descansar un poco y se había quedado profunda. Se bañó de prisa, se arregló y cuando se alistaba para salir en busca de noticias, una enfermera tocó suavemente en la puerta y entró:

—¿Ocurrió algo? —preguntó Gabriela, preocupada.

—El médico desea verla en la sala de consulta. ¿Sabe dónde queda?

—Sí.

El corazón le latía a un ritmo acelerado cuando Gabriela entró al conasultorio del médico.

—¿Cómo está mi marido, doctor? ¿Ya se despertó?

—Infortunadamente, doña Gabriela, el estado de su marido empeoró esta madrugada.

Está en coma.

—¿Por qué no me avisaron? Yo estaba cansada y me quedé dormida. ¡Dios mío! Yo no debí haberme quedado dormida.

—Usted estaba exhausta y era mejor que descansara. Ahora le permito que visite a su marido.

—¿Él va a morir, doctor?

—Su estado es grave, además tiene una infección generalizada que no hemos logrado controlar. Usted debe ser fuerte.

Gabriela sintió que las piernas se le aflojaban y el médico la obligó a sentarse.

—Si continúa así, no le permitiré verlo.

—Por favor, doctor, fue sólo el impacto de la noticia, pero le prometo controlarme. Deseo verlo.

—Está bien. Pero si se desmaya allá adentro, puede dificultar la atención de su esposo.

—Quiero verlo.

El médico conversó con ella unos minutos más, le dio un calmante y cuando la vio más tranquila se levantó y dijo:

—Venga conmigo.

Con el corazón palpitante, Gabriela entró a la unidad de cuidados intensivos mientras hacía un gran esfuerzo por contener la emoción. Al ver a su marido inconsciente, conectado a los aparatos de control y con una respiración irregular, sintió que las lágrimas descendían por su rostro. Se acercó a la cama, tomó la mano de su marido, se inclinó y le dijo:

—Roberto, en este momento tan difícil de nuestras vidas, te juro por Dios que siempre te he sido fiel. Nunca te he traicionado. No nos dejes ahora. Reacciona.

Él apretó con fuerza la mano de Gabriela y ella miró al médico sorprendida:

—Él oyó mis palabras. Apretó mi mano.

El médico se acercó a Roberto, abrió sus párpados, sus labios, auscultó su corazón y después le dijo serio:

—Es imposible, señora. Él está inconsciente.

—Pero él apretó mi mano.

—Debe haber sido un espasmo. Él no está en condiciones físicas de responder a nada.

—¿Puedo quedarme aquí con él?

—Mejor no. La enfermera estará aquí todo el tiempo y nos informará en caso que ocurra cualquier cambio.

—Pero me gustaría quedarme…

—No es bueno para él. Necesita tranquilidad. Además, en caso de que necesite atención urgente, su presencia podría perjudicarlo. El paciente está en primer lugar. Él necesita de toda la atención.

Gabriela salió abatida de la unidad de cuidados intensivos. Una de las encargadas se acercó y le dijo:

—Dejé la bandeja con el desayuno en su cuarto. Usted tiene que alimentarse.

Gabriela se dirigió al cuarto. Sentía un vacío en el estómago y gran inquietud. ¿Qué sería de su vida si Roberto muriera? Al pensar en eso sintió marearse y decidió reaccionar. Tenía que ser fuerte, sus hijos necesitaban de ella.

Se sirvió un café con leche y se comió un pan. ¿Qué hacer mientras esperaba?

Llamó a la casa y conversó con Nicete sobre los niños, le contó sobre el estado de Roberto.

—Voy a llevarlos a la casa de Alcina y enseguida iré para allá.

—Es mejor que te quedes con ellos en casa.

—Usted no puede estar sola ahora. Tranquilícése, ellos estarán bien allá. No aguanto quedarme aquí mientras usted pasa por todo eso.

—Haz lo que quieras —dijo finalmente. La presencia de Nicete la reconfortaría.

Eran las ocho cuando Renato golpeó en la puerta de la habitación. Estaba pálido y asustado.

—¡Roberto está en coma! —le dijo Gabriela tan pronto lo vio entrar.

—Ya lo sé. Me lo informaron cuando llegué. ¿Y tú, cómo estás?

Ella levantó los hombros y respondió:

—¿Qué puedo decir? Me siento devastada. Todo esto me parece una pesadilla, una mentira. ¿Cómo están las cosas por su casa?

—Los niños están bien. Hablé con ellos y les expliqué todo. Ricardito lo comprendió, pero Celia no se resigna. El abogado estuvo presente durante la indagatoria de Gioconda. Ella no fue capaz de decir nada coherente, así que el delegado decidió interrogarla una vez más hoy.

—¡Dios mío! ¿Hasta dónde nos llevará esta locura?

—El doctor Altino me advirtió que los dos tendremos que declarar durante el proceso de indagatoria.

—¿Además de todo?

—Infortunadamente no podemos evitarlo.

—No voy a salir de aquí hasta que Roberto se mejore.

—El delegado todavía no ha dispuesto nada, pero el doctor Altino nos va a dar alguna orientación.

—Yo pienso decir la verdad. No tenemos nada que ocultar.

—Eso es lo correcto. El doctor Altino sólo nos va a orientar acerca de los aspectos legales de la indagatoria.

Gabriela suspiró inquieta.

Luego de tocar suavemente en la puerta, Nicete entró a la habitación. Después de saludar, dijo:

—¿Hay alguna novedad?

—No —respondió Gabriela—, él continúa igual.

—Dios nos va a ayudar, él se va a poner bien.

—Estamos rezando para que así sea —respondió Renato.

Roberto continuaba en coma en la unidad de cuidados intensivos. Mientras su cuerpo luchaba por mantenerse vivo, su espíritu, agitado, luchaba por comprender lo que le sucedía.

Cuando fue alcanzado por las balas, él estaba consciente y sintió que había sido herido. Asustado, al verse tendido en el andén junto a Gabriela, quien se había desmayado, pensó que ella también había sido herida.

A pesar del esfuerzo por mantenerse consciente perdió el sentido y, desde entonces, se inició para él un período de inquietud en el que se mantenía entre la inconsciencia y la lucidez. Él quería estar lúcido y acordarse y saber lo que ocurría, pero no lo conseguía. Había momentos en que perdía por completo la conciencia, pero en otros, veía su cuerpo acostado en la cama del hospital y se desesperaba. ¿Habría muerto?

Cuando Gabriela asistió al centro espírita le dijeron que la vida continuaba después de la muerte del cuerpo y que las personas se sentían vivas, como si aún estuvieran dentro de la carne.

Roberto no quería morir. A pesar de los problemas que enfrentaba, nunca se le había pasado por la cabeza dejar este mundo. Pensaba en sus hijos y no podía evitar que las lágrimas corrieran por su rostro. En esos instantes de angustia se lanzaba sobre su cuerpo con el deseo de darle vida, pero al hacerlo sentía dolor y acababa por perder la conciencia. Luego, volvía a despertarse como si estuviera en medio de una pesadilla. Quería saber la verdad, ver a Gabriela y a sus hijos, decirles que estaba vivo y que no deseaba dejarlos.

¿Por qué les habría pasado eso? ¿Por qué? Temiendo perder la conciencia, Roberto no intentó entrar en su cuerpo. Así se dio cuenta de que estaba en el hospital. Veía que las enfermeras lo atendían, y cuando el médico llegaba permanecía a su lado, oyendo lo que él decía. Descubrió que su estado empeoraba cada vez más y se sintió asustado, sin saber qué hacer. Entrar a su cuerpo otra vez era inútil, pues sólo lograba perder la conciencia y sentirse mal. ¿Qué hacer entonces?

Se arrepintió de haberse involucrado con Gioconda. No había pensado que al hacer eso pondría en riesgo la vida de Gabriela.

Esa tarde se sintió más fuerte y pensó que estaba mejor, pero asustado, vio que la enfermera llamó al médico y éste constató que él estaba en coma.

Cuando Gabriela entró a la unidad de cuidados intensivos, el espíritu de Roberto estaba allí. Al verla abatida, pero ilesa, se sintió aliviado. Se acercó a ella conmovido y oyó cuando le dijo emocionada:

—Roberto, en este momento difícil de nuestras vidas, te juro por Dios que siempre te he sido fiel y que nunca te he traicionado. No nos dejes ahora. Reacciona.

En ese momento fue acometido por una emoción incontrolable. Sin pensar en nada, se lanzó sobre su cuerpo en un deseo por volver a la vida. Se sintió mal, mareado y con dolor en todo el cuerpo; durante unos segundos sostuvo la mano de Gabriela entre las suyas y la apretó con fuerza. Luego, perdió la conciencia.

Despertó después de un tiempo y miró ansioso a su alrededor en busca de Gabriela, pero ella no estaba en el cuarto. Recordó sus palabras y todos sus celos y dudas desaparecieron como por encanto.

En lugar de eso apareció el remordimiento y la certeza de que en su locura había provocado la tragedia que vivían en ese momento. ¿Por qué se habría dejado envolver de esa manera por los celos? ¿Por qué se habría olvidado de todo el amor, el cariño y la dedicación que Gabriela le había manifestado durante todos esos años en que habían vivido juntos?

El remordimiento duele, y Roberto vivió horas de angustia y arrepentimiento. ¿Qué hacer para remediar el mal que había hecho? Por más que pensaba no podía encontrar una salida. Estaba preso en ese cuarto, con su cuerpo semidestruido frente a él, en una lucha incesante por mantenerse vivo. ¿Y si no lo lograba? ¿Y si muriera y cortara para siempre el vínculo que tenía con este mundo? ¿Qué sería de él de ahí en adelante? Si por lo menos la muerte fuera el fin de todo, el olvido, el descanso eterno, tal vez fuera bueno. Pero, por lo que veía, el espíritu tiene vida propia y puede continuar vivo aun sin estar dentro de la carne. ¿Tendría que sufrir esa pesadilla para siempre?

Al borde de la desesperación, con la sensación de que tenía que encontrar una salida, se acordó de Dios. Se arrodilló y le dijo entre lágrimas:

—¡Dios mío! Mi error, mi ceguera y mi locura fueron muy grandes. Mentí, involucré a Gabriela en una tragedia y acabé con mi vida. Sé que no merezco tu misericordia, pero estoy arrepentido. Te pido una nueva oportunidad. ¡Ayúdame! Permite que vuelva a la vida y que pueda reparar ese error. ¡Manché el nombre de la madre de mis hijos!, ¡de la mujer que juré amar y defender toda la vida! Tengo que volver, pedirle que me perdone y reparar todo el mal que he causado. Sé que vas a ayudarme. Sólo tú puedes sacarme de esta terrible pesadilla. ¡No me abandones!

En ese momento Roberto sintió como si lo hubieran impulsado hacia otro lugar. Se vio en una sala en penumbra, donde algunas personas oraban en silencio. Él conocía a esas personas. Cilene estaba entre ellas. Emocionado, se acercó a ella y le dijo:

—Cilene, soy yo, Roberto. Tú me atendiste y me ayudaste muchas veces. Vengo a pedirte auxilio. Estoy desesperado.

Roberto repitió la frase un par de veces y oyó cuando ella le dijo:

—Está entre nosotros un espíritu que necesita ayuda. Oremos.

Entonces Roberto sintió una especie de mareo y vio que estaba al lado de una señora a la que no conocía. Le dijo afligido:

—Por favor, tengo que hablar con alguien. Atiéndanme. Yo suelo venir aquí. Ustedes ya me han ayudado mucho.

Sorprendido, se dio cuenta de que repetían sus palabras en voz alta y que todos escuchaban. Continuó:

—Mi cuerpo está en coma en el hospital. Necesito que me ayuden. No quiero morir. Cometí un error, pero estoy arrepentido. Por favor, ustedes que hablan con los espíritus de la luz, ayúdenme. Necesito vivir. Tengo dos hijos por criar. Todo ocurrió por mi culpa.

Cilene respondió con voz tranquila:

—Hemos orado por ti. Sabíamos de tu caso por los periódicos.

—No sé lo que han dicho, pero Gabriela es inocente. Siempre me ha sido fiel. ¡Ay, los celos! Si yo pudiera volver atrás... fue por celos que preparé esa celada que nos precipitó a esta tragedia. ¡Deseo vivir, defender a Gabriela y criar a mis hijos! Necesito esa oportunidad para deshacer el mal.

—Cálmate, Roberto. Por encima de nuestra voluntad está la de Dios. Sólo Él podrá hacer lo que pides. Nosotros estamos intercediendo por ti. Intenta no complicar tu situación al hundirte en la desesperación y en la rebeldía. Siempre que tomamos una actitud, no sabemos bien hasta dónde nos llevará. Pero la vida nos enseña y desea nuestra felicidad. Vamos a confiar en el futuro y a pedirle a Dios que nos bendiga y que permita tu recuperación.

—Dime que será atendida mi petición.

—Vamos a pedirlo, pero el resultado le pertenece a Dios. Has de saber que, pase lo que pase, todo será para mejor. Confía, ora y espera. Procura cultivar la confianza. Sucederá lo mejor.

En ese instante Roberto vio el espíritu de una mujer de mediana edad, cuyos cabellos grises estaban rodeados por una aureola de luz plateada. Ella se acercó a él y dijo con dulzura:

—Vamos a ayudarlo a tranquilizar su corazón. Sólo la armonía nos puede ayudar en los momentos difíciles. Por eso debes pensar en el bien y mantener la confianza.

Roberto quiso hablar, pero no lo consiguió. Ella extendió las manos sobre la cabeza de él; de ellas emanaba energía de colores que entraba por su coronilla. Él sintió un gran bienestar. En ese momento desapareció toda su angustia. Vio en su mente todos los momentos importantes de su vida como en una película. Entonces, ella se acercó a una de las mujeres presentes y le dijo:

—Vamos a ayudar. Busquen a Gabriela en el hospital y tráiganla hasta aquí.

—No la conozco —dijo Cilene—, no sé si vendrá.

—Ve hasta allá y nosotros te ayudaremos a traerla.

Cilene prometió que iría a hablar con ella. Roberto, afligido, miró el espíritu de la mujer que lo había socorrido, ansioso por preguntar, pero al mismo tiempo con el temor de saber si moriría o viviría. Ella lo miró a los ojos y le dijo:

—Este es un momento de oración y de fe. Haz tu parte, mentaliza la luz y evita hacer un drama. Entrega el resultado en las manos de Dios con la certeza de que, aunque algunas veces las cosas no son como las deseamos, siempre ocurre lo mejor. Debo decirte que necesitamos mucho de tu fuerza y de tu fe. Es importante que nos ayudes.

—Está bien —respondió a través de su pensamiento, dominado por la agradable energía que venía de ella—. Lo que no quiero es volver a perder la conciencia otra vez.

—Cálmate. Ahora vas a dormir un poco. Cuando te despiertes, vas a sentirte mejor.

Estaremos a tu lado, pase lo que pase.

Al salir de la reunión, Cilene pensaba en cómo hacer para saber en qué hospital estaba Roberto. Buscó la ficha de atención de Roberto y allí encontró el teléfono de su casa. Vio el reloj: eran más de las nueve de la noche. Llamó y Nicete contestó. Cilene preguntó por Gabriela.

—Mi nombre es Nicete y trabajo aquí. Doña Gabriela está en el hospital con su marido. ¿Quién habla?

—Cilene, una amiga del señor Roberto. ¿Me podría decir en qué hospital están? Deseo visitarlos.

—El señor Roberto no puede recibir visitas. Puede dejar su teléfono y yo hablaré con doña Gabriela.

—Necesito ir allá con urgencia. Mi visita no es sólo de cortesía. Trabajo en el centro espírita que frecuentaba el señor Roberto. Oramos por él y recibimos el encargo de ayudarlo espiritualmente en su tratamiento.

A pesar de extrañarle que Roberto hubiese frecuentado un centro espírita, Nicete le dio la dirección del hospital. Ella también rezaba y le pedía ayuda a los espíritus.

—Ellos necesitan de nuestra ayuda. Dios los bendiga por lo que hacen.

Cilene invitó a un compañero del centro para que la acompañara hasta el hospital. Media hora después, ella y Hamilton, su compañero de trabajo espiritual, golpeaban en la puerta de cuarto de Gabriela. Una recepcionista que pasaba por ahí les informó que ella estaba en la cafetería. Se dirigieron hacia allá, y un funcionario les indicó la mesa donde Gabriela y Renato conversaban. Él había insistido para que ella comiera algo, al menos un café con leche.

Gabriela sabía que debía conservar sus fuerzas, así que aceptó. Había terminado y se alistaban para regresar al la habitación cuando los dos se acercaron.

—¿Doña Gabriela?

Sorprendida, asintió con la cabeza. Cilene continuó:

—Mi nombre es Cilene y él es Hamilton. Somos amigos del señor Roberto, su esposo. Necesitamos conversar unos instantes con usted, a solas. ¿Podría atendernos un momento?

—Claro, pero... ¿me podrían decir de qué se trata? No me acuerdo de ustedes.

—Usted no nos conoce. Somos del centro espírita donde su marido acudía a tratamiento.

Gabriela miró a Renato sorprendida. Roberto nunca le había hablado sobre ese asunto. Renato intervino:

—Mi nombre es Renato y soy amigo de la familia. ¿Qué desean?

—Nos gustaría conversar en privado con ella. El asunto es delicado.

—El doctor Renato está para ayudarnos. Puede hablar.

—Es mejor que vayamos al cuarto —sugirió Renato—. Aquí hay mucho ruido.

Una vez en el cuarto, Cilene comenzó:

—Hace más o menos un año, atendí a su marido en el centro espírita en el que somos voluntarios. Él estaba desesperado porque había sido robado por su socio. Conversamos y le pedí que frecuentara nuestras reuniones de energización y ayuda. No sé si ustedes saben cómo funciona.

—Ya he oído hablar de eso —respondió Gabriela—. Nicete, mi empleada, acostumbra a ir a un centro espírita de vez en cuando.

—Pues bien, sabemos lo que ocurrió por los periódicos, y ayer, en nuestra reunión, pusimos el nombre de él en nuestras oraciones. Entonces, vi al espíritu de Roberto a mi lado.

Gabriela se levantó de la silla asustada:

—¿Cómo así? Él aún no ha muerto. Siempre he oído decir que ellos se comunican después de la muerte.

Hamilton intervino:

—En ciertas circunstancias lo hacen sin haber muerto.

—Es difícil de creer —dijo Renato, quien nunca se había interesado por ese tipo de fenómenos.

—Pero él permaneció a mi lado y me imploró ayuda. Me dijo que su cuerpo estaba en coma en el hospital y que no quería morir. También me dijo que era el culpable de todo, que él había preparado toda esa celada que había terminado en esta tragedia; que estaba arrepentido y que ahora sabía que usted era inocente y que siempre le ha sido fiel. Roberto imploró nuestra ayuda y nos dijo que los celos habían sido la causa de todo.

Gabriela se dejó caer en una silla, emocionada.

—Entonces oyó lo que le dije en la unidad de cuidados intensivos. Sabía que me había oído. Él apretó mi mano. ¡Dios mío!, ¡está consciente!

—Los médicos aseguran que una persona que está en coma no escucha nada. ¡Eso no puede ser! —dijo Renato.

—Entonces los médicos están equivocados y no está en coma —replicó Gabriela—. Sé que apretó mi mano, sentí que me había entendido y creído en lo que le dije. Le juré que nunca lo había traicionado. ¿Qué más les dijo?

—Que deseaba vivir para reparar su error, para defenderla y para criar a sus hijos.

—¡Es verdad! ¡yo le creo! Dígame, ¿qué podemos hacer para ayudarlo?

—Nuestros guías nos pidieron que la lleváramos a orar con nosotros en nuestra reunión.

—¿Cuándo? No quiero salir de aquí mientras él no se mejore.

—Cuanto antes, mejor. Demorará más o menos una hora entre ir y volver.

—Puedo llevarte —ofreció Renato.

Hamilton escuchó a Renato y le dijo:

—Es una buena idea. Usted también necesita de ayuda espiritual. Sus hijos están muy afectados emocionalmente. Ellos hacen todo lo posible por no preocuparlo, pero sufren mucho. Veo a una niña llorosa y a un niño que se encierra en el cuarto y llora muy abatido. Él quiere parecer fuerte, pero está lleno de dudas y temores.

Renato iba a decir algo, pero desistió. ¿Cómo podría ese hombre saber detalles sobre el comportamiento de sus hijos si él no le había dicho nada? Había sospechado de las actitudes de Ricardito, quien se mostraba sensato, alegre y bien dispuesto. Sus ojeras indicaban que no estaba tan bien como quería aparecer.

—¿Ellos también tienen que ir allá?

—Por el momento no. El desequilibrio emocional de ellos viene de tiempo atrás. Los niños son muy sensibles a las energías de los padres. Usted debe saber que una relación problemática en el hogar, siempre termina por afectarlos. La inseguridad de su esposa los afectó bastante.

—De hecho, mi mujer siempre fue insegura... No sé qué decir.

—Vaya con doña Gabriela y oraremos juntos por el bienestar de las dos familias.

—Gracias —dijo Renato, conmovido—. Mañana estaremos allá.

Después de que ellos se fueron, Gabriela miró a Renato sin saber qué decirle.

—Estoy tan sorprendido como tú —dijo él—. Lo que ellos nos dijeron me impresionó mucho. Ese muchacho describió, en pocas palabras, todos mis problemas con Gioconda. Es difícil creer lo que dijeron, pero ellos no nos conocen. ¿Cómo pueden saber tanto sobre nuestras vidas?

—Hace tiempo que Nicete me había pedido que fuera a un centro espírita. A pesar de respetar sus creencias, nunca la tomé en serio. En cambio, Roberto iba allá sin decirme nada.

—Roberto es reservado. Nunca te mencionó nada sobre el centro espírita ni sobre el psiquiatra.

—Es cierto. Hubo una época en que estuvo muy deprimido, pero fue mejorando poco a poco. Últimamente comenzó a ganar dinero y pensé que la crisis había pasado, pero los celos lo derrumbaron de nuevo y esta vez fue peor.

—Siempre soporté los conflictos con Gioconda porque pensé que una separación destruiría nuestra vida familiar, ya que los niños serían los más perjudicados. Ahora que veo los resultados y noto el sufrimiento de mis hijos, tengo mis dudas. Cargar con un matrimonio lleno de errores y destructivo como el mío, tal vez ha sido la peor cosa que he hecho en mi vida.

Gabriela se quedó pensativa por un momento; después, con la vista perdida en algún punto distante, observó:

—Una separación siempre trae sufrimientos a la familia. Lo que hay que saber es qué lastima más. He pensado mucho en eso. Pienso quedarme al lado de Roberto mientras se recupera, pero después, voy a separarme. Cuando la confianza se acaba, no hay nada por hacer.

Renato la miró con tristeza y no le respondió. La tragedia había afectado a ambas familias y él se sentía tan deprimido como ella. No estaba en condiciones de dar su opinión. Defendería a Gioconda ante la justicia, la apoyaría y le pondría buenos abogados, pero desde ya se consideraba separado. Tan pronto se conociera la sentencia, él iniciaría la separación legal y lucharía por la custodia de sus hijos, Después de lo que Gioconda hizo, no sería difícil de lograr. Ella no reunía las condiciones necesarias para educar a los niños.

Gabriela continuó:

—El ideal es escoger bien a la persona con la que nos queremos casar. Muchos matrimonios son un error desde el inicio.

—Tienes razón. Lo difícil es saber discernir a la hora de escoger. Nos dejamos llevar por la atracción física, por intereses personales y por el sueño de tener una familia ideal. Proyectamos nuestros deseos en alguien que "parece" reunir todo lo que anhelamos. Asumimos papeles sociales con el propósito de impresionar a nuestro compañero sin evaluar lo que cada uno es de verdad. Con el tiempo, y con la convivencia, nos damos cuenta de que la persona es muy diferente de lo que habíamos imaginado y entonces llegan la rutina y la insatisfacción.

—Y la desilusión. Pero ya es demasiado tarde. El mal está hecho. Y los hijos son quienes sufren debido a nuestra inexperiencia.

—Gioconda dijo que deseaba hablar conmigo, pero no deseo verla. Prefiero que el abogado se encargue de todo.

Gabriela suspiró angustiada. Reconocía que Renato estaba en una situación delicada.

—Nuestros amigos del centro espírita tienen razón. Sólo Dios puede socorrernos y aliviar nuestro dolor. ¿Puede imaginar lo que pasará si Roberto muere?

—Eso no va a suceder, pero tienes razón: es momento de rezar. Por primera vez en mi vida me siento impotente ante los hechos, pero no debemos desalentarnos y pensar lo peor. Esta tempestad va a pasar y la calma volverá a nuestras vidas.

—Vamos a indagar acerca de Roberto —dijo Gabriela.

—Sí, vamos y después me iré. Los niños pueden necesitarme.

Roberto continuaba en el mismo estado. Después de que Renato se fue, Gabriela se dirigió a su cuarto. La visita de Cilene y Hamilton la había reconfortado. Se sentía apoyada al tener personas que compartían su dolor y deseaban ayudarla. Era una esperanza a la que quería aferrarse.

Se acostó en la cama y pensó en Dios. Nunca había sido muy inclinada a la religión. Su madre era católica practicante, pero Gabriela, a pesar de respetar sus creencias, nunca se había detenido a pensar en esas cosas. De pensamiento práctico y objetivo, rechazaba las reglas, los rituales y los misterios con los cuales sus adeptos intentaban explicar lo inexplicable. Simplemente, no era una persona mística. Por eso nunca fue al centro espírita como le había aconsejado Nicete, ni a una iglesia católica, como le gustaría a su mamá. Tenía su propia manera de ver la vida. No es que fuera incrédula. Creía que el universo estaba siempre en perfecto equilibrio y que la naturaleza, con su versatilidad y sus leyes inexorables, estaban comandadas por una fuerza mayor. Sin embargo, no pensaba mucho en eso porque creía no tener el discernimiento para entender esas cosas y, que si fuera necesario, la vida le daría ese conocimiento.

Ahora, después de saber lo de Roberto, miles de preguntas iban y venían por su mente. Por primera vez se había detenido a pensar en los misterios de la vida y de la muerte y quería saber cómo era aquello.

Si Roberto había podido dejar su cuerpo en coma en el hospital e ir en busca de la ayuda de sus amigos, era porque él no dependía del cuerpo físico para estar consciente. ¿Qué era lo que le impedía volver a su cuerpo y a la vida? ¿Por qué, a pesar de estar consciente de su estado, no lograba despertar?

Cuanto más pensaba en eso, más deseaba que el tiempo pasara de prisa. Tal vez, la noche siguiente, cuando fuera a encontrarse con Cilene y Hamilton, empezarían a aparecer las respuestas.

Se tendió en la cama, aún vestida, porque pretendía averiguar por Roberto en la madrugada. Decidió rezar. Cerró los ojos y pensó en la fuerza que mueve el universo. Esa era su concepción de Dios. Invocó a esa fuerza, abrió su corazón y le pidió ayuda y claridad. Ni siquiera percibió que se había dormido, por primera vez, en mucho tiempo, se sumergió en un sueño reparador.

Capítulo 17

$\mathcal{G}$abriela se despertó asustada y miró a alrededor. La encargada había entrado a su cuarto para traerle el desayuno. El día estaba claro, miró el reloj sorprendida. Eran las seis y media.

Se levantó rápido. ¿Cómo había podido dormir tanto? Se bañó, tomó un poco de café negro y salió en busca de noticias sobre Roberto. ¿Por qué no se habría despertado antes? Tal vez, porque estaba tan cansada, había dormido demasiado. En el pasillo de cuidados intensivos buscó a una enfermera, quien, al verla, le dijo:

—Su esposo no se ha despertado.

—¿Sigue en coma?

—Sí.

Gabriela se sintió desanimada. La enfermera continuó:

—No se ponga triste. Al menos no se ha agravado. Está resistiendo. En esos casos, ya es algo positivo.

—Gracias.

Gabriela regresó al cuarto e intentó comer algo. Cilene tenía razón: cuando Roberto se recuperara iba a necesitar de su ayuda. Además, estaban los niños. Tenía que estar fuerte.

Renato la llamó a la hora del almuerzo en busca de noticias. Acordaron que él la recogería en el hospital para ir al centro espírita.

Nicete dejó a los niños en la escuela y fue al hospital. A solicitud de Gabriela, ella conversó con la directora del colegio y le contó lo que había ocurrido. Le solicitó atención especial para los niños y la promesa de que la directora no sólo los cuidaría, sino que también hablaría con las profesoras para que no permitieran ningún comentario sobre lo que había ocurrido con sus padres.

—No me gustaría que perdieran el año —comentó Gabriela.

—La directora se conmovió mucho. Aseguró que durante el descanso cuidará de los niños personalmente.

—Si es así, me siento más tranquila.

Gabriela le contó acerca de la visita de los médium y lo que había ocurrido.

—¡Gracias a Dios! Entonces era allá a donde iba el señor Roberto. Yo había observado que en determinado día de la semana, él siempre llegaba más tarde. ¡Qué bueno!

—Es difícil creer en una historia así. ¿Cómo pudieron saber lo que yo le había dicho en la unidad de cuidados intensivos? Además, estoy segura de que Roberto oyó, porque él apretó mi mano.

—Los médicos no lo creen.

—Me dijeron que era imposible. Que quien se halla en estado de coma no escucha nada.

—Pero su espíritu me oyó. En ese caso estaba consciente y fuera del cuerpo.

—¿Cómo es posible eso?

—Nosotros somos espíritu, señora Gabriela. Además del cuerpo físico, tenemos un cuerpo astral.

—¿Será cierto?

—Claro. Con este cuerpo salimos todas las noches después de que nuestro cuerpo físico se adormece. Muchas veces visitamos otros mundos durante el sueño. ¿Usted nunca ha soñado que vuela?

—Sí, claro, pero creer en eso es otro cuento...

—¿Nunca se ha preguntado con qué ojos ve cuando sueña? Su cuerpo físico está adormecido y tiene los ojos cerrados...

—Nunca he pensado en eso.

—Es hora de que lo piense. Cada persona tiene un momento especial en el que es llamada a entender la vida espiritual. Hace tiempo que observé que ustedes estaban siendo llamados. Por eso le pedí que fuera al centro espírita.

—Exageras. Todo ocurrió a causa de los celos.

—Es verdad. Pero desde hace mucho las cosas no iban bien entre ustedes. Vivieron bien durante años, pero desde que el señor Roberto fue robado por su socio, todo empezó a cambiar.

—Eso es verdad. Pero esas cosas le ocurren a cualquiera. No vamos a distorsionar los hechos. Como Neumes era deshonesto, un día tenía que ocurrir eso. Roberto fue ingenuo al dejar todo en sus manos.

—Usted ve las cosas como parecen ser. He aprendido que, cuando la vida coloca desafíos en nuestro camino, es hora de cambiar. La vida es muy sabia. Si ustedes no hubieran tenido que pasar por eso, él habría descubierto todo a tiempo y habría acabado con la sociedad.

Gabriela movió la cabeza:

—Eres muy fatalista. Roberto se equivocó y por eso tenemos tantos problemas.

—Estoy de acuerdo con usted. Pero la vida nos enseña a través de los errores. Por eso, cuando algo malo nos ocurre, lo que debemos hacer es intentar descubrir qué es lo que la vida pretende enseñarnos. Nada ocurre por casualidad. Todo es resultado de nuestras actitudes. Pero, cuando descubrimos cuáles actitudes no son buenas y nos esforzamos por cambiarlas, evitamos que el error se repita. Aprendemos la lección y listo. Todo vuelve a la normalidad de una forma mejor.

Gabriela se quedó pensativa por algunos instantes. Después dijo:

—Hay lógica en lo que dijiste. Pero, ¿qué querría enseñarnos la vida con ese socio ladrón?

—Eso no lo sé. Sólo usted y el señor Roberto podrán decirlo. Lo que sé es que el mismo hecho repercute de forma diferente en cada persona. Para mí fue como una señal de alerta. Desde el comienzo sentí que el señor Neumes no era una buena persona. Decirlo ahora, parece una tontería. Él siempre fue educado y amable conmigo. Pero yo sentía que algo dentro de mí rechazaba a ese hombre.

—Es curioso, yo también sentí lo mismo. Varias veces intenté alertar a Roberto, confiaba demasiado en él.

—Nosotros tenemos la intuición. En el centro espiritista me enseñaron que nuestro espíritu siente si las energías de las personas son buenas o malas e intenta prevenirnos mediante la intuición. En el caso del señor Neumes, aprendí que, cuando siento ese rechazo, no debo confiar en la persona. Por eso, ahora, pongo más cuidado en lo que siento y tomo mis precauciones.

—Nosotras lo sentimos, pero Roberto no. Si eso fuera verdad, él también hubiera sentido y reaccionado a tiempo.

—No se puede generalizar. Cada uno tiene un diferente grado de sensibilidad. La nuestra está más desarrollada que la de él. Las personas no son iguales.

—Sí, puede ser. Bueno, ahora vamos a ver lo que va a pasar.

—Si yo pudiera, iría con ustedes a ese centro. Debe ser muy bueno para hacer un trabajo como ese. Pero debo quedarme con los niños.

—Después te cuento todo.

—Los niños desean venir. La extrañan mucho.

—Diles que tengan paciencia. Cuando Roberto se mejore, iré a verlos.

—Eso les he prometido.

Nicete se fue y Gabriela se recostó en la cama. Renato le había traído algunas revistas, pero ella no tenía ganas de leerlas. El momento que vivía era difícil y no lograba pensar en otra cosa.

Estaba preocupada por el futuro. Si Roberto sobreviviera, ¿qué haría? Después de lo que hizo, no podía seguir a su lado. ¿Cómo confiar en un hombre que prometió protegerla y no dudó en falsificar su firma para que fuera acusada de ladrona?

Al pensar en eso, temblaba y sentía que su amor por él se había acabado. A pesar de eso, no quería que se muriera. ¿Cómo podría continuar en el trabajo al lado de Renato, si eso ocurriera? Sería mucho peor. Gioconda sería condenada, pasaría años en la cárcel y por este motivo se sentiría inhibida de seguir en la empresa. De todos modos, su vida nunca más sería la misma.

Llegó a pensar que, pasara lo que pasara, lo mejor sería irse a otra ciudad con sus hijos y recomenzar una nueva vida. Deseaba olvidar todo, y eso no ocurriría mientras trabajara con Renato. Iba a tener sobre ella la mirada acusadora de las personas y, especialmente, el odio de Gioconda y Georgina. El olvido sería una bendición. Cuando todo pasara, trataría de hacerlo.

Renato llegó a recogerla media hora antes de lo acordado. Él también estaba ansioso por ir al centro espírita. Creía en Dios, pero no en los hombres. Para él la religión era cosa de los hombres. Dios mandaba a los profetas, a los iniciados, a los sabios y a través de ellos hacía revelaciones sobre la espiritualidad, pero los hombres interpretaban esas revelaciones conforme a sus propios intereses y creaban las religiones. Siempre intolerantes y enemigas entre sí, se peleaban y competían por saber quién tenía la verdad y provocaban guerras y violencia.

Por otro lado, le temía al fanatismo. Por eso tenía su propia manera de demostrar la fe. Creía que, al ser honesto, justo y tolerante, tendría la protección de Dios. Sin embargo, lo que Hamilton le dijo le había revelado algo que él desconocía. En el momento se encontraba en una encrucijada. Debía tomar decisiones que influirían en el futuro de sus hijos y sentía que necesitaba de algo más.

En la mañana había ido a la comisaría por solicitud del abogado de Gioconda. Ella estaba desesperada. No se alimentaba y reclamaba con insistencia la presencia de su esposo.

El delegado le pidió a Altino que fuera buscar a Renato para que hablara con ella. A pesar de que no quería verla, Renato decidió ir. Él y el abogado fueron conducidos a una sala, y enseguida entró Gioconda, custodiada por un policía.

Estaba pálida, con profundas ojeras y más delgada. Al verlo, corrió hacia él y le gritó nerviosa:

—Renato quiero irme. Llévame para la casa. No quiero quedarme más aquí.

—No puedo. Tienes que quedarte.

—No. ¡Por favor! Quiero ver a los niños... No aguanto más... ¿Por qué haces eso conmigo? ¿Por qué?

Renato, quien al principio sintió tristeza, se alejó y le dijo:

—Yo no hice nada. Tú y Roberto planearon todo. Ahora, él está entre la vida y la muerte y tú encarcelada. No puedo hacer nada.

—Yo no quería dispararle. ¿Por qué se interpuso entre ella y yo?

—Porque él sabía que ella era inocente y se arrepintió de lo que había hecho.

Gioconda apretó los dientes con ira:

—¿Inocentes?, ¿piensas que yo creo eso? Estoy arrepentida de haberle dado un tiro a Roberto, pero, si la víctima hubiera sido ella, estaría feliz. Ella me robó todo lo que yo tenía y me redujo a lo que soy ahora.

Renato le contestó con frialdad:

—Estás loca. Si te empeñas en actuar de esta forma, no habrá abogado que logre sacarte de aquí. Gabriela es inocente, y tú eres una irresponsable. Hiciste todo eso sin tener prueba alguna. No sólo destruiste su vida, sino también la de todos nosotros. Dos familias y cuatro niños afectados por tu irresponsabilidad.

—Tú quieres que me quede aquí para quedar en libertad. Ahora el camino está abierto para ustedes dos. Eso es lo que no puedo soportar.

—Vine aquí porque quería ayudarte. Pero veo que es imposible. No estás en tu sano juicio. Después de lo que hiciste, trata de tranquilizarte y afrontar las consecuencias. El doctor Altino asumirá tu defensa. Es lo único que puedo hacer por ti. Mientras actúes de esa forma, no volveré aunque me llames. El tiempo del chantaje se acabó. Puedes fingirte enferma. Aquí nadie te va a hacer caso.

—Por favor, no me dejes aquí. Haré lo que quieras. Estoy dispuesta a perdonar todo.

—No necesito tu perdón. Soy inocente. Ahora tengo que irme. Debes ser fuerte, aguantar y no empeorar tu situación con la justicia.

—No me abandones Renato. Soy tu mujer, la mamá de tus hijos.

—No te abandono. Tendrás todo lo que necesites para defenderte. Pero ahora quien decide no soy yo, es la justicia. No puedo hacer nada. Piensa en eso y trata de asumir la responsabilidad de tus actos. Ya no eres una niña. A pesar de todo, no voy a abandonarte. Pero no esperes que apoye lo que hiciste. Eso es imposible.

Ella quiso agredirlo, pero el abogado intervino conciliador:

—Cálmese, doña Gioconda. Si sigue así nos iremos y no vamos a poder hablar.

Ella lo miró afligida:

—¡Él quiere dejarme aquí! No se compadece de mi sufrimiento.

—No sea injusta. Usted está en la cárcel y sólo la justicia podrá otorgarle la libertad. Su esposo se esfuerza por ayudarla, a pesar de su actitud. Yo vine a trabajar por su libertad porque él me lo pidió. Por ahora, eso es imposible. Usted fue detenida en flagrante delito y está fuera de control. A pesar de ser rea, el juez determinó que aguarde el juicio en la comisaría, porque piensa que puede afectar a otras personas. Su rencor, su actitud, tornaron más complicada la situación, ya de por sí difícil. Como su abogado, le aconsejo que modere su lenguaje e intente mantener la calma. El delegado sugirió un tratamiento psiquiátrico. Si acepta ese tratamiento y colabora, tal vez podamos atenuar la pena.

—Yo no estoy loca. Hice eso porque estaba herida por la traición.

—Puede alegar los celos para justificarse; sin embargo, su rencor, su mala voluntad y su descontrol emocional, no contribuyen para nada. Si acepta la visita del psiquiatra y empieza un tratamiento, podremos argumentar que actuó por ira e intenso dolor y no estaba en condiciones de controlarse.

—¿Quiere que diga que soy una persona desequilibrada? Si es así, ¿quién va a creer en mí? Ellos se dicen inocentes. Si actúo de esa forma, quedaré desacreditada. Además, no soy una loca que se imaginó las cosas. Soy una mujer que fue víctima de adulterio y perdió el control.

—Piense bien doña Gioconda. Roberto está en coma en el hospital. Si él muere, su situación se volverá peor. Podrán darle una pena de muchos años.

Gioconda miró a su marido y le gritó nerviosa:

—¿Vas a permitir eso? ¿Vas a dejar que sea condenada y pase años en la cárcel?

—No intentes echarme la culpa de todo como lo haces siempre. No tengo nada que ver con lo que ocurrió. Nunca tuve nada con Gabriela, ella es una mujer honesta y se preocupa por su familia. Tú inventaste e hiciste todo esto y debes responder por ello. Nadie podrá ayudarte si no cooperas. Ahora necesito irme. Si aceptas la ayuda del psiquiatra, pagaré los gastos.

Gioconda empezó a llorar con desesperación. Renato salió de la sala y le dijo al abogado:

—Estoy a su disposición para lo que se necesite. Hasta luego.

Salió sintiendo la cabeza pesada y el pecho oprimido. En la calle respiró e intentó recuperar sus fuerzas. Se sentía deprimido y de mal genio.

Al verlo, Gabriela notó que no estaba bien.

—¿Pasó algo? Se ve decaído.

—Estoy deprimido. Acompañé al doctor Altino a la comisaría para hablar con Gioconda. Ella estaba desesperada y el delegado me pidió que fuera a hablar con ella.

Como Gabriela no respondió, él continuó:

—Gioconda está descontrolada. Pensé que estuviera arrepentida, pero no. Sigue rencorosa y cree que fue traicionada.

— Intenta justificar lo que hizo. Quiere culparnos.

—Así es. Quiere que la lleve para la casa como si no hubiera hecho nada. El delegado sugirió la ayuda de un psiquiatra, pero ella no quiere.

—Su mujer siempre tuvo un comportamiento neurótico. Tal vez un tratamiento adecuado hubiera evitado esta tragedia.

—Las cosas ocurrieron poco a poco. A pesar de su desequilibrio, nunca me imaginé que llegara a tal punto. ¿Roberto ha mejorado?

—Sigue igual. Tengo miedo. No quiero que se muera.

—Yo tampoco. Estoy ansioso por ir a ese centro espírita. Vamos. Ya es hora.

Allí fueron recibidos por Hamilton, quien los llevó a una sala iluminada por una tenue luz azul. En medio, un círculo de personas sentadas. En la mitad, una butaca vacía y en la esquina algunas sillas también vacías. Hamilton les pidió que se sentaran. Se oía una música suave, y Gabriela, tan pronto se sentó, comprobó que estaba exhausta; su resistencia había llegado al límite. Las lágrimas corrieron libremente por sus mejillas.

Renato sintió que una brisa suave acariciaba su rostro. Se conmovió y se acordó de Dios. Pensó en sus hijos, y, por primera vez en su vida, pidió a Dios que lo iluminara para encontrar la mejor forma de resolver todos los problemas que lo afligían.

Nunca había sentido, hasta ese momento, lo frágil, limitado e impotente que era para decidir el rumbo que daría a su vida y a la de sus hijos de ahora en adelante. Pero, al mismo tiempo, era reconfortante saber que en algún lugar del universo había seres bondadosos y sabios, capaces de ayudarlo y que él podría esperar días mejores.

Hamilton tocó el brazo de Gabriela y ella se levantó. La condujo al centro del círculo, hizo que se sentara en la butaca y se ubicó a su lado.

En ese instante, algunas personas se movieron inquietas en las sillas. Gabriela sintió que su desesperación aumentaba y tuvo ganas de salir corriendo. Miró a Hamilton. Quería levantarse, pero él le hizo una señal para que continuara sentada.

Gabriela cerró los ojos e intentó controlarse. Sentía pavor. Le parecía que algo terrible iba a ocurrir.

Una mujer comenzó a reírse y Gabriela abrió los ojos asustada. Empezó a hablar:

—Vean cómo está ella ahora. Es así como yo quiero que esté. Su lugar es en el piso. De nada sirve que intenten impedírmelo. ¡Todo está consumado! Eso no va a funcionar. Ustedes no pueden hacer nada.

Hamilton intervino:

—No seas tan rencorosa. Por eso es que sufres.

—Se engaña. Estoy muy bien. Todo ha salido como yo quería. Dentro de poco él volverá a estar conmigo. Entonces nos quedaremos juntos para siempre.

—Cuidado. Interferir en la vida ajena tiene su precio.

—Estoy dispuesta a pagarlo. Él está ciego, no se acuerda de mí y sólo tiene ojos para ella. No puedo soportar eso después de lo que me hizo. ¿Por qué no ve que es una traidora?

—No estamos aquí para juzgarte ni para juzgar a nadie. El pasado está muerto. Todo ha cambiado. Por más que quieras, nunca podrás hacerlo volver.

—Él es mío. Nunca me voy a conformar, nunca voy a cederle mi lugar. Esa malvada me lo quitó. Me tomó años intentar que él viera la verdad.

—Eres tú quién necesita verla. Nadie es de nadie. Las personas son libres de escoger su propio camino. El amor es espontáneo. Los sentimientos no se pueden forzar.

—¡Él me amaba! Si no fuera por ella, él sólo pensaría en mí.

—¿Por qué insistes en forzar la situación? Eso sólo te va a traer más sufrimiento. Dices que todo está bien, pero tu apariencia demuestra lo contrario. Estás abatida, envejecida, acabada, inquieta y cansada. Nosotros queremos ayudarte. Deja de herirte. Necesitas consuelo y amistad. Esa enfermera te pide que la acompañes para un tratamiento.

—No quiero dejarlo. Cuando él deje su cuerpo físico, estaré esperándolo. Trabajé mucho para eso y no me iré de ninguna manera.

—¿Cómo puedes estar tan segura de que él va a dejar su cuerpo? Sólo Dios tiene poder sobre la vida y la muerte.

—Estoy a su lado para hacer que venga conmigo. Ustedes no saben nada. Él me va a acompañar y seremos felices para siempre.

—Tú no vas a estar a su lado otra vez.

—¡Yo quiero irme! —gritó ella con rabia—. ¿Por qué me aprisionan en este cuerpo?

—Porque ahora ya no volverás más al hospital. Esa enfermera te llevará a un lugar dónde recibirás tratamiento especial.

—¡No quiero! No se entrometan en mi vida.

—Acepta la ayuda que te ofrecen. No desperdicies esa oportunidad. ¿No estás cansada de sufrir? Acepta la mano que te extiende. Sólo pensamos en tu bien.

—Están pensando en el bien de ella.

—Sí, también en el de ella. La vida trabaja por el bien de todos. Nadie puede ser feliz si escoge la infelicidad. Empieza ahora a pensar en ti. Cuida de tu vida, la tienes abandonada hace tantos años. Llegó la hora de que analices las elecciones que has hecho a lo largo del tiempo, en cómo te involucraste en los problemas que te atormentan.

—Ella es la culpable de todo lo que ocurrió.

—Deja de culpar a los demás por los errores que cometiste. Mira hacia atrás, no para juzgar a los otros, sino para observar cómo atrajiste el sufrimiento que te atormenta. La causa de tu dolor está dentro de ti y no afuera. Busca la verdad. Piensa, analiza y siente. Pídele a Dios que te inspire. Haz algo por ti, por tu felicidad.

—¡Nunca más seré feliz!

—Mientras pienses así, no lo serás. Debes entender que hay que sembrar para recoger. Hay que confiar en la vida, buscar el optimismo, olvidar el pasado, ya que no podemos cambiarlo y buscar motivos para recomenzar de nuevo. Tú puedes hacerlo.

Por unos instantes ella se quedó en silencio. Después dijo en voz baja:

—No aguanto más. Siento mareo y debilidad. Tengo que descansar.

—Ve con la enfermera y piensa en lo que te dije.

La mujer se calló. Hamilton entró al centro del círculo y puso las manos sobre Gabriela, quien emocionada, lloraba quedo. Mientras él oraba en silencio, ella empezó a calmarse. Respiró profundo y sintió que se liberaba de un gran peso. Hamilton tocó suavemente su brazo. Ella se levantó y él la condujo de nuevo a su lugar. Luego, llamó a Renato para que se sentara en el centro del círculo.

Él obedeció. ¿Qué significaría todo eso? ¿Por qué esa mujer habría acusado a Gabriela de esa forma? Ellos no habían hecho nada. Eran inocentes. Un joven empezó a bostezar y se movió en la silla. Después dijo:

—¿Qué es esto? ¡De benefactor a cómplice! ¿Quién lo diría? Estoy sorprendido. Nunca me imaginé tanto cinismo. Menos mal que estoy atento.

Esta vez no van a destruir la vida de mi hija. Estoy listo para defenderla. ¡Ella es tan frágil! ¡Me necesita! Solamente yo la comprendo. Ella es mi niña. Nadie le hará daño. No lo permitiré.

—¿Qué es lo que quieres de él?

—Lo que es correcto. Que la saque de esa prisión. No puedo permitir que ella continúe allá, abandonada, sola en medio de sus sufrimientos. Por las noches llora y yo me desespero. Si él quiere dormir, no va a lograrlo. ¿Cómo va a tener paz, mientras ella sufre? Vine aquí sólo para advertírselo. Que la saque de allá o pasará lo peor.

—¿Por qué en lugar de amenazar no intentas ayudar?

—Porque yo lo odio. Es por su culpa que ella está allá.

—Eso no es verdad. Él ha hecho todo por ayudarla. Pero, si de verdad la quieres ayudar, debes cambiar de actitud y reconocer que ella está ahí porque se dejó llevar por los celos y la rebeldía. Tú no podrás sacarla por ahora y él tampoco. La vida quiere que ella se dé cuenta de que la violencia sólo complica los problemas. Y tendrá que quedarse allá hasta que lo entienda.

—Yo no quiero. Ella está sufriendo.

—Ella está en un proceso de aprendizaje. Tienes que entender que tu hija necesita crecer y madurar. No es débil, pero no sabe utilizar su fuerza. Sería mejor si, en lugar de culpar a los demás, analizaras tu forma de amar. Al sobreproteger a tu hija le impides que desarrolle su propia fuerza interior. La vuelves más débil e incapaz de enfrentar los desafíos que le pone la vida. Nosotros queremos ayudarla, pero de la manera adecuada. Piénsalo. Ahora vete con ese amigo que está a tu lado.

El muchacho permaneció en silencio, y Hamilton, después de poner las manos sobre Renato, lo condujo de nuevo junto a Gabriela. Él estaba intrigado con lo que había oído. Estaba claro que ellos hablaban de Gioconda. ¿Cómo podrían saber tanto de ella? Él no conocía a nadie allí.

Renato y Gabriela fueron invitados a salir de la sala. Cilene los esperaba afuera.

—¿Se siente mejor? —le preguntó a Gabriela.

—Sí. Estoy aliviada, pero intrigada. Nunca le he hecho ningún mal a nadie. Sin embargo, la mujer hablaba con rabia y me culpaba. No entiendo por qué.

—Lo importante es que te sientas mejor. En este tipo de tratamiento los médium sufren la influencia de los espíritus que están unidos a ustedes de otras vidas. No estuve dentro de la sala y no sé lo que sucedió. Después le pediré a Hamilton que te explique mejor. Por el momento, no debes darle importancia a lo que oíste para no atraerlos de nuevo. Sea lo que sea que hayan dicho, debes perdonar, rezar y olvidar.

—Está bien.

—Me gustaría hablar con Hamilton —dijo Renato—. Yo también estoy intrigado.

—Él va a demorarse y no puede atenderte ahora. Hay otros casos en tratamiento. Estoy segura de que hablará con ustedes cuando sea oportuno. ¿Te sientes más tranquilo?

—Sí. Me siento aliviado.

—Confiemos y esperemos lo mejor. Vayan con Dios.

Salieron en silencio. A pesar de que Cilene les había pedido que no hablaran sobre el asunto, Renato dijo:

—Ellos describieron a Gioconda a la perfección. ¿Cómo sabrían que no he podido dormir?

—Estoy pensando en Roberto. Según entendí, quien habló por esa mujer es un espíritu. Dijo que lo está esperando. ¿Será que Roberto se va a morir?

—Hamilton le respondió que sólo Dios tiene el poder de dar y de quitar la vida. Estoy de acuerdo con él.

—Pero yo no he hecho nada. ¿Por qué esa mujer me acusa?

—Es mejor que no hablemos de eso. Cilene nos lo pidió.

—Tienes razón. Es mejor esperar las explicaciones de Hamilton.

Una vez en el hospital, después de averiguar por la salud de Roberto, quien seguía igual, Renato se despidió.

Con la ausencia de Gioconda, él se quedaba en la casa con los chicos el mayor tiempo posible. Ya eran más de las once y sus hijos dormían. Renato fue al cuarto de Celia. María dormía en una cama al lado de la niña, y al verlo, se despertó:

—¿Celia le dio mucho trabajo?

—Pasó todo el día agitada. No quiso comer. Ricardito y yo intentamos distraerla todo el tiempo. Ahora en la noche, logré que comiera un poco y enseguida nos vinimos para el cuarto. Le conté una historia y se durmió rápido. Ricardito también se acostó. Me dijo que tenía mucho sueño.

—Gracias, María. Pasaré por su cuarto. Si Celia se despierta por la noche, llámame.

—Sí, señor.

Ricardito estaba dormido y Renato se fue a su habitación. Se sentía cansado. Se preparó para dormir, tomó un libro, dejó la lámpara prendida y se acostó. En los últimos días le costaba conciliar el sueño y recurría a la lectura para olvidarse un poco de los problemas que lo preocupaban.

Abrió el libro y empezó a leer. Poco a poco, sin que hiciera ningún esfuerzo, sus ojos se cerraron, el libro cayó de sus manos y se durmió.

Capítulo 18

Después de que Renato se fue, Gabriela se quitó los zapatos, se aflojó la ropa y se acostó vestida, tal como lo hacía todas las noches desde que estaba en el hospital, por si ocurría alguna emergencia. Se sentía más tranquila y reconocía que, de cierta manera, había recibido alguna ayuda. Sin embargo, la inquietaba el futuro. ¿Qué le estaría reservado? ¿Y si esa mujer lograba llevárselo y Roberto muriera?

Reaccionó. Recordó que Cilene le había aconsejado cultivar pensamientos optimistas. Necesitaba controlarse. Sin importar lo que les sucediera, tenía que enfrentarlo. Sus hijos necesitaban de su apoyo y ella estaba dispuesta a protegerlos con amor y buena disposición. Luego, cerró los ojos y se durmió.

Se despertó con el ruido de la empleada que traía el desayuno. Ya había amanecido y se levantó rápidamente. Incluso, se bañó antes de desayunar, y fue a preguntar por el estado de su marido. Al llegar al corredor de la unidad de cuidados intensivos, vio que la enfermera que estaba en la puerta del cuarto de Roberto le decía a dos médicos que se aproximaban:

—¡De prisa, doctor!

Gabriela corrió asustada, pero la puerta se cerró antes de que ella llegara. ¿Habría empeorado?

No podía esperar, así que golpeó nerviosa. La enfermera entreabrió la puerta y Gabriela le dijo:

—¿Qué sucede? Vi cuando llamó a los médicos. Quiero entrar a ver a mi marido.

La enfermera salió, cerró la puerta y dijo:

—Cálmese. Él está bien.

—No intente engañarme. Yo vi cuando les pidió que fueran de prisa.

—Sí. Es que me pareció verlo despertar.

—Quiere decir que…

—No puedo afirmar nada. Los médicos lo están examinando.

—Déjeme entrar. Quiero saber lo que ocurre.

—Cálmese. No lo comente con los médicos, por favor, pero yo creo que él está mejor.

—¿Está segura?

—Eso sólo lo podrán decir ellos. Tenga un poco de paciencia.

La puerta se abrió y uno de los médicos llamó a la enfermera. Ella entró, cerró la puerta y Gabriela permaneció afuera a la espera de noticias. Poco después reapareció la enfermera y, al ver a Gabriela, le dijo:

—Debo buscar una medicina. Los médicos están a la expectativa. Creo que está saliendo del coma.

Gabriela sintió que las piernas se le aflojaban. Buscó la silla más próxima y se sentó. La enfermera volvió y entró a la unidad de cuidados intensivos. Gabriela continuó en el pasillo. Después de algunos minutos la puerta se abrió, y uno de los médicos le hizo una señal para que se aproximara.

—Su marido salió del coma y preguntó por usted.

—¿Puedo verlo?

—Usted está muy nerviosa. El estado de su esposo aún es muy delicado. Está muy débil.

—Por favor, deseo hablar con él. Estoy muy emocionada, pero sé controlarme.

—Él necesita de reposo absoluto. Si puede tranquilizarlo, le permitiré entrar. Sé todo lo que sucedió. Si es para hablar sobre eso, es mejor que no vaya.

—No, doctor. A pesar de lo que hizo, me salvó la vida y deseo que se recupere. Él tiene que saber que estoy bien.

—En ese caso, puede entrar.

Gabriela entró al cuarto y se acercó a la cama de Roberto.

—¡Roberto!

Él abrió los ojos y, al verla, le dijo en voz baja:

—Perdóname, Gabriela. Estoy arrepentido.

Ella tomó su mano y le respondió:

—Lo sé. No te preocupes por eso ahora. Todo está bien.

—¿Estás bien? ¿No fuiste herida?

—No. Ahora que te has mejorado, todo está bien. Vamos a olvidar lo que pasó.

—No puedo. Es algo que me duele adentro. Cuando vi a Gioconda apuntándote con esa arma, casi me enloquezco.

—Cámate, ya pasó todo. No hablemos de eso ahora. Si lo hacemos, los médicos no me dejarán quedar. Tienes que recuperarte en paz.

—¿Y los niños?

—Están bien. No han dejado de rezar por ti y por tu recuperación.

—No quiero morir ahora. No me dejes, Gabriela. Sé que hice todo mal, pero, por favor, no me abandones.

Las lágrimas corrían por el rostro de Roberto y el médico intervino:

—Si continúa así, no le permitiré a ella que se quede.

—No, doctor, por favor. No quiero que ella salga de aquí.

—No sea egoísta. Su esposa tiene una dedicación a toda prueba. Desde que usted está aquí, no ha salido del hospital ni ha dormido bien, se la pasa por los corredores preguntando por su salud y lo único que quiere es verlo. Está agotada y por eso no voy a permitirle que se quede aquí todo el tiempo. Podrá visitarlo, pero ambos necesitan recuperarse.

—Estoy bien, puedo quedarme.

—Mientras él esté en terapia intensiva no es conveniente. Estará siempre bajo el cuidado de la encargada. La presencia de alguien más puede perjudicar el proceso de su recuperación.

El médico se dirigió a Roberto:

—Cuando salga de la unidad de cuidados intensivos, le prometo que irá a la habitación de su esposa y se quedarán juntos. Ahora ella debe irse y usted debe descansar.

—Está bien —dijo Roberto—, pero, ¿cuándo puede volver?

—Después de almuerzo. Puede esperar.

—Estoy feliz de que estés mejor. Obedezcamos al médico. Él tiene razón. Volveré después de almuerzo. Quédate con Dios.

—Te esperaré. Si hablas con los niños, diles que les envío un beso.

Ella asintió sonriente. Salió, y el médico la acompañó.

—¿Está fuera de peligro? —le preguntó ella.

—Aún no. No hemos logrado eliminar la infección, pero creemos que se puede curar. No podemos descuidarnos. Está muy débil, y una complicación ahora sería muy peligrosa.

—Entiendo. Puede contar conmigo, doctor. Haré lo que usted diga.

—Así es mejor. Ahora intente descansar. Voy a traerle algunas vitaminas. Tiene que recuperar sus fuerzas.

—Gracias.

Gabriela se dirigió a su cuarto. El café estaba frío, pero se lo tomó así. Comió pan con mantequilla y se sintió mejor. Roberto se había mostrado arrepentido y seguro de que ella lo perdonaría. Gabriela sabía que no era el momento de tomar una determinación con relación a lo que él había hecho.

No deseaba vivir más con él. Estaba cansada de sus celos y se sentía sofocada. Necesitaba respirar y sentirse libre de ese peso, pero, por el momento, no podía hablar de eso. Quería que él se recuperara y cuando estuviera bien, volverían sobre el tema y tomarían una decisión.

Gabriela llamó a Renato y le contó que Roberto había mejorado.

—Por fin, —respondió él—. No sabes el peso que me quitas de encima.

—Yo también me siento aliviada. Está consciente, pero los médicos dicen que aún corre peligro, pues la infección no ha cedido. Sin embargo, haber salido del coma, ya es un gran paso.

—Es verdad. Al fin una buena noticia.

Gabriela se quedó en silencio durante unos segundos y después observó:

—¿Crees que nuestra asistencia al centro espírita tuvo algo que ver?

—No lo sé. Puede ser una coincidencia. En todo caso, mañana volveremos. Vamos a ver qué pasa. Sea como sea, anoche dormí mejor y los niños también estuvieron más tranquilos. Pienso que ellos nos ayudaron de alguna forma.

—Tiene razón. Ayer, después de que usted se fue, me acosté vestida porque tenía la intención de ir a la unidad de cuidados intensivos en la madrugada, como lo he hecho desde que estamos aquí, pero sólo me desperté cuando vinieron a traerme el desayuno. Me levanté preocupada y corrí en busca de noticias. Cuando llegué, la enfermera llamaba a los médicos, él había salido del coma.

—Se recuperará, ya verás. Y toda esta pesadilla será cosa del pasado.

—Eso espero.

—Pasaré por el hospital hacia al atardecer. Si hay alguna novedad, o si necesitas algo, llámame a la oficina.

Después de que colgó, Gabriela se bañó y se fue a dar una vuelta por el jardín del hospital. El día estaba muy bonito, respiró con placer la brisa suave que la envolvía.

A pesar de que el hospital estaba lleno y el movimiento de carros era intenso, el jardín estaba florecido y tranquilo. Gabriela se recostó en el pequeño muro que protegía la escalera de acceso al edificio y observó algunas mariposas que revoloteaban alrededor de una planta de rosas, posándose, aquí y allá, entre las flores entreabiertas.

Se sentía mucho mejor. De vez en cuando surgían preguntas sobre el futuro que la incomodaban, pero luego reaccionaba e intentaba no pensar en el asunto. Recordaba a sus hijos, su manera de ser, sus caritas ingenuas que apenas comenzaban a descubrir la vida y renovaba su deseo de cuidarlos con dedicación y cariño. Todo podría cambiar, excepto ese propósito. Pasara lo que pasara, ella haría todo por ellos.

—¿Qué haces ahí afuera? ¿Pasó algo con mi hijo?

Arrancada de repente de su mundo interior por la voz desagradable e irritante de Georgina, Gabriela no entendió la pregunta.

—¿Qué dijo?

—No sirve de nada hablar contigo. ¿Por qué no te vas? Después de lo que hiciste deberías estar en la cárcel, así como esa loca que le disparó. Un día de estos vas a pagar por todo lo que hiciste.

Georgina subió las escaleras con paso firme y entró al edificio. Gabriela también entró y fue a buscar a los médicos que atendían a Roberto.

—Doctor, no permita que la mamá de Roberto entre a la unidad de cuidados intensivos. Ella está descontrolada y podría perturbarlo.

—Hablaré con ella.

—Por favor. Ella me odia, nunca me ha querido y me culpa por lo que ha ocurrido. Está fuera de control.

—Sé todo. El doctor Renato me contó lo sucedido. No se preocupe. He observado la dedicación a su marido. Por otro lado, doña Georgina nos ha dado trabajo. Es difícil lograr que ella acepte nuestra opinión. Haré lo posible por evitar cualquier problema. Le permitiré que vea a su hijo, pero estaré a su lado y le haré prometer que no hablará nada acerca de lo sucedido.

Gabriela se lo agradeció y se fue de nuevo para su cuarto. No quería encontrarse otra vez con su suegra. Golpearon a la puerta y ella abrió:

—Mi nombre es Arcelino Borges. Soy el delegado que asumió la investigación por el atentado que sufrieron. Supe que su marido salió del coma y vine a verlo. Sin embargo, antes deseo conversar con usted. Él es mi secretario.

—Entren, por favor.

—Iba a pedirle que fuera a declarar en la comisaría, pero como vine a ver a su marido, tomaremos sus declaraciones aquí mismo.

—Siéntense. Estoy a su disposición.

—Me gustaría que hiciera una narración de los hechos.

Gabriela les contó todo, incluso desde el momento en que Roberto fue robado por su socio. El secretario anotaba. Cuando ella terminó, el delegado le preguntó:

—¿Hay algo más que desee mencionar?

—Sí. Estoy muy disgustada con las noticias de los periódicos. No son veraces. Me gustaría que publicaran la verdad. No quiero que mis hijos se sientan cohibidos en el colegio por una mentira.

—Infortunadamente, señora, no podemos hacer nada. Cuando termine la investigación, la justicia se encargará del caso. Doña Gioconda será juzgada. En ese momento se esclarecerá toda la verdad.

—La gente se apresura a juzgar sin ocuparse de la verdad. Se imaginan cosas, toman partido y se creen con el derecho a expresar sus opiniones sin pensar que perjudican a personas inocentes.

—Sé que eso ocurrió, pero nosotros tenemos que oír a todas les personas y cada una da su propia versión. Nuestra función es hacer la investigación y encaminarla hacia la justicia. Ahora vamos a tomar las declaraciones de su marido. Él es una pieza importante en este proceso.

—Salió del coma hoy por la mañana, pero aún no está fuera de peligro. Los médicos recomiendan tener mucho cuidado. No puede tener emociones fuertes.

—Tranquila, señora. Conversaremos con el médico y veremos qué se puede hacer para no agravar su estado.

—Gracias.

Después de que ellos se fueron, Gabriela se sintió inquieta. Tendría que soportar los interrogatorios de la justicia. Georgina y Gioconda contarían las cosas a su manera y ella tendría que tolerar las acusaciones que hicieran. Por más que dijera la verdad, las personas dudarían. Lo percibía incluso en las enfermeras, que cuando la veían junto a Renato, los miraban con malicia. ¿Cuándo se acabaría todo eso? ¿Cuándo volvería la tranquilidad para ella y sus hijos? Cuanto más lo pensaba, más sentía que no podría regresar a trabajar a la empresa de Renato. Pero al mismo tiempo se preguntaba si sería justo perjudicarse por la maldad ajena. Tenía la conciencia tranquila. ¿Tendría, a causa de los demás, que perder un empleo en el que estaba progresando?

Tales pensamientos la sacaban de casillas y se esforzaba por no rebelarse o deprimirse. Afortunadamente Roberto había empezado a mejorar y eso podría hacer las cosas más fáciles. ¿Cómo sería su declaración? ¿Y si él quisiera justificar su conducta e insinuara que ella lo traicionaba?

Tuvo el deseo de tomar a sus hijos e irse a vivir bien lejos, en otra ciudad donde nadie los conociera y donde pudiera rehacer su vida en paz. Pero sabía que no podía hacerlo, por lo menos mientras se aclaraba la situación.

Nicete fue al hospital después del almuerzo y le llevó ropa limpia. Gabriela le contó sobre la mejoría de Roberto.

—Con la ayuda espiritual, todo va a estar bien.

—De hecho me siento bien y Roberto mejoró. Pero puede haber sido una coincidencia.

—No sea tan reacia, doña Gabriela. Agradezca lo que ocurrió. ¿Cómo le fue ayer en el centro espírita?

Gabriela le contó lo que había sucedido y después finalizó:

—No entendí por qué me acusaba esa mujer. Nunca le he hecho mal a nadie. Ni siquiera la conozco.

—Eso pudo haber pasado en otra encarnación.

—Pero, ¿cómo puedo ser responsabilizada de algo que no recuerdo? Ni siquiera estoy segura de que exista la reencarnación.

—Para entender esos asuntos es necesario estudiar. Hay personas que investigaron y escribieron libros en los que comprueban que la reencarnación es un hecho. Al nacer de nuevo, la vida no nos permite recordar el pasado. Nuestro paso por aquí se hace más fácil sin los recuerdos tristes, sin las amarguras.

—¿Tú crees que nacemos de nuevo?

—Sí. Sin eso no habría cómo explicar las diferencias que existen en la vida de las personas. ¿No le parece?

—Sí. Entonces tú crees que realmente pude haberle hecho mal a esa mujer en otra vida?

—No lo sé. A veces espíritus perturbados se aprovechan de nuestra falta de memoria del pasado y dicen mentiras para deprimirnos y dominarnos. Una vez fui a un centro espírita y un espíritu se comunicó y dijo que yo lo había asesinado en otra vida. Pero no logró hacer que me sintiera mal. Le respondí que, si lo había hecho, no lo recordaba y que por eso no me sentía culpable. Si fuera verdad, el día que lo recordara le pediría perdón, porque hoy, estoy segura, sería incapaz de matar o de herir a alguien.

—¿No tuviste miedo?

—No. Los espíritus de los desencarnados pertenecen a personas que vivieron en este mundo. La muerte no los cambia. No les tengo miedo. Los respeto, pero no les temo. Después de eso, el espíritu se fue y nunca más volvió a perturbarme. Si fuera verdad lo que él dijo, se habría quedado para molestarme. Pero, como yo no caí en su trampa, desistió y se fue.

—¿Tú crees que esa mujer haya mentido?

—No lo sé. Pero, aunque sea verdad, si usted no le cree, ella no tendrá fuerzas para perjudicarla.

—¿Tú crees que ella tenga alguna culpa en lo que nos sucedió?

—No sabría decírselo. Pero ella pudo haber alimentado los sentimientos de celos de doña Gioconda y de don Roberto; pudo haberles sugerido cosas.

—En ese caso, ella realmente los influenció. No es justo. Nosotros no podemos verla. ¿Cómo podemos defendernos de ella?

—Ellos son espíritus desequilibrados que explotan las debilidades de las personas. Ese es el único poder que tienen. Cuando estamos firmes en el bien, usamos nuestro buen sentido y buscamos la verdad, y ellos no pueden hacernos daño. En cambio, si reforzamos nuestros puntos débiles, podemos incrementarlos.

—De hecho, si Roberto no fuera tan inseguro, tan celoso, nada de esto habría ocurrido.

—Es eso lo que le quiero decir. Ningún espíritu habría tenido fuerzas para envolverlos. Claro, la presencia de ellos hace más grande el problema. Los celos de él, sumados a las malas energías de alguien, tornaron las cosas insoportables.

—Eso puedo entenderlo, pero, ¿y yo? Siempre he intentado hacer el bien. He sido una esposa sincera, dedicada, honesta. ¿Por qué me pasó esto?

—Eso no lo sé, pero mi mamá solía decir que cuando la gente atrae a una persona celosa a su vida, es porque se lo merece.

—Pero yo no lo merezco. Siempre he sido honesta. Nunca he traicionado a Roberto, ni siquiera de pensamiento.

—Con merecer no quiero decir que usted lo haya traicionado. Pero puede haberlo merecido por otros motivos. Si no, Dios, que es justo, no le habría dado un marido celoso.

—Así me es difícil entender la justicia. ¿Por qué habría merecido eso si mi conciencia no me acusa de nada? Tú has sido testigo de mi esfuerzo por ayudar a mi familia.

—A veces no entendemos el porqué de las cosas, pero tengo fe y sé que Dios es perfecto y nunca permitiría una injusticia. Por eso le digo, que si usted se casó con un hombre celoso, es porque necesitaba pasar por ese desafío. Esas cosas ocurren para enseñarnos algo.

Gabriela se quedó pensativa por unos instantes y después dijo:

—Al ver las cosas desde ese ángulo, se puede entender la perfección de Dios y las injusticias que ocurren en el mundo.

Yo pienso que todo es justo, nosotros vemos la injusticia porque no conocemos los motivos por los que suceden las cosas. Cuando alguna cosa mala me pasa, siempre intento ver qué debo aprender de ella. De esa manera, consigo entender por qué la vida me dio esa experiencia.

—Analizaré lo que me dijiste. Me gustaría comprenderlo bien para poder decidir lo que haré de ahora en adelante.

Después de que Nicete se fue, Gabriela fue a averiguar por el estado de Roberto. El médico le permitió entrar a la unidad de cuidados intensivos.

—Puede quedarse una hora, pero ya sabe las condiciones. Nada de emociones fuertes.

Encontró a Roberto inquieto y con fiebre. La infección persistía. Al verla, respiró profundo y le dijo en voz baja:

—Menos mal que viniste. Esto es un infierno. No veía la hora de que llegaras.

Gabriela se sentó al lado de la cama y le dijo:

—El médico no quiere que me quede mucho tiempo para que no te canses. He estado aquí en el hospital.

—Él no sabe nada. Tu presencia me hace bien, a pesar de recordarme la locura que cometí.

—No vamos a hablar de eso ahora, sino el médico me sacará del cuarto. Tienes que recuperarte. Pero necesitas de calma y paciencia.

—Quiero saber cómo están las cosas. ¿Dónde está Gioconda? Ella está loca y puede volver en cualquier momento. Hablé con el delegado y me aseguró que está presa, pero no sé si es verdad. Pudo haberme dicho eso para calmarme.

—Sí, ella está presa desde el día siguiente al atentado. Ahora cálmate. No corro ningún peligro. Además, está arrepentida por lo que hizo y no va a salir pronto de la prisión.

—Menos mal. Es mejor que se quede allá. Mi mamá vino a verme. ¿Ella te ha molestado?

—No. Está muy alterada por lo que sucedió.

—Sé cómo es ella. Debe haberte culpado, como siempre. Yo le dije que la culpa fue mía. Espero que me haya creído.

—No te preocupes por eso. Alquilé un cuarto, y cuando no estoy aquí, estoy allá. No me molestará en mi habitación.

—No quería que ocurriera nada de eso. Sólo pretendía que dejaras tu empleo. Al fin y al cabo soy tu marido. ¿Sería pedir demasiado?

—Si continuamos con ese tema tendré que irme. El médico no quiere que hablemos de esos asuntos. Cuando estés bien, hablaremos y aclararemos las cosas.

—Gioconda está presa. ¿Y él?

—¿El doctor Renato? Ha sufrido mucho. Los niños han estado mal a causa de su mamá. Especialmente la niña. Además, Gioconda está desequilibrada, él quiere que la trate un especialista, pero ella se niega.

—¿Él ha venido aquí?

—Sí. Dijo que va a pagar todos los gastos, ya que fue su mujer quien te hirió.

Roberto apretó los labios contrariado:

—Preferiría que no lo hiciera. Finalmente, yo también tuve la culpa.

—No tenemos recursos para pagar este hospital. Tú has recibido el mejor tratamiento por orden suya. Gracias a eso te has mejorado.

—No quiero deberle mi vida a su generosidad.

—No seas infantil. Él se ha sentido muy mal de que su esposa haya cometido esa locura. Si hubieras muerto, la situación de ella sería mucho peor. Él hace todo esto porque piensa que es lo justo, y también para ayudarla. Le parece horrible que sus hijos tengan una madre asesina.

Un brillo de emoción pasó por los ojos de Roberto.

—Lo entiendo, pero me sentiría mejor si pudiera pagar mis gastos aquí.

—Haz como quieras. Cuando vuelvas a trabajar, y a tener dinero, podrás hacerlo.

—¿Aún estás disgustada conmigo?

—No hablemos de eso ahora. A pesar de lo que hiciste, salvaste mi vida.

Roberto tomó la mano de Gabriela con fuerza:

—Si hubieras quedado herida o hubieras muerto, habría enloquecido. Mi vida sin ti no tiene sentido.

—Cambiemos de tema. No ocurrió nada de eso y ya estás mejor. Es en eso en lo que debes pensar. Guillermo y María del Carmen están locos por verte, pero el médico sólo lo permitirá cuando salgas de la unidad de cuidados intensivos.

—Yo también los extraño. ¿Qué les dijiste?

—La verdad. Los periódicos publicaron un montón de mentiras y me vi obligada a hablar con ellos y a explicarles todo lo que había pasado.

—¿Les dijiste que ayudé a Gioconda a hacer el desfalco para culparte?

—No. Sólo les dije que Gioconda es desequilibrada y celosa y que siempre imagina cosas sobre su marido. Y que como trabajo con el doctor Renato, ella se imaginó que nosotros éramos novios y entonces intentó matarme, pero apareciste tú y me salvaste.

Los ojos de Roberto brillaron de emoción.

—Fue muy noble de tu parte.

—Tú no lo merecías. Lo hice por ellos. No quiero que le pierdan el respeto a su padre.

—Tú eres mucho mejor que yo. No sé cómo pude juzgarte como una mentirosa. Te prometo que nunca más lo volveré hacer.

—Ahora intenta descansar. Tienes que obedecer a los médicos para que te recuperes pronto.

—Quiero irme a casa cuanto antes.

—Entonces, trata de cooperar. Vamos a olvidar este asunto tan triste y a pensar que pronto todo estará mejor.

La enfermera entró, miró los controles, le tomó la temperatura e hizo las anotaciones pertinentes en la historia clínica. Después de que ella salió, Roberto le pidió:

—Si me quedo tranquilo, ¿te quedarás un poco más?

—Sí. Pero para que los médicos me dejen quedar, tienes que estar tranquilo. Sólo así aceptarán que me quede.

Roberto cerró los ojos y se adormeció mientras apretaba la mano de Gabriela. Ella deseaba que él se pusiera bien para que pudieran retomar su vida y decidir qué hacer.

Se fue a su habitación al atardecer. Al poco tiempo llegó Renato. Estaba nervioso y preocupado; Gioconda dificultaba las cosas en la comisaría y el delegado había solicitado la visita de un psiquiatra del manicomio judicial. Renato le pidió que suspendiera la solicitud y se comprometió a conseguir uno que se encargara del caso.

—No sé a quién buscar.

—¿Y el médico que vino aquí? Dijo que Roberto estaba en terapia con él. Me pareció bueno. Me dejó su tarjeta.

Gabriela tomó la tarjeta y se la entregó a Renato, quien exclamó:

—¡Dr. Aurelio Dutra! Lo conozco. Estuve una vez en su consultorio para hablarle sobre Gioconda.

—¡Qué coincidencia!

—En ese momento me dijo que la terapia sólo daría resultado si Gioconda también se sometía a tratamiento, pero ella no quiso. Se irritó cuando le sugerí que fuera al consultorio del doctor Dutra. Debería haberle insistido. Si hubiera ido, es muy probable que nada de esto hubiera ocurrido.

—Sin duda habría sido lo mejor. Pero ahora, frente a las circunstancias, ella tendrá que aceptar.

—Mañana mismo hablaré con él. Se trata de un hombre culto, además, me parece que entiende de fenómenos espirituales.

—Vino espontáneamente e intentó ayudarme. Me brindó consuelo. Es un hombre humanitario.

—Además, conoce la historia de Gioconda. Conversamos bastante sobre la actitud de ella. Me gustaría que reflexionara sobre lo que hizo y percibiera sus puntos débiles para que actúe con sensatez.

—No será fácil. Ante los hechos que tendrá que enfrentar, necesitará de mucho valor, paciencia y humildad.

—Esas son cualidades que Gioconda no tiene. Sin embargo, espero que con un tratamiento ella pueda, al menos, soportar las consecuencias de su propia actitud sin rebelarse.

—¿Cuánto tiempo cree que pueda quedar presa?

—No lo sé. El abogado cree que, si se prueba su desequilibrio mental, se podría alegar crisis emocional y conseguir una pena mínima, condicionada al tratamiento psiquiátrico.

—Roberto va a recuperarse y eso podría beneficiarla.

—Según el doctor Altino, lo que pesa es la intención de matar. El hecho de que Roberto no haya muerto, podría ser atribuido a su inexperiencia con las armas o, incluso, a la alteración emocional. Sin embargo, tal como fue planeado y ejecutado el crimen, se considera consumado. Ella será juzgada desde ese punto de vista.

—Me gustaría que todo eso ya hubiera terminado. El delegado tomó mis declaraciones y las de Roberto, pero dijo que nos llamará de nuevo. Es muy desgastante revivir esta historia. Doña Georgina me odia y va a apoyarse en la versión de Gioconda. Ambas van a decir que tuvimos un romance. Será nuestra palabra contra la de ellas. La prensa y las personas siempre están listas a criticar, sin interesarse por la verdad. Pienso en mis hijos y en lo que ellos tendrán que soportar.

Renato respiró. Él también se preocupaba por sus hijos.

—Vamos a necesitar de coraje. Los dos sabemos que somos inocentes. Tenemos la fuerza de la sinceridad. Ya que hablamos de eso, te confieso que muchas veces me sentí atraído por ti. Por tu belleza, tu inteligencia, tu valor y tu honestidad. Tuve que hacer un esfuerzo para no enamorarme. Tú eres la mujer que soñé tener como esposa. Cada día, al llegar a casa, era inevitable la comparación entre tú y Gioconda. Pero me resistí. Logré superar ese sentimiento porque no quería desviarte de tu camino ni interferir en tu vida. Me resigné a aceptar mi realidad y a pensar que todo podría haber sido diferente si te hubiera conocido antes de estar casados.

Gabriela lo escuchó en silencio. Cabizbaja y ruborizada, intentaba ocultar su rostro; algunas lágrimas se escapaban de sus ojos. Renato se levantó y dijo:

—Disculpa. He sido imprudente. Pero espero que comprendas lo que intento decirte. Te respeto y te admiro. Nunca se me pasó por la cabeza la idea de asediarte. Sabía que nunca lo aceptarías y podrías marcharte, así que opté por el placer de disfrutar de tu amistad y compañía, aunque sólo fuera en el campo profesional.

Gabriela no respondió. Las palabras se atragantaban en su garganta sin saber qué decir.

Renato se acercó y tomó su rostro con delicadeza.

—Sin querer te hice llorar. Olvida todo lo que te dije. Estos días han sido muy difíciles para mí y he llegado a cuestionar mi vida y mi matrimonio. No tengo derecho a perturbarte con mis problemas. Es suficiente con los que te atormentan. Discúlpame. Quédate tranquila. No volveré sobre el tema. No debemos temer a la maldad ajena. Nos basta con saber que fuimos las víctimas del desequilibrio de Roberto y Gioconda. Son ellos quienes deben responderle a su propia conciencia por lo que hicieron. Estamos limpios y nuestra dignidad nos basta. No te atormentes más. Llegaremos al final diciendo la verdad.

—Ha sido difícil para los dos —dijo ella mirándolo con seriedad—. Me siento reconfortada por su sinceridad. Nunca olvidaré sus palabras. Siempre intento evitar compararlo con Roberto. De hacerlo, él perdería por amplia ventaja, lo que dificultaría todavía más mi vida a su lado. Tampoco lo haré ahora. Cada uno es como es, y la comparación siempre es injusta. Sea lo que sea que esté por venir, estoy dispuesta a enfrentarlo con la cabeza erguida. Usted me dio el valor que yo necesitaba. Gracias.

Los ojos de Renato brillaron conmovidos, pero se controló y dijo:

—Creo que es hora de comer. ¿Quieres comer algo? Tengo mucha hambre.

Gabriela sonrió y aceptó. Se lavó el rostro, se retocó el maquillaje y lo acompañó a la cafetería. Se sentía tranquila y más optimista. Dentro de su corazón comenzó a brotar la certeza de que pronto todo pasaría y vendrían días mejores.

Capítulo 19

En los días siguientes, Roberto mejoró bastante. Salió de la unidad de cuidados intensivos y fue trasladado a una habitación. Al principio abrumaba a Gabriela con preguntas sobre lo que había sucedido durante los días que permaneció inconsciente, pero ella, después de resumirle los hechos con simplicidad, le dijo que no quería hablar más sobre el asunto y se negó a responder a sus indagaciones.

—Roberto, me estoy esforzando por olvidar todo lo que ocurrió. No quiero hablar más sobre esto. Cambiemos de tema.

—Estoy preocupado por los gastos. Apenas empezaba a trabajar y no tengo ahorros.

—El doctor Renato pagará todo.

—No me gusta que lo haga.

—No tenemos otra opción. Además, lo considera justo, porque fue Gioconda quien te hirió.

—Yo también fui responsable de lo que sucedió. No es justo que él pague todo.

—Dejemos las cosas como están y no busquemos más problemas de los que ya tenemos. Él responsabiliza a su esposa y quiere pagar.

—Yo contribuí a que se descontrolara. Los celos son un fuego destructivo. Sé cómo nos pueden enloquecer, pero nunca imaginé que llegara hasta ese punto.

—Cancelemos este asunto.

—Cada día que pasa, al ver tu dedicación, me siento más culpable. Dime que me perdonas y que todo volverá a ser como antes.

—Ya te dije que quiero olvidar, dejar que la polvareda se asiente y tenga la cabeza en su lugar.

—¡Dime que me amas y que me perdonas!

—No me presiones. He estado con los nervios a flor de piel. Necesito tiempo para pensar.

—¿Para qué? Tú sabes que no puedo vivir sin ti. Dime que nunca vas a dejarme.

—No quiero hablar de eso ahora. Si continúas así, tendré que irme ya para la casa.

—Desde que me pasaron a la habitación no volviste a dormir en el hospital. Antes te quedabas todas las noches.

—Ahora que estás fuera de peligro, debo cuidar a los niños.

—Nicete puede hacer eso muy bien. Yo te necesito.

—Vengo todos los días. Necesito cuidar un poco de mí. Aproveché para tomar las vacaciones, pero dentro de una semana tendré que volver al trabajo.

—¿Piensas regresar a esa oficina?

—Por supuesto. Todavía no puedes trabajar y no puedo perder mi empleo.

Roberto la miró con tristeza.

—Pensé que, después de todo lo que había pasado, no volverías.

—Necesito trabajar.

—Podrías encontrar trabajo en otro lugar.

—Pensé que estabas arrepentido y que creías en nuestra inocencia.

—Sí, estoy arrepentido, y seguro de que siempre me has sido fiel, pero después de lo que pasó, las personas van a hablar. La maldad ajena es terrible. No quiero que nadie haga comentarios maliciosos sobre ti.

Gabriela apretó los labios e intentó ocultar el malestar que la envolvía. Trató de calmarse y dijo:

—Si eso fuera verdad, no me habrías hecho pasar por una ladrona.

—¡Yo estaba loco! Por favor, olvídate de eso…

—Déjame en paz. Después de lo que hiciste, no estás en condiciones de exigirme nada ni de aconsejarme cómo debo proceder. No voy a dejar mi empleo ni voy a esconderme como si fuera culpable. Soy inocente, soy una mujer honesta que vive de su trabajo y no voy a admitir que nadie juzgue mis actos y mucho menos tú.

Gabriela temblaba de indignación.

—Está bien. No te irrites. Haz lo que quieras, no insistiré más sobre el asunto.

—Es mejor así. Ahora me voy para la casa. Los niños no están muy bien en la escuela y debo ayudarlos.

Después de que ella se fue, Roberto se quedó pensativo. Recordaba que en los días en que estuvo inconsciente, soñó que vagaba por diversos lugares.

Rememoró el miedo que sintió al pensar que estaba muerto. Recordó también las palabras de Gabriela, quién afirmaba que siempre le había sido fiel y de la emoción que sintió al percibir que le decía la verdad. En medio de su angustia, pensó en Cilene y le pidió ayuda. Después se vio en la sala del centro espírita donde solicitó apoyo. Una señora bonita habló con él y le aconsejó que se calmara. Le dijo que Gabriela era inocente. Entonces, él se sintió mejor.

A pesar de todo, de vez en cuando surgían dudas y se sentía de nuevo angustiado. Le gustaría volver a ver a aquella mujer y descubrir que no había sido un simple sueño. Él deseaba tanto que Gabriela lo amara y le fuera fiel, que tal vez había forjado ese sueño. Todo podría haber sido una alucinación. Cuando lo asaltaba ese pensamiento, se sentía inseguro, nervioso y deprimido.

A pesar de que Gabriela lo cuidaba con dedicación, había algo diferente en ella que lo dejaba inquieto. Sentía que no lo había perdonado. Tal vez había dejado de amarlo. ¿Y si ella resolvía dejarlo? Se movió inquieto en el lecho. Alguien golpeó suavemente en la puerta y Roberto lo hizo seguir. La puerta se abrió y Cilene entró acompañada de Hamilton. Sabía que Renato y Gabriela frecuentaban el centro espírita dos veces por semana.

—¿Cómo estás Roberto? —dijo ella mientras se le acercaba— ¿Te acuerdas de Hamilton?

—Me siento mejor. ¿Cómo estás Hamilton?

—Bien. Y tú, ¿más tranquilo?

—No mucho. Hay momentos en que estoy inseguro y nervioso. Pero siéntense, por favor.

Se sentaron en las sillas que estaban junto a la cama y Roberto continuó:

—Hoy, por ejemplo, estoy angustiado. No sé por qué.

—No debes prestarle oídos a los malos pensamientos —dijo Hamilton—. Es necesario alejar las influencias negativas.

—Mi vida está muy mal. Después de lo que hice, ni siquiera debería quejarme.

—Es verdad —respondió Cilene—. Deberías agradecerle a Dios por la ayuda que te dio. Sabes que tu vida estuvo pendiente de un hilo.

—Tal vez hubiera sido mejor haber muerto...

Hamilton lo miró con seriedad.

—No seas ingrato ni te hagas la víctima. Tú cosechaste lo que sembraste, y no fue por falta de advertencia.

—Es que Gabriela está muy cambiada. Ya no me quiere.

—¿Qué esperabas? Ella no confía en ti. Si quieres reconquistar su confianza, tendrás que ser paciente. Tienes una mujer sincera y dedicada, pero si insistes en no valorarla, podrías perderla.

—No digas eso ni en broma. No sabría vivir sin ella.

—Entonces intenta controlar tus celos y agradécele a Dios por la mujer que tienes.

—Ustedes están en mi contra.

—De ninguna manera —le respondió Hamilton—. Estamos del lado de los dos. Deseamos la felicidad de ustedes y de sus hijos.

—¿Gabriela y Renato han ido a la terapia?

—Sí. Y tú también tendrás que ir cuando te levantes —agregó Cilene.

—Iré, sin falta. Necesito tener paz.

—Para eso hay que ser más optimista, vivir en el bien y no darle fuerza a los pensamientos negativos. Si no te esfuerzas por lograrlo, ni siquiera el tratamiento espiritual dará resultado, porque los espíritus de la luz no podrán ayudarte. Ten en mente que tienes que hacer tu parte. Reconocer que los celos son la causa de tus problemas. Si deseas vivir con tu esposa, tener felicidad y paz, tendrás que confiar en ella y no aceptar malos pensamientos.

—Me gustaría tener confianza. ¿Por qué no lo logro?

—Tal vez necesites de una terapia, descubrir que no te valoras al creer que no mereces el amor de ella. ¿Por qué te incomoda tanto el brillo natural que ella posee hasta el punto de querer apagarlo?

—Yo no deseo eso.

—Lo deseas. No quieres que ella se arregle, que trabaje ni que los demás la vean bonita, inteligente y atractiva.

—No me gusta que llame la atención.

—Tienes que reconocer que ese es su carisma, algo natural en ella. Tú la conociste así y te enamoraste de ella justamente por eso. ¿Por qué deseas cambiarla? No lo lograrás. Al oprimirla, presionarla y al hacerla infeliz, sólo conseguirás que se separen definitivamente.

—Me moriré si eso ocurre.

Hamilton sonrió:

—Eres muy dramático. Así es muy difícil ser objetivo. Pero tu esposa es una mujer digna y muy consciente de su propio valor. Si intentas engañarla, acabarás por perderla. Ahora vamos a orar juntos y a pedirle a Dios que te ayude a comprender las cosas.

Roberto cerró los ojos mientras los dos, de pie, uno a cada lado de la cama, extendían las manos sobre él. Hamilton colocó la mano derecha sobre la cabeza de Roberto y oró en silencio. Roberto sintió que aumentaba su opresión. Se movió inquieto y de repente las lágrimas brotaron profusamente bañándole el rostro.

Los dos continuaron con sus oraciones en silencio. Poco a poco, Roberto se serenó y se sintió más aliviado. La opresión había pasado. Cilene le entregó un vaso de agua que él puso en la mesa junto a la cama.

—Bebe, —le dijo ella—, te sentirás mejor.

Roberto obedeció y después dijo:

—Gracias. Me siento aliviado.

Los dos se sentaron de nuevo y Hamilton señaló:

—Debes aprender a conservar el equilibrio interior.

—Es difícil. Los pensamientos aparecen de repente y me pongo nervioso. Creo que un espíritu me perturba.

Hamilton sonrió al responderle:

—Al contrario. La mayoría de las veces son las personas quienes perturban a los espíritus. Le dan fuerza a los malos pensamientos, alimentan las tragedias, se deprimen, se sintonizan con las almas en pena y las atraen. Después, las personas se justifican culpando a los espíritus. No deja de ser una buena disculpa.

—Yo no lo hago. Esos pensamientos aparecen de repente, me envuelven y perturban.

—Muchas personas piensan como tú, pero eso no es verdad. Los pensamientos no aparecen de la nada. Vienen de tu subconsciente, donde tus creencias actúan automáticamente. Tú las has programado al creer en ellas. Por eso los espíritus superiores nos advierten que para conseguir la paz y conservarla, es necesario reprogramar las viejas y erradas convicciones y sustituirlas por otras verdaderas. Es un trabajo que toma tiempo y que sólo tú puedes hacer.

—Entonces, no necesitamos de la ayuda de los espíritus.

Hamilton sonrió y le respondió:

—Cuando consigamos la serenidad, viviremos en un constante intercambio de energía con otros seres, sin crear dependencia o sumisión, con naturalidad y alegría. Pero eso aún está muy distante de nosotros. Mientras tanto, debemos ayudarnos los unos a los otros.

Cilene intervino:

—El proceso es simple. Los puntos débiles que alimentamos, la falta de fe en la vida, la inseguridad y la idea de que somos falibles y débiles, crean energías negativas que atraen espíritus que piensan de la misma forma. La presencia de ellos a nuestro lado aumenta la carga de esas energías y nos hace sentir mucho peor. Sentimos dolores, escalofrío, náuseas, ahogo, pesadez, somnolencia, inquietud, tristeza, depresión. Entonces vamos al centro espírita, donde esos espíritus son alejados de nosotros. Nuestra aura se limpia y revitaliza y nos sentimos mejor. Por unos días nos sentimos muy bien, pero, después, todo comienza de nuevo y parece no tener fin.

—Eso sucede una y otra vez, mientras no cambies el patrón de tus pensamientos —complementó Hamilton—. Antes cuestionaba que la vida permitiera que personas que hacen el bien pasen por ese tipo de perturbaciones. Después empecé a notar que cada persona atraía la compañía de ciertos espíritus de acuerdo con sus debilidades. Al que le gusta beber, atrae un alcohólico; al que le gusta jugar, a un jugador compulsivo y al que es goloso, a un glotón.

—Y yo a los espíritus celosos —completó Roberto—. Pero eso no ayuda, sólo agrava el problema.

—Al contrario. Es el mismo principio de la vacuna, que inmuniza con el mismo veneno. Es el espejo que la vida hace, exagera las cosas para que veas tus puntos débiles y los venzas.

Roberto se quedó callado por unos instantes y después dijo:

—¿Quieres decir que eso fue lo que me ocurrió?

—Sí. La exageración de Gioconda por poco provoca una tragedia. Fue una señal de alerta para que percibieras el mal que te haces a ti mismo.

—A pesar de todo lo que ustedes me dicen, cuando siento celos no logro controlarme. Incluso me imagino escenas de traición.

—Es por eso que debes ir al centro a recibir auxilio energético. Pero, como ya te dijimos, esa ayuda es temporal. Es sólo para darte la oportunidad de que conozcas la causa verdadera de lo que te ocurre.

—No sé por qué me pasa eso. Gabriela es atractiva, y reconozco que nunca me ha dado motivos para tanto...

Se detuvo pensativo y recordó que la había visto dentro de un carro con otro hombre.

—¿Qué pasó? –preguntó Hamilton.

—Una vez yo estaba en un bus y vi a Gabriela pasar en un carro lujoso con un hombre.

—¿Estás seguro de que era ella? —preguntó Cilene.

—Fue muy rápido, el vestido era diferente, pero era ella.

—¿Conversaste con ella sobre eso? —indagó Hamilton.

—No tuve el valor de hacerlo. Además, Gabriela nunca lo confesaría.

—¿Fue la única vez que sucedió? —preguntó Cilene.

—No. Yo la vi en otra oportunidad en el carro de su patrón, pero no logré ver con quién estaba. Sólo vi al conductor.

—Y tampoco le dijiste nada —observó Cilene.

—No, ¿para qué? Ella me mentiría. Fue después de eso que mis celos se hicieron insoportables.

—Te imaginas cosas y juzgas sin intentar saber la verdad. La mujer que viste con un hombre no era tu esposa. Si hubiera sido ella, habrías reconocido el vestido. Además, la viste sola con el conductor en el carro de su patrón. Con toda seguridad, en ese momento estaría haciendo algún trabajo para la empresa.

—¿Tú crees?

—Claro que sí. Estoy seguro de que tu esposa nunca tuvo nada con el doctor Renato. La relación de ellos es muy buena, pero es estrictamente profesional. Los celos son malos consejeros y hacen ver cosas que no existen —replicó Hamilton con seriedad.

—¿Cómo puedes estar tan seguro de eso? Hace unos días yo también pensaba lo mismo, pero, no sé, de ayer a hoy me he sentido inquieto y angustiado. Los celos han vuelto a incomodarme.

—Tu esposa es digna y de confianza. Si no reaccionas y expulsas esos pensamientos tu relación con ella estará en peligro. Hasta ahora Gabriela ha soportado tus sospechas y ha intentado hacerte entender que ama a su familia y que no tiene otros intereses. Pero es evidente que está al límite de su resistencia. Podría desear la separación.

—Ni siquiera me digas algo así. Ella no ha dicho que me ha perdonado, pero al ver su dedicación y la manera como me trata, creo que ha logrado superar lo que pasó. Pronto volveremos a casa y nuestra vida será como antes. No quiero que vuelva a trabajar en esa empresa. Ella no acepta quedarse en casa. Si quiere trabajar estaré de acuerdo, pero que no sea en ese sitio. Si ella continúa, ¿se imaginan los comentarios?

Hamilton miró a Roberto con seriedad y le dijo:

—Si piensas así, no habrá reconciliación.

Roberto, sobresaltado, preguntó:

—¿Eso dicen los espíritus? ¿Ella no va a perdonarme?

—Lo digo yo. Soy tu amigo y tengo experiencia en el trato con las personas. Con esa actitud lastimas a tu mujer, hieres sus sentimientos. Ella no ha hecho nada errado. Al contrario, ha sido una buena esposa al trabajar para mantener a la familia. ¿Cómo crees que ella se siente con tu ingratitud? Piénsalo, Roberto. Despierta antes de que sea demasiado tarde.

Roberto se quedó callado por unos instantes y después dijo:

—Voy a intentarlo, pero necesito ayuda. Es difícil para mí.

—No es tan difícil —le aseguró Cilene—. Sólo necesitas expulsar cualquier pensamiento de celos. Cuando aparezcan debes repetirte: "Eso no es verdad, Gabriela es honesta y merece respeto. No creo en eso".

—Hazlo, nosotros te ayudaremos con nuestras súplicas.

Después de que ellos se fueron, Roberto permaneció pensativo. ¿Por qué él sentía tantos celos? Gabriela era una mujer de clase, inteligente y hablaba bien, mientras que él, como no había estudiado, se sentía mal y fuera de tono en lugares elegantes donde ella se movía muy a gusto. Reconocía que le tenía envidia.

Habría sido mejor que ella se hubiera resistido a su cortejo y no se hubieran casado. Nunca se sentiría igual a ella. La figura de su mamá apareció en su mente. Ella lo amaba a su manera, pero era una mujer ignorante. Siempre hablaba mal de los demás y era antipática con Gabriela.

Sintió rabia de su mamá. Si fuera una mujer instruida, lo habría educado mejor. Tanto él, como su mamá, por bien vestidos que estuvieran, siempre parecían desarreglados, mientras que Gabriela, con un vestido simple lucía elegante. Ella nunca se avergonzaba. Estaba siempre bien fuera en una casa lujosa o en una pobre. ¿Cómo lograría eso?

En ese momento Roberto reconoció que al lado de Gabriela siempre se sentía menos. No es que lo tratara mal. Al contrario, siempre era muy atenta, educada y le tenía consideración. Eso le disgustaba aún más, porque reafirmaba su superioridad.

Por primera vez, Roberto notó que la diferencia de instrucción lo volvía inseguro. Cuando la conoció, se sintió fascinado. Se enamoró a primera vista y cuando ella correspondió a su amor, su mamá no aprobó el matrimonio y le dijo:

—Ella no es buena para ti. Es una muchacha fina, estudiada, llena de delicadezas y de consentimientos. En cambio tú eres pobre y dejaste el colegio para trabajar. Eso no va a funcionar.

—Yo la quiero, mamá. Estoy enamorado de ella. Aceptó mi propuesta de matrimonio y vamos a casarnos.

Georgina sacudió la cabeza negativamente:

—No lo hagas. Vas a sufrir. Deja a esa joven en paz. Necesitas a una mujer de nuestro nivel, que le guste el hogar y que esté dispuesta a criar los hijos como yo los crié a ustedes.

Pero él no la escuchó. ¿Por qué se habría dejado llevar por el enamoramiento? Su mamá tenía razón. Desde la época del noviazgo él sentía unos celos terribles. En ese tiempo logró ocultarlos y pensó que después del matrimonio, al saber que estaban unidos para siempre, ese sentimiento se acabaría, pero no fue así. Incluso, sabiendo que ella le correspondía, en el momento de las relaciones íntimas se sentía intranquilo al imaginar que otro hombre pudiera desearla. Era un verdadero calvario.

Las lágrimas rodaron por su rostro. Roberto percibió que a pesar del amor que los unía, nunca había sido feliz. La desconfianza, el miedo y la inseguridad siempre estuvieron presentes impidiéndole vivir en paz.

¿Por qué sentiría eso? ¿Por qué? Dios le había salvado la vida, pero su alma continuaba enferma. ¿Qué hacer para acabar con ese suplicio? Nada lo satisfacía. Cuando estaba con ella temía que lo dejara, y cuando estaba lejos, suspiraba por su presencia.

Se acordó del doctor Aurelio. Él había intentado ayudarlo. Cuando saliera del hospital iría a buscarlo. Gabriela le contó que el médico había ido a visitarlo, interesado por su salud. Era una persona buena que lo ayudaba con desinterés.

Recordó que a pesar de haber sido sincero con el médico, nunca le abrió completamente el corazón ni le había dicho todo lo que tenía en el alma. Ahora se sentía sin coraje para continuar su vida como antes. Necesitaba de buenos consejos para liberarse de la prisión en la que estaba. Alguna vez Cilene le dijo que Dios era el médico de las almas. Nunca había sido un hombre de fe, pero ahora, cansado de tanto sufrimiento, estaba dispuesto a buscar ayuda en el centro espírita. Allá había encontrado amigos sinceros e interesados en ayudarlo. Con ellos se sentía aliviado y reconfortado. Tal vez ese fuera el camino de la cura y estaba dispuesto a intentarlo.

Días después, el médico le dio una buena nueva: al día siguiente sería dado de alta. Los niños recibieron la noticia con alegría. Al fin su papá volvería a casa recuperado. Ellos lo habían visitado durante los últimos días. Gabriela los llevaba y aprovechaba para permanecer menos tiempo en el hospital, ya que tenía que llevarlos de vuelta a casa. Roberto se daba cuenta de que evitaba quedarse a solas con él y, cuando le era imposible evitarlo, no le permitía hablar de los problemas. Esa actitud incrementaba su inseguridad, pero, al notar que ella se ponía nerviosa cuando él intentaba tocar el tema, decidió dejar las cosas para cuando regresara a casa.

Cuando Gabriela dio la noticia, todos en la casa vibraron de alegría. Nicete prometió que haría una comida especial y colocaría flores. Al ver el entusiasmo de todos, Gabriela ocultó su preocupación. Sabía que el momento en que tendría que decidir su futuro estaba por llegar. Por un lado se sentía aliviada porque Roberto se había recuperado, por el otro, temía que él buscara la intimidad. Cada vez que la miraba con amor y mostraba deseos de acariciarla, Gabriela recordaba lo que había pasado por causa del desfalco y sentía ganas de pelear con él. Pensaba que lo que Roberto sentía por ella no era amor. Era sólo pasión, posesión, necesidad de dominio; empleaba cualquier artimaña para conseguir lo que quería, sin el menor respeto por sus sentimientos y su dignidad. Él la había usado para lograr sus fines.

Había intentado sobrellevar las cosas en consideración a lo que el médico le había dicho. Pero ahora que él estaba por regresar a casa, tendrían que retomar su vida normal, y sentía que nada volvería a ser como antes.

Roberto fue dado de alta al mediodía y Gabriela arregló todo para la salida del hospital. Nicete y los niños los esperaban en casa con un almuerzo de celebración.

Aunque Roberto se había levantado durante los últimos días, aún se sentía débil. Apoyado en el brazo de Gabriela, dejó el hospital después de despedirse de las enfermeras. Mientras caminaban por el corredor, él le dijo conmovido:

—Muchas veces dudé de que este día llegara. Estoy muy feliz de volver a casa. Pronto todo será como antes.

Gabriela no respondió. Caminaron en silencio hasta el taxi que los esperaba. Roberto se sentía alegre. La idea de volver a su casa, a sus hijos y a sus cosas, lo tenía de buen humor. Cuando estuviera más fuerte, volvería a trabajar.

El almuerzo transcurrió con alegría. Después, Gabriela preparó el cuarto para que él descansara. Los niños salieron y Roberto le dijo sin poder contenerse:

—Gabriela, acuéstate un rato conmigo, te he extrañado. Quédate conmigo.

—No puedo. Tengo mucho que hacer. Mañana regresaré al trabajo y debo organizar mi ropa y poner todo en orden.

Roberto frunció el ceño:

—¿Por qué me evitas? Pensé que todo estaba olvidado.

—Me gustaría, pero no puedo.

—Tenemos que conversar y aclarar nuestra situación. Siempre que toco el tema me rehuyes.

Gabriela lo miró seria:

—Si insistes, voy a ser bien sincera, como siempre lo he sido. Cada vez que te acercas para acariciarme, me siento nerviosa y recuerdo el desfalco. He evitado hablar de esto por tu salud. Por más que jures que me amas, no lo creo. No es ese el amor que yo deseo. Por eso ya pasé mis cosas al cuarto de María del Carmen y voy a dormir allá.

Roberto tomó la mano de ella, nervioso:

—No me hagas eso. No me abandones. Estoy muy arrepentido y nunca más haré algo que te disguste.

—No puedo evitarlo Roberto. Respeta mis sentimientos.

—No seas egoísta. Con esa actitud no estás respetando los míos. Cometí un error, pero pagué caro por ello. Casi pierdo la vida.

—Siempre te he respetado y no soy egoísta por pensar en mí. Entiende que no hago esto por castigarte. Soy sincera contigo. No puedo mentirte. Yo confiaba ciegamente en ti y cuando descubrí que no eras de fiar, perdí la confianza. Sentí que la tierra se abría bajo mis pies.

Roberto pensó en Renato y reapareció la desconfianza. ¿Estaría Gabriela enamorada de él? ¿Por qué ese hombre se había mostrado tan solícito y había pagado todo? ¿Por qué le había brindado todas las comodidades a Gabriela, incluso vacaciones remuneradas y muchas atenciones? Sin embargo, no dijo nada. En ese momento no podía hablar de eso. Bajó los ojos, se mostró triste y dijo con humildad:

—Sé que no te merezco, pero reflexiona, tenemos una familia, unos hijos que nos necesitan. Ya te dije que estoy arrepentido. Nunca más estaré celoso. Te lo prometo. Soy sincero y merezco otra oportunidad por lo mucho que te amo.

—Voy a pensarlo, pero no me presiones. Después de todo por lo que hemos pasado, necesito paz.

Ella salió del cuarto y él se acostó. A pesar de que Gabriela estuviera esquiva, mientras viviera en la misma casa, no había de qué preocuparse. Con el tiempo, ella olvidaría todo, aceptaría su cariño y estarían bien. Cerró los ojos lleno de esperanza y se durmió enseguida.

Capítulo 20

A la mañana siguiente, Gabriela se levantó temprano y después de organizar con Nicete el trabajo de la casa, se fue para la oficina.

Cuando llegó, encontró flores en su mesa y una tarjeta de bienvenida que le había dejado Marisa en nombre de todos sus compañeros. Agradecida, abrazó a su amiga. Renato aún no había llegado y aprovechó el tiempo para organizar sus cosas y retomar la marcha de los asuntos. Ya eran pasadas las diez cuando él llegó. Gabriela notó que estaba delgado y que había tristeza en sus ojos. Se detuvo en la oficina de ella para darle la bienvenida y le dijo:

—Tengo algunos contratos por redactar. Prepararé los datos y después te llamaré.

Una hora más tarde la llamó para entregarle unos papeles y le explicó los puntos prioritarios. Finalmente le preguntó:

—¿Cómo están las cosas por tu casa?

—Roberto está bien.

—Qué bueno. No se te olvide que mañana es el día del tratamiento en el centro espírita. ¿Irás?

—Sí. Me hace bien. Me siento menos ansiosa, más tranquila y con más valor.

—También a mí me ha ayudado. Las cosas no están nada fáciles en mi casa. Ricardito es más maduro, se controla e intenta ayudarme, pero Celia llora mucho, vive triste y sin ganas de estudiar.

—¿Ella era más apegada a la mamá?

—Era más pasiva. Aceptaba las órdenes de Gioconda sin cuestionarlas, algo que no hacía Ricardito.

—Se debe sentir insegura.

—Conversé con el doctor Aurelio, me recomendó un terapeuta que podría ayudarla. Mañana será la primera sesión. Ayer el abogado me informó que el delegado cerró la investigación y sindicó a Gioconda. Ella será enviada a prisión. No consiguió que esperara el juicio en libertad. A pesar de ser rea, continúa descontrolada y rencorosa. El doctor Aurelio solicitó que fuera enviada a un sanatorio judicial en espera de la decisión del juez.

—¿No está arrepentida?

—Se lamenta de haber herido a Roberto en tu lugar. Es de lo único que habla.

Gabriela se quedó pensativa durante unos instantes, después dijo:

—Roberto aún quiere que yo deje mi empleo. Me negué. Necesito trabajar y me gusta hacerlo aquí. Además, nosotros no hicimos nada malo, pero ahora, después de lo que me dice, tal vez sea mejor que me vaya; así ella estará más tranquila.

—No sería justo. Eres una excelente empleada y Gioconda es una neurótica. No puedes perjudicarte ni caer en el juego de ella.

—Me siento cohibida. Ella se obsesionó conmigo y no estará tranquila mientras yo esté aquí. Es mejor que empiece a buscar otro empleo. Si me ayuda, será más fácil.

Renato se levantó nervioso:

—No hagas eso. ¿Por qué tendría que triunfar la maldad? Somos personas honestas y no hay de qué avergonzarnos. Gioconda no está en su sano juicio.

—Es posible que ella no permanezca presa por mucho tiempo. Roberto me contó que se había negado a hacer un denuncio formal en contra de ella. Le dijo la verdad al delegado: que ella estaba fuera de sí. Si me voy, ella quedará más tranquila y, cuando salga, ustedes podrán vivir en paz.

—No, Gabriela. Mi decisión está tomada. Tan pronto ella se mejore, pienso formalizar la separación. Nuestra vida en común se volvió imposible y no estoy en condiciones de continuar a su lado.

—¿Y los niños?

—Me gustaría que se quedaran conmigo, pero acataré lo que decida el juez. Si él determina que se queden con ella, estaré atento para que ella no los afecte. Ricardito no me preocupa, es maduro y sabe protegerse muy bien. Pero, como ya te dije, Celia es pasiva, insegura e influenciable. Infortunadamente la presencia de su mamá ha sido muy nociva para ella.

Gabriela suspiró y no respondió enseguida. Excitada dijo:

—Entiendo cómo se siente. Yo tampoco puedo olvidar lo que pasó. Cada vez que Roberto se me acerca, me acuerdo del desfalco y quiero que se aleje. Su presencia me hace mal.

—No es fácil, pero ustedes se aman y con el tiempo todo volverá a su lugar. Cuando existe amor, todo es más fácil. En cuanto a mí, el amor se acabó hace tiempo. Había respeto y amistad, pero ahora ni eso existe. Por eso la separación es inevitable entre nosotros.

Gabriela lo miró preocupada. Ella también sentía que su amor por Roberto había muerto hacía mucho tiempo, pero no tuvo el valor de decirlo. Lo que él sentía con relación a su esposa era lo mismo que ella sentía con respecto a su marido. La actitud de Roberto le había mostrado aspectos de su personalidad que eran incompatibles con su temperamento. Era franca y le gustaba la sinceridad. Para relacionarse íntimamente con alguien, necesitaba confiar. Por más que Roberto le jurara que nunca más iba a mentirle, no le creía.

—Lo lamento —respondió ella—. Es triste cuando una familia se separa.

—Fue esa idea la que hizo que mi matrimonio aguantara hasta ahora. Pero llegué a un punto en que no puedo soportar su cercanía, sus crisis, sus depresiones y sus celos. Deseo vivir en paz. Ella no va a aceptar mi distanciamiento y por eso prefiero hacer la separación legalmente. Y con el tiempo, tendrá que aceptar lo irremediable.

Gabriela salió de la oficina de Renato pensando en su futuro. Sabía que llegaría un momento en que se vería forzada a tomar una determinación. También deseaba paz y percibía que al lado de Roberto eso sería imposible. Él no resistiría vivir en la misma casa con ella sin tener relaciones íntimas. Gabriela había notado que él sólo pensaba en eso desde que había regresado a la casa. Pero ella sentía todo lo contrario: le repugnaba la idea de tener cualquier contacto íntimo con él.

¿Qué pasaría cuando él notara su rechazo? No lo hacía con el propósito de castigarlo. La aversión brotaba de muy dentro de su ser. Le parecía que el Roberto que había amado ya no existía. En su lugar había un desconocido que era capaz de cualquier cosa, en el que no podía confiar.

Intentó olvidar esos pensamientos y se sumergió en el trabajo. El día transcurrió en medio de la rutina. Sin embargo, cuando salió al atardecer, decidió ir al centro espírita. Allí buscó a Cilene para conversar. Gabriela era discreta y siempre intentó resolver sus problemas sola, pero ahora se sentía confusa y aturdida.

Cilene parecía una persona equilibrada y bondadosa. Además, necesitaba ayuda espiritual. Precisaba de una orientación.

Cilene aún no había llegado, pero Gabriela fue informada de que vendría en poco tiempo, así que decidió esperarla. Tan pronto llegó, Cilene la abrazó con cariño.

—Hoy no es el día de mi tratamiento, pero vine a conversar contigo.

Cilene la llevó a una pequeña sala, se sentó a su lado y después le dijo:

—Cuéntame, ¿qué pasa?

Gabriela no pudo contener el llanto. Las lágrimas bañaban su rostro. Cilene tomó su mano con cariño y esperó a que se calmara. Cuando logró tranquilizarse le abrió su corazón; le dijo todo lo que sentía y finalizó:

—Es muy dolorosa una separación, especialmente por los niños. Pensé que con el tiempo esta impresión desagradable se me pasaría, pero no ha sido así. No tolero la intimidad con él. Es un sentimiento que surge de muy dentro de mí cada vez que él se me acerca e intenta acariciarme.

—Él se equivocó, pero te salvó la vida. Es celoso, pero posee otras cualidades. Es dedicado a la familia y te ama mucho. Desea tu perdón. ¿No te gustaría darle otra oportunidad?

—He pensado en eso. Sin embargo, me doy cuenta de que todavía siente celos. Intenta controlarse, pero desea que yo deje mi empleo. No quiero hacerlo. Tengo derecho a trabajar, me gusta tener mi propio dinero. Además, nunca le he dado motivos de desconfianza.

—¿Aún lo amas?

—Estoy confundida. Sólo sé que no deseo tener relaciones íntimas con él.

—No tomes ninguna decisión mientras estés confundida. Confía en Dios, ora y pídele que te muestre la verdad. Necesitas revaluar tus sentimientos, saber qué hay en tu corazón. Sólo después de eso podrás decidir lo que es mejor para ti.

—Tengo miedo de que desee forzar la situación.

—Si lo hace, sé sincera. Ábrele tu corazón como lo hiciste conmigo y pídele que tenga paciencia. Dile que no deseas tomar decisiones apresuradas de las que tengas que arrepentirte y que quieres hacer lo mejor para todos.

—Espero que él lo entienda.

—Lo entenderá. Él siente el peso de la culpa y sabe que debe ser paciente si quiere reconquistar tu confianza. Acuérdate que no puedes tomar una decisión ahora. Deja las cosas en manos de Dios. Estoy segura de que, cuando sea el momento justo, todo te parecerá claro. Ven, vamos a la sala de tratamiento.

Gabriela salió aliviada del centro. Cuando llegó a la casa, Nicete le dijo:

—Menos mal que llegó. El señor Roberto está preocupado por su demora y quería que llamara a su oficina. Me costó trabajo calmarlo.

Gabriela trató de controlar su contrariedad. Fue al cuarto, tomó la ropa y se dirigió al baño para ducharse.

—Menos mal que llegaste —le dijo él—. Como te demoraste, estaba preocupado.

—No tenías por qué estarlo.

—No avisaste que te demorarías. En esta ciudad ocurren tantas cosas malas de repente...

—No ocurrió nada. Voy a bañarme y a ocuparme de la cena.

Roberto quería saber a dónde había ido, pero no tuvo el valor de preguntarle. Gabriela lo notó, pero se quedó callada. Sabía que si se le contaba él no iba a creerle, y no estaba dispuesta a soportar su desconfianza por más tiempo.

Esperó a que ella regresara y fingió estar alegre y despreocupado. Precisaba ser paciente, Gabriela todavía estaba muy disgustada. Si ella notaba que él aún sentía celos, no lo perdonaría. Se fue para la sala y jugó con sus hijos, intentando ser amable. Gabriela bajó para encargarse de la cena. Roberto fue a la cocina, se le acercó y le dijo:

—Qué bueno es estar en casa y verte por ahí, ocupada en cuidar de la familia con cariño. Es lo que más quiero en la vida. Intentó abrazarla y ella fingió que no lo había visto y lo esquivó con naturalidad. Los brazos de Roberto colgaron alrededor de su cuerpo y él comentó:

—Lo que más deseo es que me perdones y que todo vuelva a ser como antes.

—Necesito tiempo —respondió ella—. Por favor, respeta mis sentimientos.

—Es que te amo. Cuando me acerco a ti, sólo quiero tomarte entre mis brazos y besarte.

—Por favor, Roberto. No te acerques que estoy ocupada. Las ollas están calientes y no puedo distraerme.

—Sé que me evitas, pero no está mal que lo hagas. Esperaré. No tienes que alterarte. No haré nada que te desagrade.

Ella puso toda su atención en las ollas y dijo con naturalidad:

—Puedes sentarte a la mesa, ya vamos a servir. Mira si los niños se lavaron las manos.

Roberto obedeció. Pensaba que ese comportamiento de ella era temporal y que con el tiempo ella olvidaría lo que había pasado. Entonces todo volvería a su normalidad.

Pero Gabriela no podía olvidar. Los días pasaban y ella continuaba esquiva. Roberto mejoró y empezó a visitar a algunos clientes para reiniciar sus actividades. Gabriela, por su parte, se dedicó al trabajo tanto en la empresa como en la casa, en una intento por olvidar sus problemas personales.

En la empresa, Renato le daba un trato respetuoso y formal, exclusivamente profesional. Ella había manifestado su deseo de dejar la empresa y él no quería que eso ocurriera. No era justo que después de todo lo que habían enfrentado, también fueran castigados por algo que no habían hecho.

A veces se encontraban en el centro espírita para el tratamiento, se saludaban, pero nada más. No permanecían juntos ni conversaban al respecto. Gabriela se sentía bien con esa actitud. Para ella, el respeto era fundamental. De vez en cuando le pedía noticias sobre Gioconda, quien continuaba interna en la clínica psiquiátrica. Aurelio, a petición de Renato, cuidaba de ella.

Gioconda estaba cada día más deprimida. El hecho de estar alejada de la familia, de tener que responder por un proceso ante la justicia, de ver que su marido no la apoyaba ni le reconocía que había hecho todo por amor, la dejaba angustiada y triste. Él no la amaba y tal vez todavía estaba enamorado de Gabriela. ¿Por qué no la habría despedido? ¿Por qué habría insistido en mantenerla en la empresa?

Aurelio oía sus quejas e intentaba mostrarle que estaba equivocada, pero ella no le creía. Él le argumentaba:

—Si Renato tuviera un romance con Gabriela, podría verla a gusto fuera de la empresa. No necesitaría mantenerla empleada y tener que disimular frente a los demás funcionarios. Además, si ellos se amaran, después del escándalo habrían aprovechado para irse a vivir juntos. Pero ellos no quieren nada de eso. Estás equivocada. Ellos nunca han tenido un romance.

Cuanto más hablaba Aurelio, Gioconda más se irritaba. Él había conversado con Renato al respecto:

—Ella está ciega por los celos. No oye nada y es difícil intentar cualquier tipo de terapia. Está inmersa en el círculo vicioso de sus propias fantasías, alimenta las imágenes que creó en su mente y no quiere salir de allí. Es mejor darle tiempo para ver si reacciona.

—Por favor, doctor, continúe el tratamiento. Por lo menos hasta que el juez no fije la primera audiencia. Tengo miedo de que sea enviada a una cárcel. Allá será todo más difícil.

—Lo peor es que le dice a todo el que quiera oírla que odia a Gabriela y que cuando salga va a vengarse de ella.

—¡Por el amor de Dios! ¿Ella sigue con eso?

—Sí. El doctor Altino le pidió que no lo repitiera, pero parece como si quisiera destruirse e insiste en decirlo.

—Gioconda siempre ha sido masoquista. Le gusta ponerse en la posición de víctima, cree que con eso despertará la simpatía de los demás.

—Al contrario, así se perjudica más. Dice que quiere ver a los niños.

—Lo he evitado porque la última vez que la vieron intentó ponerlos en mi contra al contarles su versión de los hechos. Mis hijos quedaron muy perturbados. Ricardito menos, pero Celia quedó abatida, perdió el apetito y el sueño. Ella es muy sensible y está deprimida. Yo les dije que su mamá está enferma, que tiene alucinaciones y que por eso debe quedarse en el hospital.

—Hizo bien.

—Sí, pero en el colegio no falta quien les haga insinuaciones malvadas. He pensado que estudien en casa, por lo menos mientras continúe esta situación.

—Tienes que conversar mucho con ellos y darles apoyo. Ellos están inseguros. La figura materna es muy importante en la infancia.

—A veces me siento perdido. No sé qué decirles.

—Siempre la verdad. Ellos necesitan saber que pueden confiar en ti. No trates de disfrazar los hechos para suavizar las cosas. Los niños tienen una sensibilidad aguda y se darán cuenta de que intentan engañarlos. Es mejor ser sincero y contarles lo que pasa en tu corazón. Eso hará que se unan y estén más fuertes para afrontar cualquier crisis.

—Tienes razón. Siempre les enseñé que no deben mentir y que pueden confiar en mí. Ahora tengo que hacer exactamente lo que les enseñé.

A pesar del esfuerzo que hacía, Renato se sentía triste y preocupado por el futuro. Gabriela lo notaba, pero sabía que no podía hacer nada.

Últimamente ella había pensado en abandonar todo, en separarse de su marido y conseguir empleo en otra ciudad. Necesitaba olvidar y llevar una vida normal. Criar a sus hijos con tranquilidad, lejos de la maledicencia de la gente.

Pese a todo, el abogado le había aconsejado esperar el juicio de Gioconda. Así tendría tiempo para reflexionar y decidir qué hacer. Aceptó, pero a medida que el tiempo pasaba, sentía que debía tomar una decisión. Roberto estaba cada día más insistente y quería retomar las relaciones íntimas. Sin embargo, ella sentía que la cercanía de su marido la incomodaba.

Una noche, después de que los niños se fueron a dormir, fue a buscarla. Estaba decidido a resolver el problema. Esa tarde pasó por la casa de su madre y ella había sido despiadada:

—No sé cómo toleras vivir al lado de una mujer que te desprecia. Después de lo que te hizo, ella debería besar el suelo por donde pisas. Pero no.

Arriesgaste tu vida por salvarla, casi mueres, pero ella no reconoce nada y se hace la víctima. Otro, en lugar de pedirle perdón, la habría castigado.

—Gabriela no hizo nada. Todo fue intriga de una mujer celosa.

—Donde hubo fuego, cenizas quedan. Tú eres un ciego que no ve nada, y ella te manipula como quiere. Si no, ¿por qué Gioconda se obsesionó, si no había visto nada?

—Basta de hablar de eso. Cambiemos de tema.

—No puedo aceptar que te arrastres por una mujer que no vale nada. Todo el mundo comenta que tú encubres la traición de ella porque el patrón es rico.

Roberto se sintió enrojecer de indignación:

—¿Quién dice eso?

—Algunos conocidos míos. Sólo yo sé los comentarios que he oído. ¿Por qué no te separas de ella? Es lo que deberías hacer.

—No sabes lo que dices, yo amo a Gabriela. No puedo vivir sin ella. Además, hay que pensar en los niños.

—Es mejor que se queden contigo. Pueden ser influenciados por su mamá. Si quieres, puedo encargarme de ellos.

—Aún tengo que probar que estás equivocada. Gabriela es sincera y nunca me ha traicionado. Es mejor que no divulgues las cosas por ahí.

—¿¡Yo!? a mí no me gusta hablar de la vida ajena, mucho menos de la familia. La ropa sucia se lava en casa.

—Sí, pero repites los rumores. Tienes que saber que Gabriela es inocente. Un día todos se van a arrepentir de haber levantado esa calumnia. Me voy. Estoy cansado de esta conversación.

Roberto salió irritado, especialmente porque pensaba que ella podía tener razón. Si Gabriela era inocente, ¿por qué se negaba a tener relaciones con él? Seguramente estaba enamorada de otro. La figura de Renato aparecía en su mente, apuesto, rico, educado y culto. Era natural que ella se enamorara. Tenía un marido pobre, de apariencia ruda y sin instrucción. Estaba nervioso y pensó:

—Si hubiera muerto, habría sido mejor, todo estaría resuelto. No voy a soportar el desprecio de Gabriela. Si Gabriela se va a vivir con otro, los mataré.

Llegó a la casa más temprano y esperó ansioso a que su esposa regresara. No estaba dispuesto a postergar más las cosas. Quería resolver todo esa misma noche. Después de que los niños se durmieron, Roberto fue al cuarto de María del Carmen, donde también dormía Gabriela, y la llamó:

—Ven. Necesito que hablemos.

Gabriela sintió un nudo en el pecho e intentó evitar la conversación.

—Estoy cansada y con sueño. Hablemos mañana.

—No. Tiene que ser hoy. No voy a esperar más. Ven.

Estaba pálido. Ella decidió atenderlo. Lo acompañó hasta el cuarto de casados.

—¿Pasó algo?, estás pálido.

—Estoy cansado de esperar a que decidas nuestras vidas. Te amo y siempre te he amado. Por esa razón me enloquecí e hice cosas que no debía. Cometí un error y pagué por él. Casi muero. Quiero recomenzar nuestra vida juntos. Somos una familia y no podemos continuar separados dentro de la misma casa. Estoy a punto de enloquecer con tu desprecio. No es justo lo que haces conmigo. No sé qué más hacer para que me perdones. ¿No crees que ya he sufrido bastante?

—Todos hemos sufrido, pero no puedo ir en contra de mis sentimientos. Lo que hiciste al provocar ese desfalco caló profundamente en mi corazón. Soy tu esposa, siempre te amé y busqué lo mejor por nuestra familia. Confiaba en ti y nunca te creí capaz de meterme en semejante trampa. Cuando pienso en eso, siento que tu amor es una farsa. Un sentimiento de posesión, de vanidad y de competencia con el que quieres probar, a tu manera, que eres mejor que yo. Y para eso no titubeaste en ponerme bien abajo, como si yo fuera una ladrona.

—¡Eso no es verdad! ¡Yo te amo!

—No. Quieres dominarme para sentirte fuerte. Eso no es amor.

—Eres tú quien ya no me amas y por eso te inventas esas cosas. Por eso me rechazas y no aceptas mi arrepentimiento.

Gabriela permaneció pensativa por unos instantes y después respondió:

—Puede que tengas razón. Ya no te amo. Tal vez nunca te haya amado en verdad. Yo amaba al hombre que pensé que eras, pero ese hombre no existía. Estaba equivocada.

—Si me amaras de verdad, me habrías comprendido y perdonado. El verdadero amor es comprensivo y bueno.

—El verdadero amor desea la felicidad del ser amado. Nunca su destrucción para satisfacer su vanidad.

Roberto intentó abrazarla y le dijo:

—No me hagas eso, Gabriela. Dame la oportunidad de probarte que te amo. Siento ganas de besarte y acariciarte como antes.

Ella se dejó abrazar, él buscó sus labios y la besó con pasión. La acarició en un intento por despertar su interés, pero Gabriela no le correspondió. Permaneció quieta y fría y dejó que él liberara su emoción. Roberto no pudo controlar su ira. La sacudió con fuerza y le dijo:

—Sé que me rechazas. Es por tu amante. Es por él por quien me rechazas. Di la verdad.

No le respondió. Las lágrimas bajaban por su rostro; en aquel momento ella lloraba su desilusión, el fracaso de su matrimonio y de sus sueños de juventud. Estaba segura de que de ahí en adelante nunca podrían ser felices juntos. Sólo le dijo:

—Continúas siendo el mismo. Tu arrepentimiento y tu amor son falsos. Déjame en paz.

Hubo algo en el tono de voz de Gabriela que hizo que él sintiera pánico. Se dio cuenta de que la había perdido e intentó volver atrás.

—Perdona, Gabriela. No sé ni lo que digo. Tú me vuelves loco ¿No ves que estoy desesperado?

—Estoy cansada. Siento que ya no tenemos nada en común. Quiero separarme.

—No me hagas eso. ¡No podré vivir sin ti!

—Tendrás que acostumbrarte. Con el tiempo te darás cuenta de que es mejor así.

—¿Y los niños? ¿Qué les dirás?

—La verdad.

—Tu actitud me deja más inseguro y celoso. Me parece sospechosa.

—Ese es tu problema. Mi conciencia está en paz. Nunca he tenido un amante ni pienso tenerlo.

—¿Quieres separarte para estar sola? ¿Quieres que te crea eso?

—Eres libre de pensar lo que quieras. Yo soy la dueña de mi vida y tengo derecho a escoger cómo vivir.

Al ver que ella se retiraba, Roberto apretó los puños y le dijo colérico:

—Te advierto, que si te veo al lado de otro hombre, acabaré con ambos.

Gabriela salió sin responderle. Su actitud demostraba que jamás cambiaría y ella no quería vivir más de esa manera. Sus hijos necesitaban una atmósfera de paz y ella deseaba que tuvieran una buena educación. Vivir en un lugar perturbado por las peleas y la desconfianza permanente los perjudicaría. Además, ella quería ser feliz, volver a tener una casa en la que no se sintiera vigilada, juzgada ni engañada.

Se fue al cuarto, pero no logró dormir. Tenía que decidir de inmediato lo que iba a hacer. Mil ideas se entrecruzaban en su cabeza sin que pudiera encontrar una solución. Sólo estaba segura de una cosa: su relación con su marido había terminado y no había vuelta atrás.

Después de que Gabriela salió de la habitación, Roberto quedó destrozado. ¿Por qué se había precipitado? ¿Por qué no había esperado a que el tiempo pasara y ella olvidara todo?

La culpa era de su mamá, quien siempre había estado interesada en destruir a Gabriela. ¿Por qué le había prestado oídos? Sabía perfectamente que ella era conflictiva y que había intentado perjudicar a Gabriela varias veces.

Y ahora, ¿qué haría? ¿Tendría ella el valor de separarse de él? Claro, dinero no le iba a faltar. Ella ganaba bien, además, era posible que su jefe la protegiera y le costeara los gastos.

El sólo pensar en eso lo hizo estremecerse de la ira. Eso no se iba a quedar así. No podía permitir que destruyeran a su familia. Tenía que hacer algo, pero ¿qué?

Pensó en matar a su rival, pero luego se dio cuenta de que eso no le serviría de nada. No quería acabar sus días en una cárcel. Debía buscar la manera de alejarlos sin que supieran de su interferencia.

Se acostó, pero no logró dormir. Muchas ideas pasaban por su mente, pero no podía encontrar la mejor. Su cabeza estaba confundida, su pecho ansioso y angustiado y su cuerpo adolorido e inquieto. No percibió que dos bultos oscuros lo enlazaban satisfechos e intercambiaban miradas maliciosas.

—Hagámoslo dormir —dijo uno de ellos.

—Sí. Esta noche se irá con nosotros y cuando despierte, tendrá todas las ideas que necesita.

Riendo, colocaron sus manos sobre la frente de Roberto, quien sintió que sus ojos se cerraban. Intentó resistirse, pero no lo consiguió. En pocos segundos su cuerpo se adormeció y su espíritu salió sin darse cuenta de lo que le sucedía. De repente se vio en un lugar oscuro y húmedo, frente a una puerta entreabierta. Entró y en la sala vio a su mamá que conversaba con un hombre alto y moreno. Al verlo, Georgina lo tomó de la mano y lo llevó hasta el hombre.

—Hijo, este es mi amigo Juan, quien va a ayudarte a resolver todos tus problemas. Le pedí que te atendiera.

Juan miró a Roberto a los ojos y le preguntó:

—¿Estás dispuesto a quitar a ese hombre de tu camino?

Roberto pensó en Renato y le respondió:

—Sí. Dime qué debo hacer.

—Tu mamá me lo pidió y voy a ayudarte, pero debes prometerme que harás todo lo que te diga.

—Lo haré. ¿Estás seguro de que Gabriela no sabrá que fui yo quien lo hizo?

—Te lo aseguro. Más aún, te prometo que ella volverá a enamorarse de ti. ¿Es eso lo que quieres?

—Es lo que más deseo. Si haces eso por mí, seré tu esclavo y haré lo que quieras.

Georgina intervino:

—Te pedí que ayudaras a mi hijo, pero no para que él vuelva con su mujer. No quiero que eso suceda.

—Harás lo que yo quiera —respondió Juan, mientras la miraba con seriedad—. Sé lo que es mejor para nosotros. Es bueno que intentes aceptar a tu nuera. Ella se volverá obediente y no tendrás motivos para odiarla.

—Ella acabó conmigo en otra vida. Quiero quitarla de nuestro camino.

Juan rió y le respondió:

—Sé lo que hago. Tendrás que obedecerme, o ¿es que quieres enfrentarme?

Georgina se estremeció:

—No, de ningún modo. Es que yo...

—Entonces, no discutas y obedece. —Volviéndose hacia Roberto le preguntó: y tú, ¿quieres que te ayude a recuperar el amor de tu mujer y a librarte de tu rival?

—Sí. Eso es lo que más deseo.

—Puedo conseguirlo, pero haremos un pacto. Tendrás que trabajar para mí cuando yo lo necesite. Es lo más justo, ¿no crees?

—Puedes contar conmigo.

Roberto se despertó y sintió una extraña sensación como de una caída. Abrió los ojos y pensó:

—¡Qué sueño tan extraño!

Se acordó de que en el centro espírita le habían hablado de los espíritus que hacen pacto con los hombres. ¿Habría sido eso? Le habían dicho que era muy peligroso. ¿Y si fuera verdad? ¿Y si él se hubiese encontrado con un espíritu poderoso que lo iba a ayudar a reconquistar a Gabriela? Menos mal que él había aceptado. Era lo que más deseaba.

Fuera como fuera, se sentía más fuerte y confiado. Con esa ayuda, todo saldría bien.

Capítulo 21

Cuando timbró el reloj Gabriela se despertó, pero no sentía ganas de levantarse. A pesar de que había dormido toda la noche, todavía tenía sueño. Hizo un esfuerzo por levantarse, pero estaba cansada y con el cuerpo adolorido.

No comprendía lo que le pasaba. Una semana atrás había tomado la decisión de separarse de Roberto, pero no hizo nada al respecto. Siempre que pensaba en eso, la dominaba un desánimo terrible y terminaba por aplazar la decisión.

Durante el día estaba confusa en el trabajo, sentía la cabeza pesada y necesitaba leer los contratos varias veces para entenderlos. No se sentía nada bien. Renato se dio cuenta y le preguntó:

—¿Qué tienes?, ¿estás enferma?

—No, me siento un poco cansada. Debe ser consecuencia de lo que ocurrió. Ahora estoy empezando a reflexionar.

—Te ves decaída. Es mejor que vayas al médico.

—No es necesario. Pasará pronto.

—Estuve en el centro espírita ayer y Hamilton me preguntó por ti. Me dijo que no habías vuelto al tratamiento.

—No sé si eso ayuda. He ido y no mejoro. Decidí dejar de ir por algún tiempo. Por la noche, cuando llego a la casa, debo atender a mi familia. Tengo mucho trabajo y no tengo ganas de salir.

Renato no le contestó. Él se sentía bien con el tratamiento. Había comprado algunos libros con el fin de estudiar los fenómenos espirituales con detenimiento. Cuando estaba en la casa cuidando de sus hijos, aprovechaba para leer y se sentía cada día más motivado.

Hasta los niños habían mejorado, estaban más tranquilos. Él habló con sus hijos sin omitir nada de lo ocurrido y les pidió, además, que oraran por su mamá para que ella entendiera la verdad. Celia, quien era más apegada a Gioconda, ahora lo buscaba con frecuencia, era atenta, le demostraba su cariño y oía con interés lo que él le decía.

Gioconda seguía imposible. Fluctuaba entre la rabia y la rebeldía, entre la depresión y la tristeza. Pero en ningún momento se arrepentía de lo que había hecho. Aurelio continuaba el tratamiento con pocos resultados. Renato hablaba con frecuencia con Hamilton y él le había aconsejado que tuviera paciencia y que orara por ella. Él lo hacía de corazón. Había entendido que Gioconda vivía un proceso difícil, del cual sólo saldría cuando lograra entender la verdad.

Gabriela se esforzaba en realizar su trabajo. Las horas se le hacían eternas y miraba con frecuencia el reloj, ansiosa por irse a casa. Cuando llegaba, se acostaba en el sofá sin ganas de hacer nada.

Roberto, preocupado por su estado, le aconsejó que pidiera una licencia y descansara del trabajo.

Una tarde, al llegar a casa y verla acostada en el sofá, se le acercó y le dijo:

—No estás bien. Debes consultar a un médico.

—No es nada serio, sólo cansancio.

—Le acarició el rostro con cariño y dijo con un dejo de tristeza en la voz:

—No me gusta verte así. Siempre fuiste activa, dinámica... Algo está mal.

—No pasa nada.

—Él insistió y al otro día no le permitió ir al trabajo para llevarla al médico. Al examinarla, el médico concluyó que Gabriela estaba estresada y anémica. Le aconsejó salir de vacaciones.

—No puedo, ya perdí muchos tiempo este año —dijo ella.

Al paso de los días, Gabriela se sentía más débil e indispuesta. Cierta noche Roberto no la dejó dormir en el cuarto de María del Carmen.

—Vas a dormir en nuestra cama. Allá estarás más cómoda y yo estaré a tu lado todo el tiempo.

Ella estaba muy cansada para discutir y se acostó en la cama matrimonial. Cuando Roberto se tendió a su lado y la abrazó, no lo rechazó. Se sentía tan sola y débil que su protección la reconfortó. Roberto, al sentirla cerca, sintió que la pasión le quemaba el cuerpo, pero se controló. Ahora que las cosas iban mejor, necesitaba actuar con cautela para no dañar todo. Pero ardiendo en deseos, se despertó a medianoche y la abrazó con pasión. Gabriela se despertó al sentir los besos de su marido en los labios y el ávido abrazo de su cuerpo. Una ola irresistible de pasión la dominó. Lo abrazó con fuerza y le correspondió a sus caricias como nunca lo había hecho, le reveló una pasión con la cual él nunca había soñado. Se entregaron a sus mutuas emociones. Sólo pensaban en aquel fuego ardiente que les quemaba el cuerpo e intentaron satisfacer el ansia de placer que los motivaba. Ella parecía insaciable. Cuando por fin lograron tranquilizarse, Roberto, ebrio de felicidad, dijo conmovido:

—Gabriela, todavía me amas. No importa lo que digas, tú me amas. Nunca me habías amado como esta noche. Estoy extasiado. No existe otra mujer como tú.

Gabriela, confundida, dijo:

—No sé lo que ocurrió. Todo es diferente. Nunca había sentido algo parecido. Me siento otra persona.

—Ahora que descubriste que me amas, nunca más nos separaremos. Tú eres mía y serás siempre mía. Te voy a hacer muy feliz.

Al oírlo, Gabriela sintió una fuerte opresión en el pecho y unas ganas inmensas de huir, de salir corriendo bien lejos. Entonces, empezó a llorar.

—Estás emocionada —dijo Roberto acariciando su cara—. Yo también lo estoy. Hoy empieza una nueva vida para nosotros. Seremos felices por siempre.

Al día siguiente, Gabriela llamó a la oficina para decir que no estaba bien y que se quedaría en la casa. Nicete la miraba preocupada. No le gustaba lo que veía. Gabriela estaba pálida, sin fuerzas, parecía un robot, se dejaba dominar sin ninguna reacción. Nunca antes la había visto así.

Por la tarde, Roberto llegó eufórico. Un cliente tenía el proyecto de construir un gran edificio en Río de Janeiro y lo había invitado a trabajar como maestro de obra. Le ofreció casa, un buen salario, y, además de eso, le pagaría una excelente comisión sobre el material utilizado. Dejar São Paulo en compañía de su familia era lo que él más deseaba. Lejos de Renato y de su madre. Al estar solo con Gabriela, todo se resolvería. Rápidamente aceptó la propuesta y empezó a prepararse para la mudanza. Gabriela no reaccionó. Aceptó todo con indiferencia. Roberto fue a la empresa para solicitar que Gabriela fuera dispensada de su cargo.

Inconforme, Renato intentó comunicarse con Gabriela. Habló por teléfono y ella le dijo que no se sentía bien para trabajar y que permanecería en la casa por algún tiempo.

A él le pareció algo fuera de lo normal. En la audiencia del juicio de Gioconda, Roberto se presentó y llevó un certificado médico donde decía que Gabriela estaba enferma y pidió que la mantuvieran alejada del caso. Atendieron su solicitud. Él se presentó y dio su versión de los hechos. Procuró defender a Gioconda, quien fue declarada enferma mental, y debía continuar interna en el manicomio judicial, hasta que una junta médica la examinara y la declarara apta para vivir en sociedad.

Renato buscó a Hamilton y le contó lo que pasaba.

—Infortunadamente —le explicó él— Gabriela se ha dejado envolver. Se trata de una obsesión.

—Estoy preocupado. Me gustaría hacer algo para ayudarla. Es una mujer extraordinaria.

—Tú la admiras.

—Mucho. Mi mayor deseo es que ella sea feliz.

—La amas con un amor incondicional.

—Por favor, no digas nada. Gabriela no debe saberlo. No quiero afectar su vida.

—Tranquilo. No te inhibas. Lo que sientes es amor verdadero. Es luz en el alma.

Renato lo abrazó conmovido.

—Tú eres mi amigo. Lees mi corazón como un libro abierto. Gracias por comprenderme.

—No te sientas triste. Vamos a continuar trabajando en favor de ellos. Pase lo que pase, no podemos perder la fe. Dios gobierna todo y nos va a ayudar.

Renato salió reconfortado. Hacía mucho había percibido que amaba a Gabriela, pero no quería pensar en eso. Las cosas estaban muy complicadas, tenía que pensar en los niños y él no quería empeorar la situación. Además, Gabriela nunca había demostrado el más mínimo interés por él y no esperaba que un día pudiera ser correspondido.

Decidió ocultar sus sentimientos e intentar olvidarlos. Quizás la desilusión con Gioconda, la soledad y la incomodidad de una relación desagradable lo estimulaban. Gabriela era el tipo de mujer que siempre había admirado. Inteligente, bonita y digna. Le encantaba su presencia y su sonrisa lo ponía feliz.

La separación lo entristecía. Estaba decidido a ocultar lo que sentía, pero la presencia de Gabriela en el trabajo, su dedicación y entrega a la familia lo estimulaba a dar lo mejor de sí en la educación de sus propios hijos. Quería que ella lo admirara.

Ahora ella se iría y tal vez nunca más volvería a verla. Su vida se tornaría vacía y triste. Ni siquiera podría visitarla. Roberto no lo permitiría y no deseaba crear problemas entre los dos. Quería que ella fuera feliz, pero al mismo tiempo sentía que con Roberto a su lado sería muy difícil.

Era una situación delicada y él reconocía que Hamilton tenía la razón. Sólo le restaba orar, pedirle a Dios que lo ayudara a olvidarla y que ella fuera feliz.

Una semana después, Roberto se trasladó a Río de Janeiro con su familia. La casa era confortable y él se esmeró por ponerla aún más bonita. Los niños estaban felices. Nicete se esforzaba en agradar a Gabriela, quien no se quejaba de nada, pero tampoco se alegraba. Durante el día seguía apática, sin ganas de hacer nada, pero en la noche, cuando Roberto se acostaba a su lado, ella se transformaba. Lo abrazaba con ardor y la pasión los dominaba. Era una sed que nunca acababa.

Al principio él se embriagó con la actitud de ella, pero con el tiempo, se dio cuenta de que ella había cambiado mucho. A veces le parecía que era otra persona. Había perdido la espontaneidad, hablaba poco, estaba pálida, apagada y sin vida. Empezó a preocuparse. No quería que ella se enfermara.

Ahora Roberto no tenía la menor duda. Había tenido un encuentro con aquel espíritu que se comprometió a ayudarlo. Él había cambiado todo. Roberto estaba muy agradecido. Deseaba buscarlo para hablar con él, pero no sabía cómo hacerlo. Después de pensarlo mucho decidió buscar un *terreiro**. Un albañil que trabajaba con él en la construcción del edificio le contó un día que frecuentaba un lugar en donde un médium de gran poder atendía a mucha gente y realizaba sus deseos.

Una noche fue hasta allá. La actividad era grande y él pidió una cita. Le dieron una ficha con un número. Luego de esperar media hora, un muchacho lo llamó y le dijo:

—Siga. Puede entrar.

Entró a una pequeña sala que olía a hierbas. De pie, en una esquina, el "padre de santo", con los ojos cerrados y un tabaco entre los dedos, lo esperaba.

—Entra, hijo.

Roberto se le acercó y él continuó:

—Viniste a hacer un pedido. ¿Qué quieres?

Roberto contó lo que le había sucedido en el sueño y agregó:

—Quiero un nuevo encuentro con aquel espíritu.
—¿Para qué? ¿No están las cosas como querías?
—Sí. Pero Gabriela no está bien. Anda decaída, cambió mucho, no quiero que se enferme.

---

*Lugar donde se realizan los cultos fetichistas afrobrasileños (macumbas, condoblú, umbanda, etc.).

—Tú protector está aquí y va a conversar contigo. Él tosió, después dijo con un tono de voz un poco diferente:

—Pensé que habías venido para agradecerme.

—Sí, le estoy muy agradecido. Pero me preocupa Gabriela.

—¿Por qué? ¿Acaso no la tienes todas las noches apasionada en la cama?

—Sí, pero no parece natural. Ella está como ida. No le importa nada. Anda muy extraña.

El otro soltó una carcajada y después dijo:

—¿Qué esperabas? Si ella hubiera seguido como estaba, no hubiera querido estar a tu lado. Se necesitó mucho trabajo para dominarla. Y tú, en lugar de estar agradecido, te quejas. No me gusta tu actitud. Nosotros hicimos un pacto. Yo cumplí mi parte, ahora es el momento de que tú cumplas la tuya.

—Estoy listo para cumplir lo que quieras, pero quiero que ella vuelva a ser alegre y saludable como antes.

—Y que te sea fiel, que te ame y que sólo te vea a ti en este mundo. Si ella vuelve a ser como antes, se irá al día siguiente. ¿Es eso lo que quieres?

—No, señor.

—Estás muy exigente. A la hora de pedir te vuelves humilde, pero después de que logras lo que quieres, empiezas a cambiar. Yo soy muy poderoso. Sabía que querías hablar conmigo y te traje hasta aquí porque esta es la casa en dónde trabajo. Soy el jefe y todos tienen que obedecerme. De ahora en adelante vas a prestar servicio aquí. El padre José te va a decir lo que tienes que hacer.

—No sé que podría hacer aquí para ayudar, pero estoy dispuesto a pagarte mi deuda. Me gustaría que me ayudaras para que por lo menos Gabriela vuelva a hablar conmigo como antes. ¿Es eso posible?

—No te comportas como un hijo obediente. Y no acostumbro a consentir a nadie. Vas a tener que trabajar duro. Es lo único que te puedo decir. Después veremos. Yo sé lo qué es mejor para ti. Si me obedeces, todo saldrá bien. Pero, cuidado: si rompes el pacto, te arrepentirás.

—No pretendo hacerlo, estoy agradecido. Gabriela está conmigo y no trabaja fuera de la casa. Es todo lo que quería.

—Eso, sin hablar que por la noche es toda tuya... dijo con malicia.

—Sí, de hecho, ella nunca había sido tan amorosa.

—Sé lo que te digo. Si me obedeces, todo saldrá bien. No te olvides de que yo sé todo lo que te pasa. Conozco tus pensamientos. Por eso ten cuidado. No pienses en dejarme. Ahora puedes irte.

El "padre de santo" se estremeció, cambió de postura y dijo:

—Como lo querías, él vino. Es algo difícil. Esa deidad no se comunica con facilidad.

—Nosotros trabajamos para él. Y tú ahora trabajarás para nosotros.

—No sé qué hacer. Nunca he trabajado en estas cosas.

—Pero en la hora del apuro viniste a buscarnos. No nos vengas ahora con eso. Tú sabes muchas cosas de otras vidas. Hoy te quedarás hasta finalizar los trabajos y mañana debes volver para empezar de nuevo. Te diré qué debes hacer.

Pasó su mano por la frente de Roberto, quien se mareó y casi se cae. El "padre de santo" rió y llamó a su auxiliar, quien estaba parado en la puerta y le dijo:

—Está listo. Llévalo al centro de la rueda y prepáralo. Caerá enseguida.

Roberto fue llevado a un salón donde se escuchaba un fuerte sonido de tambores y varios médium poseídos trabajaban atendiendo a las personas. Lo colocaron en el centro de la rueda de los médium. Él sentía que su cabeza giraba, se cayó y perdió el sentido.

Cuando se despertó, las personas ya salían. Se levantó asustado, se acercó a un señor y le preguntó:

—¿Qué me pasó? ¿Me desmayé?

—Nada de eso. Fuiste poseído por tu mentor.

—No es posible. Eso nunca me había ocurrido.

El señor sonrió y le contestó.

—Siempre hay una primera vez.

Roberto buscó a la persona que lo había atendido y le preguntó:

—¿Qué me pasó? ¿Por qué perdí el sentido?

Tu mentor poseyó tu cuerpo. Necesitas trabajar con él.

—Pero no sé cómo. Nunca he hecho nada de eso.

—Tu mentor te dijo que ibas a trabajar aquí. Él te avisó.

—Sí, me lo dijo. Pero no pensé que fuera de esa forma.

—Pero así es. De ahora en adelante estás comprometido con él. Si quieres que tu vida marche bien, debes hacer todo como él te lo indique. Si no…

—¿Si no, qué?

—Te castigará. Y te aconsejo que no lo desobedezcas.

Roberto salió pensando en todo lo que había vivido. No le gustaba aquel ambiente, el olor a hierbas, a humo y tampoco el resonar de los tambores.

No podía negar que sus peticiones habían sido atendidas, pero, a pesar de eso, las cosas no estaban como le gustaría que fueran. No estaba feliz viendo a Gabriela tan indiferente. No cuidaba de su apariencia ni de los niños ni de la casa, como lo hacía antes. Ella siempre había tenido buen gusto y esmero. Ahora Nicete era quien se encargaba de todo. El ambiente de la casa era triste, nada parecía como antes.

Si él no le obedecía al espíritu, ¿qué pasaría? ¿Se iría Gabriela? Amenazarlo no era la forma de dominarlo. Su esposa lo amaba. Estaba seguro de eso. Si no lo amara, no sería tan ardiente, aunque estuviera bajo la influencia de ese espíritu.

¿No sería mejor abandonar todo eso? No quería trabajar en ese *terreiro*. No le gustaba. Además, se había sentido mal, mareado, como si flotara sobre la tierra; sintió náuseas y el cuerpo pesado.

No, él no quería hacer eso. ¿Pero si fuera cierto lo que el espíritu le había dicho? ¿Y si fuera castigado? Un escalofrío de miedo recorrió todo su cuerpo. Le pareció oír la voz de él diciendo:

—Cuidado. Sé todo lo que pasa contigo, conozco hasta tus pensamientos. No intentes desobedecerme.

Roberto sintió un fuerte dolor de cabeza y de nuevo escalofríos. Se pasó la mano por la frente. ¿Estaría con fiebre?

No. Su frente estaba fresca. Eran pasadas las once de la noche. ¿Qué le diría a Gabriela para justificar que había llegado tan tarde? Entró a su casa pensando en una disculpa, pero no fue necesario. Gabriela estaba acostada y se había dormido.

Sólo Nicete estaba despierta y le preguntó si necesitaba algo. Él le dijo que no y ella se fue a dormir.

Roberto fue hasta la cocina, tomó un vaso con agua y se acostó. Sentía una fuerte opresión en el pecho, el cuerpo pesado y la mente confusa. Necesitaba descansar. Al día siguiente pensaría en lo que debería hacer.

Pensó y pensó, pero estaba indeciso entre el miedo y el deseo de no volver al *terreiro*. El albañil que lo llevó fue enfático:

—Tienes que obedecer. Es por tu bien. Yo estaba mal, mi mujer me traicionaba, estaba enfermo. Fui allá y todo cambió. Conseguí que ella se fuera, mejoré mi salud y hasta tengo un mejor sueldo.

—¿También tuviste que trabajar allá?

—No. Pero me gustaría. Es un honor. No sirvo para eso. No tengo el don. Tú debes tener esa capacidad. Justo en el primer día te pusieron a trabajar en la ronda. Nunca había visto eso antes.

—Lo que pasa, Onofre, es que no sirvo para esa tarea. No me gusta quedarme allá. Me siento mal. Llegué a desmayarme.

Onofre movió la cabeza y le dijo serio:

—Así es. Cuando el guía llega toma tu cuerpo y tú debes permitirlo. Lo que pudo haber ocurrido es que te resististe y él necesitó usar la fuerza.

—Salí de allá con dolor de cabeza y el cuerpo pesado.

—Claro. En lugar de aceptar y agradecer, creaste problemas. Ellos son poderosos, saben lo que hacen. Tienes que respetar su voluntad y tener fe.

—Las cosas no deben ser así. No me gusta que me den órdenes.

—Entonces, no deberías haberles pedido nada.

—Creo que tienes razón. No debería haberlo hecho.

—Pero como lo hiciste, tienes que respetar el compromiso. Ya no es posible dar marcha atrás.

Roberto dudaba en ir al *terreiro* para empezar a trabajar. Pero cuando llegó la hora, decidió ir. No se sentía con valor para desistir. Pasara lo que pasara, estaba dispuesto a enfrentarlo.

Aurelio buscó a Renato y le informó que Gioconda había empezado a mejorar. Al saber que Gabriela había dejado la empresa y se había ido con la familia para Río de Janeiro, se puso contenta.

Desde que fue detenida, por primera vez estaba tranquila. Le preguntó por sus hijos con más interés y dejó de amenazar a Gabriela a los cuatro vientos.

Al contrario, ahora aseguraba que podría vivir en paz con su familia. Se volvió obediente, sensata y demostraba un intenso deseo de volver a su casa.

—Quiero irme de aquí para cuidar a mi familia. Estoy curada. Ya no necesito estar en este hospital.

—Tenga paciencia —le dijo Aurelio.

—El juez no me condenó. No estoy encarcelada. Él sabe que soy inocente. Estuve fuera de mí por culpa de esa mujer. Ahora que ella está lejos, estoy en paz. Por favor, doctor Aurelio, certifique que estoy curada para que pueda volver a la casa.

—Usted ha mejorado, pero todavía necesita tratamiento.

—No me haga eso. Usted sabe que no soy una loca.

—No depende de mí. Para que pueda salir será necesario que una junta médica la dé de alta y certifique su estado.

—Entonces, dígale eso a mi abogado. Necesito irme lo más pronto posible.

—Usted todavía no está preparada para ese examen. Yo la ayudaré y, cuando observe que es el momento, convocaré a los especialistas.

Gioconda se irritó:

—Usted está en mi contra. ¿Qué le he hecho?

—No hable de ese modo. Sepa que si pedimos el concepto de ellos y el resultado sale negativo, sólo podremos solicitar un nuevo examen después de un año. ¿Usted quiere eso?

—Si es así, me enfermaré de tristeza. Ellos tendrán que enviarme a mi casa.

—Si lo hace, será peor. Ellos no van permitir que los engañe. Tenga paciencia, trate de mejorar y vuélvase más positiva.

—Le gusta hacerse la víctima —le dijo Aurelio a Renato.

—Siempre fue así. Por cualquier cosa se iba a la cama, fingía estar enferma e intentaba controlarnos a todos.

—A pesar de todo, noto que está mejor. Podrían darle de alta más rápido de lo que imaginamos.

—Prefiero que se quede allá el tiempo que sea necesario. Afuera me dará más trabajo. Mi abogado hará la petición de divorcio.

—Esa noticia podría empeorar su estado.

—Es por eso que no había hecho nada, pero no puedo esperar más. Quiero resolver todo antes de que ella deje el hospital. He estado angustiado. Ella querrá quedarse con nuestros hijos y eso me preocupa mucho.

—De hecho, doña Gioconda no está en condiciones de convivir con sus hijos.

—Los envenenará y distorsionará los hechos como siempre lo hace. Los niños cambiaron mucho después de que ella salió de la casa. Celia está más segura y más equilibrada. Con frecuencia hablo con ella. Si Gioconda regresa, va a afectarlos con sus jueguitos emocionales y sus chantajes.

—Es una situación delicada. Debes hablar con ellos lo que más puedas.

—Cuando ella regrese a la casa no estaré ahí. Voy a cambiarme.

—¿Los niños se quedarán con ella?

—Ese es mi dilema. Como mamá, ella tiene el derecho a quedarse con ellos. Pero tengo miedo de esa relación.

—Podrías entablar una acción judicial y alegar sobre el estado emocional de ella. Pero eso empeorará su situación.

—No es lo que deseo. Realmente me gustaría que esté más equilibrada.

—Quizás pueda contratar a una profesora o a una ama de llaves que se encargue de todo.

—Con el genio que se manda Gioconda, no será fácil. No lo aceptará.

—Podemos arreglar las cosas de manera que no se sienta menospreciada. Esa persona debe ser bien escogida y tendrá que aprender a lidiar a Gioconda. Tal vez yo lo pueda arreglar. Conozco a una enfermera que desempeñaría bien esa tarea.

—Sería muy bueno. Me angustio de sólo pensar en eso. No duermo bien, me despierto a la medianoche y no puedo conciliar el sueño. Tengo pesadillas.

—No te afanes por resolver el futuro. Todo tiene su hora, y muchas veces la solución no depende de nosotros. La vida es sabia y tiene sus propios caminos. Deja que el tiempo pase. Poco a poco todo se normalizará.

—Es cierto. Mi amigo Hamilton siempre me dice lo mismo.

Esa noche Renato buscó a Hamilton. Sentía una opresión en el pecho y Gabriela permanecía en su mente.

—Estoy muy preocupado —dijo Renato, tan pronto estuvieron solos. He tenido algunas pesadillas en las que Gabriela me pide socorro. Está pálida y me dice que se va a morir. Deseo ayudarla, pero cuando me acerco a ella, desaparece. Intento asirla, pero no puedo. Corro de un lado a otro desesperado. Cuando despierto me siento mal, tengo el corazón acelerado y el cuerpo mojado en sudor.

—Cilene y yo la hemos pensado mucho. Las noticias que nos llegaron de nuestros amigos espirituales nos tienen preocupados.

—Tenemos que hacer algo. Pídeles que nos ayuden.

—Nos están ayudando, pero debemos ser pacientes. Ellos saben lo que hacen.

—Ni siquiera tengo su dirección. La mamá de Roberto nos dice que no sabe dónde están, no sé si dice la verdad. El hecho es que Roberto desapareció con su familia.

—Estuvimos con doña Georgina. Ella dice la verdad. Está disgustada por la actitud de su hijo, éste se cambió de residencia y prometió enviarle la dirección, pero no lo ha hecho.

—Siento el deseo de contratar a alguien para que investigue, luego ir hasta allá para saber cómo van las cosas.

—No te precipites. Continúa con los trabajos espirituales sin desanimarte. Estoy seguro de que Gabriela recibe ayuda. Debemos confiar y esperar.

A la tarde siguiente, Hamilton llamó a Renato y le dijo:

—Nuestros mentores van a realizar una reunión especial para Gabriela y pidieron que estuvieras presente.

—¿Cuándo?

—Hoy a las ocho de la noche.

—Estaré allá.

Renato colgó el teléfono pensativo. Estaba ansioso y angustiado. ¿Y si estuviera engañado? ¿Y si Gabriela se hubiera reconciliado con su esposo y se sintiera feliz y él estuviera imaginando cosas? ¿No estarían la nostalgia y el miedo de no volver a verla creando esas ilusiones? ¿No sería mejor olvidar ese amor imposible?

Pero no lograba olvidarla. Las pesadillas, el rostro de ella pidiendo ayuda, todo eso lo angustiaba.

El teléfono timbró. Era Aurelio.

—La junta médica va a realizar una evaluación sobre el estado de Gioconda dentro de una semana. Si le dan de alta, podría salir pronto.

Renato colgó el teléfono preocupado. Habló con la enfermera que le había recomendado el médico y tuvo una buena impresión. Se trataba de una mujer de mediana edad, inteligente, con buena formación, apta para cuidar a Gioconda y a los niños. Acordaron que ella iría a la casa a la siguiente semana para familiarizarse con los niños y con la rutina de la casa. Aurelio quería que cuando Gioconda llegara ella estuviera encargada de todo.

Renato planeaba trasladarse para un apartamento de su propiedad cuyo arrendatario se había ido para el extranjero. Lo mandó pintar y lo decoró a su gusto. Estaría listo en pocos días.

No logró trabajar el resto de la tarde. Su vida cambiaba y él se sentía angustiado por los niños.

Aún no había hablado con sus hijos sobre su separación de Gioconda. Observaba que Ricardito, e incluso Celia, no querían que él se cambiara de casa. Pero tendrían que aceptarlo. Les hablaría y les abriría su corazón. Tendrían que entenderlo.

Faltaban algunos minutos para las ocho cuando Renato se encontró con Hamilton en el centro espírita. Lo condujeron a una sala en penumbra donde Cilene se encontraba en compañía de algunas personas que estaban sentadas alrededor de una gran mesa. Oraban en silencio. Había algunos libros sobre la mesa, un florero, vasos, una jarra con agua y una silla vacía. Hamilton le pidió a Renato que se sentara en ella.

Cilene hizo una breve oración en la que pidió ayuda espiritual para las personas cuyos nombres estaban sobre la mesa. Renato sintió aumentar su angustia. Su respiración estaba agitada y quería salir de allí cuanto antes, pero se contuvo. Cilene les pidió que siguieran orando en silencio.

De pronto, una señora dijo con voz calmada:

—Es un caso de obsesión. Quien conozca a las personas involucradas, pónganlas en su mente. Veo a un matrimonio que es vampirizado por unos espíritus. Ella está hipnotizada y fuera de la realidad. Él hizo un pacto con una deidad peligrosa para conseguir sus objetivos. Necesitaremos de tiempo para poder ayudarlos.

—Trate de profundizar —le pidió Hamilton.

La médium se quedó en silencio por algunos segundos y después dijo:

—Veo a la muchacha que se debate en un pasillo oscuro. Ella intenta buscar una salida pero no la encuentra. Pide socorro.

Renato miró a Hamilton. Era de esa forma como él veía a Gabriela en sus sueños. Hamilton se acercó a él y le dijo en voz baja:

—Calma, Renato. No te dejes impresionar. Continúa mentalizando a Gabriela. Imagínala saludable, alegre y llena de luz.

Él obedeció. De repente, otro médium se estremeció y empezó a reírse.

Después dijo:

—Ustedes pueden hacer lo que quieran, pero no van a conseguir nada. Este es un trabajo de alguien que sabe. Ustedes son débiles, no podrán hacer nada. Desistan y no se metan donde no los llaman.

—Ustedes interfieren en el destino de las personas. Sólo Dios tiene ese poder.

—Nosotros somos poderosos. Es importante que sepan con quién se están metiendo.

—Es mejor que reflexionen sobre lo que están haciendo. Ustedes quieren ser más que Dios, y eso no va a dar buen resultado. La vida responde a nuestras actitudes. Deténganse, aún están a tiempo para que no sufran las consecuencias.

Él rió a carcajadas y enseguida contestó irónico:

—¡Uy!, ¡qué miedo! Ustedes se engañan. Oran, se ilusionan, quieren ayudar a los demás sin saber cómo hacerlo. Cuidado, nosotros podemos vengarnos.

—No les tenemos miedo. Estamos del lado del más alto bien. En favor de la vida. ¿Por qué no haces lo mismo? Tú sirves a un jefe que te esclaviza. Te lo advierto. No viniste aquí por voluntad propia. Fuiste traído por una fuerza más poderosa para oír lo que tenemos que decirte. Es apenas un primer contacto. Queremos que liberen a esa pareja, que desistan de mantenerla bajo su control.

—¡Eso sí que está bueno! Ustedes dándome órdenes. ¿Creen que vamos a obedecerles?

—Sería bueno que obedecieran. Mira a tu alrededor y verás quién está con nosotros dirigiendo nuestros trabajos.

—El médium se movió en la silla y después gritó nervioso:

—¿Qué es esto? ¿Una trampa? No estaban sino ustedes y de repente aparecen todas esas personas. Quiten esa luz de mi frente. ¿Pretenden cegarme? Quiero irme, no me gusta esa luz. Déjenme salir.

—Ves con quién están involucrados. Tenemos interés en liberar a esa pareja. Permitiremos que te vayas para que busques a tu jefe y le des nuestro mensaje.

—Él no va a querer oírlo. Al contrario, me va a castigar, va a decir que vacilé. Él es duro, ¿sabes? Me voy, pero no le daré ningún mensaje.

—Es mejor que obedezcas. ¿Ves a ese soldado que está a tu lado?

—¿Qué es eso? ¿Me vas a encarcelar?

—No, él irá contigo.

—¡Estoy prisionero! No puedo aparecer allá acompañado de él. Mi jefe dirá que delaté nuestro escondite.

—Él conoce tu escondite. Él irá hasta allá, pero se mantendrá oculto. Nadie de tu grupo lo verá.

—Tengo miedo. Me tengo que ir.

—Es mejor que obedezcas. Él va a protegerte. No tengas miedo. Si haces todo como te decimos, contarás con nuestra ayuda. ¿No te gustaría mejorar tu vida? ¿Vivir en libertad, cuidar de tus problemas y de tu bienestar en otro lugar?

—Sí. Creo que me gustaría. Pero tengo una deuda con él. No me puedo ir.

—Con nuestra ayuda, podrás hacerlo. Pero es necesario que dejes de entrometerte en la vida de los demás. Cada uno tiene su camino. Si cuidas de tu progreso, tu vida mejorará.

—¿Es cierto? ¿No intentan engañarme?

—Experimenta y verás. Ahora vete. Seguiremos orando por ti.

Él se fue. Hamilton hizo una oración de agradecimiento y cerró la sesión. Las luces se encendieron. Tomaron un poco de agua. Renato se acercó a Hamilton.

—¿Y entonces? —preguntó.

—Ya oíste. Ellos están siendo utilizados por deidades ignorantes. Hoy dimos el primer paso para liberarlos.

—Ellos deben ser poderosos. Gabriela siempre fue una persona equilibrada y con sentido común. Aun así, ellos la dominaron.

—Eso no es verdad. El mal utiliza los puntos débiles de las personas para dominarlas. Las personas impresionables, las que se juzgan débiles, las que se dejan dominar por el miedo y las que se culpan por sus errores, son manipuladas por ellos. Conocen sus pensamientos íntimos y les hacen sugerencias mentales. De este modo disminuyen la resistencia de esas personas y las dominan. No te dejes llevar por el negativismo, intenta ser optimista. Ese es el primer paso para liberarse de ellos.

—Sería bueno que todos supieran eso. Pienso que eso ocurrió con Gioconda.

—Ellos exploraron los celos de ella y seguirán haciéndolo hasta que ella cambie de actitud. Los espíritus ignorantes usan a las personas para alcanzar sus objetivos, pero no debemos olvidar que no existen víctimas. Cada uno es obligado a probar el resultado de su propio veneno. ¿No es así que la vida cura?

—Pero las personas no conocen eso. Gioconda jamás lo creería. Vive dominada por los celos y la rebeldía. El esposo de Gabriela también. Pero, ¿y Gabriela? ¿No es una víctima? Siempre fue buena esposa, honesta e interesada por el bienestar de su familia. ¿Cómo se dejó envolver por esos espíritus?

—Para contestar a esas preguntas tendríamos que conocer todos sus pensamientos, sus vidas pasadas y sus compromisos familiares. Lo que sé es que la vida hace todo correctamente. Si ella no necesitara aprender alguna cosa con esa experiencia, habría sido resguardada. ¿Por qué será que las personas atraen a un compañero celoso? Tú mismo, por ejemplo, ¿por qué has atraído a una mujer como Gioconda?

—No sé. Coincidencias. Las personas cambian después de que se casan.

—Las personas se revelan como son, es lo que quieres decir. Pero antes, durante el período de noviazgo, ellas dan muchas pistas. La mayoría de las personas no quieren ver, no quieren creer; prefieren ilusionarse y pensar que podrán hacer todo para que las cosas resulten bien. Claro que también está el lado humano y terrenal de las conveniencias. Pero eso es pura apariencia. Es necesario ir más a fondo y descubrir qué actitudes tuyas atrajeron a una persona como Gioconda.

—No sé. Ella era bonita, alegre y me valoraba. Pensé que podríamos ser felices.

—Eso es lo que parece. Pero detrás de eso está su comportamiento. Las personas exuberantes, que brillan, alegres, vistosas y cuya presencia se nota a donde quiera que llegan, acostumbran a atraer compañeros celosos.

—¿Por qué será?

—El celoso es alguien que se juzga menos importante que los demás e intenta aparentar lo que no es. Por eso es perfeccionista, no acepta errar y le gusta ser notado. Es normal que se enamore de alguien que tiene brillo propio y representa todo lo que a él le gustaría ser. No se satisface con una relación normal y quiere más, desea para sí las cualidades que ve en el otro. Como eso es imposible, se siente inseguro, tiene miedo de perder a su compañero y eso se convierte en una verdadera obsesión.

—Hay lógica en tus palabras. Gabriela es exactamente como dijiste y Roberto se siente menos. Todo empeoró después de que él perdió el dinero y ella asumió los gastos de las familia. Pero esa es su personalidad y no debe culparse por ser así. A propósito, ella no se exhíbe, ella es lo que es. ¿Por qué tendría que pagar ese precio?

—Hoy ella utiliza sus atributos en la medida exacta. Pero, ¿y ayer? ¿Como habrá actuado en otras vidas? El equilibrio es una conquista que cada uno consigue con el tiempo. ¿Cómo se habrá convertido en lo que es hoy?

—Empiezo a entender. En otras vidas ella pudo haber utilizado su carisma erróneamente.

—Y pudo haberse involucrado en situaciones que no terminaron y que ha retomado ahora para solucionarlas.

—¿Y en cuánto a mí? No tengo ni el carisma ni el brillo de Gabriela. ¿Por qué atraje a Gioconda?

—No intentes huir. Tú también eres un espíritu inteligente, brillas donde quiera que vas, eres un vencedor.

—No lo sé. Voy a reflexionar sobre eso.

—Pasado mañana, a la misma hora, haremos otra sesión para Gabriela. No dejes de venir.

Renato se despidió y salió. La noche estaba llena de estrellas y fría. ¿Dónde estaría Gabriela en ese momento? ¿Habría tenido alguna mejoría?

Él se sentía más liviano y mejor dispuesto. Por lo menos estaban haciendo algo para ayudarla. Con ese pensamiento se fue a la casa. Quería ver a los niños y descansar.

Capítulo 22

Renato miró el reloj y se levantó. Ya era hora de ir al centro espírita. Hacía tres meses que ellos habían hecho la sesión en favor de Gabriela y, a pesar de no tener ninguna noticia de ella, seguían orando.

A veces Renato se desanimaba, pero tanto Cilene como Hamilton le aconsejaban tener paciencia y fe. El problema era grave. En una orientación espiritual les habían dicho que la pareja estaba siendo ayudada, pero que era necesario esperar.

Clara, la enfermera, había empezado a trabajar como ama de llaves en la casa de Renato. Era atenta y solidaria, pero firme y organizada. Al principio los niños, habituados a hacer lo que querían, vieron con extrañeza la nueva disciplina. Sin embargo, Clara hablaba con los dos, les explicaba el porqué de cada cosa y les mostraba que la organización y el orden les facilitaba la vida. Era cariñosa, pero firme. Sabía valorar los puntos positivos de cada uno. Poco a poco observaron que ella deseaba que aprendieran lo mejor y que disfrutaran de una vida más feliz.

Se volvieron amigos, la buscaban para hablar y para contarle sus dudas, miedos, alegrías y aspiraciones. Renato estaba satisfecho de que Clara fuera la persona que lo ayudara en la difícil tarea de educar a sus hijos. Cuando Aurelio le avisó que Gioconda había salido bien en el examen ante la junta médica, y que pronto regresaría a la casa, Renato habló con los niños para prepararlos sobre lo que ocurriría.

Les dijo que los amaba mucho, pero que, a pesar de eso, tendría que cambiarse de casa. Celia se aferró a él nerviosa:

—Papá, yo quiero irme contigo.

—Me gustaría mucho, pero tu mamá estuvo muy enferma y aún está en recuperación. Va a volver a la casa y necesita mucho de tu ayuda.

—Si es así, tú también tienes que quedarte, —le dijo inconforme.

—No hijita. Mi presencia va a perturbarla todavía más. Quiero que sepan la verdad. Hace mucho que nuestra relación no venía bien. Para que una pareja viva junta es necesario que haya amor, y el nuestro se acabó. Si me quedo, va a exigirme demostraciones de cariño que no podré darle. Si eso ocurriera se enfermaría de nuevo. Ella ya sabe que nos vamos a separar. Y, cuando el tiempo pase y se recupere, va a darse cuenta de que fue mejor así.

—Nos vas a abandonar... —dijo Celia, sin poder evitar el llanto.

Renato la abrazó con cariño:

—Para nada. Tú y Ricardito tendrán siempre todo mi amor y atención. Nada va a cambiar entre nosotros. Sólo voy a vivir en otra casa, pero ustedes podrán quedarse conmigo el tiempo que quieran. Nos veremos todos los días.

—¡Me gustaría ir contigo! —dijo Celia con voz triste.

Ricardito, quien escuchaba callado y con los ojos húmedos, intervino:

—Papá tiene razón, Celia. Él necesita cambiarse de casa, pero nosotros tendremos que quedarnos para ayudar en la recuperación de mamá.

—Sería mejor que él se quedara...

—Sí yo me quedo, Gioconda no se recuperará rápido. Si ustedes la abandonan, sufrirá mucho y podría empeorar. Ella está enferma, su cabeza está confundida, pero siempre los ha amado mucho. Cada vez que alguien va a visitarla al hospital, sólo habla de ustedes, de cuánto los extraña y de cuánto le gustaría estar en casa.

Celia bajó la cabeza pensativa y Ricardito argumentó:

—Nosotros ya somos grandes y tenemos que ayudar a papá. Vamos a hacer todo como él quiere. Además, no hay nada de malo en eso. Mamá peleaba mucho con él y ahora no va a tener con quién pelear.

—Va a pelear con nosotros...

—Pero nos vamos a esforzar para que ella no se altere. Cuando eso ocurra no le vamos a hacer caso. Sabemos que está enferma y que debemos tenerle paciencia.

—Así es, hijo —respondió Renato conmovido—. Ella debe llegar aquí el sábado. El doctor Aurelio la acompañará. Yo no estaré aquí y Clara se encargará de todo. Ustedes tienen mi teléfono. Pueden llamarme y contarme cómo van las cosas. Estaré en la casa a la espera de su llamada. Cualquier cosa que necesiten, llámenme.

El sábado temprano, Renato se trasladó al apartamento. Se había puesto de acuerdo con Aurelio y Clara. Quería que Gioconda estuviera cómoda y se sintiera bien.

Hacía 15 días que Gioconda había vuelto a la casa y todo había ocurrido como Renato lo había previsto. Antes de que le dieran de alta en el hospital, Aurelio le había advertido que no estuviera en la casa cuando ella llegara.

Al principio ella se rebeló. Pero poco a poco se convenció de que Renato estaba muy molesto con lo que había ocurrido y deseaba separarse. Si ella no aceptaba, y se rebelaba, los médicos del hospital no certificarían su mejoría y ella tendría que permanecer en ese lugar por mucho tiempo.

Ese argumento la convenció. Estaba cansada. Quería irse a su casa. Extrañaba a sus hijos, la comodidad a la cual estaba acostumbrada, sus cosas y la libertad que había perdido.

Por eso actúo con sensatez, dijo que había dejado de odiar a Gabriela y que estaba arrepentida. Empezó a llevar una vida normal, calmada, obedecía a las enfermeras y a los médicos, y finalmente logró regresar a casa. Sin embargo, su libertad era condicional, debía someterse a exámenes cada tercer mes para una nueva evaluación. Ella sabía que si demostraba cualquier desequilibrio, podría ser internada otra vez.

Por eso se controlaba. Pero, dentro de su corazón, aún había odio por Gabriela. La reconfortaba el saber que ella se había mudado con su familia para Río de Janeiro y que nadie, ni la propia mamá de Roberto, sabía su dirección.

Con Gabriela distante, ya no había peligro. Gioconda pensaba que como Renato había perdido el amor de esa mujer, se arrepentiría de lo que había hecho y un día la buscaría y le pediría que volviera. Entonces ella volvería a ser feliz. Por fin había vencido a su rival.

Para lograrlo, necesitaba ser educada, mostrarse paciente, tranquila y arrepentida. Ella sabía aparentar todo eso muy bien. Además, Renato era generoso en lo que se refería al sostenimiento de la familia y el abogado le había dicho que él le daría una mesada para sus gastos personales mientras se establecían las normas legales de la separación.

Como estaban casados bajo el régimen de comunión de bienes, Renato solicitó al doctor Altino que hiciera la evaluación de los bienes. Pretendía darle a Gioconda la parte que le pertenecía por derecho con el fin de que se mantuviera. Gioconda no tenía una profesión y nunca había trabajado. No tendría cómo mantenerse. Además, él deseaba sostener una relación lo más tranquila posible, debido a sus hijos.

Necesitaría vender algunos inmuebles, pero su empresa estaba bien y con el tiempo conseguiría aumentar de nuevo su patrimonio. Deseaba cuidarse y vivir en un ambiente tranquilo en dónde pudiera hacer lo que deseara. Reconocía que la rutina del matrimonio, el temperamento de Gioconda y sus jueguitos manipuladores, habían transformado su vida en una desagradable sucesión de problemas de los cuales él intentaba escapar aislándose. Debido a eso había perdido el placer por las pequeñas cosas del día a día, por ejemplo, poner la música que le gustaba oír en la penumbra de la biblioteca, degustar una copa de vino, relajarse y disfrutar la agradable sensación que eso le producía. Leer un buen libro y reflexionar sobre las afirmaciones inteligentes y perspicaces de un buen escritor, entregarse al placer de una conversación interesante con los amigos, o simplemente quedarse en la sala en silencio, sin pensar en nada, aprovechando un momento de calma y de armonía anterior.

Hacía mucho tiempo que había dejado de hacer esas cosas, porque cuando estaba en casa Gioconda lo perseguía por todas partes, monopolizaba su atención y se quejaba cuando él quería estar solo. Lo interrumpía cuando leía, decía que la tenía abandonada y que no le prestaba atención.

Para no oír sus quejas, él prefería quedarse en la calle después del horario de oficina y reducir al máximo su presencia en la casa.

A pesar de todos sus problemas, de la preocupación por el bienestar de sus hijos, de la nostalgia por Gabriela y de la incertidumbre en cuanto a su destino, Renato se sentía bien en su nuevo apartamento.

Todo estaba de acuerdo con su gusto. Había silencio, tranquilidad, armonía. Podía hacer todo sin incomodar a nadie o no hacer nada, sólo quedarse quieto, relajado y sentirse dueño de sí mismo.

Durante esos quince días percibió lo infeliz que lo había hecho su relación con Gioconda. Se sintió libre y ligero.

Tan pronto regresó a la casa, Gioconda intentó hacer una cita con él, con el pretexto de resolver la situación de la familia. Pero, cuando llamó, Renato le dijo con franqueza que no había nada de que hablar. Todo estaba claro, y si ella necesitaba algo, debería dirigirse a su abogado.

—Pero quiero hablar contigo. Estoy arrepentida de lo que hice. Estaba fuera de mí. Me gustaría contarte lo que pasó.

—No es necesario.

—Quiero pedirte perdón. Fui injusta contigo.

—No hay nada que perdonar. Ya pasó.

—Si eso fuera verdad, tú vendrías a conversar conmigo, volverías a la casa y todo estaría bien.

—No te tengo rencor, puedes creerme, pero es mejor que aceptes la verdad. Nuestro matrimonio se acabó. Nunca más volveré a la casa. Intenta olvidar y rehacer tu vida como quieras.

—Debes tener otra mujer…

—¿Ves? No has cambiado en nada. Voy a colgar.

—No quiero estar sola aquí. La casa está diferente. Clara se responsabilizó de todo y los niños la quieren más a ella que a mí.

—Esos son problemas que tú tienes que resolver. Yo ya hice mi parte. Clara es excelente y se ha encargado de todo muy bien. No necesitas preocuparte por nada. Es todo lo que puedo hacer.

Gioconda empezó a llorar.

—¿Qué va a ser de mí ahora sin ti? ¿Qué voy a hacer de mi vida, ahora que estoy sola y abandonada?

—Eso es problema tuyo. Eres una mujer inteligente, adulta, capaz de cuidar de tu propia vida. Es mejor que dejes de actuar como una víctima, ya que no lo eres. Afectaste a dos familias, casi matas a una persona, te hiciste la mártir y manipulaste a los psiquiatras para lograr la libertad. Incluso creo que eres demasiado valiente. Intenta utilizar esa fuerza para reconstruir tu vida sin mí. Yo ya estoy fuera de eso.

—Te arrepentirás por humillarme de esa forma.

—La verdad duele, pero puede curar. Piensa en eso.

Ella colgó el teléfono sin responder. Renato suspiró. Intentaba expulsar la sensación desagradable que esa conversación le había dejado. Más tarde el abogado lo llamó. Le dijo que Gioconda estaba muy enojada y que nunca más permitiría que él viera a sus hijos. Renato le contestó:

—Dile que si pone a mis hijos en mi contra e impide que me visiten, yo le suspenderé la mesada. Tal vez así recupere la serenidad.

Más tarde Altino lo llamó para decirle que ella había llorado, se había quejado y lamentado, pero que al final había aceptado hacer lo que Renato quería.

Mientras se dirigía al centro espírita para la sesión, Renato pensaba en los últimos hechos. A pesar de no tener noticias de Gabriela y de estar frecuentando el centro en los últimos meses, no perdía la fe. Ahora más que nunca creía en la interferencia de los espíritus en la vida de las personas. Sabía lo importante que era mantener buenos pensamientos y hacer lo posible por vencer los desafíos que la vida le presentaba, pero también reconocía sus límites, y los problemas que no conseguía resolver, los entregaba a las manos de Dios.

Su amor por Gabriela no era correspondido, y aunque lo fuera, nunca podrían ser felices, pues ambos tenían sus compromisos familiares.

Roberto no aceptaría una separación y volvería la vida de ella un infierno. Los hijos sufrirían. Él no deseaba eso para ella. Además, amaba a su marido.

estaba decepcionada, pero con seguridad lo había perdonado y habían retomado la vida normal. Quizás ya no se acordara de él.

A pesar de eso, no era su sentimiento de amor por ella lo que lo angustiaba. Cuando pensaba en ella y recordaba su cara, su sonrisa, su espontaneidad, sentía una sensación agradable. Sentir ese amor le daba placer y alegría y lo motivaba para ser mejor con las personas. Estaba resignado a guardar ese secreto para siempre.

La angustia y la inquietud que sentía se debían a que no sabía qué había ocurrido con ella. Si Gabriela estaba bien y si era feliz.

Cuando iba al centro oraba por su felicidad. Esa noche, cuando llegó a la sala de reuniones ya era la hora de empezar la sesión. Ocupó el lugar que le fue asignado. Cuando el dirigente empezó la oración, le pareció verla frente a él, pálida, delgada y con las manos extendidas, pidiendo ayuda, tal como ocurría en sus sueños.

Emocionado, Renato le rogó mentalmente a los espíritus presentes que la ayudarán. En ese momento tuvo la seguridad de que Gabriela sufría y necesitaba de auxilio. Las lágrimas rodaron por su rostro, imploró a Dios que ella volviera a ser la muchacha alegre, saludable y bien dispuesta que siempre había sido.

Un muchacho empezó a hablar:

—Deseamos agradecer su perseverancia en este caso. Gracias a eso avanzamos en nuestros propósitos. Pronto tendrán noticias de ellos. No se preocupen por lo que les digan. A veces pareciera que todo está peor, pero eso representa el comienzo de la cura. Les pido que sigan firmes. Confíen en Dios y crean que nada ocurre por pura casualidad. La vida es la gran maestra que siempre nos enseña, nos vuelve más conscientes y nos convierte en personas maduras. Guardemos el corazón en paz y en oración.

Cuando las luces se prendieron, Renato buscó a Hamilton.

—Hoy vi a Gabriela frente a mí, tal cual como aparece en mis sueños. Estaba mal, me pedía ayuda. ¿Habrá sido mi imaginación? Yo estaba preocupado por ella.

—No fue tu imaginación. Yo también la vi. Su espíritu fue traído aquí para fortalecerse.

—¿Es verdad que ella vino?

—Sí. Nuestros mentores la sacaron de su cuerpo y la trajeron para tratarla. Recibió fuerza para resistir la magnetización de esas deidades que la tienen envuelta.

—Quedé muy emocionado. Sentí que era ella.

—No permitas que las emociones te dominen. Reacciona. Piensa que ya ha empezado a recibir atención y que pronto tendremos noticias.

—Ellos dijeron eso. Pero hasta el momento ni el investigador que contraté ha conseguido descubrir algo.

—Al contratar al investigador utilizaste los recursos de que disponías. Hiciste tu parte. Sin embargo, yo sé que hay otros intereses en juego. Sólo descubriremos algo cuando sea el momento. No te olvides de que Gabriela y Roberto han recibido el auxilio de nuestros mentores desde el comienzo. Ellos poseen una visión más completa de los hechos, conocen las vidas pasadas y las verdaderas causas de todo. Saben que los desafíos de cada uno son determinados por su necesidad de madurar. Respetan el ritmo y el libre albedrío de ellos y actúan de acuerdo con sus actitudes.

—Pero ellos están siendo manipulados por entidades peligrosas y tienen dificultad para liberarse de ellas. ¿No será falta de caridad esperar tanto?

—Nadie es víctima, Renato. De alguna forma ellos atrajeron a esas entidades. No podemos juzgar. Nuestra visión es parcial y muchas veces deformada por las creencias equivocadas que el mundo nos ha enseñado. La vida es amorosa, sabia, perfecta. Jamás permitiría una injusticia.

—Pero no es así como nos parece este mundo.

—No parece, pero lo es. Nos falta conocimiento para poder evaluar adecuadamente. Pero, si creemos que el universo es perfecto y que fue creado por Dios, llegaremos a esa conclusión.

—Vemos que muchas personas buenas sufren... es difícil de entender.

—Es verdad. Pero nuestros conceptos de bondad están limitados por las reglas de la sociedad y en la mayoría de ellas los verdaderos valores del alma están al revés. Nuestra cabeza está llena de reglas y costumbres que varían de país a país, lo que demuestra su precariedad.

—¿Cómo podremos entendernos mejor?

—Acabando con los prejuicios. Valorando lo que sentimos, aprendemos a escuchar nuestra alma y utilizamos el sentido común. Debemos descubrir nuestras cualidades, pero también mirar nuestros puntos débiles sin miedo. Éstos determinan los desafíos que la vida nos traerá.

—Pero, ¿conocer nuestras debilidades no va a conducirnos a la depresión?

—No, si lo haces sin sentimiento de culpa y si deseas fortalecer esos puntos.

—¿Cómo?

—Apoyándote. Jamás te critiques ni te pongas en contra tuya.

—Es difícil cargar con el sentimiento de culpa.

—Si dramatizas lo es. Pero si miras un error y piensas en no cometerlo de nuevo, te liberará de la culpa y sacarás provecho de la lección. ¿Entendiste?

—Sí. Al mirar la vida de esa forma, todo se vuelve más fácil. Hasta me siento más liviano.

—Así es. Intenta visualizar a nuestros amigos alegres y felices. Piensa que todo está bien y que sólo va a ocurrir lo mejor.

—Está bien. En caso de que ocurra algo nuevo, llámame.

Renato se fue para la casa. Se sentía más tranquilo. La charla con Hamilton le hizo mucho bien.

Esa misma noche, cuando Roberto llegó a su casa, pasaba de la una y media de la madrugada. Se sentía cansado y preocupado. Venía del *terreiro* donde trabajaba desde las siete de la noche. En aquellos meses le había pedido al padre José que lo liberara de esa tarea, pero no lo había logrado. Si no pagaba con trabajo lo que debía, sería castigado. Perdería todo y además quedaría muy mal. A pesar de sentirse contrariado, Roberto no se atrevía a desistir. Allá desempeñaba varias tareas muy desagradables con animales, comidas y hacía entregas en los cementerios, en los bosques y en el mar.

Roberto cumplía con lo que le mandaban por obligación y miedo. Ya no quedaba inconsciente en el centro de la rueda. Oía todo lo que estaba hablando, percibía todo lo que hacía, pero no conseguía detenerse. Era como si estuviera afuera como observador.

A pesar del cansancio, se bañó y fue a acostarse. Gabriela dormía. Prendió la pequeña lámpara de su mesita de noche y la miró preocupado. Ella había adelgazado mucho y estaba pálida.

Roberto había conversado con el padre José y le había pedido un remedio. Nicete todos los días le preparaba un té con las hierbas que él le había formulado, pero Gabriela seguía en las mismas, ajena a todo, delgada y sin apetito.

Los niños andaban tensos, se peleaban entre sí, le daban mucho trabajo a Nicete cuando estaban en casa y ocasionaban problemas en el colegio.

Roberto se acostó y apagó la luz. Eso no era vida. Él había conseguido lo que quería, pero no se sentía feliz. El precio era muy alto. Él quería a Gabriela bonita, alegre y saludable, pero ella se veía acabada. Casi no hablaba con los niños y él tampoco tenía tiempo para eso. Trabajaba todo el día y tres veces por semana tenía que ir al *terreiro*. Tenía un horario de entrada pero no de salida.

Muchas veces los trabajos duraban hasta la madrugada y no era raro que tuviera que salir para hacer ofrendas y despachos a la medianoche. Roberto extrañaba la época en que tenía su depósito de materiales de construcción y su familia estaba bien. Neumes era el culpable de todo. Le había robado su dinero y lo había dejado en la miseria. Además, tuvo que soportar la humillación de ver a su familia mantenida por su mujer. Jamás lo perdonaría.

Nunca más volvió a ver a ese desvergonzado. Si se lo encontrara, lo obligaría a devolverle todo. Fue entonces cuando tuvo la idea de hablar con el padre José acerca de él. Al fin y al cabo trabajaba en el *terreiro* y tenía derecho a pedirle ayuda.

¿Por qué no había pensado en eso antes? Ellos eran poderosos. Aunque tenía problemas, su situación había cambiado por completo. Les pediría que hicieran un trabajo para que Neumes apareciera y le devolviera su dinero. Quería que él también fuera castigado. Era lo justo.

Habló con el padre José, quién le prometió hacer lo que él quería. Roberto se sintió reconfortado. Pronto volvería a ser rico y podría reabrir su negocio. Era lo que más deseaba. El padre José le había dicho que, con el tiempo, Gabriela mejoraría. Roberto le creyó y aceptó deberle otro favor. Al fin y al cabo, si tenía que seguir yendo, ya que no podía alejarse, por los menos sacaría provecho de ese pacto.

Nicete estaba cada día más preocupada. No se resignaba a aceptar los cambios de Gabriela, de los niños y de Roberto. Él se había convertido en una persona amargada y ya no jugaba con los niños. Sentía denso el ambiente. Muchas veces tenía pesadillas y se despertaba cansada, con el cuerpo dolorido y afligida. Estaba enterada de que Roberto trabajaba en el *terreiro* y que allá no hacía nada bueno.

Ella sabía que había algunos *terreiros* en donde ayudaban a las personas, las reconfortaban, las aconsejaban e intentaban curar enfermedades, pero el lugar que Roberto frecuentaba no era de esos.

Lo percibía por los resultados. En la casa era cada vez peor. En los últimos días estaba impresionada por la apatía de Gabriela. Guillermo había pisado un pedazo de vidrio y se había cortado la planta del pie. La sangre corría y Nicete intentó socorrerlo inmediatamente.

Llamó a Gabriela, pero ella a duras penas se limitó a mirarlo; ni siquiera se movió del lugar en donde se encontraba.

Asustada, Nicete le lavó la herida y comprobó que no era muy profunda. Le hizo una curación y pronto el niño estuvo bien.

Gabriela ni siquiera preguntó qué había ocurrido. Siguió sentada en el sofá, con la mirada fija y distante. Asustada, Nicete se encerró en su cuarto, rezó y pidió ayuda. Esa situación no podía seguir así. Necesitaba hacer algo.

No conocía a nadie en Río de Janeiro. Como Gabriela permanecía indiferente a todo, era Nicete quien asumía todas las responsabilidades de la familia. Había hablado varias veces con Roberto. Llegó a pedirle que tomara cartas en el asunto, que llevara a Gabriela al médico. Pero él le respondía que ella estaba bien y que no era necesario hacerlo.

¿Quién podría ayudarla? Pensó en Georgina, pero Roberto no le había dado la nueva dirección. Ella no era una persona de fiar. Siempre hablaba mal de Gabriela y deseaba hacerle daño. ¿Qué hacer?

Decidió revisar el escritorio de Gabriela. Era allí donde ella acostumbraba hacer las cuentas y guardar los documentos de la familia. Abrió un cajón y empezó a buscar. No encontró nada. Fue al *closet* y tomó el bolso que Gabriela usaba cuando iba a trabajar.

Se sentó en la cama, lo abrió y lo volteó patas arriba. Lo que había dentro cayó sobre la cama, excepto un pequeño papel doblado que fue a parar al piso.

Nicete lo tomó y lo leyó: *Centro Espírita Luz del Camino*. Ahí, estaba el nombre de Gabriela y la indicación para un tratamiento espiritual. *Encargada: Cilene*. Había dirección y teléfono.

Nicete guardó todo otra vez en el bolso y en seguida se dirigió al teléfono. Marcó el número y pidió que la comunicaran con Cilene. Después de algunos instantes ella atendió.

—Mi nombre es Nicete. Estoy llamando desde Río de Janeiro. Trabajo en la casa de doña Gabriela y tengo en mis manos un papel del centro firmado por usted. ¿Sabe de quién se trata?

—Claro. Gracias a Dios llamaste. ¿Cómo está Gabriela?

—Mal. No sé qué hacer. Necesitamos ayuda.

En pocas palabras Nicete le contó lo que ocurría y finalizó:

—Por favor, ayúdennos. No sé qué más hacer.

—Tranquilízate. Necesito la dirección.

Nicete se la dio y ella la anotó. Después le explicó:

—Desde que se fueron hemos hecho trabajos en favor de ustedes. Los espíritus nos informaron que necesitaban ayuda. Pero ha sido difícil, porque ni siquiera sabíamos la dirección. Gracias por informarnos. Tú eres la única persona de la casa que no ha sido dominada por esas entidades. Sé firme. Serás nuestro apoyo allí. No te dejes envolver por el desánimo. Mentaliza la luz y ora.

Mañana por la noche es el día de nuestra reunión a favor de ustedes. Hacia las ocho y media de la noche intenta sintonizarte con nosotros. Pon agua en una jarra y ora. Después de media hora, dale un vaso de esa agua a Gabriela y haz que toda la familia beba el resto. ¿Entendiste?

—Sí. Lo haré tal como me lo dijo. Después de hablar con usted, me siento más aliviada. Muchas gracias.

—Tan pronto reciba una orientación, te llamaré.

Cilene colgó el teléfono y buscó a Hamilton para contarle la noticia. Éste llamó a Renato.

—Menos mal que ellos nos lo habían avisado —dijo él— ¿Y ahora qué haremos?

—Mañana pediremos orientación. El caso es delicado. Tendremos que trabajar con ellos.

—Tengo ganas de ir hasta allá de inmediato e intentar traer a Gabriela y a sus hijos.

—No puedes interferir de esa forma. Ella está con su esposo. Debemos esperar hasta mañana por la noche. Nos ayudarás más si no te dejas dominar por tus emociones. Contrólate. Necesitamos estar serenos para apoyar el trabajo de los espíritus. Piensa que todo va a estar bien. Mentaliza a todos con salud y paz.

—Va a ser difícil esperar hasta mañana...

—Todo tiene su momento. Domina la ansiedad, que sólo es un obstáculo. Conserva la confianza, busca el equilibrio. Contamos con la preciosa ayuda de nuestros amigos espirituales. Por lo tanto haz tu parte.

—Está bien. Haré el esfuerzo.

Renato colgó el teléfono. Su corazón latía aceleradamente. ¡Por fin sabía dónde estaba Gabriela! Sentía el deseo de ir hasta allá para protegerla y enviar lejos a todos los que la perturbaban.

No conocía los detalles, pero imaginaba que su estado era grave ya que Nicete había buscado ayuda. ¡Dios mío! ¿Cuándo terminaría toda esa confusión?

Se había resignado a no verla más, pero deseaba que ella fuera feliz. Haría lo posible para que estuviera bien.

Luego fue a su cuarto, se sentó en la cama, cerró los ojos y empezó a rezar. Pidió por el bienestar de Gabriela y de los niños. Era lo único que podía hacer en ese momento.

Capítulo 23

Al día siguiente por la tarde, Renato llamó a Aurelio. Los dos se habían vuelto muy amigos. En los momentos más difíciles, Renato lo buscaba para desahogarse y siempre se sentía aliviado.

Aurelio era un estudioso, no sólo del comportamiento humano, sino también de la vida. En el trato con sus pacientes había vivido experiencias que escapaban a la lógica médica. Desde el comienzo de su carrera se había habituado a cuestionar los hechos y a intentar entender cómo habían ocurrido y por qué.

Sus investigaciones lo habían llevado al estudio de la mediunidad y de la interferencia de los espíritus desencarnados en la vida de las personas. No tenía la menor duda acerca de la sobrevivencia del espíritu después de la muerte y de la reencarnación.

Como amigo de Renato, había conocido a Cilene y a Hamilton. La simpatía fue recíproca y de inmediato establecieron lazos de amistad. Aurelio había quedado viudo hacía cinco años, y vivía solo en la casa que heredara de su familia. Sus dos hijos eran casados. A pesar de su carácter discreto, Aurelio se interesaba mucho por los problemas humanos y le gustaba reunir a sus amigos en su casa para pasar un rato placentero. Eran pocos los que compartían su intimidad, pero Renato, Cilene y Hamilton, habían empezado a formar parte de ese grupo.

Se reunían unas veces en la casa de Renato y otras en la de Aurelio, para disfrutar de una cena agradable y después se entregaban a una buena conversación.

Cuando Aurelio contestó, Renato le dijo:

—Ayer tuvimos noticias de Gabriela y Roberto —le contó todo lo que había sucedido y finalizó—: Hoy por la noche haremos una reunión en el centro para pedir orientación. Ellos nos habían dicho que tendríamos noticias.

—Parece que el grupo se lleva bien.

—Tú nunca has ido allá, aunque Hamilton te ha invitado varias veces.

—Es verdad. Lo que ocurre es que prefiero mantenerme al margen. No quiero sugestionarme.

—Pero así pierdes la oportunidad de experimentar.

—En esos lugares las personas dicen que es necesario tener mucha fe y tú sabes bien cómo soy: si llego a estar ahí, querré observar todo y estar con los ojos bien abiertos para no perderme nada. Sabes que soy muy cuestionador y ellos piensan que eso es falta de fe. Por eso no voy a esas sesiones. Prefiero las manifestaciones espontáneas.

—Hasta cierto punto estoy de acuerdo contigo, especialmente en lo que se refiere al fanatismo. Sin embargo, el grupo es muy bueno. Son sensatos y no aceptan las cosas sin analizarlas. Pienso que deberías ir. Además de apoyarnos, tu energía contribuirá al trabajo.

—Está bien. Me convenciste.

—Pasaré por tu casa a las siete y media.

Cuando Aurelio y Renato entraron a la sala de reunión, el ambiente en penumbra y los médium sentados alrededor de la mesa indicaban que era la hora de empezar. Hamilton permaneció de pie, mientras Cilene acomodaba a los recién llegados en los asientos vacíos alrededor de la mesa. Después ella se sentó y Hamilton hizo una pequeña oración para pedir por las personas cuyos nombres estaban sobre la mesa.

El ambiente era de paz. Después de unos minutos de silencio, un joven comenzó a hablar:

—Mi nombre es Elvira. Estoy muy interesada en este caso. Les agradezco la ayuda que me han dado y espero retribuirla de alguna manera al prestar mis servicios en esta casa. Ustedes recibieron noticias del matrimonio. Esa era la señal que esperábamos para actuar. Como ustedes saben, la vida trabaja por el bien de todos los involucrados. Sin embargo, si alguien se resiste y prefiere permanecer en medio de las fantasías del mundo, nosotros dejamos que siga el rumbo que escogió, con la seguridad de que la vida tiene los medios para llevarlo a dónde debe ir. No es justo que los seres maduros estén a merced de las energías negativas por causa de uno solo. ¿Qué desean preguntar?

—¿Qué podemos hacer para ayudar? —dijo Hamilton.

—Vamos a orientarlos. Antes voy a contarles una historia. A comienzos del siglo pasado, en París, vivía una joven de gran belleza, hija de una familia rica que le había dado una esmerada educación. Ella tocaba el piano, hablaba varios idiomas y conocía todas las normas de la corte, donde brillaba y conquistaba corazones.

Sin embargo, su padre no era un noble y soñaba con poder casarla con alguien que pudiera darle un título de nobleza. Hombre astuto, consiguió el favor de una duquesa, que tomó a Gabrielle como su dama de compañía.

Sin embargo, ella no era ambiciosa como su padre y soñaba con un matrimonio por amor. Un día se enamoró de un joven mercader y fue correspondida. Sabiendo que el padre jamás aceptaría el matrimonio, planearon huir.

Una de las damas de compañía de la duquesa, llena de envidia por el éxito que Gabrielle había alcanzado, le reveló todo al padre de ella. Indignado, encerró a su hija en la celda de un convento. El asunto fue divulgado, y un conde que estaba muy enamorado de ella, buscó al padre y la pidió en matrimonio. Él aceptó feliz. Ella no quería hacerlo, pero su padre la obligó a aceptar bajo la amenaza de atentar contra la vida de su amado. Gabrielle se casó. La amante del conde, abandonada debido al matrimonio de éste, juró que se vengaría.

El conde, por su parte, estaba muy enamorado de Gabrielle y decidió esforzarse por conquistarla e intentó satisfacer todos sus deseos. Ella, no obstante, estaba siempre apática y triste. Al verse despreciado por ella, el conde sintió unos celos enfermizos. Terminó por encerrarla en el castillo bajo la vigilancia de su madre. Ésta disgustada por la actitud de su nuera, hacía todo lo posible por perturbarla. Valoraba mucho a su hijo y pensaba que nadie estaba a la altura de merecerlo. Gabrielle, además de plebeya, se daba el lujo de rechazarlo.

El joven mercader, al saber que su amada sufría maltratos, decidió salvarla. Con uno de sus amigos planeó burlar la vigilancia y liberarla. Inventó un ardid y, después de cierto tiempo, logró lo que quería. Raptó a Gabrielle y con la complicidad de sus amigos se la llevó a Italia, donde vivieron juntos. El conde Alberto, desesperado, juró vengarse. Contrató a varias personas para que los buscaran, y así logró averiguar dónde vivían. Indignado, y luego de armar a varios hombres, fue a buscarlos. Llegaron por la noche y de inmediato invadieron la casa en donde dormía la pareja. Raúl, el joven mercader, intentó impedir que se llevaran a Gabrielle, pero fue derribado de un violento golpe y cayó sin sentido. En el cuarto de al lado, una criatura lloraba asustada. Gabrielle gritaba desesperada:

—¡Suéltenme! mi hijo está llorando, ¡déjenme!

A pesar de que ella se defendía con todas sus fuerzas, los hombres se la llevaron. Una hora después, Raúl se despertó y al ver lo que había sucedido, dejó a su hijo con el ama, se armó y salió en busca de los raptores.

Logró alcanzarlos en una hostería en la que se habían alojado. Los espió, y cuando todos dormían, entró con sigilo. Escuchó algunas voces y reconoció la de Gabrielle, quien discutía con el conde. Raúl se acercó. El conde la acusaba de traición y le decía que ella tendría el castigo que se merecía. Gabrielle le imploraba que la dejara en paz y le decía que ella tenía un hijo pequeño que la necesitaba. Irritado, Alberto intentó aferrarla y le dijo:

—Eres mi mujer. Haré contigo lo que quiera.

La abrazó e intentó besarla, pero Raúl abrió la puerta del cuarto, saltó dentro y gritó:

—Suéltela. Déjela en paz.

Alberto se dio la vuelta y tomó su espada, pero en ese momento, Raúl, quien tenía un revólver en la mano, le disparó. Alberto cayó y enseguida la sangre bañó el suelo. Gabrielle lloraba aterrorizada. Raúl la ayudó a saltar por la ventana y, mientras las personas que habían oído el disparo tumbaban la puerta del cuarto, él tomó el caballo, puso a Gabrielle a la grupa, montó y partió al galope.

Al llegar a casa arregló sus pertenencias y huyó con su hijo y con la joven ama, que era huérfana, y se dispuso a acompañarlos.

Elvira hizo una pausa, mientras los presentes, emocionados, no se atrevían a interrumpir. Hamilton rompió el silencio:

—Nos hablas de Gabriela y de los demás personajes que hacen parte del proceso que enfrentamos hoy.

—Exactamente —dijo ella—. El espíritu del conde se rebeló en el astral y planeó una venganza. Raúl, además de robarle a la mujer amada, le quitó la vida. Augusta, su ex amante, lo ayudó en la empresa.

Yo sufrí mucho. Estoy unida a Alberto por lazos de amor. Estuvimos unidos en vidas pasadas por una pasión desmedida, que finalmente se sublimó cuando lo concebí como hijo. Intenté que me oyera de todas las formas y que aceptara perdonar. Tengo algunos amigos que me ayudaron, y entre todos nos empeñamos para que él entendiera que era inútil luchar contra la fuerza del destino y que esa actitud sólo le traería más sufrimientos. Pero él no me oyó.

Descubrió dónde vivía la pareja y se acercó a su rival con la intención de destruirlo. Raúl se volvió nervioso e irritable, unas veces se sentía inquieto y otras caía en la apatía. Estaba desmotivado por el trabajo. Poco a poco empezó a perder el entusiasmo por la vida y recordó al rival que había asesinado. Comenzó a verlo como una amenaza y a imaginar que le cobraría lo que le debía. Gabrielle hacía todo lo posible para que él entrara en razón, pero cada día estaba peor.

Ellos tenían cuatro hijos. Al notar que descuidaba el trabajo, ella lo sustituía mientras él dormía o vagaba inquieto por las calles de la ciudad.

Tenían una pequeña tienda de la que derivaban su sustento. Raúl se puso cada día peor y Gabrielle asumió el negocio por completo, con la ayuda de Nina, la huérfana que ellos habían recogido y que los apoyaba en todo.

Raúl nunca se recuperó. Al contrario, se debilitó tanto que murió antes de los cuarenta años. Cuando despertó en el astral, Alberto lo esperaba lleno de odio y muy satisfecho por lo que había logrado. Al verlo, Raúl lo atacó enfurecido y los dos rodaron por el suelo mientras se herían mutuamente.

No pudimos separarlos en aquel momento. Fue algo que nos tomó mucho tiempo, hasta que Raúl, cansado de sufrir y arrepentido, aceptó nuestra ayuda y fue acogido en un lugar de recuperación. Allí estudió, se restableció y aprendió que, para liberarse del lazo que lo ataba a Alberto, debía perdonarlo. Sin embargo, sólo lo consiguió cuando entendió que cada persona es como es y que sólo puede hacer lo que sabe. Él se creía con el derecho al amor de Gabrielle porque ella lo amaba. Veía al conde como un intruso que se había valido de su fortuna para robarle a la mujer amada. Por eso no se sintió culpable cuando la raptó.

Mientras tanto, el conde, que se había convertido en su marido, se sintió con el derecho de traerla de vuelta. Pero como todo es relativo a la comprensión de cada persona, ambos, cada uno por su parte, creían que tenían la razón. Fue necesario que transcurriera mucho tiempo para que ambos entendieran que nadie es de nadie y que sentir amor no da el derecho a aferrarse al ser amado y con ese pretexto tratar de manipular su vida y exigir una retribución. Para conquistar la paz, ambos tenían que ceder y cambiar de actitud. Eso sólo ocurrió cuando Gabrielle volvió al astral, allí comprendió las necesidades de cada uno y decidió trabajar por la comprensión de todos. Sólo así tendrían el equilibrio necesario para seguir adelante.

Alberto no se resignaba a aceptar que, a pesar del título de nobleza que había ostentado en el mundo, Raúl era más apuesto, inteligente y culto que él. Creía que Gabrielle lo prefería por esa razón.

Gabrielle deseaba ayudarlo, y acordó reencarnar y aceptarlo por esposo para permanecer un tiempo a su lado con el fin de fortalecer su auto-confianza y su capacidad de éxito. Creía que, después de esto, él estaría en condiciones de progresar por sí mismo y entonces ella quedaría libre para estar al lado de Raúl, a quien amaba de verdad. Alberto se preparó para una nueva encarnación, feliz de poder contar con la compañía de Gabrielle. Aunque sabía que ella amaba a otro, guardaba en el fondo la esperanza de poder conquistarla definitivamente.

Los orientadores espirituales de Gabrielle le aconsejaron que no se metiera en esa aventura. Sin embargo, ella se sentía culpable por haberse casado con él y haberlo abandonado y también por toda la tragedia que los involucró después. Finalmente sus orientadores estuvieron de acuerdo, sabían que ella no tendría paz hasta que se librara de la sensación de culpa que la atormentaba.

La madre de Alberto, muy apegada a su hijo, al ver que no lo había podido ayudar como quisiera, se alistó para recibirlo de nuevo. Reencarnó y recibió el nombre de Georgina. Alberto nació y tuvo el nombre de Roberto. Tal como se había acordado, se casó con Gabriela, pero no lograba dominar sus celos. La sensación de traición y de pérdida aún estaba muy fuerte en su inconsciente.

Gabriela se desilusionó y comprendió que nadie puede cambiar a nadie. La presencia de ella, en lugar de ayudarlo, fortalecía aún más los problemas del pasado. La actitud de él, al hacerla pasar por autora del desfalco, la hizo comprender que él todavía no estaba listo para cambiar. Se deprimió y Roberto sintió que la había perdido. Pero en lugar de resignarse, volvió atrás e intentó reconquistarla y probarle cuánto la amaba, y reafirmó su deseo de dominarla. Para lograrlo, hizo un pacto con alguna entidades peligrosas que comenzaron a explotarlo. Infortunadamente, esa es la situación actual.

Renato sentía que el corazón le latía muy de prisa. Estaba seguro de que conocía esa historia y de que había hecho parte de ella. Tuvo deseos de preguntar si Raúl también había reencarnado, pero no se atrevió a hacerlo. Hamilton inquirió:

—¿Ellos están en condiciones de ser liberados?

—Él aún no. Como sabes, le pidió ayuda a esas entidades negativas, recibió sus favores y se comprometió libremente. Ahora tendrá que cosechar los resultados de su actitud. No podemos hacer nada. Respecto a Gabriela, a pesar de todo, hizo la parte que le correspondía: se mantuvo fiel y procedió dignamente.

—En ese caso, ¿no podía haber sido protegida?

—No. Ella se creía capaz de influenciarlo y de hacerlo cambiar. Pero es una ilusión. Las personas sólo cambian cuando maduran y se deciden a hacerlo. Y no fue protegida justamente para permitir que se liberara de esa fantasía y se diera cuenta de la verdad.

—Es un desafío difícil... —comentó Hamilton.

—Sí, pero muy provechoso. La ilusión de que ella podría intervenir en el proceso de evolución de él la hizo sentirse culpable. La verdad es que cada uno se equivoca por su propia voluntad y nadie es responsable de los errores de los demás. Por ejemplo, el conde, a pesar de saber que ella amaba a otro hombre, se casó con Gabrielle. Él también tenía la ilusión de que con el tiempo podría conquistarla. Entonces, al no lograrlo, se sintió frustrado y no comprendió que un matrimonio como el suyo sólo podría terminar como acabó. Muchas personas prefieren alimentar sus propias ilusiones en lugar de buscar la verdad, y eso les trae sufrimientos. "Toda planta que mi Padre no haya plantado será arrancada". Son las sabias palabras de Jesús. Todas las ilusiones serán destruidas. Porque la verdad es luz, es inmutable y es felicidad. Cuando los hombres lo entiendan, se ahorrarán muchos sufrimientos. Me gustaría darles algunas indicaciones para este caso.

—Ya tenemos la dirección de ellos. ¿Podemos ir hasta allá?

—Ustedes no. Pero el médico que conocen, y que es nuestro amigo, aunque ahora no nos recuerde, podrá ir hasta Río de Janeiro el próximo sábado y presentarse como si fuera una casualidad. Cuando esté allá, nosotros lo inspiraremos acerca de cómo debe actuar. Permanezcan firmes. Regresaremos dentro de poco. Dios los bendiga.

Continuaron en oración silenciosa por unos minutos más, después Hamilton dio por terminada la reunión. Cuando las luces se encendieron, Aurelio no pudo contenerse. Abrazó a Hamilton y le dijo conmovido:

—¡Qué maravilla! Nunca había visto nada igual.

—Parece que Elvira te mencionó —le respondió él.

—Sentí que hablaba conmigo. Estoy dispuesto a hacer lo que sea necesario.

Renato intervino:

—¡Estoy muy emocionado! ¡Tuve ganas de preguntar muchas cosas!

—Lo sé —dijo Hamilton—. Tú también estás en la historia.

Renato bajó la cabeza, en un intento por esconder las lágrimas que asomaban a sus ojos.

—Hay algo que me intriga... —dijo Aurelio.

—¿Qué es? —preguntó Hamilton.

—La reencarnación de ellos fue programada por los mentores espirituales, pero Roberto no supo aprovecharla tal como debía hacerlo. ¿Qué va a pasar ahora?

—Los programas son elaborados antes de la reencarnación y van dirigidos a las necesidades de aprendizaje de cada uno. Sin embargo, su éxito depende de las actitudes que cada uno asuma durante su permanencia en la Tierra. El libre albedrío es respetado —aclaró Hamilton.

—En ese caso —observó Aurelio—, ella tendrá ayuda pero él no.

—No me entendiste. Todos son ayudados siempre. En este momento, la ayuda que él tendrá será la de percibir sus propias equivocaciones, y eso sólo será posible cuando experimente por sí mismo los desagradables resultados de sus actitudes. La desilusión nos ayuda a eliminar los falsos valores y a reconocer los verdaderos.

—La vida tiene sus propios mecanismos para enseñar —replicó Aurelio.

—¿Cuándo irás a Río? —le preguntó Renato.

—Este fin de semana, tal y como me lo pidieron. El asunto es urgente y es mejor no perder tiempo.

—Me gustaría ir contigo —dijo Renato.

—Es mejor que no vayas —intervino Hamilton—. El doctor Aurelio irá solo. Nos mantendremos en contacto todo el tiempo.

—Pensaba en ir con él, pero mantenerme de incógnito. No pienso aparecerme ante ellos.

—Renato, olvidas que esas entidades pueden percibir tu presencia y despertar sospechas, lo que haría inútil nuestro esfuerzo. En esos casos tenemos que seguir al pie de la letra la orientación que nos han dado. Controla tu ansiedad. Todo sucederá en el momento exacto.

Cilene se unió a ellos y acordaron los detalles. Aurelio viajaría el sábado por la mañana, en la tarde iría a la casa de Gabriela y fingiría no saber que ellos estaban ahí. El resto correría por cuenta de los espíritus.

Esa noche a Renato le costó trabajo conciliar el sueño. La historia de Gabriela permanecía en su pensamiento. Hamilton le había dicho que él también formaba parte de ella. Dado el amor que sentía por Gabriela, él sólo podría haber sido Raúl, el hombre que ella había amado. Con sólo pensar en eso, se estremecía de emoción. En ese caso, ella también lo había amado. ¿Por qué nunca habría notado nada? ¿Lo habría reemplazado por Roberto? No, esto era un delirio. Él no podía haber sido Raúl. Si lo fuera, ella le habría demostrado algún interés. Si él hubiera notado que ella lo quería, no habría dominado la atracción que le despertaba.

Necesitaba preguntarle a Hamilton si él había sido Raúl. Dominado por sentimientos contradictorios, se adormeció.

Soñó que estaba parado al frente de una pequeña casa, con un jardín lleno de flores, y se sentía emocionado. Él conocía ese lugar. Abrió la puerta, subió los escalones que conducían al balcón y abrió la puerta principal. Entró. La sala era sencilla y acogedora. Renato estaba conmovido. En ese momento una joven corrió a su encuentro, lo abrazó y besó sus labios con amor. Era Gabriela. Parecía algo diferente a la Gabriela que conocía, pero sabía que era ella. La estrechó contra su pecho y besó su cabello con cariño.

—Te esperaba con ansiedad para contarte las buenas nuevas. ¡Vamos a tener un hijo!

En ese momento, Renato oyó que lloraba un niño y al mismo tiempo unos hombres entraban a la sala y lo agredían. Él miró a su alrededor y vio su cuerpo en el suelo, mientras Gabriela, quien no cesaba de gritar, era llevada por esos hombres. Todo fue muy rápido. Él intentó ver por dónde se habían ido, pero no lo logró. Se vio deambulando solitario y afligido por un lugar triste y sombrío, mientras una voz gritaba:

—¡Asesino!, ¡asesino! Me vengaré.

Renato se despertó sudando frío. Se levantó y fue hasta la cocina a tomar agua. Ahora no tenía dudas: él había sido Raúl. Gabriela lo había amado. Y ahora, después de todo, ¿cómo estaría su corazón? ¿Recordaría algún día el amor que había sentido por él?

Se pasó las manos por el cabello en un gesto nervioso. Aunque ella conociera el pasado y ese amor aún estuviera dentro de su corazón, ellos no podrían ser felices. La vida los había separado. Ella estaba casada y tenía hijos.

Además, estaba Gioconda, que nunca los dejaría en paz. Era inútil soñar. Tenía que resignarse a esperar. Tal vez, cuando todo estuviera en el lugar correcto, la vida les daría la oportunidad de estar juntos y disfrutar de ese amor.

Capítulo 24

Roberto entró al *terreiro*. Se sentía desanimado. A pesar de ganar mucho dinero en la construcción de edificios, la situación en su casa continuaba difícil. Gabriela había cambiado. Ahora se veía desaliñada e indiferente; se pasaba el día tendida en el sofá y a duras penas le ponía atención a Nicete, cuando le pedía ayuda con los niños. Cuando lo hacía, se mostraba impaciente, desatenta y alterada.

María del Carmen y Guillermo vivían irritados todo el tiempo; peleaban por cualquier motivo y exigían la intervención de Nicete.

Hamilton llamó a Nicete y le dijo que estaban trabajando en favor de ellos. Era cuestión de tener paciencia y de saber esperar. Ella se esforzaba por mantener todo en orden, pero muchas veces se sentía indispuesta, aturdida, con el cuerpo pesado y desanimada. En esos momentos, rezaba y reaccionaba.

Roberto, en el *terreiro*, miró alrededor del salón, donde además de los médium, estaban las personas que iban a ser atendidas.

—Vamos ya, Roberto. Estás retardado. Nosotros tenemos disciplina. Al padre José no le gusta que lleguen tarde.

Roberto disimuló su contrariedad, entró y se ubicó en medio de los demás para hacer el trabajo de esa noche. Comenzaron los cantos y los sonidos del tambor. Ahora él no perdía la conciencia. Su cuerpo se estremeció, rodó por el suelo. Después comenzó a hablar. Sabía que quien hablaba era su guía. Él hacía de todo para no interferir, tal y como se lo habían enseñado, pero no era fácil. No le gustaba mantenerse de observador mientras veía que alguien dominaba su cuerpo. De repente se acercó una mujer y le dijo:

—Hablé con el padre José y él me dijo que tú me ayudarías.

—¿Qué puedo hacer por ti? —le preguntó Roberto.

—Vine a pedirte ayuda por mi marido. Él tiene otra mujer. El muy ingrato quiere irse de la casa para vivir con ella. Cuando él era pobre, me valoraba. Pero ahora que se volvió rico, ya no le sirvo para nada. Yo quiero que él deje a esa mujer, pero también quiero que sufra mucho y que pierda dinero.

—¿Estás casada con él?

—Sí.

—En ese caso tú también perderás.

—No importa. Durante los años de casada he guardado dinero y tengo algunos ahorros. Quiero que Neumes pierda todo.

Roberto se sobresaltó:

—¿Dijiste Neumes? ¿Tu nombre no es Antonia?

—Sí. ¿Cómo lo sabe?

—Yo sé muchas cosas. El dinero de él es maldito, porque fue robado.

—Sí. Él huyó y dejó a su socio en la miseria.

—La policía lo buscó por mucho tiempo.

—Él cambió de nombre. Abrió otro negocio a mi nombre.

—Él debe devolverle a su antiguo socio el dinero que le robó.

—Tú tendrás que hacer eso. Él nunca querrá hacerlo.

—Aquí está muy oscuro. Sal y escribe el nombre y la dirección de él y regresa. La mujer salió y volvió enseguida. Roberto estaba radiante. Por fin lograría vengarse de su ex socio.

Tomó el papel que ella le entregó y prometió ayudarla. La llevó hacia su compañero y le explicó lo que necesitaría para hacer el trabajo. Era él quien estipulaba el precio y la forma de pago. Después de que ella se fue, Roberto buscó al padre José y le contó la novedad.

—Tú lo pediste y yo te lo traje. Vamos a hacerle pagar por todo. Roberto estaba feliz. Finalmente recuperaría lo que le habían robado y podría reabrir su negocio.

—Tengo la dirección. Iré hasta allá a cobrarle lo que me debe.

—No es necesario. Él vendrá aquí. Esperaremos a que la mujer traiga el dinero, haremos el trabajo y todo saldrá bien.

Al día siguiente, Antonia llevó el dinero e iniciaron el trabajo. Roberto esperó y entró a la sala cuando todo estaba oscuro. Antonia fue ubicada en el centro de la rueda y empezaron los rezos. Una hora después, cuando salió, pensaba que había resuelto todos sus problemas.

—Ahora que él está amarrado, podrás ir a su casa —le dijo el padre José a Roberto—. Pero ve con cautela, porque él es traicionero.

—Lo sé. Despreocúpate, sé lo que tengo que hacer.

Roberto sonrió satisfecho. Al día siguiente llamó a la casa de Neumes y le dijeron que regresaría después de las cinco de la tarde. Tomó el revólver que estaba en el cajón del vigilante del edificio en construcción y se lo guardó en el bolsillo.

Eran casi las seis cuando Roberto timbró. Fue Neumes quien abrió la puerta. Al ver a Roberto se estremeció e intentó cerrarla. Sin embargo, Roberto la empujó con fuerza y pudo detenerla.

—Vine a buscar lo que me debes —le dijo Roberto con rabia.

—No tengo dinero. Puedo explicarte lo que pasó.

—No hace falta. Yo lo sé. Te robaste todo mi dinero y me dejaste con las deudas. Pero ahora tendrás que pagarme o te arrepentirás.

—Espera. Debes tener paciencia. No tengo el dinero aquí.

Roberto sacó el revólver y lo amenazó:

—O me pagas, o te vas ahora mismo para el infierno.

—Está bien. No necesitas nada de eso. Todo el dinero que tengo está en el banco. Puedo darte un cheque.

—No confío en ti. Podrías engañarme de nuevo. Me quedaré aquí y mañana, cuando abran el banco, iremos juntos a hacer el retiro. Puedes estar seguro de que esta vez no me tratarás como a un tonto.

—Haz como quieras, pero por el amor de Dios, guarda esa arma. Antonia está por llegar y no quiero que se asuste.

—Está bien. Pero ante cualquier actitud sospechosa, dispararé. No me provoques.

Se sentó en el sofá de la sala. Neumes lo miraba temeroso. Ese loco bien podría disparar. Él necesitaba defenderse. Intentó ganar tiempo.

—Debes saber que estoy arrepentido. Ese dinero no me trajo suerte. Si pudiera volver atrás, no lo volvería a hacer.

—No sabes los problemas que he tenido a causa de lo que me hiciste. Me comí el pan que el diablo amasó. Tuve que cerrar el almacén, quedé desempleado y lleno de deudas. Mi madre me atormentaba y casi pierdo a mi mujer. Sufrí todas las humillaciones posibles. Tengo ganas de acabar contigo ahora mismo.

—Cálmate. Ya te dije que estoy arrepentido y que voy a devolverte todo.

Al ver el rostro pálido de Neumes, Roberto tuvo ganas de abofetearlo, pero se controló. Cuando tuviera el dinero en sus manos, le daría una buena lección. Se lo merecía.

Neumes vio el brillo rencoroso en los ojos de Roberto y pensó: "Él quiere acabar conmigo. Tengo que salir de ésta".

Antonia llegó y se sorprendió con la presencia de Roberto. Pasó por la sala y luego se dirigió a la cocina. En ese momento se dio cuenta de lo que sucedía. ¡Bien hecho! El trabajo del *terreiro* ya había empezado a surtir efecto. Ahora él tendría que devolverle todo lo que le había robado y se quedaría sin dinero. ¡Ella estaba vengada!

Intentó hacer la comida como de costumbre. Pensaba quedarse por fuera de esa discusión. Cuando la comida estuvo lista, fue a la sala donde estaban sentados y callados los dos, cada uno en un rincón, y dijo con naturalidad:

—La comida está lista. Comerás con nosotros, ¿cierto?

—No te preocupes por mí, Antonia, comí algo antes de venir y no tengo hambre. Coman ustedes.

Neumes fue al comedor y Antonia puso la comida en la mesa. Él estaba callado. De repente, dijo en voz baja:

—Conversa conmigo y haz de cuenta que estoy aquí comiendo. Voy a la oficina y vuelvo.

Ella levantó los hombros y se quedó callada. No pensaba ayudarlo en nada. La miró con ira y se levantó sin hacer ruido. Se dirigió a la oficina que quedaba al lado. Rápidamente tomó un revólver que tenía en el cajón del escritorio, se lo puso en el bolsillo del pantalón y regresó al comedor.

Tan pronto se sentó, Roberto apareció en el umbral. Al verlos en la mesa, les dijo:

—Estaba intrigado con el silencio. Pensé que no estaban aquí.

—Deberías comer algo —le dijo Neumes con naturalidad.

Roberto no le respondió. Volvió a la sala y se sentó de nuevo en el sofá. La noche le parecería larga, pero tendría que aguantar. Si se descuidaba, ese sinvergüenza podría huir. Las horas pasaban, Antonia dio las buenas noches y se fue a dormir.

—Tengo sueño —comentó Neumes—. Me voy al cuarto a dormir. Puedes descansar en el sofá.

—Tú no irás a ninguna parte. Te quedarás aquí, en el sofá. Si piensas huir, es mejor que desistas. No voy a quitarte los ojos de encima en lo que resta de la noche.

Neumes disimuló el rencor y fingió aceptar.

—Estás equivocado. Esta vez no voy a huir. Pero, si lo prefieres así, me quedaré aquí.

El reloj marcaba la una cuando de repente Neumes se levantó, sacó el revólver y gritó:

—¿Sabes algo? No voy a pagarte nada.

Roberto, tomado por sorpresa, tomó el revólver dispuesto a disparar, pero Neumes fue más rápido, apretó el gatillo dos veces y lo hirió. Roberto tuvo tiempo de disparar, pero la bala se perdió en una pared de la sala y él cayó en un pozo de sangre. Antonia acudió asustada y gritó:

—Lo heriste. ¡Dios mío! Llamemos una ambulancia.

Pero era demasiado tarde. Roberto, con los ojos vidriosos, derramaba mucha sangre y había perdido el sentido. Antonia, espantada, dijo:

—¿Y ahora, qué va a ser de nosotros? ¡Está muerto!

—Llama a la policía. Lo maté en defensa propia. Él invadió nuestra casa para matarme. Él disparó y no me mató, porque yo fui más rápido que él.

En el mismo momento en que Antonia llamaba a la policía, Gabriela se despertó y gritó asustada. Nicete se levantó y corrió a atenderla:

—¿Qué pasó, doña Gabriela?

—Nicete, ¡tuve una pesadilla horrible! Vi a Roberto en un charco de sangre y a dos hombres mal encarados que se reían satisfechos. Les tengo miedo. Roberto está en peligro.

—Cálmese. Sólo fue una pesadilla. No pasó nada. Voy a traerle un vaso de agua.

Gabriela se levantó y tomó las manos de Nicete con fuerza.

—No quiero estar sola. Por favor, Nicete, quédate conmigo. ¿Dónde está Roberto?

Nicete tuvo que decirle que él aún no había regresado a casa.

—¿Ves? Estoy segura de que algo le pasó. Por favor, ayúdame.

—Vamos a la cocina. Intente calmarse. Los niños están dormidos y se pueden asustar.

Ella obedeció. Su cuerpo temblaba como si tuviera frío. Nicete tomó un chal y se lo puso sobre los hombros. Una vez en la cocina, la hizo sentarse y le dijo:

—Voy a prepararle un agua de cidrón. Debe tomársela bien caliente. Ya verá cómo enseguida llega don Roberto. No ha pasado nada.

Pero amaneció y él no apareció. A medida que pasaba el tiempo, Nicete se esforzaba por disimular su preocupación. Roberto no era un hombre que acostumbrara a dormir fuera de casa. Realmente le podía haber pasado algo.

Eran más de las cinco de la tarde cuando sonó el teléfono y recibieron la noticia. Roberto había sido asesinado. Nicete sintió que le daba vueltas la cabeza, pero se controló y dio toda la información que le pidió la policía. Cuando colgó no sabía qué hacer.

¿Cómo darle esa noticia a la familia? Sintió una opresión en el pecho, como si le faltara el aire. Luego abrió la puerta y salió a la calle para respirar un poco y calmarse. Estaba parada en la puerta cuando se le acercó un hombre y le dijo:

—¿Tú eres Nicete, cierto? Te conozco. ¿Aquí es la casa de Roberto y Gabriela?

Ella lo miró sorprendida. Él se presentó:

—Soy el doctor Aurelio, un amigo de la familia.

—¡Ah! Hasta ahora lo reconocí, doctor. Dios nos lo mandó. Estoy desesperada.

Después de enterarse de lo que había sucedido, Aurelio la abrazó y le dijo:

—El que tiene fe está amparado. Entremos. Cálmate. Pueden contar conmigo.

—¡Tengo que darles la noticia! ¿Se imagina cómo va a ser eso? ¡Los niños van a sufrir! ¡Pobre el señor Roberto! No se merecía ese fin.

—Pidámosle a Dios que nos ayude. Debemos tener serenidad. Intenta controlarte.

Entraron a la casa. Al verlo, Gabriela corrió a abrazarlo y le dijo angustiada:

—Doctor Aurelio, ¿usted aquí? ¿Le pasó algo a Roberto? Él no vino a dormir anoche. ¡Tuve una pesadilla horrible!

Él la abrazó y le dijo a Nicete:

—Encárgate de los niños. Vamos a conversar en la sala.

Nicete le indicó el camino. Él tomó a Gabriela por el brazo, la condujo a un sofá y se sentó a su lado. Ella se pasó la mano por la frente y le dijo sorprendida:

—Me siento tan extraña. Parece como si de repente comenzara a despertarme de un largo sueño. Es difícil de explicar.

—No hace falta. Se supone que debería decirte que llegué aquí por casualidad. Sin embargo, con todo lo que ha pasado, tengo que decirte la verdad. Vine porque Cilene y Hamilton me lo pidieron guiados por una orientación espiritual. Es necesario que estés calmada para oír lo que tengo que decirte.

—¿De qué se trata? No he estado bien. Tengo la cabeza pesada y no puedo pensar con claridad. Me siento deprimida, débil y sin ganas de vivir. Perdí de repente las ganas de luchar.

—Debes sobreponerte. Tienes dos hijos que dependen de ti. Aún eres joven y tienes muchos años por delante. Pase lo que pase, no puedes dejarte abatir. Eres una mujer fuerte e inteligente.

—¿Por qué me dice todo eso? Tengo un triste presentimiento. ¿Dónde está Roberto?

—Él se involucró en una pelea. Descubrió dónde vivía su ex socio, consiguió un arma y se fue a buscarlo. Parece que está herido.

Gabriela se levantó sobresaltada:

—¿Otra vez? ¿Es grave?

—Sí. Puede haber pasado lo peor.

—Yo siento que ya pasó... Él está... —Ella no pudo continuar.

—Está muerto, Gabriela.

Ella se dejó caer de nuevo en el sofá y no lograba articular palabra. Aurelio fue a la cocina, tomó un vaso de agua con azúcar, se lo dio y le dijo:

—Vamos, bebe. Tienes que ser fuerte. Tenemos que hablar con los niños.

Ella tomó el vaso. Sus manos temblaban tanto que Aurelio tuvo que ayudarla. Gabriela bebió unos sorbos y después dijo:

—Muchas veces le pedí a Roberto que lo perdonara. Infortunadamente, él nunca pudo olvidar su traición. ¿Cómo ocurrió todo?

—Aún no sabemos los detalles. La policía llamó para dar la noticia. Nicete conversó con ellos.

—¡Dios mío! ¿Qué haremos ahora?

—Estoy aquí para ayudarte.

Sonó el timbre, enseguida entró Nicete a la sala y dijo:

—Es un policía. Quiere conversar con usted, doña Gabriela.

—Mándalo pasar —dijo Aurelio.

Aparecieron los niños. Muy asustados corrieron a abrazar a la mamá y le preguntaron por el papá:

—¿Lo hirieron otra vez? —preguntó Guillermo.

—¿Está en el hospital? —agregó María del Carmen.

Gabriela los abrazó y les dijo con tristeza:

—Infortunadamente, está muy mal.

Al ver que el policía había entrado con Nicete, les pidió:

—Vayan con Nicete, necesito conversar con el señor.

—Yo quiero quedarme, mamá —reclamó Guillermo.

—Yo también —completó María del Carmen.

Nicete los abrazó y les dijo:

—Vengan conmigo, su mamá tiene que hablar con este señor.

—Es verdad —les dijo Gabriela—. Tan pronto terminemos, les contaré todo. Lo prometo.

El policía se sentía cohibido. Su misión no era nada fácil. Aurelio se presentó y le pidió que se sentara.

—Preferimos dar este tipo de noticias personalmente, pero, como quien contestó fue la empleada, decidimos adelantar el asunto. Usted ya sabe lo que ocurrió.

Gabriela asintió con un movimiento de cabeza. Aurelio dijo:

—Nos gustaría saber cómo ocurrieron los hechos.

—El asesino ya está detenido en la comandancia. Declaró allí que fue socio de la víctima, que tuvieron algunos problemas y que él había ido a buscarlo armado, dispuesto a matarlo. Argumentó que disparó en defensa propia.

—Él le robó a mi marido y huyó. Por esa razón perdimos el almacén y nos quedamos sin nada. Mi marido estuvo desempleado y enfrentó una etapa muy difícil.

—¿No le dijo lo que pensaba hacer?

—No. Yo no sabía que él había encontrado a Neumes. Si lo hubiera sabido, habría hecho todo lo posible para evitar el encuentro.

—Él fue armado a la casa de su adversario e intentó dispararle, pero la bala se desvió. El otro fue más rápido. Cuando llegamos, ya no había nada qué hacer.

Gabriela lloraba temblorosa. El policía dijo:

—Las personas no entienden que la violencia no resuelve los problemas. Por lo que veo, ustedes tienen hijos.

—Dos niños. ¿Qué haremos ahora?

—Lo siento mucho, señora. Generalmente la familia es la principal víctima. Comprendo su dolor, pero vamos a necesitarla en la comandancia para que reconozca el cuerpo.

Gabriela se levantó asustada. Aurelio intervino:

—Ella irá a declarar. Yo soy amigo de la familia y la víctima era mi paciente. Yo mismo haré el reconocimiento.

—Está bien. Me gustaría que nos acompañara ahora.

—Ella está muy impresionada. ¿No se podría dejar para mañana?

El policía pensó por unos segundos y respondió:

—Sí, ya es de noche. Pueden ir mañana temprano.

El policía se despidió después de tomar algunas notas. Gabriela estaba trémula por la noticia recibida. Los niños la abrazaron afligidos. Aurelio se acercó y les dijo:

—Siéntense aquí, a mi lado. Voy a contarles todo.

Gabriela lo miró preocupada, pero el médico observó:

—La verdad es siempre lo mejor.

Nicete, parada en un rincón de la sala, no podía contener las lágrimas, mientras que Gabriela se retorcía las manos angustiada. Aurelio puso un niño a cada lado, tomó sus manos y con voz tranquila les contó la historia del desfalco y de la pelea entre su papá y Neumes. Ellos escucharon todo sin perderse ni una palabra. Con los ojos angustiados, se esforzaban por controlarse. Aurelio finalizó:

—Su padre perdió.

—Él ha estado muy mal. ¿Se recuperará? —dijo María del Carmen.

—No, hijita. Infortunadamente, perdió esta pelea. Él se ha ido.

Guillermo, lloroso, dijo compungido:

—Quire decir que está...

—Sí. Se fue para otro mundo. La muerte es como un viaje. El cuerpo muere, pero su espíritu se mantiene vivo, conserva su cuerpo astral y ese cuerpo es el apropiado para vivir en ese mundo a donde se fue.

—¿Él no va a volver más? —le preguntó María del Carmen sollozando.

—Algún día todos haremos ese viaje. Y allá nos encontraremos con todos aquellos que amamos y que partieron antes que nosotros. Es necesario ser paciente mientras llega el momento de irse. Mientras tanto, ustedes deben ayudar a su mamá a enfrentar la nueva situación.

Se levantaron, abrazaron a Gabriela y la besaron con cariño, como si quisieran decirle que estaban juntos para enfrentar y decidir el destino de la familia.

Nicete se acercó a Aurelio y le dijo emocionada:

—Realmente fue Dios quien lo envió. No sé qué habría sido de nosotros sin su ayuda.

—Gabriela está muy pálida. Necesito que vayas a la farmacia a buscar algunos medicamentos. Ella tiene que descansar. Mañana será un día agotador.

Aurelio anotó los nombres de los remedios en un recetario y Nicete salió a buscarlos. Luego, conversó con los tres en un intento por ayudarlos. Los niños hicieron muchas preguntas. Querían saber cómo era ese mundo al que se había ido el papá y cómo se vivía allá.

Aurelio había leído mucho sobre el plano astral, pero, a pesar de su interés cuestionaba su veracidad. Sin embargo, después de la experiencia en el centro con Hamilton, y de la manera como se estaban desarrollando los hechos, todas sus dudas se fueron disipando.

Ahora estaba seguro de que había sido enviado para ayudar a la familia. Los espíritus sabían lo que iba a ocurrir con Roberto y lo habían enviado para que los socorriera. Se sentía agradecido con Dios por ser un instrumento de la voluntad divina.

Con esa certeza en el corazón, conversó con los niños y les contó lo que él sabía sobre la vida en otras dimensiones. Al ver sus caritas confiadas e inocentes, Aurelio sintió que de ahí en adelante le daría un nuevo sentido a su vida. Ser instrumento de los espíritus de la luz era muy gratificante. Se sentía útil y realizado.

Cuando Nicete volvió, le pidió que preparara una sopa bien sustanciosa e hizo que cada uno tomara un poco. Después le dio un calmante a Gabriela y sólo se apartó de su lado cuando la vio adormecerse.

Los niños se durmieron abrazados a Nicete, quien no los abandonó ni un momento. La casa estaba en silencio cuando Aurelio llamó a Hamilton por teléfono. Lo puso al tanto de los acontecimientos y le pidió que continuaran orando por ellos. Luego llamó a Renato. Sabía que estaba ansioso. Le contó todo lo sucedido, y él respondió:

—Voy de inmediato para allá. Ustedes necesitan ayuda.

—Hasta ahora he podido controlar la situación. Te confieso que estoy muy conmovido y agradecido a Dios por haberme dado esta misión. Me gustaría que vinieras, pero recuerda que prometimos hacer todo de acuerdo a las instrucciones de los espíritus. Antes de decidir, es mejor hablar con Hamilton. Él ya sabe todo.

—Está bien. Ellos nos dirán lo que es mejor.

Cuando Renato colgó el teléfono, su corazón latía con fuerza. ¿Qué sucedería ahora? ¿Se quedaría Gabriela viviendo en Río? ¿No sería mejor para la familia volver a São Paulo? Mil preguntas pasaban por su mente.

¿Cómo habría reaccionado Gabriela ante la muerte de su marido? Ella lo amaba y con seguridad estaría sufriendo mucho. ¡Si al menos él pudiera aliviar ese sufrimiento! Pensó en los niños. Ellos tenían casi la misma edad de sus hijos. ¿Cómo estarían? Pensó en Roberto y sintió tristeza. Y si fuera él quien hubiera partido, ¿cómo estarían sus hijos?

Ya era pasada la medianoche, así que Renato decidió esperar hasta la mañana siguiente para hablar con Hamilton. Se acostó, pero le fue difícil conciliar el sueño. Pensaba en el destino de Roberto, quien a pesar de haber escapado de la muerte a manos de Gioconda, había encontrado el fin por otra persona. ¿Sería su destino morir asesinado?

No hallaba la respuesta, pero de alguna manera se sentía aliviado de que Gioconda no hubiera sido la asesina. A pesar de sus debilidades, había sido protegida de perpetrar ese crimen.

Amanecía cuando Renato logró dormirse. Se despertó dos horas después y se levantó afanado. Eran las siete. Tenía que ir a la oficina y tomar las medidas pertinentes por si se ausentaba. Deseaba irse de inmediato para Río, pero decidió hablar primero con Hamilton y avisarle. Cuando se preparaba para salir, Hamilton lo llamó y le dijo:

—Cilene y yo salimos para Río.
—Yo también voy —dijo Renato.
—En ese caso, iremos juntos.
—Voy a la oficina y dentro de una hora estaré en el aeropuerto. Nos veremos allá.

Eran más de las once cuando llegaron a la casa de Gabriela. Nicete los atendió y les dijo que Gabriela y Aurelio se habían ido a la comisaría. De inmediato los tres se fueron para allá.

Ella rendía un informe en una sala privada, mientras los tres la esperaban. Gabriela y Aurelio aparecieron media hora después. Al verlos, se emocionó tanto que no podía hablar. Aurelio fue quien les informó:

—Necesitaremos de un abogado. Hay cosas que sólo él puede resolver.
—Llamaré al doctor Altino. Él vendrá enseguida.
—Excelente. Qué bueno que hayan venido. Así podrán llevar a Gabriela a la casa. Tengo que hacer el reconocimiento del cuerpo.
—Iré contigo —dijo Hamilton.
—Yo también. Deseo ayudar con los detalles del entierro —dijo Renato.
—Es mejor que te quedes con ella. Por ahora sólo vamos a reconocer el cuerpo y a averiguar cuándo podemos llevarlo. A veces es demorado. Tan pronto tengamos la información, regresaremos y nos encargaremos del resto.

Gabriela, Cilene y Renato se fueron para la casa. Gabriela se veía abatida y silenciosa. Cilene, al notar la preocupación de Renato, le dijo en voz baja:

—Está bajo los efectos de un sedante que le dio el doctor Aurelio.

Renato no respondió. Estaba impresionado al observar la delgadez y el aire abatido de Gabriela. Se veía muy diferente de la muchacha bonita que siempre había sido. Sentía que necesitaba de un buen tratamiento para recuperar la salud. Así que hablaría con Aurelio para que le hiciera todos los exámenes pertinentes.

Cuando estuvieron en casa, Cilene le pidió a Gabriela que durmiera un poco, pero ella se negó. Estaba muy preocupada por los niños y no quería separarse de ellos ni siquiera para dormir. Nicete le había servido el almuerzo a los niños e insistió para que comiera un poco, pero ella se negó. Sin embargo, Cilene logró convencerla de que se fuera al cuarto a descansar con los niños. Entonces Nicete, quien había preparado suficiente comida, los invitó a comer.

—No te preocupes por nosotros, Nicete. Iremos a comer en algún restaurante.

—Hice suficiente comida, doctor Renato.

—No queremos darte más trabajo del que ya tienes —intervino Cilene.

—Lo hice con gusto. Además, necesitaba ocuparme en algo. Invité a los niños a que me ayudaran para que se distrajeran un poco.

—En ese caso aceptamos —respondió Renato.

Hamilton y Aurelio regresaron al atardecer. Como Gabriela y los niños aún estaban descansando, ellos se reunieron en la sala para decidir qué hacer. Aurelio comentó:

—Gabriela le contó al juez toda la historia de la sociedad de Roberto con Neumes y lo que sucedió después. Ella no sabía que su marido había encontrado al ex socio. Neumes estará detenido hasta que el juez termine la investigación. Sin embargo, debido a las características del caso, el propio juez nos aconsejó que consigamos a un buen abogado, para lograr que Neumes devuelva todo el dinero que se robó. Será una manera de amparar a la viuda y a sus hijos.

—Es lo más justo —dijo Hamilton.

—Ya llamé al doctor Altino. Estará aquí mañana temprano. Fui testigo de los problemas que tuvo la familia debido a ese robo. Además, Neumes le quitó la vida a Roberto. Si se hace justicia, él tendrá que devolver todo con la debida compensación.

—¿Tendrá todavía ese dinero? Pudo habérselo gastado.

—El juez cree que lo tiene. Vive en una casa lujosa y parece que también tiene un negocio —agregó Aurelio. Continuaron la conversación, tratando de hallar la mejor manera de ayudar a la familia a enfrentar los desafíos del momento. A pesar de lo trágico de la situación, los unía un pensamiento y un sentimiento de armonía y paz. Estaban amparados por sus amigos espirituales y por la misericordia divina, que jamás desampara a nadie. En sus corazones guardaban la certeza de que todo sería para bien.

Capítulo 25

*G*abriela puso las maletas en el cuarto y miró a su alrededor con tristeza. Si la situación fuera diferente, ella habría buscado otra casa para vivir. Hacía tres meses que Roberto se había ido y ella tenía que ahorrar.

En el afán de irse a Río de Janeiro, Roberto le había alquilado la casa a un amigo militar por un precio irrisorio. Cuando él murió, la familia aún vivía en su casa, pero el militar había sido trasladado al Nordeste y se había mudado.

Gabriela se quedó viviendo en Río, a la expectativa de la decisión de la justicia en cuanto al cobro del dinero que Neumes les había robado. En su declaración, Antonia contó que él había cometido el desfalco y dijo dónde tenía guardado el dinero.

A pesar de que el abogado había argumentado la "Legítima defensa" y solicitó que Neumes, como reo de primera vez, pudiera esperar el juicio en libertad, no lo logró debido a los antecedentes del caso. El juez no lo dejó en libertad, alegó que Neumes había huido de su socio una vez y bien podría hacerlo de nuevo. Por eso decretó la prisión preventiva.

Neumes se sintió arrasado. Su mujer, enfurecida por el lío con Jurema, deseaba que se pudriera en la prisión. Por eso él y su abogado conversaron con Altino para llegar a un acuerdo. Neumes le devolvería a Gabriela el dinero de Roberto y ella retiraría el denuncio del desfalco.

Aconsejada por Altino, Gabriela aceptó. Ese dinero le ayudaría a mantener a su familia. Pensaba buscar empleo, pero aún no se sentía bien. Los exámenes mostraron que tenía una anemia aguda y necesitaba de un tratamiento. Además, los niños estaban en el colegio y no podían perder el año. La verdad era que deseaba regresar a São Paulo. Sus parientes vivían en el interior y estaría más próxima a ellos.

Neumes le entregó el dinero a Gabriela. Por consejo de su abogado, ella dejó una parte para los gastos de la casa y el resto lo guardó. Necesitaba saber qué iba a hacer con él. Se sentía aturdida, con la cabeza enredada y no lograba pensar con claridad como antes.

Cuando desocuparon su casa en São Paulo, ella se mudó de inmediato. Los niños ya habían terminado el año lectivo. Volver a vivir en la casa donde había vivido con su marido la hizo recordar el pasado. Sin embargo, reaccionó. Pensó en pintarla y cambiar algunas cosas para apagar los recuerdos. La vida continuaba y ella no deseaba mirar hacia atrás. Sacudió los hombros como para expulsar todos los recuerdos tristes y enseguida intentó ayudar a Nicete a acomodar las cosas. Al notar que los niños estaban tristes, los llamó y les dijo con voz firme:

—Esta casa está llena de recuerdos para nosotros. Pero lo que pasó pasó y no va a volver jamás. Vamos a guardar en nuestros recuerdos todas las cosas buenas de aquellos tiempos. Amamos a su papá y deseamos que él sea feliz en ese mundo a donde partió. Pero si nos ponemos tristes, él también lo estará. Él tiene derecho a ser feliz y nosotros también. Por eso, de ahora en adelante, en esta casa haremos todo lo posible por conservar la alegría. Vamos a ayudarle. Si él nos ve alegres, se sentirá feliz.

Los niños asintieron con la cabeza y Gabriela continuó:

—Ahora vamos a trabajar. Debemos colocar todo en su lugar. Quiero remodelar la casa, así que empiecen a pensar en cómo quieren su cuarto. El resto de la casa estará por mi cuenta, pero cada uno va a escoger cómo quiere su cuarto.

Con la novedad, los dos se entusiasmaron y empezaron a planear los cambios. Al verlos trabajar en el arreglo de la casa y planear el futuro, Nicete dijo entusiasmada:

—Fue lo mejor que pudo hacer. Ellos están mucho mejor.

—Les dije la verdad. Nuestra vida cambió y tenemos que aceptarla con buena voluntad.

Trabajaron con gusto, y Nicete, que había ido de compras al final de la tarde, preparó un refrigerio. Los niños estaban cansados y se durmieron de inmediato. Nicete y Gabriela terminaron de colocar la ropa en su lugar.

—Mañana iré al supermercado. Usted tiene que alimentarse muy bien. No puede vivir de refrigerios.

—Estoy bien alimentada. La próxima semana me haré otros exámenes y si el doctor Aurelio me lo permite, comenzaré a buscar trabajo.

—¿Piensa volver a la empresa de don Renato?

Gabriela vaciló y después respondió:

—No lo sé. Él siempre ha sido muy bueno, pero tiene a su esposa. Me preocupa que ella pueda perturbar nuestra vida de nuevo.

—Él me dijo que estaban separados desde que ella le disparó al señor Roberto.

Gabriela permaneció pensativa por un instante y después respondió:

—Él es una buena persona. Se merecía algo mejor.

—Ha sido muy dedicado con usted. Cuando supo de la muerte del señor Roberto, dejó todo para apoyar a la familia. Incluso pagó todos los gastos. Usted sabe cómo son esas cosas. En esos momentos nos sentimos perdidos, sin saber qué hacer.

—Sí. Él nos ayudó mucho. Le pedí al doctor Altino que hiciera un balance de todo lo que él y el doctor Aurelio gastaron para devolvérselo. Afortunadamente tenemos dinero para pagarles.

—Todo eso me puso a pensar. Dios cierra una puerta pero abre otra. ¿Ya se imaginó si ese dinero no hubiera regresado?

—Tienes razón. Reconozco que a pesar de todo tuvimos mucha ayuda espiritual. La próxima semana pienso ir al centro a hablar con Cilene, para ver qué me aconseja.

—También a mí me gustaría ir. No se me olvida que cuando recibí la noticia de la muerte de don Roberto, me quedé sin aliento. Me faltó el aire y no sabía cómo contarles. Salí a la calle para respirar mejor y allí, como por arte de magia, me encontré al doctor Aurelio. Nunca me olvidaré de ese milagro.

—Bendita sea la hora en que él apareció. Yo estaba en estado de *shock*. ¿Sabes, Nicete?, hay momentos en que me parece que estoy despertando de una pesadilla. A veces no logro recordar las cosas que hice durante el último año. Eso me intriga.

—Le oí decir a don Hamilton que cuando vivíamos en Río, ellos sabían que las cosas no estaban bien. El doctor Aurelio fue hasta allá esa noche porque ellos se lo pidieron.

—¿Estás segura?

—Sí. El doctor Renato iba al centro a rezar por todos nosotros. En realidad, las cosas estaban muy distintas en ese momento. Usted estaba diferente, extraña y el señor Roberto iba a un *terreiro* y volvía en la madrugada.

—¿Roberto? ¿Estás segura? Nunca me di cuenta de nada.

—Yo lavé mucha ropa blanca de él

—¿Por qué nunca me dijiste nada?

—Usted ya no conversaba conmigo. Andaba siempre con sueño, cansada. Además pensé que lo sabía.

Gabriela se quedó pensativa. Roberto nunca había sido dado a la religión, pero Nicete no acostumbraba a mentir.

—¿Qué habría ido él a hacer en un *terreiro*?

—Creo que trabajaba allá. Iba tres veces por semana.

—¿En que trabajaba?

—No lo sé, pero él cambió bastante en los últimos tiempos. ¿Usted no se dio cuenta?

—No. A decir verdad, me parece como si todo fuera un sueño. Parezco otra persona.

Nicete, pensativa, sacudió la cabeza:

—A mí también me parece muy extraño lo que ocurrió. Todo cambió de repente. Los niños, usted, el señor Roberto, todo era diferente. Parecía cosas de brujería. Sería bueno que usted hablara con don Hamilton. Creo que le podría explicar muchas cosas.

—Sí, yo también lo creo así.

Esa noche, acostada en su cuarto, a pesar de sentirse cansada, Gabriela no lograba olvidar su conversación con Nicete. De hecho, después de que Roberto se recuperó de la herida, ella empezó a sentirse mal. Había cambiado su comportamiento. Un detalle la intrigaba: de repente sintió que su deseo sexual aumentaba de manera insaciable. Incluso durante el día, cuando Roberto no estaba, ella se sentía excitada, tenía pensamientos eróticos y esperaba ansiosamente el momento de irse a la cama con su marido. Sus relaciones sexuales con Roberto fueron muy satisfactorias durante los primeros años de matrimonio, pero después, su interés por él había disminuido debido a los celos excesivos y a la desconfianza que le demostraba.

Cuando descubrió que él fue el autor del desfalco, se dio cuenta de que no podría vivir más a su lado. Había planeado que, cuando él se recuperara de su herida, le pediría el divorcio. Ya no lo amaba y siempre que él la tocaba, sentía repulsión.

Gabriela se sentó en la cama asustada. Recordaba perfectamente ese hecho. ¿Cómo explicar ese súbito interés sexual por su marido? ¿Cómo entender esa pasión repentina que nunca lograba saciar plenamente? Ella siempre había sido una persona equilibrada y nunca se había dejado arrastrar por un deseo que no pudiera dominar. Sabía que era una mujer sensata. ¿Qué pudo haber pasado?

Sintió una extraña opresión. Se levantó de la cama, fue a la cocina y se tomó un vaso de agua. En todo esto había un misterio por descifrar. ¿Tendría alguna relación con las idas de Roberto al *terreiro*?

Gabriela se quedó pensativa. Tal vez estaba exagerando. Ella había empezado a sentir eso desde antes que se mudaran a Río. A no ser que…

—No puede ser. ¡Él no haría una cosa así! Además, no creía en la brujería. Eso eran creencias populares. Se fue para el cuarto y se acostó. Intentó dormir, pero no lo consiguió. Se acordó de que Roberto había sido capaz de hacerla pasar por ladrona, sin sentir el menor remordimiento. Quien hace algo como eso, bien podría haberse valido de magia negra para dominarla. Él no quería separarse y presentía que ella iba a dejarlo.

A pesar de sus dudas, Gabriela creía que de alguna manera él se había servido de los espíritus del mal para conseguir lo que quería. Las lágrimas rodaron por su rostro y un sentimiento de tristeza la embargó:

—¿Por qué Dios habría permitido eso? No era justo. Ella siempre fue una esposa dedicada, fiel, cumplidora de sus deberes. ¿Por qué habría sido tan castigada?

Se sentía impotente, invadida y usada. En ese momento, algo dentro de ella se rebeló. Tenía derecho a defenderse de la maldad de los otros. No era culpable de nada y no merecía haber sido manipulada de esa manera. Se sentó de nuevo en la cama, cerró los puños y dijo en voz alta:

—Yo soy buena y fuerte. Nadie va a dominarme ni a destruirme. Voy a actuar, a rehacer mi vida y a ser feliz. Me lo merezco. Mañana mismo hablaré con Hamilton para aclarar los hechos. Debo saber cuáles son esas fuerzas que nos dominan y cómo logran hacerlo.

Se acostó de nuevo y se sintió mucho más tranquila. Se acomodó en la cama y enseguida se durmió. No vio que un bulto en forma de mujer la abrazó con satisfacción y le dijo a su acompañante:

—Afortunadamente empezó a reaccionar. Ahora podremos ayudarla a liberarse.

Después de besarla en la frente con cariño, los dos se alejaron rápidamente.

Al día siguiente, Gabriela se levantó más dispuesta. Aunque tenía muchas cosas por hacer, llamó a Hamilton para pedirle que la atendiera esa misma noche.

Al atardecer, antes de salir, Gabriela llamó a Nicete y le dijo:

—Voy al centro a hablar con Hamilton. Le diré que tú también quieres ir allá. Me quedaré con los niños para que puedas hacerlo.
—Gracias. Es lo que más quiero.

Gabriela llegó al centro un poco antes de la hora acordada y se encontró con Renato en la puerta.

—¿Cómo estás Gabriela? —le preguntó él.

—Mejor. He empezado a recuperarme poco a poco.

—Me alegro. Estuvimos muy preocupados por ustedes.

—Nicete me contó que rezaban por nosotros cuando no sabían dónde estábamos.

Los ojos de Renato brillaron emocionados, se esforzaba por controlarse. No quería que ella descubriera lo que sentía.

—Sabía que ustedes no estaban bien.

—¿Hamilton les dijo algo?

—Soñé contigo algunas veces. Te veías muy triste y me pedías que te liberara. No sabía qué hacer, así que busqué a Hamilton. Él hizo una consulta y supo que ustedes necesitaban ayuda. Oramos, orientados por los amigos espirituales.

—¿Es verdad que el doctor Aurelio fue esa tarde a Río a solicitud de los espíritus?

—Sí. Nicete había llamado al centro para pedir ayuda. Fue así como conseguimos la dirección. Yo estaba tan preocupado que deseaba ir de inmediato. Sin embargo ellos dijeron que sólo Aurelio debería ir. Incluso, determinaron el día.

Gabriela se conmovió:

—¡Entonces era verdad! Él no estaba allí por casualidad...

—Él fue sin saber lo que tendría que hacer. No nos dijeron nada. Fue una terrible sorpresa.

—Sí. Realmente lo fue. Pero ya pasó. Estoy dispuesta a recomenzar mi vida. Tengo dos hijos por levantar.

—Estoy a tu disposición para lo que necesites.

Ella lo miró seria y le respondió:

—Ha sido un buen amigo. No sé cómo agradecérselo.

Él bajó la cabeza para ocultar el brillo emocionado de su mirada. Ella vaciló un poco y después preguntó:

—¿Cómo están las cosas en su casa?

—Están bien, dentro de lo posible. Gioconda aún está en tratamiento psiquiátrico. Ella sigue mostrándose muy reacia. Pero, cuando abusa, Altino le dice que si continúa así la mandarán de nuevo al sanatorio, entonces trata de portarse mejor.

—¿Y los niños?

—Viven con ella. Gracias a Aurelio conseguimos una maravillosa ama de llaves. Ella se encarga de todo. Conversa con los niños, les explica sobre la enfermedad de su madre, les pide que cooperen en el tratamiento y es firme con Gioconda, pero muy bondadosa. Celia ha mejorado bastante. Está más sociable y alegre. Ambos adoran a Clara.

—¿No piensa volver a vivir con su familia?

—No. Mi vida con Gioconda se volvió imposible. Es muy difícil convivir con alguien cuando se ha acabado el amor.

Gabriela pensó en Roberto y observó:

—Sí. Sé cómo es eso.

Renato la miró con curiosidad, deseaba conocer sus más íntimos pensamientos. Pero Gabriela recordó:

—¿Entramos? Ya es hora.

Hamilton los esperaba en la puerta de la sala de reuniones. Al verlos los abrazó y después le dijo a Gabriela:

—¡Qué bueno que hayas venido! Hoy es el día en que tratamos tu caso.

—No lo sabía. Vine porque me enteré de algunos detalles muy particulares. Quiero hablar contigo.

—Conversaremos después de la reunión. Es hora de empezar.

Entraron a la sala y Gabriela vio que, además de Cilene, estaba Aurelio. Se sentó en el lugar que le indicaron.

Se escuchó una música suave y Cilene hizo una pequeña oración e inició los trabajos. Después pidió orientación para el caso en tratamiento y solicitó a los presentes que continuaran orando en silencio.

Gabriela sintió que una suave brisa la envolvía y conmovida empezó a sollozar. La información que recibió la noche anterior volvió a su mente. Se preguntó por qué había sido castigada de esa manera si ella nunca hizo nada malo. De repente, una médium empezó a hablar:

—Me siento feliz de poder abrazarlos y deseo que continúen con sus oraciones en favor del que partió. Infortunadamente no pudimos evitar que se consumara la tragedia. Intentamos varias veces que él abandonara la dimensión negativa en la que estaba, pero no lo logramos. Tenía suficientes conocimientos para ver la vida de otra forma. Sin embargo, llevado por la obsesión de que no podría vivir solo, buscó la ayuda de espíritus vengativos y peligrosos para conseguir sus fines. Se comprometió con ellos y empezó a servirlos. A esas alturas, no podíamos hacer nada. Él debía asumir las consecuencias de sus actos. Los demás involucrados han cumplido con la parte que les corresponde y deben continuar separados de él.

Lo que a sus ojos parece una tragedia por los sufrimientos causados, fue la única salida posible. Al recibir el resultado de sus actitudes insensatas, él aprenderá las lecciones que necesita. La felicidad es una conquista que cada uno debe realizar. Los desafíos que enfrentamos nos demuestran lo fuertes y capaces que somos.

Al ser educado erróneamente, creyó en las apariencias, se comparó con valores tradicionales e ilusorios. Se juzgaba menos que los demás. Se sentía incapaz y para compensarlo, dominaba a las personas que amaba. Pensaba que con eso se hacía fuerte y estaba protegido. Perder su apoyo significaba que tendría que observarse a sí mismo, y eso era algo que no podía soportar, pues se veía como una persona inferior.

Al enfrentar la responsabilidad de sus acciones aprenderá a utilizar el gran potencial que posee y que desconocía. Con esta experiencia sabrá lo fuerte y valiente que es, saldrá fortalecido y se sentirá más confiado y capaz.

Por eso no lamenten lo ocurrido. El que partió ha empezado a beneficiarse de la experiencia, y los que se quedaron deben dar por concluida esta etapa y seguir adelante sin mirar para atrás, seguros de que todo está bien y de que vendrán días mejores.

Hubo un silencio y Hamilton aprovechó para indagar.

—¿Podemos dar por concluido este caso?

—En parte sí. Ya no necesitaremos de reuniones especiales. La unión con las entidades perturbadoras se rompió. Pero debe hacerse una limpieza energética a las personas de la casa, incluso a los niños.

—¿Algún tratamiento específico?

—Para las dos mujeres, además del tratamiento de rutina, algo de cromoterapia.

Hamilton le agradeció la ayuda. Permanecieron silenciosos por un tiempo y luego se dio por terminada la reunión. Cuando las luces se encendieron, y después de que los participantes tomaron agua energizada, Hamilton se acercó a Gabriela y le preguntó:

—¿Te sientes mejor?

—Me siento más liviana. Sin embargo, mi cabeza aún no está normal.

—Conversemos en la otra sala.

Renato se acercó con Aurelio y propuso:

—Tenemos hambre. Queremos invitarlos a comer y luego los llevaremos a casa.

Gabriela los miró indecisa. Cilene, quién se había unido a ellos, respondió:

—Aceptamos. Había pensado en algo así.

—Voy a conversar un momento con Gabriela, tendrán que esperar —dijo Hamilton.

—Lo haremos, espero que tú también nos acompañes —intervino Aurelio, con una sonrisa.

Hamilton aceptó y condujo a Gabriela a otra sala. Sentados, uno al lado del otro, observó:

—Sé que quieres saber los pormenores de tu caso. Estoy listo. Puedes preguntar.

—Cuando estaba en Río me sentía ajena a mí misma, con la cabeza pesada, desanimada y aturdida. Sin embargo, tan pronto regresé a São Paulo y entré a mi antigua casa, empecé a cuestionar ciertos hechos. Nicete me contó que Roberto frecuentaba o trabajaba en un *terreiro*, tres veces por semana. Él nunca fue religioso. Cuando analicé todo, sentí miedo. Creo que fui envuelta por una fuerza muy extraña que me dominó y me obligó a hacer cosas fuera de mi naturaleza.

—Gracias a Dios ya empezaste a volver a la normalidad. Sé que Roberto, al sentir que pensabas dejarlo, hizo un pacto con un espíritu peligroso y prometió servirle con tal de que le concediera lo que él deseaba.

—¿Por qué habría hecho eso? Que yo sepa, el único centro que él frecuentó antes de que nos fuéramos para Río, fue éste.

—Para realizar un pacto como ese no es necesario ir a un centro específico. Él sólo pensó en hacerlo y enseguida ese espíritu se aprovechó de sus intenciones. Esas entidades forman grupos de ayuda mutua para realizar sus fines y están siempre atentas. Él dio la oportunidad y el espíritu entró.

—¿Cómo pudo ser eso?

—En sueños o por un contacto mental. Nuestros pensamientos son un libro abierto para los habitantes del astral. Ellos sienten el tipo de energías que nos circundan y actúan.

—Eso es injusto. ¿Por qué Dios permite que estemos a merced de esas entidades?

—Estás equivocada. No es así como funcionan las cosas. Cada uno atrae ciertas compañías de acuerdo a su manera de ser. Roberto atrajo energías negativas cuando pensó que debía dominarte de cualquier manera y pagó su precio.

—Pero... ¿y yo por qué fui involucrada? Nunca desee nada de eso.

—De alguna manera permitiste que te dominaran. Tuviste actitudes que favorecieron la entrada de esas energías y les facilitaste su asedio.

Gabriela se quedó pensativa un instante y después dijo:

—Bueno, me hallaba muy disgustada porque Roberto, unido a Gioconda, planeó ese desfalco para atribuírmelo a mí. Pensaba en separarme de él.

—Pensar en separarte de él era tu derecho. Pero debes tomar conciencia de la forma como lo hiciste. La indignación, aunque sea justa, admite diversas interpretaciones. Para que puedas saber dónde estaba tu punto débil, tendrás que analizar tus sentimientos con cuidado. Generalmente la indignación se desvanece cuando aceptamos que las personas son como son y no como nos gustaría que fueran. Aunque tengamos el derecho de no querer convivir más con una persona que actúa de determinada forma, conservar la amargura y el resentimiento hacia ella siempre significa caer en el negativismo.

—De hecho me hallaba muy indignada. Todavía hoy, al recordar lo que me hizo, me da mucha ira.

—Eso facilitó el proceso obsesivo. Roberto actuó así porque aún no tenía madurez para actuar de otra manera. Él sólo pensó en defenderse, no en perjudicarte. Al contrario, deseaba darle todo a su familia. No pensó que hiciera mal al querer conservar tu amor a la fuerza. Incluso, él pudo haber creído que así defendía la unión familiar.

—Era una actitud muy de él. Estoy segura de que así fue.

—Piensa en eso y tal vez logres liberarte de la amargura. Concluiste una etapa de tu vida y tienes nuevas oportunidades de felicidad frente a ti. No te dejes dominar por lo que pasó. Analiza, medita y recuerda los hechos. Intenta hacerlo con sinceridad. Estoy seguro de que un día te sentirás libre, alegre y dispuesta a seguir adelante.

Gabriela sonrió y dijo:

—Gracias por ayudarme tanto. Haré todo lo posible por encontrar la paz interior, educar a mis hijos con cariño y construir para nosotros una vida mejor.

—Estoy seguro de eso. Ahora vamos, nuestros amigos nos esperan.

Esa noche, Gabriela volvió a la casa más animada. La conversación con Hamilton la había dejado más tranquila. Además, las atenciones y el cariño de sus amigos, y la alegre y provechosa charla en el restaurante, le mostraron que la vida podría ser mucho mejor de lo que había sido en los últimos tiempos.

De repente, Gabriela se sintió viva, libre y capaz. La certeza de que la vida continuaba después de la muerte era muy reconfortante. Se acostó pero no se durmió enseguida. Desfilaron por su mente los recuerdos de su romance con Roberto, y entonces comprendió lo que le había dicho Hamilton. De hecho, Roberto la amaba a su manera. Nunca logró aceptar que ella fuera más instruida que él ni que ganara dinero cuando él no podía hacerlo. Cuando se dio cuenta de que podría ganar lo suficiente para sostener a la familia, quiso probar que podía hacerlo solo. No era consciente de que para ella el trabajo era una realización personal.

Gabriela fue incapaz de analizar los hechos con claridad. Para Roberto el desfalco era una prueba de amor, para ella, una cruel traición.

En ese momento Gabriela logró admitir que al cultivar la amargura fue tan cruel como él. Le exigió a Roberto un comportamiento del que no era capaz. Así, ella también se volvió presa fácil de los espíritus perturbadores. No había sido la víctima en toda esta historia, como lo imaginaba hasta entonces. De ahora en adelante se esforzaría por ver el pasado de otra forma.

Roberto, inmerso en sus ilusiones, había optado por el camino doloroso y ahora tenía que enfrentar las consecuencias. Ella no tenía el derecho de cargarlo con su incomprensión y sus expectativas, las cuales, él no podía satisfacer.

Ella deseaba ser feliz y poder mirar hacia atrás sin remordimientos ni recriminaciones. Pero creía importante aprender los eternos y verdaderos valores del espíritu para saber enfrentarse a los desafíos del futuro.

Capítulo 26

*T*odo ocurrió rápidamente. Roberto observó el revólver que Neumes tenía en la mano apuntando hacia él. Enseguida vio cuando puso el gatillo.

Él también apuntó y consiguió disparar un tiro, pero su mano no le obedeció más. Sintió que un líquido caliente mojaba su ropa y perdió el sentido.

Se despertó asustado y miró a su alrededor. Estaba acostado en una estera y se sentía muy débil.

Se acordó de Neumes.

—Él me acertó —pensó.

¿Dónde estaba? Miró alrededor, no lograba ver casi nada. Estaba oscuro. Intentó levantarse, pero no tenía fuerzas.

Quizás Neumes lo hubiera escondido en ese oscuro lugar para que no recibiera tratamiento y muriera. Sentía un ardor en el pecho y en el vientre. Se pasó la mano y notó que había dos heridas abiertas de las que salía una secreción. No podía distinguir si era sangre.

Neumes le había disparado y ahora necesitaba atención médica.

Miró en busca de ayuda, pero su debilidad era muy grande. Cerró los ojos asustado. Se iba a morir ahí, olvidado por todos.

Se acordó que no le había dicho a nadie en dónde vivía Neumes, y tampoco que iría hasta su casa. Con seguridad, Gabriela intentaría buscarlo pero no lo encontraría.

Roberto pensó en el padre José. Tal vez él pudiera socorrerlo o contarle a Gabriela donde se encontraba. Con gran esfuerzo, Roberto llamó al padre José con insistencia.

Pasado un tiempo, una luz suave apareció a su lado y un desconocido se le presentó. Roberto indagó afligido:

—¿Dónde estoy? ¿Quién eres?

—Soy tu amigo. El padre José está ocupado y me pidió que viniera a ver qué querías.

—Menos mal. Tengo miedo. Me hallo prisionero aquí y quiero que le digas a Gabriela que venga a socorrerme. Estoy herido y necesito un médico.

El hombre empezó a reír a carcajadas, se veía que le faltaban algunos dientes, y contestó:

—Lo que quieres es imposible. Tú mujer no podrá venir aquí. Pero ten paciencia, que el padre José lo hará tan pronto se desocupe.

—Tú no entiendes. Necesito auxilio. Estoy malherido y puedo morir.

—El otro volvió a reír. Cuando paró de reír, le dijo de mala gana.

—No seas tonto. No vas morirte. No puedes volver a morirte.

—¿Cómo así?

—Porque ya estás muerto y enterrado.

Roberto sintió que se mareaba e hizo un esfuerzo para no desfallecer.

—No juegues conmigo. Empiezo a sospechar que no fuiste enviado por el padre José. Debes ser un amigo de Neumes.

—Si me ofendes me iré y tendrás que arreglártelas como puedas. Si te dije que fue el padre José quien me envió, es porque fue él.

—Está bien, no quiero ofenderte, pero estoy mal. Necesito recibir atención.

—Te aseguro que no va a pasarte nada. Resiste con firmeza y descansa. Poco a poco te sentirás mejor. El padre José vendrá pronto. Ahora tengo que irme. Intenta dormir.

Desapareció, y aunque Roberto lo llamó pidiéndole que regresara, todo fue inútil. Si por lo menos lograra ver dónde se encontraba... Pero estaba oscuro y sentía frío. Afligido, hizo varias tentativas de levantarse sin conseguirlo. Desesperado, trató de gritar, pero su voz era débil.

—Así nadie me va a oír —pensó.

Una fuerte sensación de miedo lo acometió. ¿Estaría destinado a morir solo allí, y sin que nadie lo socorriera? En ese momento se sintió impotente y se arrepintió de haber buscado a Neumes.

Varias preguntas sin respuestas vinieron a su mente y aumentaron su inquietud. El padre José le había asegurado que podía ir a ver a Neumes. Si en realidad él sabía todo, ¿por qué no lo había prevenido del peligro que podía correr? Si le hubieran avisado, habría tenido más cuidado. Él le había prometido protección, entonces, ¿por qué no aparecía ahora para ayudarlo? Quiso rezar, pero no tuvo el valor de hacerlo. El padre José le había dicho que los espíritus iluminados no ayudan a los que intervienen en el destino de otros y hacen justicia con sus propias manos. Había finalizado:

—Ellos piensan que debemos aceptar todo y dejar que Dios decida, pero, por lo que sé, Él siempre está ausente. ¿Hasta cuándo vamos a permanecer pasivos frente a los errores de los demás?

Si apelara a los espíritus superiores, ellos le pedirían cuentas de lo que había hecho.

Roberto se acordó de que en el *terreiro*, el participó haciendo innumerables despachos para separar o unir personas, según los pedidos de los clientes, y así se había hecho cómplice de varias entidades del astral. Sabía que era un error, pero obedecía las órdenes del padre José. La culpa era de él. Sin embargo, ahora, al pensarlo mejor, le parecía que la cosa no era tan simple. Su conciencia empezó a incomodarlo. ¿Lo estarían castigando? En ese caso, ¿a quién podría recurrir?

A pesar de la debilidad, su sensibilidad había aumentado. Por su mente pasaron diversos acontecimientos de su vida. Pensó en sus hijos y las lágrimas asomaron a sus ojos. Permaneció así por largo tiempo y después, vencido por el cansancio, se adormeció. Se despertó al sentir que alguien lo sacudía. Medio aturdido, balbuceó:

—¿Qué pasó?
—Venimos a pedirte cuentas. ¿Por qué te metiste en nuestra vida?
—¡¿Yo!?

Sorprendido, Roberto observó a dos hombres que lo miraban furibundos.

—Sí, tú. No te hagas el tonto —le dijo uno de ellos mientras lo sacudía por el brazo.
—Ustedes están equivocados. Yo no los conozco.
—Ahora que estás mal, deseas escapar, pero no vamos a dejarte.
—Les aseguro que no sé de qué me hablan.
—Sí lo sabes. Tú hiciste brujería para que Marina se separara de Juan, porque la sinvergüenza de Joana te lo pidió. Ella se enfermó y ellos se separaron por culpa de ustedes.
—Yo no tuve la culpa. Sólo hacía lo que el padre José me mandaba.
—Mentira. Nosotros vimos cuando hiciste el despacho. Juré que iba a vengarme. Marina es mi hija, y quien le hace mal a ella, se gana en mí a un enemigo.
—Ahora que estás acá —le dijo el otro, satisfecho—. Vas a tener que deshacer todo. Me parece bueno que te prepares para comenzar ahora.

Roberto empezó a temblar. ¿Qué le pasaba? ¿Por qué estaba a merced de esos hombres tan extraños?

Se acordaba del caso de Marina. Ellos habían vencido y Joana había ido al *terreiro* a agradecerle al padre José. Él también recibió una garrafa de vino para celebrar.

—Quien supo beber el vino sabrá deshacer todo lo que hizo. Te llevaremos allá —dijo el papá de Marina.

—Estoy herido y no puedo levantarme. Necesito un médico.

—Deberías sentir vergüenza. Déjate de melindres. Levántate y vamos ahora —decidió el otro.

Al mismo tiempo haló el brazo de Roberto e intentó hacer que se levantara. Roberto sintió un fuerte dolor en las heridas y perdió el sentido.

—No aguantará —dijo uno.

—En ese caso, haremos que se mejore. Vamos a buscar a Neco.

Los dos personajes salieron y dejaron a Roberto tendido e inconsciente sobre la estera. Regresaron tiempo después, pero él no había despertado.

Neco era un negro alto, delgado, ágil, de rostro grave y manos fuertes. Se acercó a Roberto, le puso las manos sobre la frente por unos segundos, después dijo:

—Él no puede hacer lo que ustedes desean. Si lo obligan, será peor. Perderá el sentido y estará inconsciente durante mucho tiempo.

—Si es así, ¿qué vamos hacer? Tenemos que ayudar a Marina.

—Llevémoslo a nuestra colonia. Allá lo pondremos en condiciones de hacer lo que ustedes quieren. Voy a llamar a mis asistentes.

Se concentró por unos segundos y después dijo:

—Ellos están en camino. Debemos esperar.

Pasaron unos minutos y llegaron cuatro negros. Abrieron una camilla y colocaron a Roberto sobre ésta. A una orden de Neco, emprendieron el regreso a su lugar de origen.

Roberto despertó y miró preocupado a su alrededor. Estaba en un pequeño cuarto, acostado en una cama burda y por entre las rendijas de la pequeña ventana entraba una claridad grisácea que le permitía observar perfectamente el lugar.

Notó que las heridas estaban curadas y sintió alivio de haber sido atendido. Sin embargo no estaba en un hospital. El cuarto donde se encontraba era pequeño, pobre y sin la más mínima higiene, más parecía una casa de campo que un lugar de tratamiento. Se sentó en la cama sin dificultad. Estaba mejor. Se levantó y dio algunos pasos apoyado en la baranda de la cama y en una mesita que había al lado de la ventana. Sintió un leve mareo, se detuvo y respiró profundo. Lo importante era que estaba curado. Necesitaba saber dónde estaba y cuándo podría volver a casa.

Cuando se sintió mejor, abrió la ventana y miró hacia afuera. El día estaba nublado, divisó varias casuchas y una calle estrecha y sin pavimentar. ¿Qué lugar sería ese? De seguro una pequeña ciudad a la que todavía no había llegado el progreso.

De pronto, se abrió la puerta del cuarto y Neco entró:

—Veo que estás mejor —le dijo.

—Sí. ¿Por qué no me llevaron a mi casa? Tenía mis documentos en el bolsillo del saco.

—Ahora tu casa es esta. Es mejor que te vayas acostumbrando.

—¿Quién eres tú? ¿Por qué me trajeron a este lugar tan pobre? Yo puedo pagar un tratamiento en un lugar mejor.

—Tu dinero no vale nada aquí. Acuéstate, quiero examinarte para continuar el tratamiento.

—¿Eres médico?

—Estoy encargado de ti.

—Te agradezco que me hayas sacado de ese horrible lugar, pero quiero ir a un hospital decente y ver a mi familia. Ellos deben estar preocupados por mi desaparición. ¿Hace cuánto tiempo estoy aquí?

—Si consideramos el tiempo de la Tierra, unos dos meses.

—¿Dos meses?, no puede ser...

—Acuéstate. Voy a explicarte todo.

—Estoy muy bien de pie.

—Haz lo que te digo. Necesitas acostarte.

Su tono de voz era autoritario y Roberto obedeció. Al verlo tendido sobre la cama le puso la mano derecha sobre la frente y le dijo:

—Tu tiempo de vida en la Tierra se acabó. Los disparos que recibiste dañaron tu cuerpo de carne. Tu cuerpo físico está muerto. No hay nada que se pueda hacer al respecto.

Roberto se estremeció y sintió que iba a desvanecerse.

—No huyas —le dijo Neco con voz firme—. Enfrenta la verdad. Es lo mejor.

Roberto reaccionó. Necesitaba aclarar todo. Seguramente trataba de engañarlo. Eso no podía ser verdad. Él tenía cuerpo, estaba herido, y lo más importante de todo era que estaba bien vivo.

—Es tal como te lo estoy diciendo —continuó Neco—. Estás vivo, pero en otro mundo. Para la Tierra y para tu familia estás muerto y ya fuiste enterrado. Eso no tiene vuelta atrás. Ahora empieza otra etapa, y, con los problemas que te conseguiste, es mejor que cooperes.

Roberto temblaba como una hoja movida por un fuerte viento, sentía frío y un miedo incontrolable.

—¿Eres un hombre, o qué es lo que eres? —lo desafió Neco—. Los blancos son realmente unos debiluchos. ¡Qué vergüenza!

Mientras hablaba, Neco pasaba sus manos alrededor del cuerpo de Roberto y se detenía en ciertos puntos. Poco a poco empezó a controlarse y, después de unos minutos, indagó con tristeza:

—¿Estás seguro de lo que dices?
—Claro. Tú, que trabajaste en el *terreiro*, no lo sabes? Entonces, puede ser que tampoco sepas que estás aquí en calidad de prisionero de Juvencio y Brito.
—No puede ser. ¡Yo no los conozco!
—Sí los conoces. Ellos fueron a visitarte a ese pantano en el que estabas tirado y me pidieron que te socorriera. Juvencio es el padre de Marina y Brito es su tío. Ellos te trajeron hasta acá.
—¿Qué quieren de mí?
—Estás en deuda con ellos y tendrás que trabajar para reparar las tonterías que hiciste en contra de Marina.
—Yo no lo hice. Sólo recibía órdenes del padre José.
—No te hagas el tonto, pues no te servirá de nada. Puedo ver lo que piensas. ¿Quieres saber algo? Si yo fuera tú, obedecería y pagaría lo que debo. Después, quién sabe, a lo mejor puedas irte para otro lugar.
—¿Y si me niego?
—Ellos tienen los medios para obligarte. Te aseguro que te puede ir muy mal.
—Pareces una buena persona. ¿Cómo puedes permitir que ellos hagan eso conmigo?
—No me meto en los asuntos de otros. Me pidieron que los ayudara y eso es lo que hago, pero es sólo eso y nada más. Además, ellos tienen todo el derecho de hacer justicia. Tú hiciste el trabajo sucio.

Roberto se quedó pensativo. ¿Sería verdad todo eso? ¿Realmente estaría muerto? Necesitaba pensar y reorganizar sus ideas. Era posible que, por error, él estuviera interno en un manicomio. Si estuviera en manos de un loco, sería mejor fingir y ganar tiempo.

Neco lo miró adusto y movió la cabeza en señal de desaprobación. Después dijo:

—No te hagas al vivo. Este no es un hospital de locos. Es una colonia conformada por personas que murieron en el mundo y construyeron esta ciudad. Tenemos una sociedad organizada y nuestro gobernador crea leyes que deben ser obedecidas; son muy diferentes a las de la Tierra. Aquí las víctimas tienen el legítimo derecho a la venganza y a la compensación.

Roberto sintió un miedo escalofriante. Neco había leído sus pensamientos.

—Reconozco que es difícil creer en todo lo que me dices, pero voy a hacer un esfuerzo. Tengo que poner mis pensamientos en orden. Todo esto ha sido un cambio muy brusco.

—Lo sé. Ahora me voy. Después ordenaré que te traigan alimentos más fuertes. Ya puedes comer mejor.

Después de que se fue, Roberto, aún acostado, repasó en su mente todo lo que le había pasado. Lo que Neco le había dicho podía ser verdad. En ese caso, lo que había aprendido en el centro de São Paulo era correcto. Si los disparos de Neumes hubieran matado su cuerpo, él continuaría vivo, sufriría, sentiría y palparía sus carnes como cuando estaba en el mundo.

Era increíble, pero era verdad. Pensó en Gabriela y en sus hijos, y las lágrimas rodaron por su rostro. Se sintió muy triste y se arrepintió de haber buscado a Neumes. Pero era demasiado tarde.

¿Qué sería de su vida de ahí en adelante? ¿Cómo estarían Gabriela y los niños sin su amparo? Rompió en sollozos y lloró durante un rato. Después de secarse las lágrimas, sólo le quedaban la tristeza y el desaliento.

Decidió que prestaría el servicio que esos dos hombres deseaban. Quizás, si lo hiciera de buena voluntad, podría convertirlos en aliados para que le ayudaran a cuidar de su familia. Ahora Gabriela estaba libre y tal vez se juntara con Renato. Eso no podía permitirlo. Sería injusto. Él continuaba vivo, la amaba y sufría compulsivamente su ausencia. Fuera como fuera, lo importante era que él había empezado a mejorarse y ellos lo habían socorrido.

Decidió obedecer. Tal vez así podría ganarse la simpatía y la amistad de ellos. Estaba en un lugar desconocido y lo mejor era llegar a un acuerdo. Con el tiempo, cuando hubiera recobrado la salud, decidiría qué hacer.

Luego de tomar esa decisión, Roberto empezó a mostrar buena voluntad. Dos días después, se sintió bien dispuesto y recuperado. Resolvió salir y dar una vuelta para conocer la ciudad. Tan pronto atravesó el umbral apareció un negro con un fusil y le impidió salir.

—No puede salir —le dijo—.

Roberto le obedeció y respondió:

—Sólo quiero salir un rato. Ya me siento mejor.

—Ahora no puede. Voy a avisarle a Neco.

Poco después Neco entró y le dijo satisfecho:

—Veo que estás bien.

—Sí. Quiero salir a dar una vuelta para conocer la ciudad.

—Aún no puedes hacerlo. Te llevaré a la casa de Juvencio. Él te presentará al consejo. Mi misión contigo ya se acabó.

—Está bien. Decidí seguir tu consejo. Voy a pagarles lo que les debo. Y cuando ellos me liberen, ¿qué pasará conmigo?

—Todo depende de tu comportamiento.

—He pensado que no conozco el lugar ni tengo a dónde ir. Me dijeron que cuando la gente se muere, se encuentra con parientes y amigos que han muerto antes, pero eso es mentira. Yo no me he encontrado con nadie.

—No es mentira. Algunas personas se encuentran con otras.

—Bueno, como yo no he encontrado a nadie, pensé que podría quedarme a vivir aquí.

—Eso lo decide el consejo.

—¿Aquí no vive gente blanca?

—Sí, sólo que la mayoría de los siervos son negros. Ahora ven conmigo.

Salieron y esta vez nadie salió a impedírselo. Caminaron por una calle estrecha y sinuosa y fueron a dar a una plaza en la que había algunos edificios grises, cada uno de cuatro pisos. La construcción, de paredes rústicas, tenía pequeñas ventanas simétricas.

Roberto notó la ausencia de plantas. La tierra era seca y no había maleza. Neco lo condujo a la entrada de uno de los edificios, vigilado por un negro alto, vestido con una túnica de color indefinido y cargado con un fusil.

—Vinimos a ver a Juvencio.

Entraron y subieron por una escalera estrecha y oscura. Atravesaron un corredor mal iluminado, con varias puertas. Neco se detuvo frente a una y tocó una campanita. La puerta se abrió enseguida y entraron a una sala donde había una mesa tosca con algunas sillas y un armario. De inmediato, Juvencio vino de la habitación contigua.

—Llegaste a buena hora —le dijo a Roberto—. Hicimos todo lo que pudimos y ahora es tu turno.

—Vine dispuesto a cooperar. Haré lo que tú quieras. Quiero ser tu amigo.

Juvencio lo miró con seriedad. Estuvo silencioso por unos instantes y después le respondió:

—Sí. Veo que lo has pensado bien. Pero, después de lo que hiciste, no quiero ser tu amigo.

—No te conocía y no sabía que estaba equivocado. Sabes cómo son las cosas cuando se vive en la Tierra. Todo se complica...

—Bien, eso lo veremos. Tendrás que hacer todo a mi manera. No admitiré fracasos ni mentiras. Soy justo, y si haces todo como quiero, perfecto, de lo contrario, no te perdonaré. Es mejor que lo sepas de una vez. No estoy dispuesto a tolerar debilidades ni falsedades.

—No hace falta que lo repitas; estoy dispuesto a pagarte todo lo que te debo. Quiero vivir en paz.

Juvencio batió las palmas de las manos y enseguida apareció una mujer adulta, vestida con una túnica de color pardo. Juvencio le ordenó:

—Este es el hombre del que te hablé. Encárgate de él.

Se acercó a Roberto, lo tomó por el brazo y le dijo:

—Mi nombre es Nena. Ven conmigo.

Sus manos eran frías y su rostro inexpresivo. Roberto sintió un escalofrío y tuvo deseos de retirar esa mano de su brazo. Al sentir la mirada severa de Juvencio intentó disimular y se dejó conducir sin poner resistencia.

—Gracias, Neco. Te debo también este favor. Puedes estar seguro de que no lo olvidaré. Soy agradecido con quienes me prestan un servicio.

—Lo sé. Si necesitas algo más, estaré a tu disposición.

—Hiciste un buen trabajo. Está más obediente.

—Sólo le dije la verdad. Él ignoraba que había muerto. Ahora sabe que no tiene otro remedio más que obedecer.

—Menos mal que no llamó a ningún siervo de la luz. Tenía miedo de que se me escapara.

—Hice todo lo posible por evitarlo. Ahora te corresponde a ti.

—Piensa que va a salir pronto de aquí, no sabe con quién está lidiando. Ahora que lo tengo en mis manos, se quedará por mucho tiempo.

—Si se rebela, ya sabes lo que tienes que hacer. Bastará con recordarle la culpa que siente por haber tramado cosas contra su mujer, enseguida se pondrá dócil. Ese es tu triunfo.

—Lo sé. Descuida, no lo olvidaré.

Sentado en la estrecha cama del pequeño cuarto, Roberto se sentía embargado por la tristeza. ¿Cómo habría ido a parar a ese horrible lugar en medio de personas tan desagradables? ¡Ah! ¡Si pudiera volver atrás!

A veces se pellizcaba para ver si despertaba de la pesadilla en la que creía estar inmerso. Sin embargo, así sólo lograba comprobar que no se trataba de un sueño, sino de una difícil realidad que tendría que soportar de ahí en adelante. Pensó en su familia y las lágrimas bañaron su rostro. ¿Qué había hecho de su vida? ¿Por qué se habría involucrado con personas que no conocía e interferido en sus caminos?

Nena le había dicho:

—Estarás aquí hasta que el patrón te llame.

Poco después apareció Juvencio y le dijo:

—Hay una túnica en el armario. Póntela, vamos al consejo.

Roberto abrió el armario, tomó la túnica y le respondió:

—¿No puedo ir con mi ropa?

Juvencio se impacientó:

—Póntela de una vez. Eres mi siervo y tienes que presentarte con el uniforme de mi casa.

Roberto obedeció y lo acompañó sin decir nada más. Al caminar por las calles estrechas y sin pavimento y observar el cielo nublado y las casas feas y sin terminar, Roberto pensó que tal vez esos hombres no eran tan poderosos como decían. Pero cambió de idea al llegar a una plaza pavimentada donde las construcciones variaban totalmente. Había casas bien construidas y edificios sólidos y bien terminados. Blancos y negros se mezclaban en la calle y observó que los blancos iban al frente, seguidos por los negros, quienes les obedecían. Al percibir su sorpresa, Juvencio le aclaró:

—¿De qué te sorprendes? Aquí somos conservadores. Están los señores y los esclavos.

—La esclavitud ya se acabó.

—Se acabó en el papel, pero hay muchas formas de ser esclavos. Aquí tenemos nuestras leyes. A quien le corresponde, se vuelve esclavo. Es lo justo. La esclavitud es el mejor sistema social.

Roberto iba a responderle, pero desistió. ¿Qué podía decir? Aquella realidad era aberrante. Concluyó que estaba en una ciudad muy atrasada.

Tenía que salir de ahí, pero, ¿cómo?

Decidió llegar a un acuerdo, ganarse la confianza de todos y después resolvería qué hacer. Acompañó a Juvencio y mostró buena voluntad.

Entraron a un edificio, la construcción ostentaba un lujo recargado y vulgar. Fue conducido a una sala amoblada al fondo con una tribuna y sillas al frente. Parecía un tribunal. Detrás de la tribuna estaban sentados varios hombres de expresión adusta, algunos con barba, vestían batas recamadas con insignias doradas.

Juvencio se acercó a ellos, se inclinó y dijo:

—Saludo a nuestros mayores y pido autorización para quedarme con este esclavo a mi servicio.

Miraron con atención a Roberto y luego uno de ellos dijo:

—¿Bajo qué condiciones será tu esclavo?

—Cuando él estaba en la Tierra, le hizo hechicería a mi hija Marina y la perjudicó. No pude hacer nada para impedírselo, pero lo vigilaba, y cuando vino para acá, lo puse a mi servicio para colocar las cosas en su lugar.

—Él fue asesinado —dijo otro, con expresión seria—. ¿Fuiste tú quien tramó eso?

—No —aclaró Juvencio—. Fue un ajuste de cuentas y él perdió. No tuve nada que ver con eso.

—Porque, si lo hiciste, tu deuda ya está saldada.

—No, su excelencia. Puede verificar cómo fueron las cosas.

Tras unos segundos de silencio, el que estaba sentado en el centro y parecía ser el líder, decidió:

—Concedido. Se quedará hasta que te haya pagado la deuda. Pero él debe obedecer nuestras leyes. Es tuyo. Puedes irte.

Juvencio, satisfecho, tomó a Roberto por el brazo y salieron del recinto.

—Vamos a casa. Tenemos que programar la ayuda a Marina.

Roberto no salía de la sorpresa. Nunca se había imaginado que pudiera existir un lugar como ese. Sin embargo se dio cuenta de que ellos no jugaban. Si quería estar bien y liberarse, tendría que cooperar. De regreso al edificio en el que estaba alojado, fue conducido a una sala donde Brito los esperaba.

—Ahora es nuestro turno —les dijo al verlos entrar—. Tendrás que hacer tu parte.

—¿Qué quieren de mí? –indagó Roberto.

—Vamos a prepararte. Después tendrás que entrar con sigilo al *terreiro* del padre José y descubrir lo que queremos.

—No sé cómo hacer eso...

—Lo sabrás enseguida —aclaró Juvencio—. Antes vamos a preparar todo. Vas a seguir nuestras indicaciones. Ni siquiera pienses en traicionarnos.

—Tenemos la manera de controlarte. Si haces algo mal, te traeremos de vuelta de inmediato —le dijo Brito—. Y te las verás con nosotros.

—No pienso hacer nada malo. Si les debo algo, quiero pagarles todo y quedar libre. Estoy dispuesto a hacer lo que desean. Ya vi que son poderosos y estoy listo a obedecer.

—Es mejor así —le respondió Juvencio—. Para deshacer el trabajo hecho a Marina, hay que destruir un polo que está guardado en la sala cerrada, donde sólo puede entrar el encargado. Sin eso, es difícil lograr algo. El lugar está vigilado y nosotros no pudimos entrar. Ellos te conocen. No te van a impedir la entrada ni sospecharán de ti.

—No sé cómo ir hasta allá.

—Déjalo por nuestra cuenta —replicó Juvencio—. Te mostraremos el lugar y el trabajo que tendrás que deshacer. Les dirás que necesitas ayuda. No hablarás nada sobre nosotros y empezarás a frecuentarlo. Después te daremos las instrucciones. Si haces todo, tal como te lo indicamos, lo conseguirás.

Roberto se entusiasmó. Volvería a la Tierra y, seguramente, desde el *terreiro*, sería fácil dar un salto a casa para ver a la familia.

—Te vigilaremos todo el tiempo. ¿Ves esta pantalla? La prenderé para que la observes.

Él tocó un lado de la pantalla y ésta se encendió, mostrando el *terreiro* del padre José, que a esa hora estaba desierto. Maravillado, Roberto preguntó:

—¿Podría ver cómo está mi familia?

—No. Conseguimos este acceso, pero aún no podemos verlo todo.

—Haré lo que pueda por servirlos, pero cuando esté allá, me gustaría que me permitan ir hasta mi casa.

—Eso no es posible —le dijo Brito—. Desviarías tu atención y te perderías. Si llegaras a tener una emoción fuerte porque no están bien las cosas en tu casa, podrías pensar en desobedecernos y eso no lo vamos permitir.

—De otro lado —agregó Juvencio—, si haces bien las cosas y logras lo que queremos, te ayudaremos para que vayas a ver a tu familia. Pero sólo después.

A pesar de estar ansioso, Roberto pensó que era más prudente mostrarse de acuerdo. Algo mejor que nada.

Durante los días siguientes, Roberto recibió clases sobre cómo moverse, esconderse y otras técnicas. Estaba tan entusiasmado aprendiendo nuevas cosas de su nuevo estado, que incluso olvidó sus proyectos de salir de ese lugar. Todo eso era muy útil. Estaba seguro de que algún día podría ser autosuficiente y volvería a ver a su familia, sabría cómo cuidar de Gabriela.

Capítulo 27

$\mathcal{G}$abriela salió de la clase a la que asistía periódicamente en el centro espírita y se encontró con Renato, quien también salía de uno de los salones. Era la primera vez que se veían después de la reunión en la que habían participado juntos, hacía quince días. Gabriela sonrió y él se acercó y le dijo:

—¿Continúas en tratamiento?

—No, ya terminé. Hoy empecé un curso sobre mediunidad. Fue mi primera clase.

—¡Qué coincidencia! Yo también estoy en un curso de bioenergética. ¿Cómo estás?

—Mejor. Mucho mejor. Al fin y al cabo la vida continúa y hay que seguir adelante.

—Me gustaría que conversáramos. ¿Vamos a comer algo?

Ella aceptó y fueron a pie a una cafetería cercana. Una vez acomodados, y después de ordenar, Renato preguntó:

—¿Cuáles son tus planes para el futuro?

—Afortunadamente nuestra situación financiera mejoró. Recibimos nuestro dinero, incluso con intereses.

—Entonces, ¿vas a dedicarte a tus hijos y no volverás a trabajar?

—Claro que voy a dedicarme a mis hijos, como siempre lo he hecho. Sin embargo, no pienso quedarme en la casa sin hacer nada. Nicete es una buena compañera y cuida de todo muy bien. Quiero aprender otras cosas, ser una persona útil. Lo he pensado bastante. Ahora poseo un capital que me permitirá abrir mi propio negocio. Pero todavía no sé de qué. No puedo arriesgar el futuro de mis hijos. Por el momento, ese dinero está en un banco.

—Conozco tus capacidades y sé que eres competente para administrar una empresa. Me has hecho mucha falta —al ver que ella lo miraba sorprendida, agregó—, profesionalmente. Ya he tenido dos funcionarias después de ti, y aún no estoy satisfecho. Es difícil encontrar una persona honesta, que se esmere, se esfuerce y esté dispuesta a trabajar como lo hacías tú. Si aceptaras trabajar de nuevo conmigo, me harías un gran favor.

—Como aún no estoy ocupada en nada, podría volver a trabajar en su empresa, por lo menos hasta cuando decida si abro o no mi negocio. Mientras...

—Ella vaciló por un instante y Renato le preguntó:

—¿Qué pasa?

—Es acerca de Gioconda. Todos hemos sufrido mucho. Ella está enferma. Si llega a saber que estoy allá de nuevo, podría empeorar. No quiero agravar su estado.

—Gioconda es una mujer mimada que actúa como una niña. Si no es por un motivo, es por otro. Nunca acepta la verdad. Cuando un hombre escoge a una compañera desea que sea una persona con quien pueda dialogar de igual a igual. Ahora he aprendido que cuando uno de los dos es inseguro, y se siente menos que el otro, la relación se acaba. Para que la vida en común tenga éxito hay que ser maduro. Ella insiste en lo mismo, no quiere comprender eso.

—Entiendo lo que dice. Viví el mismo problema.

—Amabas a tu marido y por eso lo soportaste. Pero yo, hacía mucho tiempo que había dejado de amarla.

—Se equivoca. Yo amé a mi marido, pero las cosas son como usted dice. Con el tiempo noté que él no tenía las condiciones para ofrecerme lo que yo esperaba. Cuando el sufrió el atentado en mi lugar, ya había pensado en separarme. No lo hice porque él estaba muy mal. Esperaba a que se recuperara para tomar esa decisión.

Los ojos de Renato brillaron emocionados. Sin poder contenerse preguntó:

—Entonces, ¿por qué dejaste la empresa y te mudaste para Río de Janeiro?

—Incluso hoy, cuando hago memoria sobre ese período, hay una laguna en mis recuerdos. Me parece mentira que eso haya sucedido. Hamilton me explicó que me dejé envolver por algunos espíritus malvados.

—Entonces fue verdad. Creo en las explicaciones de Hamilton. Además, estaba presente cuando el espíritu de Elvira nos habló al respecto. Pero pensé que te habías dejado envolver debido a tu amor por él.

—Fue exactamente al contrario. Como estaba resentida y no podía perdonarle lo del desfalco, me torné vulnerable. Mis energías eran negativas.

—El curso que empecé es para saber más acerca de las leyes que nos influencian, por qué nos hacemos vulnerables a las energías negativas y cómo aprender a recuperar el equilibrio. En la clase de hoy me di cuenta de que tengo mucho por aprender. Es un campo delicado.

—Es verdad. Yo pienso que al conocer cómo funciona el plano energético, nos liberaremos de mucho sufrimiento. Somos nosotros quienes atraemos las energías de acuerdo a nuestras actitudes y al nivel de evolución que hayamos alcanzado. Es muy interesante observar cómo esas leyes funcionan de acuerdo al nivel de desarrollo de cada uno.

Renato la miró arrobado. Era fácil conversar con Gabriela. Satisfecho, observó:

—Es eso lo que hace perfecta la justicia divina. Nadie sufre nada que no sea para su aprendizaje. Si aprendes con inteligencia, te ahorrarás muchos sufrimientos.

Los dos continuaron la conversación muy animados. De pronto Gabriela miró el reloj y exclamó asustada:

—¡Dios mío! ¡cómo pasa el tiempo de rápido! Es casi la medianoche. Tengo que irme.

—Te dejaré en tu casa.

—Gracias.

Una vez en el carro, Gabriela se quedó pensativa. Qué diferente era Renato de Roberto. Si se hubiera casado con él, habrían sido felices. Era un hombre apuesto, elegante, culto y comprensivo. Suspiró fuerte y Renato le preguntó:

—¿En qué piensas? De repente te quedaste callada.

Tomada por sorpresa, Gabriela se inquietó. Él no debía enterarse de lo que ella estaba pensando. Intentó disimular:

—Pensaba en qué hacer con mi vida de aquí en adelante.

—Vuelve a trabajar conmigo, aunque sea por un tiempo. Si decides abrir un negocio, podré ayudarte.

—De verdad que me gustaría mucho. Estoy ansiosa por ocuparme en algo. Pero pienso en Gioconda. Ella puede comenzar todo otra vez.

—Sabemos que no hicimos nada equivocado, allá ella con su maldad.

—No sólo la de ella. También la de doña Georgina. Ella complicó mucho las cosas en el momento del entierro de Roberto. De seguro no va a dejar de perseguirme.

—Pensé que no te importaba la opinión de los demás, en especial cuando se trata de personas desequilibradas.

Gabriela sonrió. Sentía que él quería mucho que ella regresara. A ella también le gustaría retomar su empleo. Además, Renato se había revelado como un maravilloso amigo. Le debía muchos favores.

El carro se detuvo frente a la casa de Gabriela. Él se volvió hacia ella y le preguntó:

—Y entonces, ¿qué dices?

Había un brillo ansioso en sus ojos y Gabriela se sintió emocionada. Después de haber sido utilizada por su marido, sentirse tan valorada por una persona a quien apreciaba, era algo reconfortante. Por eso le respondió:

—¿Cuándo debo empezar?
—Si no es mucho pedirte, mañana temprano.
—Estaré allá sin falta.

Gabriela le extendió la mano, Renato la tomó entre las suyas y le dijo:

—Gracias. Sabré reconocer tu dedicación.
—Soy yo quien debe estar agradecida por toda la ayuda que siempre me ha dado. Gracias. Hasta mañana.

Renato esperó a que ella entrara y después prendió el radio. Estaba alegre, feliz, como no lo había estado desde hacía mucho tiempo. No tenía la intención de hablarle de su amor, pero poder disfrutar todos los días de su compañía lo hacía cantar de alegría.

Gabriela entró contenta a la casa. Renato siempre la hacía sentirse bien. A pesar de la diferencia de posición, él la trataba de igual a igual y, a veces, con cierta admiración.

¿Qué pasaría cuando Georgina o Gioconda supieran que ella estaba de regreso en su antiguo empleo? De seguro no la dejarían en paz. Sin embargo, Renato tenía razón. Ellos no le debían nada a nadie. Nunca habían hecho nada equivocado y tener esa seguridad les bastaba.

Los niños ya estaban dormidos, pero Nicete la esperaba:

—¿Todavía despierta? Es muy tarde.
—Como usted nunca se demora tanto, llegué a preocuparme.
—Disculpa Nicete. La clase se terminó temprano, pero me encontré al doctor Renato y me invitó a comer. Nos quedamos conversando, y cuando vi el reloj, era casi la medianoche.
—El doctor es una buena compañía. ¿Ya se le declaró?

Gabriela la miró sorprendida.

—Nosotros apenas somos amigos. Él me pidió que regresara a trabajar allá, porque hasta ahora no ha conseguido a alguien competente. Fue una conversación profesional.

Nicete sonrió y le respondió:

—¿No observó cómo la miraba allá en Río?

—Nunca he notado nada. Estás equivocada.

—No lo estoy. Él hace lo posible por ocultarlo porque no desea que usted lo sepa. Pero se muere por usted. Cuando usted lo miraba, él trataba de disimular, pero, cuando usted se distraía, la miraba con ojos de ternero huérfano. Yo sé cómo es eso.

Gabriela sonrió, movió la cabeza negativamente y dijo:

—Has leído demasiadas novelas de amor y te imaginas cosas. Si realmente hubiera algo de eso, yo lo habría notado.

—¿Cuándo va a volver a trabajar?

—Mañana. Vamos a dormir que tengo que levantarme temprano.

Gabriela se acostó, pero las palabras de Nicete permanecían en su mente. ¿Habría observado bien? ¿Estaría Renato interesado en ella? Aunque eso fuera verdad, entre ellos nunca podría existir algo. Eso sería dar motivo a la malicia. Pensarían que ella era su amante, incluso, desde que Roberto estaba vivo.

Al imaginar eso, Gabriela sintió un escalofrío. Pensó en sus hijos, aún traumatizados por la muerte violenta del padre, y se preguntó lo que pensarían de ella. Tal vez sería mejor no volver a trabajar allá. Pero algo dentro de ella se rebeló. Necesitaba trabajar y le gustaba hacerlo, especialmente allá. Estaba familiarizada con el trabajo, el salario era bueno y tenía la posibilidad de progresar. No debía preocuparse por lo que pensaran los demás. Nunca había traicionado a su marido, ahora él moraba en un plano en el que podía conocer la verdad. Eso era lo importante.

Intentó dormir, pero la imagen de Renato apareció en su mente. Él era un hombre apuesto, atractivo y tenía todo lo que cualquier mujer pudiera desear. Ahora era libre, pero, a pesar de estar separado, continuaba casado y tenía dos hijos.

Gabriela se hizo el firme propósito de evitar cualquier aproximación personal hacia Renato. Así no correría el riesgo de interesarse por él. Pensando en asumir esa posición, se quedó dormida.

Gioconda dejó la revista que hojeaba sin el menor interés y pensativa se dirigió a la ventana de su cuarto. ¿Qué había hecho con su vida? ¿Por qué un matrimonio que había empezado tan bien, ahora estaba tan mal? Estaba cansada de ser la víctima de la maldad ajena. Había sido una esposa dedicada, fiel y cuidaba de sus hijos con cariño. Si Gabriela no se hubiera aparecido en su vida, ella todavía estaría con su marido. Era la culpable de todo. Menos mal que Roberto tuvo la maravillosa idea de irse a Río de Janeiro y se la había llevado de la empresa. Las esperanzas de recuperar a su marido habían renacido. Sin embargo, él se mostraba inflexible. No le permitía acercamiento alguno a pesar de que ella había intentado de todo por traerlo de vuelta. Ninguno de sus planes había resultado y él continuaba distante e indiferente. Si ella se enfermaba, le mandaba un médico, si se deprimía, enviaba al doctor Aurelio. No le agradaba ese doctor. Pensaba que sólo iba a verla para cuidar los intereses de Renato. Nunca estaba de acuerdo con lo que ella decía porque estaba del lado de él. Cuando se quejaba de Clara, el marido le mandaba a su abogado, otro aliado de él, quien la amenazaba con devolverla al sanatorio.

En los últimos meses, Gioconda había recurrido a la iglesia. Cuando se deprimía, llamaba a un padre del que se había hecho amiga. Él llegaba, escuchaba su confesión, le decía que perdonara, le ponía una penitencia y después se iba con la generosa donación que ella le ofrendaba. Nunca le había pedido nada, pero Gioconda pensaba que al darle unas buenas sumas para las obras de la iglesia, obtendría su estimación y la garantía para futuros favores.

En cierta ocasión le pidió al padre que fuera a hablar con Renato e intercediera en favor de su familia, para que él regresara a la casa. Aunque lo hizo de buena voluntad, todo se puso peor. Después de hablar con Renato, el padre se distanció de ella. Gioconda notó que había cambiado. De seguro Renato le había hablado mal de ella y había logrado convencerlo de que era la equivocada.

Gioconda estaba inconforme. Sin amigos, abandonada y rodeada de enemigos que querían mantenerla prisionera. Era algo insoportable.

Clara se encargaba de su salud y comodidad e intentaba distraerla. Sin embargo, cuando se ponía demasiado quejumbrosa y reclamaba por todo, ella se alejaba. Era evidente que estaba del lado de Renato. ¿Cómo habría logrado todo eso? Seguramente comprando a las personas. Para eso tenía mucho dinero.

Los niños intentaban alegrarla sin éxito, y se apartaban cuando notaban que ella entraba en depresión.

Gioconda se alejó de la ventana, se sentó en una poltrona, tomó de nuevo la revista, pero ni siquiera la abrió. Clara tocó a la puerta del cuarto y entró. Al ver su estado emocional, le sugirió.

—¿Por qué no sale a pasear un rato? La tarde está muy agradable y José está a su disposición con el carro. Podría ir de compras.

—¿Para qué? Nunca tengo a dónde ir. Mi armario está lleno de ropa que nunca uso.

—¿Por qué no va al cine?

—Es horrible salir sola.

—A su prima, la viuda, le encantaría acompañarla. ¿Por qué no la invita?

Gioconda se levantó de hombros.

—No tengo paciencia para escuchar su conversación. Prefiero quedarme en casa.

—Usted tiene que distraerse. No es bueno que se quede encerrada en la casa todo el tiempo.

—¿Y qué puedo hacer? Mi marido no se preocupa por mí.

—Con el hecho de que usted se deprima no lo va a traer de vuelta. Las personas rehuyen la compañía de quienes viven tristes.

—Déjame en paz. ¿Ahora quieres culparme de que se haya ido?

—Disculpe, sólo quería ayudarla. La elección es suya. Si prefiere estar deprimida, vivirá muy triste.

—Clara se alejó. Era difícil vencer la resistencia de Gioconda. ¡Si por lo menos aceptara la verdad!

Gioconda experimentó una ola de rebeldía. La culpable era Gabriela. Intentó controlarse, tomó el teléfono y llamó a su marido a la oficina.

—Quiero hablar con el doctor Renato. Habla Gioconda.

—Está en una reunión y pidió que no lo interrumpieran.

—Es mentira. Él no quiere atenderme.

—No se trata de eso. Realmente está ocupado. Puedo anotar su llamada y pedirle que se comunique tan pronto pueda.

—Pásele la llamada. Es un asunto importante y muy urgente. No puedo esperar.

—En ese caso voy a pasarle a doña Gabriela, su asistente, ella verá qué puede hacer.

Gioconda se asustó. ¿Gabriela? ¿Habría vuelto?

—Déjelo así. Llamaré más tarde.

Colgó el teléfono. El corazón le latía apresuradamente. Necesitaba tener la certeza. Tomó un pañuelo, lo puso en la bocina del teléfono y llamó de nuevo.

—Quiero hablar con doña Gabriela. Es de parte del doctor Altino.

—Un momento, por favor.

Enseguida contestó Gabriela.

—A la orden...

Gioconda colgó rápidamente. Reconoció la voz. Era ella. No había duda. Estaba de nuevo con Renato. ¿Hace cuánto tiempo habría regresado? Sintió que la cabeza le daba vueltas, se sentó al borde de la cama e intentó calmarse. Tenía que descubrir por qué ella estaba ahí de nuevo.

Roberto era un debilucho. ¿Por qué habría aceptado regresar a São Paulo? Ahora que estaba separada de su marido, tal vez Gabriela hubiera dejado a Roberto para irse a vivir con Renato.

Al pensar en eso, una ola de ira la envolvió. Tenía que saber todo. No podía quedarse cruzada de brazos frente a esa traición. Sin embargo, contratar a un detective era peligroso. Antes no dio un buen resultado. Esta vez tenía que ser más lista. Tenía que hablar con Roberto y enterarse de todo. Juntos podrían actuar.

En ese momento, Roberto entró al cuarto y se le acercó diciéndole:

—Aquí estoy. Sólo tú puedes ayudarme.

Ella pensó:

—Necesito encontrar a Roberto. El problema es que estoy vigilada y Clara no me permite salir sola. ¿Dónde estará él?

—Aquí estoy —replicó él—. No puedes oírme ni verme, pero puedo ayudarte.

Ella sintió su presencia y él permaneció allí, tratando de hallar la forma de comunicarse con ella. Como no lo lograba, decidió llamar a Juvencio.

Transcurridos unos segundos, él entró y le dijo:

—¿Por qué me llamas? Nuestro asunto ya terminó. Ahora todo corre por tu cuenta.

—Hice todo lo que me pediste, Marina está bien. Puedo ayudarte en todo lo que quieras, pero necesito de ti.

En pocas palabras, Roberto le explicó todo a Juvencio y finalizó:

—Tú eres poderoso y sabes más que yo. Ella debe saber que estoy aquí y hacer lo que yo quiero.

—Eso es fácil. No es necesario que sepa que estás aquí. No pierdas el tiempo con eso. Observé que ella es impresionable. Basta mentalizar lo que quieres de ella e imaginar que lo hace.

—¿Sólo eso?

—Sí. No es difícil tratar con alguien impresionable. Ella es presa fácil.

—Voy a intentarlo. Pero, por lo que pude captar, parece que está prisionera. Quiero que me ayudes a elaborar un plan.

—¿Qué quieres lograr?

—Gabriela volvió a trabajar con Renato. Quiero que ella deje la empresa y se aleje de él para siempre.

Juvencio se quedó callado durante unos segundos, después dijo:

—No será fácil. Él está enamorado de ella.

Roberto dijo sin poder contenerse:

—Lo sabía. Apuesto a que me traicionan desde que yo estaba con ella.

—No, ella no te ha traicionado. Estás equivocado. Ella es incapaz de traicionar. Pero ahora está libre y tú muerto... —concluyó él sin poder contener la risa.

—No digas eso. Estoy vivo y no quiero que esté con él.

—Si no lo deseas, debes trabajar rápido. Él sólo piensa en eso y ella también se siente atraída por él, además, estuvieron casados en el pasado.

—Lo que me faltaba. Parece que todo conspira contra mí.

—Si quieres separarlos tendrás que ser muy hábil.

—Tienes que ayudarme. ¿Qué tengo que hacer?

—Lograr que ella se venga para acá. Así podrías separarlos e impedir que estén juntos.

En ese momento la imagen de sus dos hijos se le vino a la mente y respondió:

—Eso no puede ser. No puedo dejar a los niños abandonados. Ellos necesitan de su mamá.

—En ese caso será más difícil, pero voy a pensarlo. Debo conocer a las personas, conocer los hechos y luego conversaremos. Tienes que decirme cómo piensas pagarme este trabajo.

—Seré tu esclavo por el tiempo que quieras. Sabes que hago un buen trabajo.

—Sí. Veremos. Ahora tengo que irme. Te buscaré más tarde para irnos a buscar a Gabriela y a Renato. Entonces te diré lo que haremos.

Roberto le agradeció satisfecho. Gabriela era suya y no iba a permitir que se enamorara de Renato. Ella debía recordar el amor que había sentido por él. Roberto reflexionó en lo que Juvencio le había dicho, se acercó a Gioconda para comenzar a impresionarla. Imaginó una escena de amor entre Gabriela y Renato, con tantos detalles, que llegó a sentir que aumentaba su odio por su rival. Se acercó a Gioconda, colocó la mano derecha sobre la frente y le dijo:

—Mira cómo son de felices mientras tú estás aquí, abandonada, triste y sola. Eso no es justo. Tienes que hacer algo. Te prometo que te ayudaré. Piénsalo.

Gioconda no oyó lo que Roberto le decía, pero en su mente imaginó a Renato y a Gabriela besándose. Mientras disfrutaban de su felicidad, ella estaba sola, débil, enferma y abandonada. Las lágrimas empezaron a rodar por su rostro y sollozó desesperada.

—No te dejes abatir. Tú eres una mujer inteligente y fuerte. Debes reaccionar. ¿Vas a dejar que ellos te venzan? A estas alturas ellos se ríen de ti, ¿Lo permitirás?

Gioconda vio que ambos se reían y pensó:

—Se están riendo de mí. Tengo que reaccionar y demostrarles que soy más fuerte y lista que ellos. Tengo que elaborar un plan. Me las pagarán.

Roberto sonrió satisfecho. Las cosas parecían fáciles. Gioconda era muy impresionable, así que podría manejarla a su antojo.

Dos días después, Gabriela llegó a la casa alegre. Había logrado cerrar un buen contrato. Además, Renato no le había dado motivos de preocupación. La trataba de manera profesional y ella llegó a la conclusión de que Nicete se había equivocado. Eso la dejaba libre de preocupaciones. Podría trabajar tranquilamente. Le gustaba lo que hacía. El salario era bueno. Al verla, Nicete le comentó:

—Veo que se está recuperando. Hacía mucho tiempo no la veía tan bien.

—En realidad lo estoy. De ahora en adelante voy a trabajar, a criar a mis hijos y a hacer las cosas que me gustan. Voy a recuperar la alegría de vivir.

—¡Qué bueno!

Esa noche, antes de acostarse, Gabriela se sentó en la cama y le agradeció a Dios. Se sentía feliz. Los niños habían mejorado, se mostraban alegres y colaboradores. Ahora se sentía protegida y más tranquila.

En ese momento, Roberto y Juvencio entraron al cuarto. Roberto se le iba a acercar, pero Juvencio lo detuvo:

—Ahora no. Ella está protegida. ¿No ves que está unida a una luz?
—No. ¿Y eso qué tiene?
—Es peligroso. Debemos esperar.
—¿Esperar qué?
—A que ella se muestre vulnerable.

—¿Quieres decir que no puedes con ella?

—Tienes mucho que aprender. Hay que ser inteligente y actuar en el momento indicado.

—¿No puedo hacer lo mismo que hice con Gioconda?

—Con ella no funcionará, porque es una mujer que sabe lo que quiere. No se impresiona con facilidad.

—Así es. Gabriela nunca escucha sugerencia alguna. Sólo hace lo que le parece bien.

—Por eso mismo no va a oírte. Ahora vamos a ver al otro. Salieron y fueron a ver a Renato. Él ya se había acostado y en ese momento pensaba en Gabriela. Estaba feliz de tenerla cerca todo el día. Era una mujer maravillosa y estaba más linda que nunca. En poco tiempo puso los negocios al día de manera eficiente. Renato deseaba que ella fuera feliz. Aunque sabía que no era amado, él la amaba. Ese amor lo hacía sentirse vivo y satisfecho con la vida. Gabriela jamás debería saber la verdad. Estaba seguro de que si ella descubría su amor, se iría de inmediato y no deseaba correr ese riesgo. Roberto percibió los pensamientos de Renato y miró a Juvencio muy sorprendido. No esperaba oír eso de él.

—Él no quiere conquistarla —comentó aliviado.

—No seas tonto. Él no lo sabe, pero esa es una manera de conquistarla. Si emprendiera de una vez la conquista, ella se alejaría porque es una mujer muy honesta.

—Pero es viuda.

—Pero él no. Eso es tan importante para ella que le impide pensar en él como hombre. Te equivocaste mucho con ella. Dudaste de lo que es sagrado para ella e hiciste exactamente lo contrario. Por eso la perdiste. Si le hubieras demostrado tu confianza, hasta hoy la tendrías. Para mantener una relación es necesario conocer bien al compañero y nunca subestimar su temperamento.

—¡Caramba! Yo debería haberte conocido antes.

—Cuando estabas en la Tierra, si hubieras estado de mi lado, habrías tenido todo eso.

—Ahora estoy de tu lado. Haré lo que digas. ¿Crees que a pesar de que Renato piense así, ella podría enamorarse de él?

—Podemos intentar que regrese con su esposa. Eso la alejará de él.

—Es buena idea.

—Él es un hombre que quiere a la familia y ama a sus hijos. A pesar de todo, respeta a su esposa y desea ayudarla. Creo que ese puede ser un buen comienzo. Voy a pensarlo mejor.

Cuando se separaron, Roberto se quedó pensativo. Una vez en el cuarto que Juvencio le había destinado al convencerlo de que lo dejara allí, aunque había terminado el trabajo que le debía, se tendió en la cama y se sintió deprimido.

Descubrir que Gabriela siempre había sido honesta y respetuosa con él, lo alegraba, pero también le mostraba con toda claridad dónde había fallado. Había sido incapaz de apreciar las cualidades maravillosas de esa mujer. ¿Por qué había caído en esa oleada de celos?

¿Por qué había trabajado en contra del amor, si lo era todo en su vida? Cerró los puños con fuerza y empezó a llorar. Una inmensa tristeza lo embargó. Ahora sí la había perdido. Había sido débil y malvado. Ella había confiado en él y él la había traicionado. Gabriela era inocente, no era culpable de nada. El único culpable era él. Mientras ella era honesta y de confiar, él era deshonesto, desconfiado y malvado. Había sido el traidor.

Recordó el inicio de su noviazgo, la alegría de Gabriela y su bonita sonrisa, la felicidad de los primeros tiempos. El nacimiento de sus hijos. Su dedicación cuando él perdió todo. ¿Por qué no supo entender? ¿Por qué había sido tan ignorante? Se acordó de las palabras de Aurelio, de la conferencia con Cilene y de los mensajes en el centro espírita. Había sido advertido de muchas maneras. ¿Por qué había sido tan testarudo? ¿Por qué había preferido aquel pacto impuro con las entidades del mal? ¿Por qué se había hecho cómplice del padre José e interferido en la vida de personas que ni siquiera conocía, para después tener que asumir la responsabilidad por lo problemas de otros?

En ese momento de reflexión, Roberto se arrepintió amargamente de sus actitudes. Lloró sin consuelo. Luego se levantó, se arrodilló al lado de la cama y suplicó:

—¡Dios mío! Sé que no lo merezco, pero ten piedad de mí. Estoy arrepentido. Ayúdame a sobrellevar este remordimiento que pesa en mi corazón. He estado equivocado. Quiero dejar este camino y aprender a reconquistar la paz. Haré penitencia por mis errores. Aguantaré cualquier castigo sin quejarme. Quiero pagar por el mal que hice, pero muéstrame cómo encontrar la luz.

Roberto se quedó callado y respiró hondo. Por primera vez sintió que había desperdiciado todas las oportunidades que la vida le brindara. Estaba cansado. Quería cambiar, sentirse de nuevo respetado y digno.

En ese instante vio emocionado ante él una luz, y una mujer linda y serena surgió, mirándolo con bondad.

—Mi nombre es Elvira. Vengo a buscarte.

Roberto, deslumbrado, no podía hablar. Esa mujer maravillosa, con una aureola de luz muy clara, le extendía los brazos y lo miraba con amor. Él no pudo contener los sollozos y balbuceó:

—No puedo ir. No lo merezco. Soy malo y debo pagar por mis errores.

—Estás equivocado. Eres un espíritu que amamos mucho y nos sentimos felices de tenerte con nosotros. ¡Ven!

Ella abrió los brazos y él bajó la cabeza sin fuerzas para levantarse. La mujer se le acercó, tomó sus manos, lo levantó y lo abrazó con cariño.

Roberto no conseguía decir nada. Se dejaba cobijar en aquellos brazos protectores, sintiéndose amparado, acariciado y amado como nunca antes se había sentido. Cuando consiguió hablar, dijo:

—Si esto es un sueño, no quiero despertar. Pedí un castigo y me dieron el paraíso.

Ella sonrió, pasó su brazo por la cintura de él y le dijo muy alegre:

—Dios sólo distribuye el bien. El castigo lo impone el hombre. Ahora vámonos. Hay que ir muy lejos.

De repente, toda la angustia, la amargura y el dolor habían desaparecido de su pecho. Roberto se dejó conducir maravillado y mientras miraba el cielo lleno de estrellas, volaba con ella por el espacio infinito.

Capítulo 28

Roberto se dio prisa. Elvira había quedado de pasar para ir a un encuentro con un importante asistente de la colonia en la que residía. Estaba muy ansioso. Habían pasado seis meses desde aquella noche en que, tras sentir el dolor del remordimiento y tener la conciencia de sus errores, Elvira lo socorrió.

Tan pronto llegaron, después de atravesar los altos muros que cercaban la ciudad, Roberto fue conducido a una sala donde lo entrevistó el asistente, quien anotó todos los datos en una ficha. Después le dijo con voz tranquila:

—Aquí recibirás toda la ayuda que necesites para reequilibrarte. A cambio, debes cumplir con el reglamento. Nadie puede conquistar la paz sin disciplina. Tendrás orientación espiritual y terapéutica. Cualquier dificultad que tengas deberás reportarla. Esta es una ciudad de tratamiento y recuperación. No podrás salir sin autorización y, cuando no sepas qué hacer, es mejor que pidas orientación. ¿Estás de acuerdo?

—Sí. Estoy dispuesto a esforzarme para estar bien.

Enseguida le presentaron a una asistente que lo condujo a la habitación en la que viviría a partir de ese momento.

A pesar de la nostalgia, del arrepentimiento y de la sensación de incapacidad que lo embargaba, Roberto se esforzó por continuar el tratamiento. Poco a poco se integró a las sesiones de terapia de grupo, a las de bioenergética y empezó a sentirse más tranquilo. En los últimos días había buscado los programas de recreación de la comunidad y tenía algunas amistades.

Elvira no vivía en ese lugar, pero iba a visitarlo de vez en cuando. Roberto esperaba esos momentos con ansiedad. Cuando ella llegaba sentía un suave y agradable calor en el pecho. Le contaba sobre sus progresos y dudas y ella lo escuchaba con alegría y encontraba siempre la palabra apropiada para incentivarlo. Muchas veces, se sentaba solo en un banco del jardín que quedaba al frente del edificio en el que vivía, y, al mirar el cielo lleno de estrellas, Roberto pensaba en ella.

Desde que la vio, se sintió atraído. No era pasión, sino un sentimiento de afecto y alegría, que lo hacía sentirse vivo, capaz y fuerte. Cualquier progreso que lograba lo ponía contento y pensaba en lo que Elvira diría al saberlo. Su presencia lo hacía sentirse satisfecho con la vida.

En los momentos en que el recuerdo de lo que había hecho lo deprimía, pensaba que Dios había sido muy bondadoso al permitir que Elvira lo socorriera. Sentía que él era un espíritu lleno de luz y que no se merecía el afecto que ella le demostraba.

Se estremecía cuando ella lo abrazaba y, asustado, notaba que deseaba tomarla entre sus brazos y besarla. Eso era una locura. Ella lo buscaba por bondad. Se contenía para no dejarse influenciar por la fantasía y perturbar la amistad que había entre ellos.

Esa tarde, antes de que ella llegara, Roberto renovó su propósito de controlar sus emociones. Seguramente había confundido las cosas. Él amaba a Gabriela. Además, lo que sentía por Elvira era muy diferente de lo que sentía por su antigua esposa.

A pesar del esfuerzo que hizo por controlarse, tan pronto la vio, con su mirada llena de cariño, el corazón de Roberto latió más fuerte. Se veía muy linda y sus ojos reflejaban amor. Después de abrazarlo, Elvira le dijo contenta:

—Veo que estás mejor.

—Sí. De hecho me siento bien. Pero cuando llegas, me pongo mejor.

Por los ojos de Elvira pasó un brillo de emoción y ella le respondió:

—Me has hecho muchas preguntas sobre el pasado. Hoy tendrás algunas respuestas. La invitación de Osiris a este encuentro indica que ya estás listo para dar un paso al frente. Estoy feliz de que hayas aprovechado el tiempo.

—Quiero aprender y mejorar. Siento nostalgia de mi familia. Deseo verlos, pero sólo cuando esté bien, así podré llevarles energías saludables.

—Estoy de acuerdo. Ahora vámonos, ya es hora.

Salieron del edificio, atravesaron la plaza y anduvieron por una ancha avenida llena de árboles y casas bonitas. Elvira se detuvo frente a un portón y le dijo a Roberto:

—Es aquí.

Elvira apretó un pequeño disco dorado que había en la parte exterior y enseguida se abrió la puerta. Una voz los invitó a entrar. Un joven de rostro sonrosado los atendió y los condujo a una sala donde un hombre elegante, de fisonomía serena y ojos lúcidos, se levantó, abrazó a Elvira y dijo:

—¿Cómo estás, amiga mía?

—Feliz con tu invitación.

—Y tú, Roberto, ¿cómo te sientes?

—Mejor.

Era la primera vez que Roberto estaba delante de Osiris y tuvo un sentimiento de simpatía y respeto.

He seguido tu proceso con satisfacción. Pero, siéntense. Vamos a conversar.

Se acomodaron y Osiris continuó:

—Estás bien y ya debes haber tenido algunas reminiscencias del pasado.

—A veces me veo al espejo y tengo la impresión de que mi rostro es diferente, pero, cuando me fijo con atención, todo vuelve a la normalidad. He hecho meditación y he visualizado rostros que, aunque desconocidos, me resultan familiares.

—Has empezado a recuperar la memoria. Tu deseo de cooperar ha agilizado el proceso. En la etapa en que te encuentras es normal que afloren sentimientos contradictorios que tu consciente no sabe cómo explicar porque son el reflejo de experiencias pasadas. Tu razón no lo comprende, pero cuando recuerdes, todo tendrá sentido. Es en tu inconsciente donde se encuentra el archivo de tus memorias pasadas que, a pesar de estar olvidadas temporalmente, continúan allí y actúan en el presente.

—Sí. De hecho, eso es lo que me ocurre.

—Y cada día todo eso se hace más fuerte, hasta que poco a poco se empieza a recordar.

Roberto los miró con atención. Iba a decir algo, pero vaciló. Osiris intervino:

—Si deseas recuperar rápidamente la lucidez, es mejor que hablemos al respecto.

Él miró a Elvira con preocupación y después respondió:

—No es nada importante. Creo que he mezclado las cosas.

—¿Quieres que salga? —indagó ella.

—No, es mejor que él enfrente la verdad. Debes quedarte —sugirió Osiris.

Después se dirigió a Roberto y continuó:

—No te avergüences. Elvira y yo leímos tus pensamientos.

Roberto se sintió cohibido e intentó escapar.

—En ese caso no es necesario que diga nada.

—No es ante nosotros que debes asumir una posición, sino ante ti mismo. Cuando tengas el valor de admitir tus verdaderos sentimientos, recordarás el pasado con facilidad.

Inquieto, Roberto se movió en la silla. No se sentía cómodo al saber que sus pensamientos eran compartidos por ellos. Tomó aliento y respondió:

—No deseo que me juzguen mal. Cuando estaba desesperado, sufría y no lograba ver una salida, apelé a Dios y Él me envió a Elvira. Para mí ella es un ángel, una santa. Yo la admiro y la respeto.

Se detuvo. Le costaba trabajo hablar. Los dos permanecieron en silencio y esperaron a que Roberto tuviera el valor de continuar. Entonces, él completó:

—Creo que aún soy muy materialista, muy terrenal. En los últimos días he tenido malos pensamientos. Yo me resisto, pero, cuánto más intento olvidarlos, ellos más aparecen. Pienso que estoy por volverme loco.

—Estás interpretando lo que sientes. Es mejor que no te resistas, déjalo fluir.

Roberto se cubrió el rostro con las manos. Saber que ellos conocían sus pensamientos íntimos lo avergonzaba.

—No debo permitirlo. Si no los controlo, ellos se apoderarán de mí.

—Reprimirlos es peor. Procura no juzgar. Sólo debes observar lo que sientes y dejarlo fluir.

Roberto se acordó de la emoción que le producía la presencia de Elvira y el placer que sentía cuando ella lo abrazaba y lo miraba con amor. En ese momento el deseo de tomarla entre sus brazos y besarla, reapareció fuerte y vivo.

—No te juzgues, sólo siente —le aconsejó Osiris—. No tengas miedo a la verdad.

Roberto obedeció y su fisonomía se distensionó. Una luz tenue y amarillenta surgió de su pecho y dijo emocionado:

—¡Es muy bueno sentir esto!

En ese instante vio a Elvira, bastante joven y un poco diferente de lo que era ahora. Estaba abrazada a un joven alto y elegante y sintió que era él. Emocionado observó con alegría el cariño que se demostraban al intercambiar besos y caricias.

—Si eso es un sueño, ¡no quiero despertarme! —dijo en voz baja.

Todo pasó muy rápido y abrió los ojos asustado. Miró a Elvira, quien emocionada, lo miraba en silencio. Después añadió:

—Vi una escena del pasado. Estoy seguro de que ya hemos vivido juntos.

—Es verdad —respondió Elvira—. Han pasado muchas cosas desde aquella época.

Tal vez por eso he mezclado mis pensamientos. Reconozco que a pesar de estar en el astral, conservo impresiones muy fuertes de cuando vivía en el mundo.

—Continúas siendo el mismo. Las emociones que sentías cuando estabas en el cuerpo son más intensas aquí. El cuerpo terrenal es sólo un vehículo, una máquina que posibilita la interacción en ese plano. Quien piensa, ama, escoge, sufre y se alegra es el espíritu inmortal. Al venir aquí se continúa siendo el mismo.

—Pensé que ciertos deseos eran provocados por el cuerpo material.

—No. El cuerpo es apenas un medio de manifestación. Quien realmente desea y quiere es el espíritu.

—En ese caso...

Roberto se detuvo vacilante. Osiris intervino:

—La unión de dos personas que se aman y el sexo, continúan en este plano. Claro que allá se da a través del cuerpo carnal y aquí se da de otra forma. Sin embargo, el efecto es el mismo. El orgasmo en este plano es más intenso, especialmente cuando hay amor.

—Yo pensé que el sexo era un pecado.

—Las religiones han fomentado esa creencia para evitar el abuso. Pero aún así existe. La Tierra es un taller de experimentación. En su intento por ser feliz el hombre corre tras las emociones que cree puedan llevarlo a la felicidad, y en esa búsqueda experimenta diversas sensaciones en diferentes campos y recoge el fruto de su actitud. Abusa del amor, de los alucinógenos, del poder y de muchas otras cosas, con la intención de encontrar lo que busca. Cuando regresa al astral, en medio de tantas vivencias, está más maduro. Sin embargo, es el mismo, con las ideas y creencias que tenía en el mundo. No te sorprendas ni te avergüences de lo que sientes. El sexo es una manifestación de Dios para el sagrado ministerio de la evolución. Sin él, la reencarnación no sería posible.

—Yo pensé que aquí no existía eso.

—Muchas personas piensan así en el mundo. Pero el cuerpo astral de los que aún necesitan reencarnar en la Tierra debe tener todos los elementos que posibiliten la formación del cuerpo carnal que los acogerá al regresar al mundo físico. No se te olvide que el espíritu, es decir, el cuerpo astral, es el modelo biológico que permite la formación del cuerpo en gestación. Sin éste, ningún embarazo llegaría a su fin.

—Estoy sorprendido, pero tiene lógica.

—No te avergüences de sentir amor de una forma mundana o carnal. Lo importante es cómo procesas ese sentimiento, cuanto más verdadero y profundo, más significativo será.

—Hace poco vi una escena de amor entre Elvira y yo. Fue muy placentero, pero al mismo tiempo hay algo que me inhibe. Ella es una santa para mí.

—Lo que sientes es natural —intervino ella con voz tranquila— Nuestra unión es muy antigua. Hemos vivido juntos en el mundo en diferentes situaciones de parentesco. Tú regresaste del mundo hace poco tiempo y no te acuerdas del pasado. Cuando estés en posesión de tu memoria total lo comprenderás mejor.

Roberto se movió inquieto en la silla y agregó:

—Estoy ansioso por saberlo todo. Por lo que sentí hoy al ver esa escena, sé que es muy bueno. ¿Podrían contarme todo lo que todavía no sé?

Osiris sonrió y respondió:

—Calma. Cada cosa tiene su momento apropiado. Las cosas deben ocurrir de manera natural. Te aconsejo que continúes haciendo lo que hiciste hoy. Cuando sientas una emoción que no comprendas, recógete en un lugar tranquilo y no te reprimas. Al contrario, entra en esa emoción y déjala fluir sin juzgarla ni sentir miedo. Eso te ayudará bastante.

Cuando Roberto estuvo solo en su cuarto y se acostó, la escena entre él y Elvira permanecía en su cabeza. Cuánto más lo pensaba, más tenía la certeza de que ellos se habían amado. Pensó en Gabriela y reconoció que lo que sentía por ella era muy distinto de lo que sentía por Elvira.

El sentimiento por Elvira era dulce, placentero, le daba una agradable sensación de alegría y de paz, mientras que lo que sentía por Gabriela era doloroso y le producía insatisfacción, angustia, celos e inseguridad. ¿Por qué sería? ¿Cómo podía un amor ser tan diferente del otro?

Recordó todo lo que había sucedido entre ellos y reconoció que, desde el comienzo, Gabriela había despertado en él esos sentimientos, mezcla de placer y angustia. De repente se le ocurrió que Gabriela había hecho parte de sus vidas pasadas. Esos sentimientos podían reflejar acontecimientos olvidados, pero que continuaban archivados en su inconsciente, como le había dicho Osiris.

Roberto se sentó en la cama, pensativo. Quería saber la verdad. Se acostó de nuevo e intentó hacer lo que Osiris le había aconsejado. Se acordó de su relación con Gabriela, sintió la misma angustia y se preguntó:

—¿De dónde viene ese sentimiento? Gabriela siempre fue una esposa buena y fiel. ¿Por qué siento esto siempre que pienso en ella?

En ese mismo instante se vio en un cuarto con Gabriela. A pesar de ser un poco diferentes, Roberto reconocía los personajes. Él gritaba alterado:

—¡Me traicionaste! Eres mi mujer y no te dejaré ir.

La rabia y los celos reaparecieron con violencia. Intentaba abrazarla, pero ella lo empujaba, lloraba y le pedía que la dejara ir, que amaba a otro y que tenía un hijo pequeño. En ese momento, un hombre que empuñaba un revólver apareció por la ventana. Él reconoció a Renato. Tomó su espada, pero el otro le disparó. Sintió que la sangre le corría por su cuello, su vista se nubló y él cayó.

Asustado, Roberto se vio de nuevo en el cuarto, la visión había desaparecido. Entonces era verdad. Gabriela lo había traicionado. Sintió una mezcla de alivio y rabia al mismo tiempo. Alivio por saber que sus celos habían sido justificados y rabia al descubrir que ella lo había cambiado por Renato. Había ocurrido en otra reencarnación. Sin embargo, la amargura continuaba dentro de él.

Qué triste destino el suyo. Asesinado dos veces. ¿Por qué? No era justo. En ambos casos el había sido la víctima. Traicionado por su mujer y robado por su socio. Le habían enseñado que todo era correcto y que Dios era perfecto, pero no era verdad. Algo debía estar mal.

No lograba permanecer acostado. Se levantó y comenzó a andar de un lado para otro inquieto. Quería ver más, saber los detalles de ese pasado. Ese recuerdo había aguzado su curiosidad.

Tras un rato se sintió cansado y recordó, que cuando estaba desesperado, le había pedido ayuda a Dios y él lo había escuchado. Inmediatamente se arrodilló y rezó e imploró claridad sobre lo que había visto. Aunque no consiguió lo que deseaba, poco a poco empezó a calmarse. Después se acostó y pensó:

—Necesito recuperarme. Mañana intentaré hablar con Osiris. Él me aclarará las cosas. Luego logró dormirse. A la mañana siguiente, muy temprano, buscó a Osiris. Tras un tiempo de espera, él lo recibió y le dijo:

—Te esperaba. Siéntate vamos a conversar.

—Ayer vi una escena que me conmocionó mucho. Algunas cosas se aclararon en mi cabeza, pero, otras, me confundieron aún más. Necesito tener claridad.

—¿Qué quieres saber?

—En otra vida estuve casado con Gabriela. Ella huyó con otro hombre. Me traicionó, pues tenía un hijo de él. A pesar de haber sido la víctima, fue su amante quien me mató. Lo mismo pasó con Neumes: yo fui robado y él me mató. No puedo comprenderlo. Yo era inocente, ¿por qué Dios lo permitió?

—Estás equivocado. No hay víctimas. Lo único que existe es la necesidad de aprender. Por eso, cada uno recoge el fruto de sus acciones. Eso fue lo que sucedió.

—Pero yo fui robado y traicionado. En cambio nunca robé ni traicioné a nadie.

—Aún no has recordado todo. Cuando lo hagas, lo comprenderás.

—¿Podrías contarme lo que todavía no sé?

—No. Tú mismo debes volver a los hechos para entenderlos.

—Estoy angustiado. Por favor, ayúdame a recuperar la paz.

—Veré qué puedo hacer. Acuéstate en esta hamaca.

Roberto obedeció y Osiris continuó:

—Cierra los ojos y relájate. Recuerda un lugar agradable a donde te gustaría ir y en el que sientas bienestar y calma. Respira con suavidad y piensa que todo está bien, que la vida es perfecta y sigue su curso para mejorar. Ahora piensa en la escena que viste ayer. Estás preparado para conocer la verdad. Quieres saber lo que ocurrió en el pasado y las causas de todo lo que pasó. Regresa en el tiempo y déjate conducir.

Roberto sintió que soplaba un viento fuerte y se dejó llevar sin resistencia. Después se vio conversando con Gabriela, ella lloraba y le decía:

—No puedo casarme contigo. ¡Yo amo a Raúl!

Él intentó abrazarla y le dijo:

—¡Yo te quiero! ¡Tienes que ser mía de cualquier manera! Tu papá está de acuerdo y mañana nos casaremos.

Ella lloraba desesperada:

—Te lo imploro: ¡desiste! ¡yo no te amo!

—Me amarás con el tiempo.

Después surgieron varias escenas: el matrimonio, la frialdad de ella en la noche de bodas, la noche en que huyó con Raúl, la búsqueda desesperada, el encuentro, el rapto y finalmente la escena del cuarto donde él perdió la vida. Empezó a sollozar desesperado. Osiris le dijo con tranquilidad:

—Todo eso ya pasó, se acabó. Debes reconocer que ella no te amaba y que fuiste tú quien forzó esa situación. Si lo hubieras comprendido y hubieras desistido de ese matrimonio, te habrías ahorrado muchos problemas.

Poco a poco dejó de sollozar, abrió los ojos y dijo:

—Ahora lo comprendo. Gabriela nunca me amó ni me amará. Yo estaba ilusionado y creí que ella podría amarme algún día. No tengo el poder de cambiar sus sentimientos. Eso fue en aquella época, pero esta vez ella dijo que me amaba y estuvo de acuerdo en casarse conmigo. No logro entenderlo.

—Gabriela posee un alto valor de la honestidad. Después de que Raúl te asesinó, ella se sintió culpable y pensó que, si te dedicaba un tiempo, se liberaría de ese peso.

—¿Quieres decir que en realidad no se trataba de amor? Que se casó por compasión.

—No es exactamente así. Ella intentó liberase de su sentimiento de culpa. Fue un caso de conciencia.

—Ahora entiendo muchas cosas. El doctor Aurelio me dijo que había atraído a Neumes a mi vida porque yo pensaba que él era más importante y sabía más que yo.

—Esa es otra ilusión. Nadie es más que nadie, aunque existan diferentes niveles y conocimiento. ¿Cómo te sientes?

—Mejor. Pero necesito pensar un poco más en todo esto y analizar algunas actitudes.

—Hazlo. Vas muy bien. Dentro de poco podrás dejar este lugar y pasar a otras experiencias. Hay alguien que espera que eso ocurra hace muchos años.

Roberto vaciló y después dijo:

—Elvira. Presiento que ella ha sido muy importante en mi vida. Hay un sentimiento muy fuerte que nos une. Sin embargo, no sé por qué, cuando pienso en ella como mujer, me siento inhibido. Me parece como si cometiera un pecado al hacerlo.

Osiris sonrió y respondió:

—Ustedes son libres de amarse. No hay nada que lo impida. Algún día entenderás tus sentimientos.

Al dejar el recinto de Osiris, Roberto se sentía liviano y alegre. Toda su angustia había desaparecido. Él había forzado a Gabriela a un matrimonio no deseado y por eso nunca había estado seguro de que ella lo amara.

Reconocía que cada uno es libre para amar y que eso ocurre de manera natural, sin interferencia de la voluntad. La atracción entre los seres obedece a sus propios criterios, un misterio que no siempre tiene explicación. Ahora comprendía cuánto se había equivocado al forzar una situación, ya fuera aprovechando las debilidades de Gioconda, o al valerse de la ignorancia de los espíritus menos evolucionados.

Había vivido en una permanente equivocación y Gabriela, aunque lo traicionó en otra vida, en esta última, a pesar de trabajar con Renato, quién había sido el gran amor de su vida, logró mantenerse fiel a los compromisos asumidos.

Entonces entendió por qué él había sido afectado y ella protegida. Él había sido el responsable de todo lo ocurrido. Si hubiera confiado en ella, aún estaría en el mundo, al lado de su familia.

En ese momento sintió culpa y un amargo arrepentimiento. Tenía que hacer algo para liberarse de esos sentimientos. Pensó con cariño en sus hijos. ¿Cómo estarían? ¿Hasta cuándo tendría que estar lejos de ellos sin tener noticias suyas? Le habían prometido que, cuando estuviera bien, podría visitarlos. Haría todo lo posible por equilibrarse para poder verlos. Estaba seguro de que así lograría lo que deseaba.

Pensó en Elvira y su corazón latió con fuerza. Ella lo amaba. Lo había visto en sus ojos cuando atendió su llamado la primera vez. ¡Era maravillosa! Una mujer iluminada como ella, se preocupaba por él, cuidaba de su bienestar y trabajaba por su felicidad. Un suave calor alimentaba su pecho y él se sintió valorado, querido y agasajado. Gabriela no lo amaba, pero Elvira sí. Tal vez su felicidad estuviera con ella. Sólo tenía que esperar.

Capítulo 29

Renato contestó al teléfono:

—Es Clara. ¿Puede atenderla?
—Sí. Pásamela. ¿Clara? ¿Qué pasó?
—Se trata de doña Gioconda. Está muy agitada. Quiere salir, pero veo que no está bien y no la he dejado. Está fuera de sí e intentó agredirme. Logré encerrarla en el cuarto, pero no deja de darle puños a la puerta.
—¿Y los niños?
—Están muy asustados. No quisieron ir al colegio. Ya llamé al doctor Aurelio y dijo que vendría para acá inmediatamente.
—Hiciste bien. En unos minutos estaré ahí.

Renato colgó y se preparó para salir. Gabriela entró y notó su preocupación.

—¿Pasó algo?
—Sí. Voy a casa. Gioconda tiene un ataque. Clara la encerró en el cuarto y el doctor Aurelio ya va para allá
—¿Quiere que haga algo?
—Encárgate de todo hasta que yo vuelva. El doctor Meneses quedó de venir dentro de una hora. Llámalo y cambia la cita para mañana. Tan pronto pueda, te llamaré.

Renato salió apurado. Después de hacer lo que él le había pedido, Gabriela se sentó pensativa en su oficina. Cada día admiraba más a Renato. A pesar de estar separado de su esposa, llevaba una vida discreta, se iba temprano a casa, cuidaba de sus hijos con cariño y se ocupaba del tratamiento de Gioconda con interés.

A ella la trataba con respeto y atención, se preocupaba por el futuro de Guillermo y María del Carmen y atendía cualquier problema que ellos tuvieran. Roberto, que era el papá, nunca había hecho nada de eso. Amaba a sus hijos, pero nunca había tenido la dedicación de Renato.

Había notado muchas veces que él se ponía triste y creía que era por la familia. En esos momentos sentía ganas de consolarlo. Buscaba temas alegres e intentaba que él recuperara la alegría. Sólo se sentía bien cuando desaparecía la arruga de su frente y su fisonomía se distensionaba. Algunas veces lo había sorprendido mirándola con arrobo. Ella se estremecía y pensaba que era su imaginación. Se sentía muy sola y él le transmitía seguridad y consuelo. Nicete le decía que él la amaba y que un día terminaría por declarársele. A ella le gustaba tanto Renato que anhelaba un romance entre los dos.

—Usted dice que no, pero, ¿qué va a hacer el día que se le declare?

—Ese día nunca llegará. Esas son cosas que te imaginas.

—No me imagino nada, y ese día va a llegar. Nadie puede esconder un sentimiento así por mucho tiempo.

Gabriela sonrió y pensó:

—Y si se me declarara, ¿yo qué haría?

Con sólo pensarlo, sintió calor y un estremecimiento en el cuerpo. Se levantó y tomó un vaso de agua. Se concentró en el trabajo e intentó alejar esos pensamientos.

Al llevar unos documentos al escritorio de Renato, miró su fotografía colocada en un rincón de la oficina. Era un hombre apuesto, fuerte y seguro de sí. ¿Qué haría si él la abrazara? Gabriela se sonrojó con sólo pensarlo. ¿Qué le pasaba? Tenía que controlarse. Renato no debía notar que ella albergaba esos pensamientos.

Cuando Renato llegó a casa, Aurelio ya estaba con Gioconda en el cuarto. Buscó a Clara, quien estaba con los niños en el cuarto de Celia. Al verlo, la niña corrió a su encuentro sin poder contener el llanto.

—Papá, mi mamá está mal. ¡Creo que se enloqueció!

—Ya le dije a Celia que es sólo una crisis nerviosa —intervino Ricardito.

—Cálmense. Estoy aquí para encargarme de todo.

—Ella se enloqueció —continuó Celia llorosa—. Ayer, cuando entré al cuarto, ella dijo que nos iba a matar y que también se mataría. Tenía los ojos desorbitados. Tuve mucho miedo.

—Ya estoy aquí y no va pasar nada.

—El doctor Aurelio dijo que sería bueno llevarse a los niños de aquí –dijo Clara.

—Yo quiero quedarme —dijo Ricardito.

—Pues yo no. Tengo miedo —respondió Celia.

—No deben tener miedo. No los dejaré. Ahora debo hablar con el doctor Aurelio. Clara se quedará con ustedes mientras conversamos.

—Quiero que le ponga seguro a la puerta —dijo Celia.

—Hazlo, Clara. Voy a ver cómo sigue Gioconda.

Renato salió y Clara cerró la puerta. Estaba asustado. Gioconda había amenazado a Celia. De seguro sería capaz de cometer alguna locura. Ella se enfurecía cuando no obtenía lo que deseaba.

Fue hasta el cuarto de Gioconda, pero no entró. Su presencia podría enfurecerla aún más. Trató de observar lo que pasaba dentro. Oyó voces, pero no entendió lo que decían. Esperó hasta que, por fin, Aurelio abrió la puerta.

¿Cómo está?

—Tuvo una violenta recaída. Pensé en llamar una ambulancia del sanatorio. No podía controlarla. Me puse de acuerdo con ella, le prometí hacer todo lo que quisiera y, cuando dejó de gritar, le apliqué una inyección. Ahora está dormida. Podemos conversar.

—En ese caso vayamos a la sala.

Una vez acomodados en la sala, Renato continuó:

—Estoy muy preocupado. Amenazó a Celia y puede cometer alguna tontería.

—Amenaza con matar a Gabriela y a sus hijos si tú no regresas a la casa. No sé cómo, pero ella descubrió que Gabriela volvió a trabajar en la empresa.

—¡Es una fijación! En realidad ella podría hacer lo que dice.

—Debe ser internada de nuevo. No hay otra solución.

—Lo he pensado detenidamente. Voy a hablar con el doctor Altino para solicitarle la custodia de los niños. No quería hacerlo. Pensé que al lado de ellos podría recuperarse, pero ahora no puedo correr ese riesgo.

—Cualquier juez te dará la razón. Estoy dispuesto a ayudarte. Puedo certificar su estado mental. También creo que ella no debe permanecer junto a ellos. Aunque no haga nada de lo que dice, su convivencia es perjudicial. Especialmente para Celia, que es más sensible.

—Está muy asustada, dice que no quiere quedarse más aquí.

—Los niños pueden quedarse. La internaremos hoy mismo. Infortunadamente no tenemos otro recurso.

—Me vendré de nuevo para acá. No puedo dejarlos solos.

—Llamaré ahora mismo al sanatorio. Será mejor que te vayas a dar una vuelta con los niños. Debemos protegerlos. Clara y yo nos encargaremos de todo.

—Está bien. Los llevaré conmigo a la oficina. Tan pronto termine todo, llámame.

Renato golpeó en la puerta del cuarto de Celia y, cuando abrieron, les dijo:

—Arréglense, vamos a salir un rato, nos comeremos un helado y daremos una vuelta por ahí.

—¿Y mamá? —indagó Ricardito.

—Está dormida. El doctor Aurelio le dio un calmante. Cuando se despierte estará mejor. Ahora vámonos.

Mientras ellos se arreglaban, Clara acompañó a Renato hasta la sala y él le dijo:

—Tendremos que internarla, Clara. No podemos permitir que ella le haga nada a los niños.

A pesar de controlarse, Clara no pudo evitar que sus ojos brillaran conmovidos.

—Está muy mal. Anoche no durmió. Fui varias veces a su cuarto, pero me sacó y cerré la puerta por fuera.

—Acudiré a la justicia para obtener la custodia de los niños. Ustedes vivirán conmigo.

—Dadas las circunstancias, será lo mejor. Celia ha estado muy trastornada, tiene pesadillas y tiembla ante cualquier ruido. La presencia de doña Gioconda ha sido muy perjudicial para ella.

—Fue lo que el doctor Aurelio me dijo. Gioconda quedará internada, y cuando se mejore, irá a una casa de reposo. Allá nada le faltará.

Los niños bajaron. Cuando Renato se despidió de Clara le dijo:

—Vamos a dar una vuelta y después iremos a la oficina. El doctor Aurelio quedó en comunicarse conmigo. Si necesitas algo, llámame.

Después de que salieron, Clara movió la cabeza con tristeza. Se había encariñado con los niños y la situación le resultaba muy dolorosa, pero estaba dispuesta a hacer todo lo que pudiera para que ellos fueran felices.

Renato los llevó a una heladería y después se fueron para la oficina. Volvería con los niños a la casa después de que Gioconda hubiera salido de allí.

Al verlo entrar con los niños, Gabriela sintió un nudo en el pecho. Se veía abatido y, aunque se esforzaba por mostrarse tranquilo y satisfecho, ella notó de inmediato lo nervioso que estaba. Ella intentó conversar con los niños para distraerlos. Los llevó a conocer los diferentes departamentos de la empresa y les presentó a los funcionarios. Después los condujo a su oficina y les mostró las fotos de sus hijos.

Ricardito se mostraba más elocuente. Gabriela notó que Celia estaba tensa e insegura. Pasó el brazo por los hombros de la niña y le dijo:

—Tu mamá va a mejorarse. Cuando vuelvas a casa, ella estará bien.

Celia se encogió de hombros y dijo angustiada:

—No quiero volver a casa. Tengo miedo.

Tomada por sorpresa, Gabriela no respondió de inmediato. Ricardito intervino:

—Papá no dejará que pase algo malo. Él está a cargo de todo.

Gabriela preparó agua con azúcar y se la ofreció a Celia.

—Bebe. Te sentirás mejor. Ricardito tiene razón. Nada malo va a pasar. Tu papá se encargará de todo.

Ella bebió el agua, su pequeño cuerpo temblaba. Gabriela, conmovida, la abrazó con fuerza y le dijo con cariño:

—Yo conozco a una hada que tiene mucho poder. Ella protege a los niños de todos los peligros. ¿Te gustaría conocerla?

Los ojos de Celia brillaron al preguntarle:

—¿De verdad tiene ese poder?

—Sí. Más que cualquier otra hada. Ella es invencible. ¿Quieres conocerla?

—Sí. ¿Crees que vendrá?

—Si lo haces de corazón, estoy segura de que sí. Sólo hay una cosa: ella es invisible a la luz del día.

—¿Por qué?

—Porque su nombre es luz. De día, aunque ella esté ahí, nadie la ve, pero, por la noche, acostumbra aparecérsele a los niños durante el sueño.

—¿Cómo es ella? —preguntó Celia interesada.

—¡Linda! Toda iluminada.

—¿Dónde vive?

—En la tierra de las hadas. La misión de ella es proteger a los niños de todo mal.

El rostro de Celia se transformó. Su rostro se encendió y sus ojos brillaron. Gabriela continuó:

—Voy a enseñarte a invocarla. Por las noches, antes de acostarte, imagina una luz brillante y di: "Yo invoco al hada de la luz para que me proteja con la fuerza de Dios". Repítelo tres veces y después puedes dormirte tranquila.

—¿Soñaré con ella?

—Sí. Puede ser que en los primeros días no logres verla, pero continúa firme en tu propósito y lo conseguirás. La luz es la fuerza que nos protege.

Celia la abrazó contenta.

—Gracias Gabriela. ¿Tú también pides la protección de ella?

—Sí, siempre.

—En ese caso, ¿puedes pedirle protección para mí y para mi mamá?

—Sí, claro que puedo. Pero para que sea más efectiva, debe ser la propia persona quien lo pida.

Gabriela levantó los ojos y vio que Renato la observaba conmovido. Ella intentó disimular su emoción. El drama de los niños la tocaba muy a fondo.

—Veo que estás mejor —le dijo Renato satisfecho.

—Menos mal —replicó Ricardito.

—Ahora tenemos que irnos. Gracias por tu ayuda, Gabriela.

Celia se acercó a Gabriela y le dijo en voz baja:

—Haré todo bien hechecito.

—Hazlo.

Después se empinó en la punta de los pies y besó el rostro de Gabriela, quien conmovida, la abrazó y la besó en la frente. Ricardito también la abrazó, la besó y le picó el ojo, diciéndole en voz baja:

—¡Buena jugada! Me gustó.

Gabriela sonrió y le respondió:

—Pruébalo. A ti también te funcionará. Te sorprenderás.

Después de que ellos salieron, Gabriela pensó en los problemas que tanto sus hijos como los hijos de Renato enfrentaban. No sabía qué era peor, si la muerte del padre o la vida complicada de los hijos de Renato, huérfanos de una madre viva.

Durante el trayecto, Renato preparó a sus hijos para la separación de la mamá.

—El doctor Aurelio llamó y dijo que tuvo que llevar a su mamá al hospital. Necesita de un tratamiento más fuerte.

Ricardito apretó los labios con fuerza, intentando controlarse. Renato continuó:

—Ella lo necesita. En casa está cada día peor. Se halla muy descontrolada y, cuando está así, puede hacer cosas sin pensar y lastimar a alguien.

—¿Ella podría lastimarnos? —preguntó Ricardito.

—Nunca lo haría si estuviera en su sano juicio. Ella los ama mucho, pero cuando tiene esas crisis, se aturde y no reconoce a las personas.

—¡Yo sentí que ella sería capaz de matarme! —dijo Celia.

—Ya pasó todo. No pienses más en eso —pidió Renato, impresionado por el tono de su hija.

—Ahora estoy protegida. Gabriela me enseñó cómo hacerlo y ya no tengo miedo.

—Qué bueno, hijita. Además, estamos juntos.

—¿Volverás a casa? —indagó Ricardito.

—Deseo saber su opinión. Como su mamá está muy enferma y necesita un largo tratamiento, le pediré al juez una autorización para que ustedes vivan conmigo para siempre.

Celia respondió alegre:

—Yo sí quiero. ¡Qué bueno! Contigo, no le tengo miedo a nada.

—Yo también —aceptó Ricardito.

—Sé que les gustaría que su mamá estuviera con nosotros, pero por razones que desconocemos, la vida dispuso las cosas de otra manera. Sin embargo, ella siempre actúa de forma correcta y debemos aceptar las cosas que no podemos cambiar. Por el momento, es lo mejor que podemos hacer.

Permanecieron en silencio por unos instantes. Después, Ricardito preguntó:

—¿Cuando el médico le dé de alta, ella vendrá a nuestra casa?

—No. Ella tendrá su propia casa, pero ustedes seguirán viviendo conmigo. Podrán visitarla siempre, incluso pasar un tiempo con ella, si así lo desean.

Celia suspiró aliviada y respondió:

—Menos mal. Creo que no querré estar con ella ni un solo día.

—Es nuestra mamá y no tiene la culpa de estar enferma de la cabeza. Tenemos que tratarla con cariño —dijo Ricardito.

—Exactamente, hijito. Ella necesita de nuestro apoyo. Pero para hacerlo, no tenemos que vivir en la misma casa con ella.

—Papá, quiero que Clara se quede en nuestra casa.

—Ella se quedará con nosotros. Se encargará de ustedes y de la casa.

Los niños se veían satisfechos y Renato se sintió aliviado. Lo peor había pasado. Aurelio le había dicho que, aunque ella se mejorara, no estaría en condiciones de asumir la dirección de la familia.

Su decisión estaba tomada: hablaría con el abogado e intentaría obtener el divorcio y la tutela de sus hijos. Se sintió muy satisfecho al asumir esa responsabilidad.

Gioconda se despertó y miró asustada las claras paredes del cuarto. Su cabeza estaba aturdida. Intentó levantarse pero no lo logró. ¿Dónde estaba? Ese no era su cuarto. Cerró los ojos, respiró profundo e intentó reaccionar. ¿Dónde estaría Clara? Miró a su alrededor tratando de ubicarse. Al lado de la cama había un timbre. Lo apretó con fuerza. Enseguida entró una enfermera, se acercó a la cama y le preguntó:

—¿Cómo se siente?

—Mal. ¿Dónde estoy?

—En el hospital. Tranquilícese. Nos encargamos de todo.

—No me puedo quedar aquí. Tengo que irme para mi casa. Mis hijos me necesitan.

—Descanse. Ellos están bien cuidados. No se preocupe.

—No me quiero quedar aquí. No me gusta este lugar. Tengo que irme.

—Tiene que cuidar de su salud. Se irá cuando esté bien.

Gioconda miró a su alrededor y dijo en voz baja:

—Tengo una misión importante por cumplir. Mi familia corre peligro. Tengo que hablar con el médico.

—El doctor Aurelio vendrá enseguida.

—Ese no sirve. Él está en mi contra y al servicio de ella. Ella volvió para acabar conmigo, ¡pero no lo logrará!

—Cálmese. El doctor Aurelio es su médico y está de su lado.

—¡Mentira! Usted también está del lado de mis enemigos.

—Estoy aquí para ayudarle. Le voy a aplicar una inyección.

—Aléjese. No se me acerque. Sé que me va a envenenar. No permitiré que me ponga nada. ¡Salga de aquí!

Dio un violento golpe que alcanzó la mano de la enfermera y derribó la cubeta con los medicamentos. La chica salió de prisa y cerró la puerta por fuera. Después de unos minutos entraron dos enfermeros.

—Usted debe tomar los medicamentos —le dijo uno de ellos.

—No quiero —gritó ella furiosa—. Déjenme en paz.

Se le acercaron y mientras uno la sostenía con fuerza, el otro le aplicó la inyección. Tras unos minutos Gioconda se dejó caer y se durmió.

Aurelio se informó de su estado de salud y en la noche fue a buscar a Renato después de la cena.

—¿Cómo van las cosas por acá? —preguntó el médico tan pronto se sentaron en la sala.

—Mejor. Hablé con los niños y me parece que comprendieron la situación.

—Al llegar los vi más alegres.

—Se pusieron felices al saber que vuelvo a vivir con ellos. ¿Y Gioconda?

—Durante los últimos días la hemos mantenido dormida. Hoy se despertó, pero continúa rebelde. Fue necesario aplicarle más calmantes y ahora está dormida de nuevo.

—Celia estaba muy asustada. No quiere volver a vivir con su mamá por ningún motivo. Es extraño, porque siempre fue la más apegada.

—Me parece que todavía está alterada. Observa bien su comportamiento. Si es necesario le daremos soporte psicológico.

—Sí. La otra vez dio buen resultado. Por mi parte, regreso temprano a casa y permanezco por fuera el tiempo estrictamente necesario para trabajar. Necesitan de mi apoyo.

—Exacto. Los niños necesitan seguridad. Como su mamá no está en condiciones de dársela, se sienten inseguros. Tu actitud suple esa necesidad.

—Converso con ellos, les pregunto cómo les ha ido durante el día, les cuento qué ha sucedido en la empresa e intercambiamos ideas. Deseo que se sientan integrados, que somos una familia. Que podemos contar el uno con el otro e intercambiar experiencias.

—Ese es el mejor camino. Fue muy bueno que te hubieras encargado de ellos. Me temo que Gioconda no podrá volver a hacerlo.

—¿Así de mal está?

—Hoy se despertó muy rebelde, con la idea de que todos estamos en su contra e interesados en matarla. Fue necesario doparla de nuevo. Tengo serias dudas en cuanto a su problema mental. No se trata de una crisis de inconformismo provocada al negarse a aceptar la separación.

—¿Crees que no es esa la verdadera causa de su desequilibrio?

—Así lo creo. He estudiado su comportamiento minuciosamente. Durante los meses que la traté conseguí que me hablara de su infancia, de su adolescencia y de su juventud. Noté una actitud neurótica, una personalidad fraccionada y una visión distorsionada de la realidad, lo que indica que necesita de un tratamiento psiquiátrico más intenso.

—Le recetaste calmantes.

—Sí, intento evitar que su estado se agrave.

—Aunque dices que la separación no fue el motivo de su enfermedad, sí influye en la gravedad de su estado.

—En una personalidad enfermiza como la de ella, cualquier cosa, por insignificante que sea, tiene un efecto pernicioso. Claro que la separación influyó. Pero no es la causa de la enfermedad. Sólo revela algo que estaba encubierto. ¿Entiendes?

—Sí. Lamento haber provocado esa situación, pero no podía soportar más nuestra convivencia. Como tú mismo dices, cualquier cosa es motivo para que ella se deprima. Noté que cuando yo aparecía, su estado empeoraba, se ponía más quejumbrosa, más llorosa y se volvía insoportable. Llegué a pensar que fingía para manipularnos.

—Ella es una manipuladora obstinada. Si fueras débil, te habría dominado por completo. Lo que ocurrió fue que de tanto distorsionar los hechos para conseguir lo que deseaba, terminó por perder la noción de la realidad. Ella cree lo que imagina. Sufre, pero no se da cuenta del mal que se hace a sí misma.

—Pensé que con la separación volvería a la normalidad, ya que no estaba yo ahí para que representara su papel.

—No te lamentes. Si hubieras continuado a su lado las crisis se darían de la misma manera. El problema no eres tú, sino de ella con ella misma.

—Cuando se despierte, si es consciente, va a sufrir mucho.

—La próxima semana le haremos algunos exámenes clínicos. Después veremos cómo podemos ayudarla.

—Gabriela me ha sugerido que lleve los niños para un nuevo tratamiento espiritual.

—Es buena idea. Los sábados hay tratamiento sólo para niños.

—Bien. El día que Gioconda fue internada, llevé a los niños a la oficina y Gabriela logró calmar a Celia. Le contó una historia de hadas que le encantó. Todas las noches hace lo que Gabriela le enseñó: se arrodilla al lado de la cama y se imagina una luz, llama al hada, le agradece y le pide protección.

—Excelente. De esa manera ella se une a la luz de la espiritualidad.

—A Ricardito le gusta parecer adulto, disimula, pero también lo hace. Dice que es para convencer a Celia.

Ambos rieron. Aurelio comentó:

—Poco a poco la vida de ustedes ha empezado a equilibrarse. Gabriela y sus hijos están más alegres. A veces pienso en Roberto. ¿Cómo estará? Hasta ahora no ha aparecido en las sesiones que realizamos en el centro.

—Y Elvira, aquel espíritu que nos ayudó, tampoco volvió a aparecer. Ella dijo que estaba muy unida a él. ¿Se habrán encontrado?

—Me gustaría saberlo. El otro día le pregunté sobre eso a Hamilton y él cree que vendrán a visitarnos. Entonces, sabremos muchas cosas.

Al día siguiente, Gabriela estaba en la oficina de Renato cuando él le dijo de pronto:

—Ayer el doctor Aurelio y yo hablamos sobre Roberto. ¿Has pensado en él?

Tomada por sorpresa, Gabriela no respondió de inmediato. Al notar que Renato esperaba su respuesta le dijo:

—De vez en cuando. Me pregunto cómo estará.

—¿Has sentido nostalgia de él?

—Un poco, de los buenos tiempos. Pero no me gusta lamentarme del pasado. Lo que pasó pasó. Guardo los buenos recuerdos, los malos intento olvidarlos. La vida continúa.

—¿Piensas en casarte de nuevo?

—No lo sé. Aún no he pensado en eso. El matrimonio casi siempre es una prisión.

—A mí me gustaría ser libre para volver a estar de nuevo prisionero.

Gabriela lo miró sorprendida.

—¿Tiene nostalgia de Gioconda?

—No. Nuestro matrimonio fue un error. Somos muy diferentes.

—Entonces...

—Es muy triste haber encontrado a la mujer ideal demasiado tarde.

Renato hablaba más para sí mismo. Consideraba su amor por Gabriela como un imposible. Ella no respondió. Un sentimiento de tristeza la invadió. ¿Estaría Renato enamorado de otra mujer?

Ese pensamiento la entristeció. Intentó olvidarlo, pero sus palabras estuvieron en su mente todo el día. Irritada, pensó:

—Se siente solo. Está separado y es libre. Es natural que desee recomenzar su vida y yo no tengo nada que ver con eso. ¿Por qué me molesta ese pensamiento?

Al atardecer le llevó algunos documentos para que los firmara. Mientras lo hacía, Gabriela notó su postura elegante, aspiró el agradable perfume que venía de él y observó los rasgos bien definidos de su rostro moreno. Concluyó que él era un hombre muy atractivo. Entonces, recordó sus palabras: "Es muy triste haber encontrado a la mujer ideal demasiado tarde".

Emocionada, reconoció que ella también había encontrado al hombre ideal demasiado tarde. Si lo hubiera conocido cuando eran libres, todo habría sido diferente.

Renato levantó la cabeza y sus ojos se encontraron. Gabriela sostuvo la mirada y Renato sintió que el corazón le latía con fuerza.

—¡Gabriela! —le dijo emocionado.

Asustada de sus propios sentimientos, ella se dio media vuelta y salió. Renato sintió deseos de seguirla, pero en ese momento sonó el teléfono.

—Es el doctor Aurelio —dijo Gabriela, después de contestar.

Renato tomó el aparato y Aurelio le informó:

—Gioconda se despertó.

—¿Está mejor?

—No. Perdió la noción de la realidad. Ni siquiera me reconoció.

—¿Continúa rebelde?

—No. Está tranquila. Olvidó todo lo que la incomodaba. Fue la manera que encontró para huir de la realidad. Se alienó.

—¿Cómo lo hizo?

—Es una reacción natural. Como le es doloroso aceptar la verdad, su inconsciente creó un mecanismo de defensa y la hizo olvidar todo. Es una tregua.

—¿Qué podemos hacer?

—Continuar con el tratamiento. Podemos medicarla, mantener su salud física y protegerla como a un niño para que no se lastime. Es un proceso delicado y nuestro acceso a su mente es muy relativo. Sólo ella puede reaccionar y encontrar el camino de regreso.

Después de colgar, Renato pensó en Gabriela. Por primera vez había percibido cariño en sus ojos. ¿Habría alguna esperanza para ellos?

El sólo pensar en eso lo emocionó. Se sentía muy solo. Le gustaría abrazarla y abrirle su corazón. Estaba seguro de que ella era la persona indicada para entender lo que pasaba en su interior.

Necesitaba verla. Fue a buscarla, pero no había nadie. Todos habían salido. El reloj marcaba casi las siete. Tenía que estar en el centro a las siete y media. Era día de reunión.

Tomó un café y se dirigió hacia allá. Se encontró con Aurelio, quien le dio todos los detalles sobre el estado de Gioconda y finalizó:

—A pesar de todo, ella está mejor ahora. Volvió a la adolescencia. Tararea canciones de esa época y conversa con las personas con quienes convivió.

—Aun así es muy triste. ¿No menciona a los niños?

—No. Para ella, ellos todavía no han nacido.

Los ojos de Renato brillaron conmovidos. Aurelio observó:

—La alienación impresiona mucho a los familiares. Sin embargo, para la persona que la padece, es un medio de evadir una realidad que no desea aceptar. Ella retornó a una época de su vida en la que era feliz y olvidó el resto.

Hamilton los llamó.

—Entremos, ya es hora.

Gabriela llegó apresurada y entró después que ellos. Las luces se apagaron y luego de la oración un amigo espiritual se manifestó y habló sobre los casos en tratamiento. Tras de una breve pausa, uno de los médium comenzó a hablar:

—Soy Elvira. Hoy vuelvo a abrazarlos con alegría. Traigo conmigo a un amigo que desea saludarlos.

El hombre guardó silencio, después se movió en la silla y respiró con fuerza. Hamilton se acercó al médium y le puso las manos sobre la frente y la nuca. Entonces él habló con voz entrecortada por la emoción:

—Con gran emoción regreso a esta casa en la que recibí tanta ayuda cuando estaba en el mundo. Si los hubiera escuchado, todo habría sido diferente.

Guardó silencio por unos instantes y después continuó:

—Pero no estoy aquí para hablar de mis errores del pasado ni de mi sufrimiento, sino para agradecerle a Dios y a ustedes todo lo que hicieron por mí. Reconozco mi responsabilidad en los hechos que culminaron con mi muerte. Veo aquí a una persona que me es muy querida, cuyo valor y sinceridad sólo supe apreciar cuando llegué al sitio donde estoy ahora.

Lo lamento. Me gustaría poder volver en el tiempo para actuar de otra manera, algo que es imposible. Pensé que podrías amarme algún día, pero esa es una ilusión que ya perdí. Amas a otro y eres correspondida. Intento aceptar esa realidad y les deseo a los dos mucha felicidad. Les mando un beso a nuestros hijos. Diles que siempre los amaré y que, si Dios lo permite, donde esté, rezaré por su felicidad. Quiero decirles también que hoy se los devuelvo a ustedes dos. Antes de ser mis hijos, ellos fueron sus hijos.

Me gustaría que me recordaran con amistad. Pueden estar seguros de que estoy muy feliz. Mi vida aquí es productiva y el cariño de Elvira me ha motivado a progresar. Tal vez un día, cuando esté más maduro, pueda vivir a su lado para siempre. Ahora tengo que irme. Les doy un abrazo de gratitud y les deseo alegría y felicidad para todos. Dios los bendiga.

Hubo un silencio apenas cortado por los ahogados sollozos de Gabriela, quien no lograba contener el llanto. La emoción embargaba a los presentes, los que se regocijaban con el mensaje.

Renato, tocado en sus sentimientos, tenía miedo de creer que al hablar del amor de Gabriela, Roberto se hubiera referido a él. Recordaba la historia que Elvira les había contado entre Gabrielle y Alberto, el conde que la había desposado, y Raúl, el mercader que ella amaba. Estaba seguro de que se trataba de Gabriela y Roberto, pero y Raúl, ¿habría sido él? En ese caso, ¿habría sido él el verdadero amor de Gabriela? Roberto había dicho que ellos serían felices. ¿Aún habría tiempo? ¿Gabriela reconocería su amor por él?

Hamilton, tras una pausa breve, elevó una oración y concluyó la reunión. Las luces se encendieron. Las personas, en silencio, se sirvieron agua, bebieron y se fueron. No tenían ganas de conversar. Deseaban guardar la magia de ese momento. Sólo se quedaron Aurelio, Renato, Gabriela y Hamilton. Después de abrazar a Gabriela, Hamilton le dijo:

—Nos vamos. Renato te llevará a casa.

Todos se fueron. Renato le alcanzó un pañuelo. Ella se secó los ojos e intentaba sonreír.

—Vamos —le dijo mientras la tomaba del brazo.

Salieron en silencio. Una vez en el carro, él la abrazó y le dijo:

—Esta noche recibimos un regalo divino. Me siento conmovido.

Ella puso la cabeza sobre su pecho, después se alejó un poco y respondió:

—Yo también estoy muy conmovida. De repente muchas cosas se me han aclarado. Comprendí todo. Yo fui Gabrielle, Roberto fue el conde y tú fuiste Raúl, el hombre que...

Ella se detuvo vacilante. Renato tomó sus manos entre las suyas y le dijo emocionado:

—¿También crees que yo haya sido él?

Ella bajó la cabeza sin responder. Su corazón latía aceleradamente y sentía la fuerza de un amor que el tiempo había adormecido y que ahora despertaba con toda su intensidad.

—Mírame Gabriela. Dime que también sientes este amor que he intentado contener y que ahora rompe todas las barreras y se apodera de mí.

Renato empezó a besarla con cariño y ella le correspondió, revelando lo que sentía sin necesidad de palabras. Cuando lograron calmarse, Renato observó:

—Gabriela, quiero casarme contigo. Levantaremos juntos a nuestros hijos y seremos felices. Dime que aceptas.

—Esa sería mi mayor felicidad pero, ¿y Gioconda?

—Aunque estamos divorciados, me encargaré de ella como siempre. Nada le faltará.

—Cuando sepa que estamos juntos, va a sufrir.

—Ella nunca lo sabrá. Gioconda enloqueció. Olvidó todo y volvió atrás en el tiempo. Está como una adolescente. Ni siquiera se acuerda de mí ni de los niños.

—Es muy triste.

—El doctor Aurelio piensa que así encontró una manera para no sufrir. ¿Aceptas?

—Sí.

—Mañana mismo hablaré con nuestro abogado para que se encargue de todo. Quiero que seas mi socia en la empresa.

—No es necesario nada de eso.

—Quiero cuidar de tu futuro y del futuro de tus hijos. ¿Crees que ellos me aceptarán?

—Estoy segura. Y los tuyos, ¿me querrán?

—Ellos ya te quieren. Celia sólo habla de ti.

Gabriela sonrió feliz. Renato le besó el rostro con ternura.

—Adoro tu sonrisa.

Mientras se besaban felices, Elvira y Roberto estaban ahí. Él observaba todo en silencio, con los ojos llenos de lágrimas. Elvira lo tomó por el brazo y le dijo:

—Deberíamos habernos ido. Podrías haberte evitado esto.

Él la miró a los ojos y le respondió:

—No. Tenía que verlo para evaluar mejor mis sentimientos.

—Te atormentas sin necesidad.

—Estás equivocada. Yo cambié, y mi pasión por Gabriela también cambió. Al analizar mis sentimientos descubrí que mi amor por ella era un deseo de autoafirmación. Yo la veía como un premio a mi vanidad. Perderla significaba reafirmar mi incapacidad. Por eso me quedé aquí. Al verla en brazos de Renato, no sentí celos ni rabia. Te confieso que sentí un cierto alivio. Ahora sé que puedo cuidar de mí, que tengo la capacidad de escoger un mejor camino. Deseo que ellos sean felices. Mi preocupación es otra...

—¿Qué quieres decir?

—Vámonos de aquí. Últimamente he pensado mucho en ti, sé que aún tengo que aprender mucho para estar siempre a tu lado. A pesar de eso, es lo que más deseo.

—Sabes que te amo y que siempre te he amado.

Se habían alejado del carro y habían emprendido el camino de regreso. Roberto tomó las manos de Elvira, emocionado:

—Eso es lo que me intriga. Siento que te amo y deseo tomarte entre mis brazos y besarte, pero al mismo tiempo me siento cohibido. Es como si cometiera un pecado.

Ella sonrió y le respondió:

—Es hora de que sepas que nosotros ya vivimos una loca pasión. Juntos nos sumergimos en peligrosas fantasías, pero nuestro amor era verdadero y para descubrirlo tuvimos que reencarnar como madre e hijo. Esos sentimientos contradictorios que tienes son el resultado de esa experiencia. Sin embargo, los lazos de sangre son sólo limitaciones del mundo físico. Lo que cuenta es el amor incondicional que sella nuestras vidas.

Roberto la abrazó embriagado y besó sus labios con amor. Sintió un leve calor en el pecho, al mismo tiempo una luz se encendió dentro de él y lo envolvió todo provocando un indescriptible bienestar. Elvira exclamó con alegría:

—¡Lo conseguiste! Mi amor, lograste obtener la vibración del amor y la luz que siempre había esperado. ¡Ahora estaremos juntos para siempre! Nunca más nos separaremos. Frente a nosotros se extiende un camino de progreso y felicidad.

Elvira tomó su mano con delicadeza y le pidió:

—Ven, arrodíllate a mi lado. Mira este cielo lleno de estrellas y de mundos maravillosos. Agradezcámosle a Dios la gloria de vivir y la felicidad que nos une para siempre en este momento. Juntos caminaremos y trabajaremos en favor de la vida. Donde quiera que estemos, cantaremos al amor y prodigaremos la alegría. Que Dios nos bendiga.

En ese instante, una luz descendió de lo alto y los envolvió. Abrazados, se elevaban y desaparecían rumbo al infinito.

FIN

Otros libros editados por Editorial Centauro Prosperar

URI GELLER, SUS PODERES MENTALES Y CÓMO ADQUIRIRLOS
Juego de libro, audiocasete y cuarzo
Autor: Uri Geller

Este libro revela cómo usted puede activar el potencial desaprovechado del cerebro, al mejorar la fuerza de la voluntad y aumentar las actividades telepáticas. Además, explica cómo usar el cristal energizado y el audiocasete que vienen junto con el libro.

Escuche los mensajes positivos de Uri mientras le explica cómo sacar de la mente cualquier pensamiento negativo y dejar fluir la imaginación. El casete también contiene una serie de ejercicios, especialmente creados por Uri Geller, para ayudarle a superar problemas concretos.

EL PODER DE LOS ÁNGELES CABALÍSTICOS
Juego de libro y videocasete
Autora: Monica Buonfiglio

Esta obra es una guía completa para conocer el nombre, la influencia y los atributos del ángel que custodia a cada persona desde su nacimiento.

Incluye información sobre el origen de los ángeles. Los 72 genios de la cábala hebrea, el genio contrario, la invocación de los espíritus de la naturaleza, las oraciones para pedir la protección de cada jerarquía angélica y todo lo que deben saber los interesados en el estudio de la angeología. Ayuda a los lectores a perfeccionarse espiritualmente y a encontrar su esencia más pura y luminosa. En su primera edición en Brasil en 1994, se mantuvo entre la lista de los libros más vendidos durante varios meses.

ALMAS GEMELAS
Aprendiendo a identificar el amor de su vida
Autora: Monica Buonfiglio

En el camino en busca de la felicidad personal encontramos muchas dificultades; siempre estamos sujetos a los cambios fortuitos de la vida. En este libro, Monica Buonfiglio aborda con maestría el fascinante mundo de las almas gemelas.

¿Dónde encontrar su alma gemela, cómo reconocerla o qué hacer para volverse digno de realizar ese sueño? En esta obra encontrará todas las indicaciones necesarias, explicadas de manera detallada para que las ponga en práctica.

Lea, sueñe, amplíe su mundo, expanda su aura, active sus chakras, evite las relaciones kármicas, entienda su propia alma, para que de nuevo la maravillosa unidad de dos almas gemelas se vuelva una realidad en su vida.

CÓMO MANTENER LA MAGIA DEL MATRIMONIO
Autora: Monica Buonfiglio

En este texto el lector podrá descubrir cómo mantener la magia del matrimonio y aceptar el desafío de convivir con la forma de actuar, de pensar y de vivir de la otra persona.

Se necesita de mucha tolerancia y comprensión, evitando la crítica negativa.

Para lograr esta maravillosa armonía se debe aprender a disfrutar de la intimidad sin caer en la rutina, a evitar que la relación se enfríe y que, por el contrario, se fortalezca con el paso de los años.

Los signos zodiacales, los afrodisíacos y las fragancias, entre otros, le ayudarán a desarrollar su imaginación.

MARÍA, ¿QUIÉN ES ESA MUJER VESTIDA DE SOL?
Autora: Biba Arruda

La autora presenta en este libro las virtudes de la Virgen María. A través de su testimonio de fe, entrega y consagración, el lector comprenderá y practicará las enseñanzas dejadas por Jesucristo.

La obra explica cómo surgió la devoción de los diferentes nombres de María, cuáles han sido los mensajes que Ella ha dado al mundo, cómo orar y descubrir la fuerza de la oración, el poder de los Salmos y el ciclo de purificación; todo ello para ser puesto en práctica y seguir los caminos del corazón.

En esta obra, María baja de los altares para posarse en nuestros corazones. Mujer, símbolo de libertad, coraje, consagración, confianza, paciencia y compasión.

PAPI, MAMI, ¿QUÉ ES DIOS?
Autora: Patrice Karst

Papi, mami, ¿qué es Dios? es un hermoso libro para dar y recibir, guardar y conservar. Un compañero sabio e ingenioso para la gente de cualquier credo religioso.

Escrito por la norteamericana Patrice Karst, en un momento de inspiración, para responderle a su hijo de siete años la pregunta que tantos padres tienen dificultad en contestar.

En pocas páginas, ella logró simplificar parte del material espíritu-religioso que existe y ponerlo al alcance de los niños, para que entiendan que a Dios tal vez no se le pueda conocer porque es un Ser infinito, pero sí sentir y estar consciente de su presencia en todas partes.

MANUAL DE PROSPERIDAD
Autor: Si-Bak

Así como se aprende a hablar, a caminar y a comer, cosas muy naturales en nuestro diario vivir, de igual forma hay que aprender a prosperar. Esto es posible para toda las personas sin disculpa alguna.

Para ello debemos intensificar la fe, la perseverancia y la práctica de un principio que nos conduzca por el camino de la prosperidad. Y es esto lo que enseña el "Manual de Prosperidad".

De manera sencilla y práctica, coloca en manos del lector reglas, conceptos y principios que le permiten encaminarse en el estudio de la prosperidad y entrar en su dinámica.

PARÁBOLAS PARA EL ALMA
"Mensajes de amor y vida"
Autora: Yadira Posso Gómez

En este libro encontrará mensajes que han sido recopilados a partir de comunicaciones logradas por regresiones hipnóticas.

La doctora Yadira Posso y su hermana Claudia, han sido elegidas para recibir mensajes de la propia voz de "El Maestro Jesús", a través de procesos de regresión en los que Él se manifiesta por medio de Claudia, quien sirve de médium.

Usted encontrará en esta obra hermosas parábolas para su crecimiento interno y desarrollo personal.

CON DIOS TODO SE PUEDE
Autor: Jim Rosemergy

¿Cuántas veces ha sentido que las puertas se le cierran y queda por fuera del banquete de la abundancia de la vida? ¿Quizás necesitaba un empleo, un préstamo, un aumento de sueldo, un cupo en el colegio o la universidad, o simplemente disponer de más dinero, tiempo, amor y no se le había dado? ¿Se ha preguntado por qué a otros sí y no a usted?

¿Sabía usted que este universo ha sido creado con toda perfección y que el hombre tiene el poder de cambiar su vida, haciendo de ésta un paraíso o un infierno?

Leyendo este libro usted entenderá la manera de utilizar su poder para tener acceso a todas las riquezas de este universo. El poder está dentro de usted y es cuestión de dejarlo actuar. Cuando usted está consciente de la relación que debe tener con el Creador, todas las cosas que desee se le darán, por eso decimos que "con Dios todo se puede".

CÓMO ENCONTRAR SU PAREJA IDEAL
Autor: Russ Michael

¿Busca su pareja ideal? Si es así, este libro está hecho especialmente para usted.

Léalo y descubra la dinámica interna y externa que aflora mágicamente cuando dos seres se reconocen como almas gemelas. La pareja ideal se ama y acepta por igual sus cualidades e imperfecciones, libre de egoísmos e intereses personalistas y construye, momento a momento, día a día, una vida plena y autorrealizada, salvando los obstáculos inherentes al diario vivir.

Su autor, Russ Michael, le ayudará a descubrir qué y quién es usted en verdad y a quién o qué necesita para realizarse y lograr la felicidad, así como a aumentar su autoestima y magnetismo para ser una persona de éxito. Sea un espíritu libre y viva a plenitud su preciosa vida al dar y recibir amor.

MI INICIACIÓN CON LOS ÁNGELES
Autores: Toni Bennássar - Miguel Ángel L. Melgarejo

Este libro es una recopilación de los misteriosos y fascinantes encuentros que Miguel Ángel Melgarejo y un grupo de jóvenes tuvieron con ángeles en el Levante de la Península Ibérica.

El periodista Toni Bennásar resume los encuentros de Miguel Ángel, siendo aún un adolescente, y posteriormente como adulto, hasta culminar con su iniciación en el monte Puig Campana, donde estuvo en contacto permanente con los ángeles por un lapso de 90 días, recibiendo mensajes de amor, sabiduría y advertencia para la humanidad.

Ya sea usted amante de los ángeles o no, este libro colmará su interés y curiosidad por los apasionantes sucesos que allí ocurren.

CUANDO DIOS RESPONDE
¿Locura o misticismo?
Autora: Tasha Mansfield

En este libro magistral, usted conocerá la historia vivencial de la reconocida psicoterapeuta norteamericana Tasha Mansfield, quien, tras afrontar una inesperada y difícil enfermedad que la postró en cama por siete años, encontró la sanación física y el despertar espiritual.

Antes, durante y después de la enfermedad, una voz celestial la fue guiando para asumir actitudes correctas y adquirir la ayuda necesaria en su vida.

Tasha Mansfield comparte también una serie de ejercicios y meditaciones para expandir el nivel de conciencia, atraer paz y obtener una vida más plena y feliz.

CÓMO HABLAR CON LOS ÁNGELES
Autora: Monica buonfiglio

En este excelente libro, su autora nos introduce en la magia de los ángeles cabalísticos, nos enseña la forma correcta de conversar con los ángeles y, en una sección de preguntas y respuestas, resuelve inquietudes relacionadas con estos seres de luz.

Usted conocerá el nexo de los ángeles con los elementales y cómo invocarlos para atraer su protección.

Aprenda a interpretar las velas y a manejar los pantáculos para contrarrestar ondas magnéticas; utilice flores, inciensos y perfumes para solicitar la presencia angelical.

Atraiga la sabiduría de los ángeles a su vida y enriquézcase espiritual y materialmente.

EL EMPERADOR REENCARNADO
Autor: George Vergara, M.D.

A través de esta apasionante historia, usted conocerá la vida y obra del gran emperador de Roma, Marco Aurelio, relatada después de 2.000 años por el reconocido médico cardiólogo estadounidense, George Vergara.

George cuenta cómo un día, y de una forma que bien podría llamarse casual, se enteró que había sido Marco Aurelio en otra vida. Siguiendo las huellas del emperador, George viaja a Italia, y en un "deja vu" sorprendente, revive la vida y obra de quien fuera uno de los más grandes líderes del mundo. Misteriosamente, y de forma concatenada, una serie de extraños sucesos le dan indicios de que es el alma encarnada del emperador.

El doctor Vergara comprende que Dios, en su infinita misericordia, le ha permitido correr el velo y conocer parte de su recorrido como alma, para construir una vida de amor y servicio a la humanidad.

CON DIOS TODO SE PUEDE 2
Autor: Jim Rosemergy

En Con Dios todo se puede 2, aquellos que deseen encontrar a Dios de una manera más personal, hallarán los pasos para establecer una relación más duradera y satisfactoria.

Mediante la oración, y una nueva comprensión del propósito de la oración, la humanidad entró al nuevo milenio desfrutando de una relación más cercana con Dios. Lo común es que la gente acuda a la oración en momentos de angustia, necesidad o carencia, pero la verdadera razón para orar es encontrar a Dios y no sólo para satisfacer deseos mundanos.

Conocer la Presencia Divina les dará el sustento espiritual necesario a quienes se encuentran en su senda.

CLAVES PARA ATRAER SU ALMA GEMELA
Autor: Russ Michael

En esta obra, Russ Michael nos presenta nuevos conceptos e ideas para atraer a su alma gemela, partiendo de la perspectiva de un universo vibratorio: todo vibra sin excepción en este mundo.

Su autor revela cómo todos estamos inmersos y rodeados de un vasto campo vibratorio universal; cómo cualquiera que lo desee puede utilizar las técnicas recomendadas en este libro para conseguir a su alma gemela, su homólogo desde el punto de vista vibratorio, la cual encaja perfectamente con su pareja espiritual, por ser imagen y reflejo exacto de ella. Explica cómo cada uno de nosotros, sin excepción, hace resonar un tono muy personal y único, o nota vibratoria.

¡Naturalmente, su alma gemela también dispone de una nota propia y única!

FENG SHUI AL ALCANCE DE TODOS
Autora: Clara Emilia Ruiz C.

El Feng Shui es una técnica que plantea una serie de principios básicos con el objeto de armonizar al ser a través de cambios en el ambiente que lo rodea.

Con el uso de un mapa de guía llamado Bagua, se toma como eje la entrada a cada espacio donde se determinan nuevas áreas de trabajo que tienen directa relación con nuestra vida.

A través del Feng Shui se determinan las áreas de un terreno adecuadas para seleccionar un lote y la correcta ubicación de la casa o edificio dentro del lote. Igualmente, en el interior de la casa, las formas, proporciones e interrrelación entre espacios má convenientes para el correcto fluir del ser humano en la vida, atrayendo así bienestar, salud y prosperidad.

UN VIAJE AL PLANETA DE CRISTAL
Autor: Cristovão Brilho

Es un bello cuento con hermosas ilustraciones para ser coloreadas por los niños.

Narra la historia de siete niños, quienes gracias al poder de su imaginación creativa se trasladan al Planeta de Cristal guiados por Cristalvihno, un amoroso personaje oriundo de ese planeta, quien en un excitante y maravilloso viaje les explica el valor terapéutico de los cristales y cómo utilizarlos sabiamente según su color.

Historia original de Cristovão Brilho, reconocido sanador brasilero y autor del libro El poder sanador de los cristales.

EL PODER DE ACEPTARSE A SÍ MISMO Y A LOS DEMÁS
Autor: Jim Rosemergy

En esta obra, las personas que se hallan en proceso de autoconocerse, las que se encuentran en crisis de personalidad, las que buscan desarrollo espiritual y personal o el simple lector desprevenido, encontrarán una serie de pautas para desarrollar de una manera práctica y sencilla, en el a veces espinoso y difícil trabajo de la aceptación de sí mismo, de los demás, de la vida y del entorno que nos rodea.

Jim nos muestra la importancia de aprender a aceptar nuestra parte humana, con sus virtudes y cualidades, flaquezas y debilidades, para llegar así a conocer el maravilloso ser espiritual que realmente somos.

Un libro que se convertirá en su mejor amigo y consejero de cabecera. Imparcial y desinteresado, lleno de amor y profunda sabiduría.

EL PODER SANADOR DE LOS CRISTALES
Autor: Cristovão Brilho

Un libro donde su autor habla de manera sencilla y clara sobre los chacras o centros de energía y el uso terapéutico de los cristales a través de ellos. Cómo llevar los cristales, cómo lograr la cura en los demás y en uno mismo, cómo aprovechar su energía, cómo programarlos y cómo utilizarlos cotidianamente.

El mundo de la piedras es encantador y fascinante. Lleva a la persona o "buscador", de una etapa de aprendizaje a un plano científico, a través del descubrimiento de algo que puede relatar la cronología de la Tierra, los eventos y la historia de la evolución del hombre.

365 MANERAS DE SER MULTIMILLONARIO
Autor: Brian Koslow

El mundo de los negocios está cambiando; también los secretos para el éxito. En este libro, guía esencial, tanto para los funcionarios de alto rango como para el empleado común, el asesor comercial, Brian Koslow, comparte las estrategias y discernimiento únicos que lo hicieron millonario a los 33 años. He aquí algunos de los consejos que encontrará en este libro:

- Si no trabaja en la actividad que le gusta, es probable que esté realizando el trabajo equivocado.
- Escuche el 85% del tiempo; hable el 15%.
- Fíjese un ideal, filosofía o razón que lo mantenga despierto todo el tiempo.
- Perderá poder personal en el presente, si no tiene una visión clara del futuro.
- Delegue siempre las actividades que requieren menos experiencia de la que usted tiene.
- Cuando más le diga ala gente lo capaz que es, más capaz será.
- Olvídese de la lotería. Apuéstele a usted mismo.

LA TERAPIA DEL ESPEJO MENTAL
Autor: Russ Michael

La más antigua técnica para obtener salud, bienestar y prosperidad.

En esta obra aprenderemos cómo, gracias al principio universal del espejo, el mundo en el que vivimos es un espejo que refleja con exactitud nuestra realidad interior. Si deseamos conocernos tal como somos, es suficiente con observar el entorno: el nuestro y el de los seres que nos rodean, así como las circunstancias de la vida que nos dicen quiénes somos.

La terapia del espejo mental, recrea, analiza y explica a profundidad esta antiquísima técnica utilizada por los sabios de la antigüedad y reconfirmada por los científicos de hoy. Con fe, creatividad y autodisciplina, nos liberaremos de la carga negativa, para disfrutar así de la vida que realmente deseamos.

REIKI Y PROSPERIDAD
Autor: Si-Bak

En esta obra su autor, Si-Bak, enseña una novedosa e interesante manera de aplicar el Reiki, no sólo con fines terapéuticos sino también como un medio de atraer prosperidad.

El Reiki es un regalo del Cielo que nos permite aportar energía para cambiar aquellas situaciones difíciles o nefastas que parecen no tener solución. Todo ser humano tiene la facultad de procurarse la prosperidad, la sanación, el amor y la felicidad.

El autor muestra la forma de sanar la economía por medio del reiki. Los principios de la prosperidad son potencializados a través de símbolos que aumentan las posibilidades de obtener mejores beneficios financieros, sanar todo tipo de estancamiento y despertar a una mayor conciencia de provisión.

Para información adicional y pedidos de cualquiera de los libros editados por Centauro Prosperar Editorial, favor comunicarse con:

Colombia: tel: 01800 0911654
www.prosperar.com

México: Tel: (52 5) 5525 3637
www.centauroprosperar.com

USA: Tel: 1 800 968 9207
www.centauropublishing.com

1267 - HE
162 - 456

BOS172

WORLDWIDE
SHORE
Services